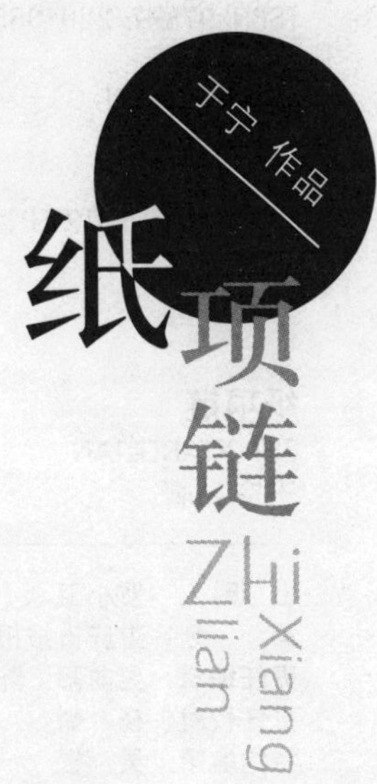

重庆出版集团
重庆出版社

图书在版编目(CIP)数据

纸项链/于宁著. —重庆:重庆出版社，2013.1
ISBN 978-7-229-05548-6

I.①纸… II.①于… III.①长篇小说—中国—当代
IV.①I247.5

中国版本图书馆CIP数据核字(2012)第172345号

纸项链
ZHI XIANGLIAN
于宁 著

出 版 人：罗小卫
策　　划：重庆日报报业报业集团图书出版有限公司
责任编辑：吴向阳　陈渝生
责任校对：杨　媚
特约编辑：吴　锟
版式设计：周　娟　廖明媛
封面设计：龙珊珊

重庆出版集团
重庆出版社　出版
重庆长江二路205号　邮政编码：400016　http://www.cqph.com
重庆市蜀之星包装彩印有限责任公司印制
重庆出版集团图书发行有限公司发行
E-MAIL:fxchu@cqph.com　邮购电话：023-68809452

重庆出版社天猫旗舰店
cqcbs.tmall.com
全国新华书店经销

开本：940mm×1 360mm　1/16　印张：20　字数：307千
2013年1月第1版　2013年1月第1次印刷
ISBN 978-7-229-05548-6
定价：29.80元

如有印装质量问题，请向本集团图书发行有限公司调换：023-68706683

目 录

引　子

1983 年我十八岁。那时的空气很清新，天空悠远而宁静。

那年夏天的某个午后，我在我家院子前面的空地上跟几个伙伴踢球，球在我的脚下飞起来，越过围墙，不见了。

大家正在用“石头、剪子、布”决定由谁去找球的时候，我的身边突然站了一个身穿白衬衫，漂亮得令人窒息的女孩。

她把球递给我，不说话，直直地盯着我，目光清澈。

我从未见过这个女孩，她的眼睛又大又亮，长长的睫毛一闪一闪，像燕子的翅膀。

我记不起来她是怎么走的，只记得她走后，留在我的周围一团温软的风，风里有一股淡淡的茉莉花香。

愣怔片刻，我把球砸向墙角，飞身跃过围墙——脚还没落地，我就看见那个女孩站在马路对面的那幢黄色楼房下，微笑着看我。

我的心像是被一只手攥着，呼吸也变得不畅。

她跑开了，马尾辫甩动，像一面黑色的旗。

我扫视那幢黄得让我眼晕的楼房，希望她能够在哪个窗口出现，我怀疑这个女孩就住在那幢楼里。

眼前的一扇扇窗户平静依旧……就在我摇摇头想要离开的时候，三楼最南边的窗户打开了，那个女孩站在窗前，笑容灿烂。

不知从哪儿来的勇气，我用手指着她，放肆地喊：“喂——你叫什么名字？”

女孩叉叉腰，一仰头：“我叫赵娜！”

窗户关了。我能感觉到，自己的心脏被窗扇狠狠地挤了一下。

第一章　老街那些人

打从记事起，我家住的这一带就没怎么变化过，十八岁那年，马路对面忽然多了一幢黄色的楼房，楼顶的电视天线特别多，像连成一片的鸟窝。我们这些土生土长的小哥儿对住在楼里的人很是嫉妒，以为里面住的全是“资产阶级寄生虫”。

嫉妒归嫉妒，小哥儿们对住在楼里的人还是很友好。我们称这幢楼为小黄楼，大有羡慕和怜爱的意思。

这个地方叫做老街，属于这座城市里的贫民窟。

听老辈人讲，民国初年，这里是一片坟地，到处都是荆棘和茅草。因为在这里盖房没人管，所以，城里拉洋车的穷哥们儿就聚到这儿来了。拉洋车的兄弟有的是力气，铲除荆棘和茅草，用废砖、乱石垒起了一片简易房。为出行方便，他们在两片房子中间留了一条很宽的路，这大概就是老街的雏形了。后来，挑担子捎脚的哥们儿来了，沿街剃头的“待诏”们来了，卖大炕的窑姐儿也来了……从此，这条街就有了不凡的历史。虽经年流转，但遗风使然，街上依旧出产顽劣子弟和浮浪女子，他们使老街这个地方在人们的闲谈中声名远扬。

我爷爷说，他在这里垒起属于自己的房子时，老街东边有一条宽阔的、两岸长满芦苇的河。

现在，那条河成了故事，就像老街两旁的柳树一样，不知什么时候没了踪影。

那个夏天的午后，我被人点了穴似的站在那条河的旧址——小黄楼的对面，呆望一个女孩家的窗户。

那个午后，在小黄楼下的阴凉儿里，在几辆东倒西歪的自行车旁，有几帮人在下棋、打牌。

下棋的人里有个腿短身子长、满脸横肉的中年人，他叫王老八。大人们说，“文革”的时候，王老八是老街一霸，谁的反都敢造，自己还

给自己起了一个外号——八爷。他下得一手好象棋，性格也很江湖，可惜现在他蔫得像一株被霜打过的草。打牌的人里有个胖乎乎、满脸麻子的年轻人，我们喊他三哥。因为他总爱冲过路的姑娘们发出怪怪的咳嗽，所以比我年纪大的人都叫他“色蛋”。他的手很巧，只用车床就可以做出一把能装六发子弹的手枪来。在一旁“看眼儿”的人里就比较有货色了，外号“斜眼儿”的兰爱国就是这帮人里的一个牛角儿，因为眼睛有毛病，他看人的时候总是歪着脑袋。这家伙脾气好，整天被一群老青年大小伙儿骂着、贬着、使唤着，依然乐乐呵呵。

我爷爷去年去世的时候，我跟人打架受了伤，躺在医院里。

我爸爸哭得没了力气，我哥哥在劳教所里关着，我妈没办法就去找兰爱国，兰爱国带着我妈去找王老八。王老八没有说话，挥挥手让我妈走，回头拖着一架板车去了我家。后来我爸爸对我说，你八叔混账归混账，其实是个好人呢，他帮我“发付”你爷爷。

尽管我有些感激王老八，可是心里还是不爽，他扒过我爷爷亲手盖起来的房子。

记得那年我爷爷在堂屋的桌子上摆了一个我家祖先的牌位，王老八带着一帮抓搞迷信的人来了……

我哥哥有一阵子跟王老八相处得很好，像一根尾巴似的跟在他的后面到处晃悠。

后来我哥哥长成了一个壮实的小伙子，王老八就成了我哥哥的尾巴。

再后来王老八就蔫了——我哥哥砍残废了他扒我家房子的那只手。

我这里正心驰神往地张望赵娜家的窗户，麻脸三哥看见我了，一个烟头弹了过来：“老二，瞎看什么看？”

我刚回了一下头，兰爱国就踩着地雷似的暴叫起来：“好家伙！大家快看，是不是铁子出来了？”

一个光着膀子、满胳膊青色文身的汉子从一辆自行车上下来，把车子朝兰爱国一丢，抱着膀子往三哥的麻脸上看。

下棋的、打牌的、“看眼儿”的全都安静下来，听到枪响的兔子一般，齐刷刷地瞅向文身汉子。

文身汉子将掴在裤腰上的汗衫抽下来，冲三哥一挥：“你，来一下。”

三哥的脸刷地黄了，弹簧似的跳起来，战战兢兢地跟在文身汉子身后，进了对面的一条胡同。

不多时候，胡同里传出三哥杀猪般的惨叫：“铁哥饶命，我不敢啦！铁哥，饶了兄弟啊——”

文身汉子名叫张铁，他是我的亲哥哥。

这一天，我哥刚从劳教所里出来；这一年，他二十四岁，一身虎威，霸气十足。

此刻，我哥站在胡同深处的一抹阳光里，背后的一堆青灰色瓦砾衬托得他犹如一座铁塔。

三哥一身血污，歪躺在我哥的脚下，嘴里不住地念叨：“铁哥饶命，铁哥饶命……”

我哥踹他一脚，朝走过来的兰爱国一摆头：“打十斤散啤酒过来。”转身进了另一条胡同。

兰爱国把自行车推给我，弯腰拉起了三哥：“还不赶紧走，等着做棺材肉？”

三哥爬起来，冲开看热闹的人群，吱溜一声不见了。

兰爱国咧着嘴抽气。“嚯，还是那个脾气……”转向我，笑了，“我说的是咱哥，哈，他还是那个脾气哎。”

我哥的身子在胡同口一横：“老二，把车子给扬扬送过去。”

兰爱国悄声说：“扬扬在广场卖袜子。”回头尖叫：“老铁，十斤散啤能够吗？要不要咱们来它一罐？”

我哥已经不见了，声音从胡同口那端传了过来：“就一罐！”

林志扬在广场滑旱冰似的出溜：“南来的、北往的，日本、美国、英国的，路过的不要错过，放血处理进口袜子啦！”

我支下车子，“嗨”了一声，林志扬摇着一串袜子晃了过来：“见着咱哥了？”

我点了点头：“是你去接的他？”

“不是我接的。”林志扬用袜子擦了一把额头上的汗，“谁知道他今天到期？减了三个月呢。”

“他不先回家，过来找你干什么？”

“担心你呢。他说你在家闲了好几个月了，应该找点儿事情做，他想让你摆摊卖袜子……”

觉察到这小子又要 嗦，我没等他把话说完，转身就走。

路过小黄楼，我的心莫名地又抽了一下。

这座楼在我的眼里太高了，仰脸望去，黄色的墙面上刷满了红色标语，“支持个体经济，保障劳动就业”，“个体经济是社会主义公有制的补充”，“搞活市场交易，保障人民供给”……哈，到底是改革开放了，现在政府支持待业青年干个体户呢。

前年我哥在街上卖糖炒栗子，我爸爸还说，别搞这些了，这叫“资本主义小尾巴”，当心抓你进去坐牢。

楼下的阴凉地没人了，地上一片狼藉，风吹过，几片碎纸轻飘飘地滚向远处。

刚拐进我家的那条胡同，我就听见了兰爱国的粗门大嗓：“老铁，你回来就好啦，横扫全老街，不叨叨！”

我听见“嘭”的一声响，好像是兰爱国躺倒了，估计是被我哥给踹的。

我妈坐在大门口的门槛上，捧着一只盛满啤酒的饭碗，歪着头看我哥。

我哥坐在院子中央摆着的一张饭桌前，手里捏着一块蘸了蒜泥的猪头肉，饭桌对面坐着我爸爸。

兰爱国躺在地上哼唧：“铁子，你是不是三天不打人就活不了啦？”

我站在门口咳嗽了一声，我爸爸冲我招手：“过来坐下。你哥回来了，听他跟你说说道理，省得你整天在外面胡混。”

我妈搁下酒碗，目光柔和地瞅着我和我哥，一下一下地摩挲大腿：“……俩坏种，一个比一个混账。”

我哥丢了猪头肉，斜着眼睛看我。

我躲开我哥的目光，看兰爱国。

兰爱国爬起来，蹲到我妈身边，把饭碗拿过来，边从啤酒罐里倒酒边朝我哼唧：“老二，听咱哥的话吧，跟着扬扬去卖袜子。现在这个形势干什么活儿都不丢人，政府支持咱社会青年干自己的，这叫个体户，光荣，有本事的人才干个体户呢。看看我吧，现在哥哥我连班儿都不上了，装病在家干自己的。上个月我算了算，光卖西瓜就挣了一百多块，顶上班俩月的。”

见我不说话，我爸爸说：“老二你别觉得做小买卖抹不开面子，当年你爷爷从乡下出来，什么活儿也不嫌弃，该拉洋车就拉洋车，该扫大街就扫大街。后来他上了年纪，闲不住，得空就去打扫厕所……”“老爷子你别扯那么远啊，”我哥打断我爸爸的话，轻轻捏了我的手一下，口气不容置疑，“就这么定了。回头我陪你去找扬扬，货先赊他的，以后赚了钱再还他。来，喝酒吧。”

我知道我拗不过我哥，横一下脖子，说：“你不用陪我去，一会儿他就该来了。”

兰爱国夸张地瞪大了眼睛：“嘁！谁不明白他的意思？帮他姐姐‘搭茬儿’呢。他姐姐是个破鞋，他这是想……”

我妈烫着似的叫了一声：“小兰你胡说些什么？”

我哥摸着头皮，莫名其妙地笑。

兰爱国冲天翻了一串白眼：“扬扬这是找靠山来了。正好啊铁子哥，你刚出来，没什么经济来源，让他支援支援你。”

我哥挥手让兰爱国闭嘴，皱皱眉头，问我：“刚才在小黄楼那边你在踅摸什么？是不是又想找茬儿打架？”

我的脸一热，喝口酒掩饰道：“我一个同学住在那儿。”

兰爱国眯着眼睛坏笑：“是女同学吧？”

我爸爸接口道：“他们不是老街的，是中化三公司的，都是些当官儿的，人家瞧不起咱们呢。”

兰爱国在桌面上“嘭”地顿了一下酒碗：“一帮子外来户还瞧不起咱们？什么当官儿的？都是些工厂里的破官儿，到了咱们老街这边不好使！老二我问你，你是不是看上了三楼的那个小妞儿？有什么呀，那个小妞儿瘦得跟鱼刺似的，还不如林宝宝……”他嘿嘿笑着摸了一把脸：“老铁，说实话，宝宝那模样配你还真的不委屈，水灵灵的，一掐一兜水儿。啧啧，那身条，那屁股蛋儿……”

我爸爸瞥我哥一眼，站起来，把自己的那碗酒干了，抓起搭在墙头上的衣服，摇晃着出了门。

我哥过去搀起了我妈：“妈你也进屋歇着吧，一会儿我过去陪你说话。”

我妈刚进屋，兰爱国的脖子就被我哥掐住了：“当着老人的面，说话规矩点儿！”

兰爱国翻着白眼辩解：“我那不是‘刺挠刺挠’咱家老二嘛……”

我哥松开掐着兰爱国脖子的手，向我瞪眼："老斜说的是那么回事儿吗？"

我豁出去了，猛地吐了一口气："他说对了，我就是看上了小黄楼里的那个妞儿！"

我哥的眼睛瞪出了血丝："你长大了？"

我与他对视："你在我这么大的时候也这样。"

我哥的目光慢慢往回收："我跟林宝宝的事情你不明白，我那时候的情况跟你现在是两码事儿。"

我不想反驳他，鼓着腮帮子不说话。我哥垂下眼皮，摇摇头，捏着猪头肉进了里屋。

兰爱国吐一下舌头，耷拉着脸说："你哥刚出来，你就跟他拧着，将来有你的好看。"

见我不吭声，兰爱国笑道："他这是为你好。你小小年纪，要钱没有，要人你像个小流氓，还净想好事儿……嘁。"

我跟着笑了，他说得很对，那时的我剃着光头，嘴唇时常粘着一个没有过滤嘴的烟头，歪头斜眼，一副无赖相。

第二章　哥哥的爱情

不知道今天我到底是中了哪门子邪，心一直麻痒着，仿佛有无数只蚂蚁在上面爬。

说实话，赵娜并不是我最喜欢的那种类型，我喜欢丰满健壮的女人，像林宝宝那样。

赵娜多大了？我估计她不会超过十八岁，她没有林宝宝那么大的胸脯和屁股。

林宝宝和我哥是同班同学，他俩从小就要好。放学路上，别的男女同学都分开走，我哥和林宝宝不，手牵着手，昂首挺胸往前走，旁若无人。有一次，几个高年级同学在我哥和林宝宝走近的时候，将他俩围起来，来回推搡。没想，推搡了不到两个来回，那帮人就跑散了——我哥手里攥着一把水果刀，林宝宝手里提着一块砖头，分头追打这几个同学，直到把自己累趴下。毕业以后，我哥和林宝宝就不那么"要好"了，白天看不到他俩在一起，晚上，我们家的院墙外偶尔会响起几声野猫叫，林宝宝家的院墙外偶尔会响起几声口哨，三长两短，很有节奏。接着，我哥和林宝宝的影子就会出现在老街的某个没有路灯的暗处，头抵着头，轻声呢喃。

我不明白，我哥明显是喜欢林宝宝的，很早就喜欢，可他现在为什么要对林宝宝那么冷淡？

我在想这些事情的时候，天很蓝，阳光很亮，远处有一只老鹰在优雅地飞。

兰爱国走了，走的时候表情快快的："喝完酒把啤酒罐给林宝宝送去啊，押金归你。"

林志扬擦着一头汗水进来了，扯着嗓子冲里屋喊："哥，出门赴宴啦——"

我哥在屋里回了一句："你跟老二先去，我随后到。"

林志扬拿汗衫扇跑桌子上的几只苍蝇，拉起我就走："你小子也太不懂事儿了，咱哥出来这么大的事情，怎么不隆重点儿？"

我扛起喝了一半的啤酒罐，快快地乜了他一眼："没钱。"

林志扬的嘴咧得比蛤蟆还大："没钱就别在家闲着啊。邓大爷在三中全会上宣布了，只要自食其力都是光荣的。"

我不想说什么，一路闷走。

林志扬没趣地拍了一把墙："我知道你为什么不愿意跟着我去卖袜子，你是害怕芥菜头那帮人。"

眼前有一个扎着马尾辫的身影在晃，好像是赵娜，仔细一看又不是，脚下一绊，我的心忽然就感觉发空。

我猛地将啤酒罐摔到林志扬的肩膀上："我怕他？他再来找我的麻烦试试？"

"哈，真能吹。反正铁哥是不会跟他们拉倒的，他知道芥菜头是牛二的人……"林志扬悻悻地横了一下脖子，"牛二把咱哥折腾进去遭了两年多的罪，这么简单就完事儿了？还有，去年芥菜头为什么找你的茬儿？还不是牛二这个老混蛋在背后戳弄的？他们那边的人看上咱们老街这块风水宝地了，想一步一步杀进来呢。咱们老街的市场现在开放了，做买卖的都想往这边发展，谁的拳头大谁发财……"

"我没你那么多的想法，"我打断他道，"我只知道谁欺负我，我就跟他没完。"

"咳，你的智力也就这么着了，"林志扬"哧"了一下鼻子，"自身有资源不会利用，永远都是小混混。"

"谁是小混混？你奶奶还是卖大炕的呢。"

"又他妈来了，"林志扬"嘭"地一跺脚，"你爷爷拉洋车！"

"可也是……"我笑了，"咱们的种儿都不怎么样。"

"王侯将相宁有种乎？"

"什么意思？"尽管我知道这句话的意思，可是从一个小学都没上完的人嘴里说出来，我还是不由得敬佩了一把。

"那意思就是，咱们的种不比那些当官儿的差。"

这个解释好像不太确切，我刚想揶揄他两句，一抬头竟然看见了赵娜，她站在她家的窗前，仰着脸看天上的一抹云彩。

我的心咯噔一下，她是不是故意的？她是不是看见我了，故意让我看见她？

我这里正琢磨用个什么办法让赵娜往我这边看，就发现我哥晃着一身腱子肉跟了上来，连忙往前赶。

林志扬丢下啤酒罐，朝站在马路对面小饭店门口的林宝宝咧开了嗓子："姐，赶紧的，你家相公来啦！"

林宝宝像是被闪电击了一下似的，整个人一哆嗦，拧身进了饭店。

我哥弯下腰，沙沙地笑："有点儿意思……扬扬，你姐姐早就知道我回来了是吧？"

林志扬挑着眉毛笑："我告诉过她了。她忙了一上午呢，想要好好招待招待你。"

我哥顺手提溜起了啤酒罐："这就是伟大的革命友谊啊。"

我哥跟林宝宝的友谊尽管可以上溯到幼年时代，但"伟大的革命友谊"是从农村这个广阔天地开始的。

林宝宝初中刚毕业就下乡当了知青。

那时候我还小，我妈身体不好，街道上照顾我家，没让我哥下乡。转过一年来，我哥在家里待不住了，死活要响应毛主席他老人家的号召，到"广阔天地"里去锻炼自己。我妈说，这事儿你可得想好了，去容易，回来可就难了。我哥说："我没有班儿上，整天在家吃闲饭，一身力气没处使，还不如支援三大革命去。"我妈抹着眼泪点了头。我怀疑我哥是因为林宝宝才要求下乡的。我曾经偷看过林宝宝写给我哥的信，尽管那里面没有什么实质性的内容，除了毛主席语录就是"革命友谊"，但我觉得这封信里面有暗号。

那时候下乡是按照籍贯下的，我家的籍贯跟林志扬家的籍贯是一样的，所以，我哥自然就下到了林宝宝所在的那个公社。

记得我哥走的那天，骄阳似火，在一片锣鼓声中，满载知青的大卡车缓缓驶出老街，歌声留在老街上空灿烂的阳光里：

我们是毛主席的红卫兵
大风浪里炼红心
毛泽东思想来武装
革命造反永不停
彻底砸烂旧世界

革命江山万代红……

我哥下乡所在的那个村子与林宝宝下乡所在的村子离得很近，只隔了三里路。我听一个回城的老知青说，你哥是个情场高手，不知用了什么法子，他把“林大奶子”给逗引成了神经病，整天往你哥的村子里出溜。后来我知道，这话有出入，我哥不是情场高手，林宝宝才是呢，她把我哥给逗引晕了。据说，林宝宝往我哥的村子里出溜得勤了，两个人就“出溜”到了床上，从此，公社知青点上的“色蛋”们再也没有敢去骚扰林宝宝的，林宝宝的工分也拿得多了，跟男知青一样，还被当做男女同工同酬的典型戴过光荣花。

1979 年冬天，老街所有的知青都回来了，只剩下林宝宝。我哥阴着脸说，这婊子怀孕了，不敢回来丢人。

这事儿是不是真的，谁都不知道，反正来年春天，林宝宝回来了，瘦得脱了相，像一条扒了皮的蝎虎。

兰爱国有一次喝多了酒，眉飞色舞地对一帮打扑克的人说，老铁真男人啊，把林宝宝弄大了肚子，丢下就不管了。

这话传出来不到三天，兰爱国的眼睛就不斜了——成了斗鸡眼，舌头也好像被人割了，整天装哑巴。

我哥没进劳教所之前，林宝宝托我给我哥带话，让他去广场等她，她有话要对他说。

我哥说，别理她，她家遗传，出婊子。

那天晚上，林宝宝没等到我哥，就跑到我家院墙外学野猫叫，我哥藏在门后，呼啦一下跳了出来：“开批斗会啦！”

林宝宝怪叫一声，惊鼠般没了踪影。

后来，林志扬气哼哼地对我说，你哥哥真是拔“鸟”忘情，我姐姐好歹还“伺候”过他吧？他怎么能那样对待她？那一声“开批斗会啦”把她吓得三天没下来床。当时我有些幸灾乐祸，我说，开个破批斗会她害什么怕？是不是以前经常挨批斗？林志扬把两条胳膊别到背后，屁股撅着，大声嚷嚷，你还记得这个动作吧？咱们学校刘老师不就这样过吗？我想，林宝宝肯定是跟刘老师犯了同样的错误——跟野汉子睡觉。想象着林宝宝撅起大屁股坐“飞机”的样子，我开心地笑了，觉得农村这个广阔天地可真有意思，没事就斗个破鞋消遣消遣。

我把这个感觉告诉我哥，我哥狠狠地抽了我一个嘴巴子，那是好玩的吗！

我哥去了劳教所以后，兰爱国告诉我，林宝宝大了肚子不假，可那不是你哥哥弄大的，是知青点上一个姓邱的军代表。

林宝宝去劳教所里看过我哥几次，每次回来都顶着两只兔子眼。

每当这时，我爸爸都要痛骂我哥："你什么玩意儿？这么好的姑娘你都看不上，想找七仙女不成？"

我妈说，他爹，你可别这样说，咱家老大浑归浑，可也不能找那样的，鞋帮子都破露底了。

我爸爸跟我妈瞪眼，我妈就哭，我妈说，咱家清清白白，不能要卖炕的，打死也不要。

我不上学了以后，闲得无聊，经常去林宝宝的小饭店玩。

林宝宝的小饭店是我们这条街第一家属于个人的买卖。

那个小饭店以前是街道上炸油条、卖大饼的铺子，后来林宝宝不知用了什么手段，把店里的人全得罪光了，大家都不喜欢与她同事……再后来，这个小铺子就成林宝宝自已的了，据说一个月才往街道上交八块钱。林宝宝炒菜很好吃，白菜都能炒出肉味来，很神。

我哥在饭店门口搁下啤酒罐，表情怪异地打量了一下门头："名字起得不赖嘛，宝宝餐厅。"

门帘一掀，王老八弓着腰从里面钻了出来："兄弟回来了？"

我哥偏了一下头："不可以吗？"

王老八又钻了回去："哎嗨，还忘了拿我的马扎儿了……"

我哥瞥了林志扬一眼："就这？还他妈八爷呢。"

林志扬挑挑眉毛，做了个乌龟的手势："八个毛爷，是这个。他老了，以后别搭理他了，没意思。"

我哥用舌头顶着嘴唇，"啵"的一声放了："有些账是必须还的，老了也得还。"

林志扬双手提着啤酒罐，用脚一挑门帘："清场啦——本餐厅今天不营业，伺候姑爷！"

王老八侧着身子出来了："别喊了，你姐早就清过场了……"瞅见我，咧开嘴笑了："二子今天可真是乐坏了，哥哥回来了，再也不用发愁没钱花了。”我没理他，这个家伙很没劲，跟我套近乎，上午见到我哥的时候还装深沉呢。

我哥反手摸了王老八的肩膀一下：“八叔，这些年我没在家，多亏你照顾，我这里谢谢你了。不过，以后你不要再在老街晃荡了，我烦。”

王老八的脸跟没电的灯泡似的一暗：“我知道。铁子，咱爷爷去世的时候……”

“闭上你的臭嘴吧，”我哥背着手往里走，“你作恶多端，应该赎罪。”

门口一个虎头虎脑的半大小子“嗖”地从自行车上跳下来，尖声喊：“你又出来喝酒了？回去，我妈找你！”

我哥回了一下头：“谁家的孩子这么猛？”

林志扬笑了笑：“王老八家的。愁死人了……这小子不学好，逃学，还抢同学的钱。”

我哥皱了一下眉头：“他家就出这个品种。”说完，把头一扬：“宝宝，接客啦——”

林志扬搓一把头皮，轻声嘟囔：“接客接客，这是到了什么地方？”

我哥进门，拖过一个凳子，大马金刀地往上一坐：“孩儿他娘，在里面忙活什么？出来见客呀！”

林宝宝出来的时候，头型变了，披肩发被她用一条花手绢扎在脑后，刘海好像用手指卷过，别别扭扭地翻着。

瞥一眼我哥，林宝宝的喉头似乎有什么东西堵着，声音又细又小：“张铁，吃饭了没？”

“废话，”林志扬拉了林宝宝一把，“你忙活这一阵是什么意思？”

“吃了就是吃了，没吃就是没吃，”林宝宝的脸红了，“没吃就吃点儿嘛……”说着，一扭屁股进了厨房。

“看见了没？”林志扬冲我哥撇了撇嘴，“装。”

“对，装。”我哥歪一下脑袋，笑了。

林宝宝进出厨房的动作跟竞走运动员一样，不多一会儿就把桌子摆满了菜，冷的热的足有十几个。

我哥用筷子扒拉着那些菜，一本正经地说：“是不是少了点儿？怎么着也得有海参、鲍鱼、燕窝、鱼翅啥的吧？”

林宝宝一哼：“就这，爱吃不吃。”

我哥没趣地嘬了一下牙花子："这话说的……不吃饿死啊？你哥我不傻。"

林宝宝摆完菜，扭出门去，单手提着那罐啤酒，"咣当"丢在我哥的脚下，撅着屁股，抓起一只大盆就往里倒。

我哥站起来，接过林宝宝灌满酒的盆子："别忙了，我们自己来。"

林宝宝的身子微微一颤，脸红了："别跟我客气，我习惯了。"

我哥放下盆子，瞥一眼门口，朝林志扬偏了偏头："你去把三麻子喊过来，我有话问他。"

林志扬刚一出门，我哥的脸就拉长了："宝宝，老邱最近还纠缠你吗？"

林宝宝懒洋洋地打了一个哈欠："没什么，他那是为了孩子。"

"他现在干什么工作？"

"什么也不干，在家闲着……去年转业在钢厂，后来人家说他属于第三种人，清理了。"

"你打算怎么处理这事儿？"

"别问我，问你自己。"林宝宝的口气软软的，烟一般轻。

"有我什么事儿吗？孩子不是我的。"

"是，不是你的，没人说是你的……"林宝宝的眼圈像是突然被红笔描了一下。

我哥站起来，又坐下，干咳一声，抓起林宝宝的手一下一下地摩挲："你听我说……在乡下的时候，我曾经把话都对你说透了，你不是也答应我了？后来你找我，我又对你说了，你不听。我劳教的时候还对你说过，你还是不听。今天我过来还是重复我的意思……"

"你不要重复了，"林宝宝慢慢抽回了自己的手，"我自作自受。跟你，我是自己找的，跟姓邱的也是我自己找的。"

我哥默默地瞅了林宝宝一会儿，仰起脸，放肆地笑了："哈哈哈，你倒是挺想得开。我没别的意思，我张铁是个什么样的人你最清楚。你以前做过什么都无所谓，可是我……""可是你什么？"林宝宝点上一根烟，抽两口，眼神忽然有些迷离，"张铁，咱俩是从小一起长大的，你心里想的是什么我最清楚。放心，我是不会赖着你的。我林宝宝是个什么样的人你也清楚，你知道我的心思。"

我哥打个哈欠，提着裤子进了厕所，我抓紧时间问："姐，你知不知道小黄楼有一家姓赵的？"

林宝宝盯着我看了半晌，扑哧笑了："好你个小混蛋，你是不是看上人家那个小姑娘了？"

我咽一口唾沫，用力点头："她很漂亮。"

林宝宝说，对，那个姑娘很漂亮，在中化子弟中学上学，她妈是厂里的工程师，她爸爸是个官儿。

"我见过她妈妈，"林宝宝在桌面上拧灭烟，拖着凳子往我这边靠了靠，"其实他们家也挺难的……有一次，她妈妈来我这儿买油条，我跟她聊了一阵。她说，她和她丈夫以前属于两地分居，她爸爸一个人带着孩子在湖北老家，小黄楼盖起来之后她丈夫和孩子才搬过来的。她丈夫跟咱们这边的一个人对调，好像在哪个政府部门上班。她还说，她跟她闺女有点儿生疏……也难怪，那么多年不在一起住，还不就生疏了？就像我和我儿子……"眼见得林宝宝要落泪，我连忙插话："就是就是，这事儿没法说。"

"孩子是娘身上掉下来的一块肉。"林宝宝的眼泪还是掉了下来。

"肉，肉……"我胡乱打岔，"红烧肉，吃红烧肉啊姐姐，要不是改革开放，咱们哪来的红烧肉吃？"

"我是说我儿子。"

"都是肉，"我夹了一块红烧肉填进嘴里，夸张地嚼，"好吃，真希望我哥能每天都从劳教所出来一次，我跟着沾光。"

"噎死你！"林宝宝突然火了，猛地抽了我的手一筷子。

"以后咱们都少说点儿伤心事，"我笑笑，转话道，"要说就说轻快的，比如我和那个姑娘的事儿。"

"以后可不能乱说话了……"林宝宝眨眨眼，问，"你见过那个姑娘？"

"见过。我很想认识认识她……"我紧着胸口说，"我觉得她对我有那么点儿意思，她偷看我踢球呢。"

"看你踢球就是对你有意思啊？你知道那种人家出来的女孩子喜欢什么样的人吗？"

"不知道。"

"不知道我告诉你，"林宝宝仿佛又回到了几年前，笑得很是放荡，"喜欢流氓！"

"真的？"我以为她是在开玩笑。

“真的，这个年龄的女孩子都喜欢，她们觉得流氓很神秘……我就是从那个时候过来的。”

“你的意思是，以后我在她的面前应该装流氓？”

“吃你的吧，我可没那么说。”

见我发呆，林宝宝抿着嘴笑了：“你看过电影《流浪者》吧？你看，丽达知道拉兹是个流氓……”一眼瞥见我哥回来，连忙住嘴。

我哥刚坐下，林志扬就拖着麻脸三哥进来了。

三哥一进门就在我哥的跟前跪下了：“铁哥，求求你别再折腾我了……那事儿真的不怨我。”

我哥装糊涂：“哪事儿？”

三哥的声音带了哭腔：“当年你砍了牛二，警察问我，我帮着牛二说话……牛二那么可怕，我不那么说咋办？”

我哥拉他起来，阴着脸说：“那事儿过去了。这次喊你过来是有事儿请你帮忙。”

三哥战战兢兢地哈了哈腰：“铁哥有什么事情尽管吩咐，我麻三赴汤蹈火。”

我哥把自己的那碗酒递给三哥，冷冷地说：“告诉我牛二现在的情况。”

三哥吸一口气，期期艾艾地说，牛二在大马路那边开了一家饭店，整天召集一帮“小哥”（地痞）在那里聚会，现在势力越发大了，没人敢跟他叫板。他手下的“小哥”很横，到了晚上就来老街晃荡，见了老街的“小哥”，不论三七二十一，动手就打，现在老街的“小哥”到了晚上都不敢出来。说着，三哥提高了声音：“牛二说了，下一步就等你了，你一出来他就来找你，单挑群殴随你的便……”

牛二跟我哥两个人是死对头，早在我哥还没劳教之前，他们就打过一架。

那天我正跟一帮同学站在大厕所那边说话，忽然看见一个满身是血的壮大汉子踉跄着跑了过来，我哥手里提着一根擀面杖在后面追。

那汉子跑到我身边的时候，我伸腿绊倒了他。

我哥冲上来，劈头盖脸就是一阵擀面杖，那汉子一声没吭，死猪一样躺在尘埃里。

我哥走了，那汉子鲜血淋漓的头顶上落满了苍蝇。

后来我知道，那个人叫牛二，是大马路那边的一霸，我哥打他是因为他借着酒劲摸了林宝宝的胸脯一把。

时间不长，牛二就带着一帮人找我哥来了，没找着，把在我家串门的麻三打了，我家的玻璃全碎了，我妈的衣服也被他们给扯破了。我哥回家一看，二话没说，拎着一把菜刀就去了大马路。我怕事情闹大，喊上林志扬赶了过去。正打听牛二家住在哪里的时候，我哥从一个胡同里出来了，菜刀别在裤腰上，一脸沮丧。问他，他说，这小子不在家。林志扬说，咱们也给他把家砸了吧。我哥不说话，挥手让我们走，他一个人蹲在阴暗处，像狩猎的狮子一般盯着胡同口。我们没走远，躲在对面的一个杂货铺里看着他。天擦黑的时候，牛二摇摇晃晃地从马路北边走了过来。我哥等他走近，跳出来，劈头就是一刀。牛二躺下了，我哥上去踩住他的脖子，一下一下地碾。

我记得那一阵电视上正演美国电视剧《加里森敢死队》，我哥的脸硬得就像里面的那个酋长。

几天后，牛二在路上拦住我哥，拿着菜刀，要找面子，被我哥砍了，很惨，住了好长时间的医院……为此，我哥被劳教了。

三哥还在絮叨现在牛二的狂气，我哥微笑着拧自己的嘴唇，阳光照不到他，阴影里的他看上去有些虚幻。

林志扬使个眼色不让三哥说了，端起酒碗递到我哥的手上，直勾勾地盯着他看。

我哥仰起脸将那碗酒喝了，把脸转向林志扬："听说牛二手下的那帮混子也在咱们这边卖袜子？"

林志扬点了点头。

我哥的一只手摸上了我的肩膀："扬扬晚上忙，你帮他出摊儿，跟麻三一起。"

三哥的脸上闪过一丝恐惧，我哥把放在我肩膀上的手挪到了他的肩膀上："别怕，我跟你们一起去。你先走吧。"

三哥抠下门牙上粘着的一片菜叶，走到门口，抓着门帘来回晃："哥……今晚我还是别去了吧？"

林志扬大吼一声："想死就别去，滚！"

三哥哆嗦一下，惊兔般不见了。

林宝宝摸摸我哥的胳膊，柔声道："张铁，咱们去里屋说会儿？"

我哥腆着脸抱了林宝宝一把："免了吧。咱们走一步看一步，没准儿我还真是个当后爹的材料呢。"

林宝宝懒懒地推开了我哥："随便你吧，我林宝宝不缺男人。"

眼见得他们俩要吵架，我连忙打岔："姐，小黄楼那个姑娘的事儿你帮帮我……我好像有一见钟情的感觉呢。"

林宝宝不屑地哼了一声："谁信这个？我跟你哥还青梅竹马呢……"忽然打住，捂着嘴巴看我哥。

我哥"嗯嗯"两声，忽然唱起歌来："一朵红花向阳开，贫下中农干起来……"

我不明白我哥为什么要唱歌，冲他眨巴眼。

我哥摇摇手，继续唱："三朵红花向阳开，政治夜校办起来，贫下中农学文化呀……哎，宝宝，后面的怎么唱来着？"林宝宝双手托腮，睫毛忽闪两下，跟着唱："一朵红花向阳开，贫下中农干起来……后面的，后面的……呀！你这个混蛋，我怎么又让你给耍了？"

我哥抱着肚子离开凳子，弯在那里"哇哇"地笑，桌子被他蹭挪了位置。

林宝宝抓起苍蝇拍"啪啪"地敲我哥的脊背："你这个坏水，你说我咋就这么笨呢？你这个坏水……"

见我在一旁发愣，林宝宝摸一把胸口，翻着白眼说："二子你不知道，你哥哥真的是个坏水。下乡的时候，他经常在我面前死皮赖脸地唱这个……后来他唱疲沓了，就动手动脚。一朵红花向阳开，贫下中农干起来……嘻嘻，坏蛋。"

"我知道了，"我明白过来，笑道，"你们在农村，没什么文化生活，干起来就干起来呗。"

"你跟你哥一样，坏水……"林宝宝暧昧地笑，一阵风无声无息地滑过她看似幸福的脸。

林志扬冲我蛇一样地吐信子："操，老娘们儿就这样，心里想的跟嘴上说出来的不一样呢，"抬手撕下墙上一张写着"发展经济，保障供给"的标语，长叹一声："干起来好啊！我需要党和政府'供给'我一个女人，我都二十一岁了啊！如饥似渴的年龄……"扑拉两下头发，斜我一眼，貌似感慨地说："哥们儿，这个世界有多少女人需要我们去爱啊。可我

不太敢，我怕爱不好，人家踢我的小鸡鸡。”

林宝宝狠狠地哼了一声：“别人说点有意思的事儿，你就往歪里想，什么人嘛。”

我哥接一句“好人”，直起腰，抬起胳膊使劲地擦自己的眼睛，我知道，他的眼泪是笑出来的。

林宝宝嗔怪地抿一下嘴，眼波一抖一抖地瞟着我哥，好像有什么话要说。

见我哥还在嘿嘿，林志扬似乎瞧出了什么，冲我哥一笑：“姐夫。”

林宝宝打个激灵，脸忽地红了，抓起一块抹布摔向林志扬，用力过猛，身子向桌前歪去。我哥的眼神一慌，伸出双臂搀住林宝宝，轻轻将她扶在了凳子上。我发现，我哥的脸上浮出一丝温柔，但他的嘴里却这样说：“宝宝还是那个急脾气，抢狗屎吃呢。”

林宝宝瞅着我哥的脸，泪珠子骨碌骨碌掉了下来：“张铁，我就那么让你讨厌吗？”

我哥不说话，林宝宝的眼泪就没了，鼻涕耷拉到嘴角，流到下巴，拽出一条亮线，随着呼吸悠悠地晃。

感觉再这样耗下去很难堪，我戳戳我哥的胳膊，朝门口努了努嘴。

我家对面的那堵矮墙上坐着几个怀抱吉他唱歌的年轻人。我哥冲他们笑笑，问我：“我送你的那只口琴呢？”

我知道我哥是在没话找话，他似乎看出了我对他的不满，因为他对林宝宝的那种态度。我没有回答他。

我经常在傍晚时分坐在那堵矮墙上吹口琴，我最喜欢吹的一支曲子是《友谊天长地久》，我喜欢这支曲子的歌词。

我和我哥回到家的时候，我妈已经做好了饭，跟我爸爸一起坐在饭桌前等我们。

我哥拉我坐下，冲我爸爸和我妈一笑：“刚才我们在林宝宝那边吃了点儿，不饿。”

我妈说：“你以后还是不要去她那里了，那样不好……吃人家的嘴短。”

我爸爸歪歪嘴想说什么，我妈瞪了他一眼：“咱家不出王老二那样的人。”

王老二是王老八的爹，去世好多年了。老街上的老人们都知道，他喜欢占别人的便宜，尤其是喜欢占女人的便宜。老辈人说，王老二性欲强，年轻的时候经常逛窑子，拉洋车赚的几个钱不够，就赊着，实在躲不过去，就赖账，经常被几个窑姐儿追着满街窜，多亏后来解放了，窑子铺关门，不然他会连自己的洋车都保不住。据说王老二裤裆里的那个家什比驴的还大，两把攥不过来。我爷爷活着的时候经常跟他一起喝酒，有一次王老二说，张秃子你还别瞧不起我，别看你有功夫底子，但是比起下边那玩意儿的功夫来，你还差一大截，我二十啷当岁的时候能用它撅着半桶水绕场院跑三圈呢。我爷爷说，你身上的那点劲儿全走下边去了。王老二喝晕乎以后哼着小曲儿贴着墙根回家，我爷爷就低声骂，这哪里是个人？整个一个大"趴猪（种猪）"。王老二说我爷爷有功夫底子，这个不假，我爷爷经常在喝多了的时候比画两路拳脚，弄得院子里尘土飞扬。三哥他爹说我爷爷当年是条硬汉子，腰上别着枪的兵坐我爷爷的车不给钱都不行，不多，三拳就打"黏糊"了他，枪都来不及掏。我有些不相信，我亲眼看见王老八扒我家的房子，我爷爷蹲在墙根，蔫得像根鼻涕。

见我哥不吭声，我爸爸说："既然你不喜欢上班，我们也不勉强你，喜欢做点小买卖你就做，自个儿顺心就成。要不你还去街上卖糖炒栗子？现在政府也不怎么限制自己做生意了，交上地摊税，爱怎么炒你就怎么炒。"

我哥说："嗯，我还要摆摊儿炒栗子，不过我不亲自炒了，我要当那帮人的老板。"

我妈说："你爱当什么当什么，只要别跟人打架。你看你爷爷，跟人打了一辈子架，什么也落不着，临到老了还被人欺负。"

我爸爸用胳膊肘拐了我妈一下，看看我，又看看我哥，摸一把脸，讪讪地笑。

我坐不住了，起身往外走。

胡同里很黑，像一个狭窄的煤窑，大街上有星星点点的路灯在晃。

刚走到胡同口，林志扬骑着自行车来了，在我的面前猛地一捏刹车："铁哥呢？"

我指了指后面，林志扬朝胡同里张望一眼，回头说："我姐姐又在家哭呢。"

第三章　夜市激战

老街夜市最热闹的地方在火车站到小黄楼附近，整个街道全是熙熙攘攘的人流，涨潮又退潮一般热闹。街道两旁或蹲或站了一帮一帮的小贩，脚底下摆放着自己叫卖的东西，什么都有。高档一些的是眼镜、打火机、皮鞋，低档一些的是袜子、裤头、鞋垫，甚至还有卖旧衣服的。几个抱着脸盆的汉子泥鳅一般来回出溜："蹭油身上啦，蹭油身上啦——糖炒栗子！"

林志扬拉了一个公鸡打鸣般嚷嚷的汉子一把："棍子，王东他们来了没有？"

棍子往大厕所那边努了努嘴："都在那儿等着呢。扬哥要'活动'，弟兄们哪个敢不来？"

林志扬往大厕所那边瞅了两眼，拧一把棍子干瘪的脸："躲远点儿，别溅了血在身上。"

夜市对面以前是个戏台的地方在放电影，银幕下稀稀拉拉地站着几个人。

扫一眼银幕上的画面，我知道那是在放印度电影《流浪者》，不觉笑了，都放一百遍了，难怪观众这么少。

不过我觉得这个电影很好看，起码看五遍不会感到絮烦。

电影讲了这样一个故事：法官拉贡纳特认为，好人的儿子是好人，贼的儿子一定是贼。错判强盗的儿子扎卡有罪，扎卡越狱后真的成了强盗，他劫持了拉贡纳特的妻子，然后放了她。拉贡纳特怀疑妻子被强盗糟蹋了，赶走了她，她在大街上生了拉兹。拉兹在贫民窟长大，扎卡引诱他做了贼。拉兹在一次出狱后，遇上了童年时的女友丽达，二人相爱了。拉兹痛恨自己以往的生活，渴望以自己的劳动谋生。但是，扎卡继续逼迫他做小偷。拉兹忍无可忍，杀死了扎卡。当拉兹知道自己的亲生父亲是法官拉贡纳特时，他的母亲惨死在街头。联想到自己苦难的身世，拉兹闯进拉贡纳特的住宅，企图刺死拉贡纳特。可是，他下不去手，反倒被拉贡纳特制服。拉贡纳特要杀死拉兹，丽达出现了……

里面的一句台词让我感到震撼，扎卡对拉兹说："去偷，去抢，去杀人放火！像我这样，一直干到死！"

最让我着迷的是拉兹和丽达对爱情的坚贞。我发誓将来要娶一个能与我共度一生的女人为妻。

我幻想有一个一起长大的女孩来跟我恋爱，像拉兹和丽达那样青梅竹马。可是找遍了整个老街，我也没发现属于我的"丽达"。

也许赵娜就是我的"丽达"？扫一眼银幕上正在对着月亮唱歌的丽达，我的心又开始发痒。

电影突然卡壳了，银幕白得刺眼。很多孩子闹嚷着在银幕上投影手形，兔子、青蛙、狗，其中的一个手枪手形让我的心动了一下，过几天我要请麻三给我做一把枪，以后没准儿能用得上。

扒拉着人缝，我和林志扬走到了大厕所的旁边。

林志扬把车子支好，搬下纸箱，冲我一点头："你待在这儿，我跟哥儿几个打声招呼就过来。"

我点点头，下意识地扫了赵娜家的窗户一眼，窗户关着，淡蓝色的灯光从窗户里透出来，闪电般击了我一下，我忽然就有一种飞起来的感觉。不知从什么时候开始，我经常会做一些关于飞翔的梦，在梦里，我会从某个地方以蹬脚的方式起飞，然后舒展双臂，用蛙泳的姿势向天空缓慢游去，周围的空气就像水，我快乐地在天空中游泳。有时候我会在飞翔的时候遇见我故去的爷爷……

我爷爷经常在喝多了酒的时候叹气，一声接一声，像猪哼哼，最后的那一句总是这样：唉，× 你妈。

酒后的爷爷有点儿大舌头，"× 你妈"三个字说出来，是这样的发音：牵着马。

小时候看样板戏《智取威虎山》，杨子荣打虎上山的时候，匪参谋长字正腔圆地嚷道：把虎搭着，牵着马！

我总以为匪参谋长是在学我爷爷，可是他学得不像，他的"牵着马"不如我爷爷说得悲壮。

这三个字很传染人，我时常在心情不好的时候"牵着马"，直到现在。

老街人说我爷爷当年是硬汉，我不相信。我觉得硬汉是不会把"牵着马”三个字说得那样伤感、那样悲凉的。

记得很小的时候，我爷爷在院子里挖了一个萝卜窖，他说，想要做条好汉，就必须练出一身好本事，练本事得先练轻功，想要练出轻功来，就得从窖子里往外跳，每天挖深一些，当你能从十几米深的窖子里跳出来的时候，你就变成燕子李三了。我没练，我太小了，整天玩，没时间练。等到长大一些，我爷爷就在胡同口的那棵法国梧桐上绑了一本书，让我每天都去打半个小时。他说，你什么时候能把这本书打透，你的拳头就硬了，可以打死一头牛。这个任务很简单，我打，每天都去打半个小时。可是我打了好几个月也没打碎几张纸，倒把自己的拳头打得起了一层老茧。我着急了，就偷偷用手去抠。我爷爷发现了，说，练武不能偷懒。我说，练这玩意儿太麻烦，有没有直接一招就把人打倒的？我爷爷说，那我教不了你，你跟着黄家老三练摔跤去吧。

黄家老三以前是区摔跤队的教练，壮实得像只铁墩子，还喜欢打人，我没敢去找他。

我去找了王老八，王老八说他曾经得过全市的散打冠军，功夫一流。

后来我知道，王老八吹牛不上税，一吹，全老街刮大风，公牛母牛都不敢来老街。

不过，我跟着王老八练那一年也不白练，棍子那样的癞汉子，我可以“照顾”他三个，门牙掉了都没机会捡。

后来我还是跟着黄家老三练上了摔跤，吃了不少苦。

有一年，街道上的人来找我爸爸，手里拿着我爷爷绑在树上的那本书。街道上的人走了以后，我爸爸就揍我，用笤帚疙瘩猛抡我的屁股。我爷爷说：“别打孩子了，那是我给他绑的书，我不知道那是毛主席他老人家写的书。”我爸爸说：“咱们家出了个小反革命啊爹。”我爷爷说：“要不你打我，别打孩子。”我爸爸说：“爹你去街道上解释吧，我没脸去。”我爷爷就去了街道，回来的时候，翘着胡子直乐，哈，能把我怎样？老子是无产阶级，我孙子是无产阶级的后代，根正苗红，不反革命。从那以后我就害怕见到那棵树，一见那棵树就摸屁股。

后来林志扬和王东他们知道了这件事情，就拉我去树下撒尿，得空就撒，直到把那棵树给淹死。

林志扬说，我姐姐也帮忙撒过尿，一天两泡。

我想象着林宝宝露着大屁股在树下撒尿的情景，心里直别扭。

我这里正胡思乱想，我哥来了，搬起我脚下的纸箱子，往跟过来的林志扬怀里一杵：“你们去芥菜头那边。”

林志扬往前走了两步，回头呲了呲牙：“铁哥，你最好离我们近一点儿。”

我哥反手挥了挥，走到一棵树下，摸出烟，单手划着火柴，顺手把火柴盒丢到地下，用脚一碾，一把拽过了跟在他身后的三哥：“你们跟着扬扬，我没过去之前，你们先别跟人动手。”我捏了捏拳头，感觉很硬，似乎有汗水顺着指头缝滑了出来。

“老二，去年你跟芥菜头他们打那一架，到底是怎么引起来的？”林志扬问。

“闭嘴……”我的脸一热，说不出话来了。

“哈，我听斜眼儿说，当时你冲一个娘们儿吹口哨呢。”

我的脸烫得厉害……这事儿是真的。

那天我正蹲在大厕所门口看对面几个小姑娘跳绳，从公交车上下来一个打扮得像妖精的大姐，我觉得她扭腰摆臀，姿势很是撩人，就冲她吹了一声口哨。她火了，冲后面芥菜头带着的一群人暴吼一声：“你们瞎眼！”于是我就躺到了大厕所门口的尘土里。

林志扬看出我默认了这事儿，哼唧道：“要不老街人都说，张大是个张飞，张二是个西门庆呢。”

我想骂他，张不开嘴，就像被人给缝上了。

脑子里忽然就浮现出赵娜的身影，她站在阳光下，身上泛出淡黄色的光。

戏台那边传来电影里拉兹的歌声，印度语不好懂，但我知道他唱的是什么：

我只爱你一个人
骄傲的心被俘去了
我又唱我又哭
我的心神恍惚……

过了大厕所，前面的人更多了，小黄楼尽头开阔地边的灯光扬场般洒向攒动的人流，像微风扫过麦穗。林志扬拉我站住，踮起脚，抻着脖子往对面打量了几眼，搂紧我的肩膀，小声说：“那帮孙子果然就在那

边。咱们就在这里卖，吆喝的声音大一些，孙子们一会儿就过来了……”舔一下嘴唇，嗓音忽然有些颤抖：“咱们都听铁哥的，随他们折腾，关键时刻咱哥会出来的。三哥，把箱子放下，咱们这就开始……”猛提一口气，驴鸣般嚷上了：“卖袜子啦！南来的，北往的，美国的，日本的，是人都来看看啦——便宜，一律两毛五一双！”

我帮三哥将箱子打开，一条一条地把袜子摆在箱子上，歪着脑袋看林志扬狼一般地嗥。

三哥猴子似的团坐在地上，声音小得像蚊子：“袜子袜子，卖袜子……全面减价，跳楼，放血，外带不活了……”

一个大姐挤进来，抓起一只袜子来回摩挲：“贵了贵了。能再便宜点儿吗？那边卖一双两毛呢。”

林志扬说：“两毛就两毛，今天我们学雷锋了，处理完拉倒。”

大姐刚挑了两双袜子，就被一条胳膊挡到了后面，一个头发长得像女人的家伙一指我的鼻子：“你的货？”

好啊，这就来了！我的胸口一紧：“是，我的货。哥们儿来几双？”

“你看我像个买袜子的吗？”长头发“噗”地将嘴巴上叼着的烟头吐到地上，斜着眼睛看我。

“大哥，别这样啊……”林志扬挤了过来，“都是老街人，给个面子。”

“你要什么面子？”长头发翻着眼珠扫了林志扬一眼，“少跟我提什么老街，老街算个屁。”

“大哥不是老街人吧？”林志扬捏捏我的胳膊，语气轻快地说，“我是扬扬，就住附近。”

“痒痒？”长头发冲后面摆了一下头，“哥，他说他痒痒了。”

“痒痒那就是皮紧了，哥们儿来帮他松松。哟嗬，麻三儿也在这里嘛！怎么搞的？没有裤头兜着你了是不是……哟！我操，张二这不是？”芥菜头横着狗熊般壮实的身子晃过来，一把扯远三哥，硬硬地站在了我的面前，“看什么看？不知道爷们儿在这里出摊儿还是怎么了？”我偏一下脑袋，胸膛有一种即将爆炸的感觉，浑身的血全涌到了拳头上：“芥菜头，我一直在找你……”嗓子突然就是一堵，后面的话说不出来了。芥菜头后退一步，眼前出现一块空地，人群涌到了马路对面。

三哥不见了，袜子横七竖八地散落在地上。

芥菜头侧着脑袋，伸出一根指头冲旁边勾了勾，一个光着膀子的胖子凑上来点着了他叼在嘴上的烟。

芥菜头嘬两口烟，冲我偏了偏头："来，跟我说说，你找我是什么意思。"

我不想跟他废话，用脚划拉开脚下的箱子，捏紧拳头等他上来。

林志扬刚喊了一声"别动手"，我就看见我哥从芥菜头那帮人的后面闪了出来。

没等我看清楚，芥菜头连同他身边站着的几个人就倒麻袋一般跌倒了，那个胖子竟然跌到了对面的一个垃圾箱下。

哥哥的动作异常迅速，我这里正愣神，他就揪着芥菜头的头发，拖死狗似的将他拖到了我们摆摊的地方。

芥菜头像被割了气管的鸡一样扑腾几下，反着脑袋喊："你是谁？是汉子就放开我，我跟你单挑！"

我哥冷笑一声，松开手，看都不看他，抓过芥菜头那帮人带来的一个纸箱子，从里面提溜出一串袜子，在眼前来回晃。

芥菜头似乎是被我哥旁若无人的气势给弄糊涂了，半跪在他的面前发傻。

我哥用一个烧汽油的打火机点燃那串袜子，悠悠地摆动："回去告诉牛二，以后他的货我全包了。"

芥菜头好像明白眼前的这个人是谁了，猛地往后倒退几步，撒腿就跑。

被我哥打倒的那几个人歪歪扭扭地站起来，吃了蒙汗药似的呆望着我哥，似乎还没反应过来发生了什么事情。

林志扬扭着三哥的胳膊过来了，我哥冲那几个人一努嘴："老三，麻烦你过去跟他们打声招呼。"

三哥稍一迟疑，晃开林志扬，拉着"阔背"走了过去："找死是不是？我麻三是老街人！"

那帮人反应过来，互相一望，转身就跑。

芥菜头突然舞动着一根棍子从侧面向我们这边撞了过来。我哥伸出胳膊把我们往后一拦，忽地跳了起来。我看见他犹如一只从天而降的大鸟，整个身子腾在芥菜头的头顶上，一只脚踩在芥菜头的胯骨上，一只胳膊蜷在他的脑袋上方……从我这个角度看，我哥的胳膊肘狠狠地砸进了芥菜头的脑袋。芥菜头一缩脖子，死人一般萎靡在地上，连一声哼都

没有发出。我哥落地的姿势很硬朗，一条胳膊在上，一条胳膊在下，两腿稳稳地扎着马步。他保持这个姿势停在那里，斜着肩膀看那群刚刚又涌回来的芥菜头的人，舌头一下一下地舔上唇。

那群人被我哥的气势震住了，倒退几步，呼啦一下转过身，狂风般卷向了远处。

我哥收起马步，抬脚掸了掸鞋面子，“砰”地吐在芥菜头的身上一口痰，冲我一摆头：“找个地方开导开导他。”

我用脚勾了勾烂泥一般躺在地下的芥菜头：“起来，跟我走！”

芥菜头像蛆那样蠕动了几下，像是要极力爬起来的样子。我摇摇头，反手揪着他乱草一样的头发，拖着就走。

芥菜头的塑料凉鞋掉了一只，另一只穿着凉鞋的脚一路“呱嗒”，快板似的打他的脚后跟。

看热闹的人群迟疑着往这边涌了一下，我赫然发现了一个令我心悸的影子——赵娜！

赵娜踮着脚，站在一群姑娘的身边，目不转睛地看着我。我感觉有一股凉气沿着脚后跟升到了头顶，她怎么也在这里？

我提着一口气，扭过脑袋，耸起一边肩膀挡着脸，悄悄丢下芥菜头，退进了旁边的人群。

第四章　黑石头

时间这玩意儿很混账，曾经的真实，在它的面前不堪一击，只留下一些残缺的影像。

我记不清那天晚上自己是如何从夜市出来的，只记得天上有很多星星，密得就像筛子孔，我突然就感到空虚。

我打架，被赵娜看见了，我在她的心目中会是一个什么样子呢？流氓、无赖、小混混？

我发觉自己有点矫情，是谁让我忽然就变得谨小慎微起来了呢？

我想追求赵娜，可是我没有勇气。谨小慎微属于好的性格还是懦弱和猥琐呢？

上学的时候，政治课老师对我们说：人类要经历原始社会、奴隶社会封建社会、资本主义社会、社会主义社会，才能进入共产主义社会。我在学生时代，与女同学没有什么交往，甚至连话都很少说，“斗争”经验几乎等于零，应该算是处于原始社会阶段。刚刚看上一个女生就想抛开奴隶社会和封建社会，跨越资本主义社会和社会主义社会两个阶段，享受共产主义社会的美好生活，显然是痴人说梦。

怎么办呢？这几个“社会”我应该如何跨越？我踯躅街头，心中又茫然又焦躁，唯有一丝希望的星光在眼前闪烁。

林宝宝！对，林宝宝答应帮我追求赵娜，我相信林宝宝的能力，她是“过来人”，她出马，一个顶仨。

街道上已经没人了，零星的汽车驶过，幽灵般消失在黑暗之中。

走近小黄楼的时候，天忽然变得又蓝又亮，以至连阴影里都闪着蓝幽幽的光。

我站在楼下，像孙悟空那样手搭凉棚，眯着眼睛看赵娜家的那扇窗户。

我又一次飞起来了，我感觉自己飞在漆黑的天上，四周全是水一般的空气。我展开双臂优雅地飞，小黄楼在我的身下渐渐变小，渐渐消失。

我已经飞出去很远了，忽然在前方又看见了小黄楼，一个白衣长发的姑娘坐在楼顶上冲我笑。她的牙齿在月光里闪着细碎的光。我冲她唱，“一朵红花向阳开，贫下中农干起来”，她的胸脯上就开了一朵鲜艳的花儿。那朵花儿晃我的眼睛，让我迷失了方向，于是我踩着一朵祥云降下来，降在现在我站的地方，然后我的呼吸就变得不顺畅了，全身都在膨胀。

我很想喊住在那扇窗户里的那个姑娘下来，很想拉一拉她的手，很想拥她入怀，唱一声“一朵红花向阳开，贫下中农干起来”，然后像我哥跟林宝宝那样搂在一起……搂在一起再干点儿什么呢？自然是亲一个嘴了。亲嘴的感觉应该很舒坦吧？王东对我说过，哥们儿，亲嘴那是相当的舒坦啊，女人的舌头带钩儿，钩住你的舌头往她的喉咙里使劲拉，没有点儿车轴汉子力气你是别想拉回来的。

我相信了王东的话，因为他有女朋友，是麻三的二妹，她叫淑芬，性格直爽得有些发傻。

淑芬长得像张飞他妹妹，我给她起了一个外号——张飞妹。

张飞妹十几岁的时候就被她爸爸送去了她在东北的大姑家，前年才回来，回来以后的张飞妹变成了一个体态丰腴的大姑娘，被王东给盯上了，现在两个人在有一搭无一搭地谈着恋爱。张飞妹经常把王东的嘴唇咬破，舌头也给他钩长了，让他说起话来像个“秃舌子”。

赵娜的舌头一定也带钩儿，一定比张飞妹的钩儿要柔和，不会把我的舌头钩成“秃舌子”。

我怎么做才能跟赵娜亲嘴呢？望着那个闪着蓝光的窗口，我的心麻麻地痒，就像有一万只蚂蚁在上面爬。

今天我打架让她看见了，她不会害怕我吧？她一害怕我，也许就不让我接近她了……

我摩挲一把头皮，刚长出头发来的光头发出沙沙的声音，像一把钝刀拉过我的心脏。

林宝宝说的话对吗？如果她说得对，那倒无所谓了，流氓嘛，不打架那还叫流氓？

抬头望一眼星光闪烁的夜空，我忽然就联想到了牛郎和织女。我想，牛郎和织女不能相聚，是因为有银河的阻隔，可是我和赵娜只隔着一条马路啊，我怎么连这条小小的马路都跨越不了呢？我怎么就这么笨，这么低能呢？即使赵娜的出身和长相确实比我强很多，我也犯不着未战先怯啊……古今中外的军事史上，以弱胜强的战例是非常多的。不对，不能这样比方，很多以弱胜强的战例是弱方有一定的有利条件，我的有利条件是什么？难道我真的要用装流氓这种方式作为接近赵娜的条件吗？

我用力地抠屁股下面的一块石头，我想把那块石头抠出来，然后用它砸向赵娜家楼下的那个垃圾箱，赵娜听见响声，也许会打开窗户看外面发生了什么情况，那样，我的机会就来了，我会扯起嗓子冲她喊一声："一朵红花向阳开，贫下中农干起来！"赵娜奔下楼来，我迎上去，然后……咽一口唾沫，我打消了这个念头，这是个什么做法？流氓不像流氓，无赖不像无赖，整个一个花痴型的神经病。

有尿意袭来，我怏怏地站起来，向那个窗户吹一口气，转身走到一棵梧桐树下。

刚解开裤带，我就听见了王东的声音："我的亲大爷！你怎么还在这里？快，铁哥出事儿了！"

我的脑子"哗"地亮了一个闪电，整个人一下子僵住了："怎么回事儿？"

王东的手里提着一根棍子，朝后面一摆："你们先去医院！"猛扑过来："咱们先回家，我怕张叔有麻烦！"

我打个激灵，当胸推了他一把："把哥儿几个都喊回来，去我家附近防备着，先别惊动我爸爸。"

王东冲向那帮兄弟的同时，我已经飞身越过了身后的矮墙。

跑到医院外墙的时候，我找了一块砖头，用汗衫包了，打一个结，提溜着，直奔急诊室。我没有贸然进去，贴着墙根看里面的动静。门后，一个兴奋的嗓子在说话："知道里面躺着的那条好汉是谁吗？张铁大哥，我们老街第一条好汉！当年他还是个孩子的时候就显露了凶悍的一面。滚刀肉王八爷你们应该知道吧？他曾经横行老街二十多年。有一次，铁哥让他让位，他不答应，铁哥飞身上去就是一刀，当场砍断了他的手，从此奠定了老街老大的地位……"

我抻长脖子往里一瞅，是兰爱国这个臭嘴子，他的身边站着我哥的同学可智，对面是一帮黄着脸的病号。

我左右看了看，确信没有危险，将包着砖头的汗衫夹在腋下，径自走了进去。

从急诊室的侧门里冲出一个半大小子："二哥，铁哥受伤了！我送他过来的。"

"家兴,我哥在哪里？"这小子是王老八的儿子王家兴,我急急地问。

"刚缝了针，"家兴往侧门指了指，"在里面躺着呢，流了好多血。"

我冲进那个门，一眼就看见了躺在一张皮子床上的哥哥。他的头上缠满绷带，脸黄得泛出了绿色，像一整张萝卜皮。一个大夫在往他的胳膊上扎针。我哥说："不用挂吊瓶了，我躺一下就走。"大夫迟疑了一下："流血太多，还是打一针吧。"哥哥忽地坐了起来："我说不打就不打！"大夫摇摇头，丢下针，转身出门。我哥看见我，又躺下了："没什么，挨了一石头。"

我站在旁边沉默了一会儿，点了一根烟，给他插到嘴里，转身出门。

家兴蹲在门口，斜着眼睛看还在跟那帮病人吹牛的兰爱国，一脸怒气，鼻孔撑得能伸进拳头去。

"你是怎么看见我哥的？"我站在家兴的头顶，沉声问。

"我回家，刚走到家门口就看见铁哥甩着一头血往外跑……"

"旁边没有别人？"

"没看清楚……"家兴不停地舔嘴唇，"好像有一帮人翻过墙头跑了。"

"谢谢你啊。回去吧，不然你爸爸又好找了。"

"二哥，我不上学了，我想跟着铁哥混。"

"走吧，别让你爸爸担心。"

看着家兴走远，我在门口抽了一根烟，过去跟脸色蜡黄的可智握了一下手："你怎么也来了？"

可智的嗓子有些颤抖："我听说你哥回来了，想过去看看他，正好碰上了。"

我点点头，勾勾手让兰爱国过来，沉声问："家兴一直待在这里？"

"一直在这里，"兰爱国像吃了春药的猫似的，双目炯炯，"他不顶事儿，一个吃屎的孩子。还是我厉害……"

"这中间他没出去过？"

"哎，你什么意思？"兰爱国张了张嘴，一股大蒜味冲口而出，"明白了，你是不是怀疑家兴砸你哥的黑石头？"

"我没那么想，"我瞪了他一眼，"你应该刷刷牙了。"

兰爱国撩起衣角在大门牙上蹭几下，"呸呸"吐了几口唾沫。"就是就是，好几天没刷牙了，"瞥一眼可智，尴尬地笑，"听说你在厂里干得不错，当技术员了？"可智"嗯"了一声："我出去上了一年技校，回来以后就去了电镀厂。老兰，你跟张铁能说进话去，劝劝他，以后别这么混下去了，多危险？"兰爱国不理他，冲我做了个吃死尸的动作："谁砸了你哥，早晚得死。"

见我不说话，兰爱国把头点得像鸡啄米："决不饶恕，决不饶恕。"

我哥硬着身子站在门口，看得出他是在极力做出硬汉的样子。

那帮病人见我哥出来，风吹落叶般闪开了道。

我哥看见了可智，脸色很不自然："你也来了？"

可智低着头往外走："让我说你什么好呢？"

我哥咳出一口痰，"啪"地射到玻璃门上："我知道你想说什么，别劝我了，每个人有每个人的活法。"

可智站住了："我没想劝你。我只想说一句，别再混了，没意思。"

我哥一笑："好日子是靠拳头打出来的，做男人，要有担当。"

可智伸手拽我哥，我哥站下了："有话你还是说出来吧。"

可智用脚在地上来回搓了两下，抬头说："我觉得你应该跟宝宝好好过，那是个好女人。"

我哥笑笑，转身就走。

想想我哥也真奇怪，林宝宝下乡当知青前的那天晚上，我看见我哥和林宝宝在我家胡同口的一个黑影里抱着，远远看去就像一个人似的。我躲在我家的草垛后面看他们，我以为就我哥和林宝宝的脾气，一会儿就该亲嘴了，我喜欢看。可是我看得眼珠子都疼了，也没见他俩动弹过——他们俩就那样一动不动地搂抱在一起，好像连气也不喘。我感到没意思，想要走开，林志扬从胡同北头摸过来，拽拽我的衣袖，说，再等等，你哥肯定会按倒我姐。其实我也盼望着有这种事情发生，可是我俩都失望了——我哥和林宝宝一直搂在一起，直到天将放亮才松开，互相挥挥手，一个往南一个往北，就像两只风筝，轻飘飘地走远了。

回想起来，我都怀疑那天看到的情景不是真实的。

我发自内心地希望我哥哥娶了林宝宝。

天更黑了，有云一般的雾从四面八方弥漫出来。

兰爱国冲可智走的方向做了个踹脚的姿势："当个破技术员就了不起了？当初你爷爷还是个挑担子捎脚的呢。"

我对我哥说："这几天你好好在家歇着，这事儿有我。"

我哥笑道："没事儿，输不起就别出来混。"

走到小黄楼附近，我哥说："你看，这儿多安静啊……"歪着脑袋看我："那个姓赵的小妞儿就住在这里吧？"

我点点头，想开句玩笑又想不出合适的词儿来，咽一口唾沫沉默了。

兰爱国接口道："老二，这事儿你可以找家兴。家兴也在中化中学上学，让他帮你打听打听。我听说家兴在学校是个人物呢，男的女的都怕他。你明儿就去找他，让他……"我哥横了兰爱国一眼："你还有完没完了？在医院你就乱叨叨，在这儿还没拉上拉链？"

兰爱国吐一下舌头，卡壳了。

我对兰爱国说："这事儿是需要用银子来打基础的，别人帮不上忙，你要是有钱就帮帮我，这才是正经事儿。"

"我有钱？"兰爱国跳开了，"有钱的是棍子他们，他们卖一天炒栗子顶我卖三天西瓜的。"

"棍子一直在炒栗子？"我哥问。

"是，一直在炒，你进去了他就没闲着，比你当年卖的还多。"

"那好，那我就重操旧业。"

"铁哥，你们走这边，"兰爱国紧跑几步，做了个汉奸带路的姿势，"我得先回家了，我家老人心事多。"

我哥挥挥手，转身进了胡同。我拉他一把，来回看："那块石头是从哪个方向打过来的？"

我哥瞄了一眼胡同口的矮墙："别问这点破事儿了……我想让你走一条更高的路。"

我恍惚有些明白他的意思，脑子很乱，感觉不出来哪一条路是层次更高的路，也不想知道什么样的路比眼下的路到底怎么个高法，我只知道我不能眼看着自己的哥哥被人砸了黑石头，自己坐视不管。我说："这事儿我不能不管，你是我的亲哥哥。"

"我需要你管吗？"我哥的口气有些恼怒，"我还没到需要你管的地步吧？"

"我帮你打听是谁干的，这总可以吧？"我软了一下。

“不需要……”我哥摸了我的胳膊一把，忽地闪到了一边，“谁！”

黑影里呼啦钻出几个人来。

王东提着棍子跑了过来：“铁子大哥，你没事儿吧？”

我哥扫了他一眼：“没事儿。你们在这里干什么？”

王东说：“是二哥让我们过来的，怕芥菜头他们过来折腾老人。”

我哥扒拉开他们，回头说：“都给我回家。”

王东喷着一嘴酒气往我这边靠了靠：“刚才我送铁哥去医院的路上，兰斜眼儿说你看上赵娜了，是真的？”

看着我哥进了我家的院子，我拉过他，悄声说：“是真的。听你这口气，你认识她？”

王东闷声道：“我劝你还是不要想三想四了，出身不一样呢，人家的妈是工会主席，爸爸在法院工作。”

赵娜的爸爸竟然在法院工作？他不会是个法官吧？

我的心微微颤了一下，丽达的爸爸也是个法官，可是她爱上了拉兹，他们的爱情坚贞不渝。

我嘬一下牙花子，笑道：“你不懂，爱情这玩意儿是没有出身之分的。”

王东瞥了我一眼，慢悠悠地说：“你还是别招惹她，那是一只破鞋。”

我吃了一惊，赵娜是个破鞋？这怎么可能？她才多大啊……我料定王东这小子是在吃醋，拧一把嘴唇，悻悻地笑了：“破鞋就破鞋吧，能凑合着穿就行。你说这话是什么意思？”王东一把扯过了站在旁边闷头抽烟的一个瘦得像麻秆的青年：“胖子，你告诉他。”

胖子往后躲闪：“我知道什么？二哥你别听他的，我什么也不知道。”

王东用棍子扫了周围一下：“你们都回去吧，我跟二哥说点事儿。”

那帮人跟我打声招呼，一哄而散。

王东回身，用棍子一下一下地戳胖子的胸口：“跟我耍流氓是吧？刚才蹲在这儿你是怎么说的？”

胖子张张嘴，烟头掉到脖子里，烫得直蹦高：“我什么也没说……”

我打掉王东手里的棍子，拉过胖子，笑道：“说了也没什么，我才刚跟赵娜见了一面呢，正好了解了解。”

胖子躲到阴影里，拉了个要跑的架势：“我真的什么也没说呀。”

我别住了他的胳膊："你告诉我，赵娜怎么是个破鞋？"

胖子感觉自己走不脱，冲王东摇了摇头："以后什么话也不能跟你说了……"见王东要踢他，慌忙捂住裤裆："二哥，我不过是随便说说，告诉了你，你可别打我啊。"我说："不打你，但是你得说实话。"胖子猛吸一口气，张口就来："她是个'私孩子'！他爹在湖北的时候，从火车站捡的她。我们学校里很多同学都知道，她不知道她亲妈是谁，她是个婊子养的……"

"这就能证明她是个破鞋？"尽管我有些吃惊赵娜的身世，可是就这样断定人家是个破鞋，也未免太武断。

"她亲妈是破鞋，她也一定是破鞋，就像拉贡纳特说的，好人的儿子是好人，贼的儿子永远是贼，大家都这么说……"胖子使劲地搓头皮，"你想想，哪有上学还穿着小白皮鞋的？她就穿！锃光瓦亮，跟个女特务似的……别的女同学都穿裤子，她穿裙子，还是江青穿的那种，叫什么来着？布拉格还是布拉吉，反正很'洋气'。刚才我跟东哥说了，这都不算什么，她谈恋爱了！跟电镀厂一个叫袁真的。那小子长得就跟唐国强似的，油光水滑的大分头，大喇叭裤跟扫帚一样大，整天提溜着半头砖（一种录音机）去学校门口接她……"

我听不下去了，心像刀割一样难受："她放了学不回家？"

胖子有些兴奋，两条胳膊挥得像跳新疆舞："她回个屁家？心野着呢。前几天我跟几个同学趁袁真没去接她，拦着她跟她搭腔，没等说上几句话，袁真骑着车子来了。什么话不说，把头只是那么一摆，这个小婊子一扭屁股，嗖——就这么上了人家的车子。还唱呢，甜蜜的生活，甜蜜的生活无限好喽喂，甜蜜的歌儿，甜蜜的歌儿飞满天……你说，这不是个破鞋还是个什么？那个叫袁真的傻 × 青年也很能玩派，半头砖一个劲地放《流浪者》里的拉兹之歌，啊巴拉古，啊巴拉古……什么玩意儿？老街没有男人了还？"

我的脑袋有点晕，嗓子发干，舌头也直打哆嗦："那个叫什么真的，他，他是哪里的？"

王东说："我知道。'街里'人，很狂，二十三四岁的年纪。"

我用力吞了几口唾沫："他在电镀厂上班？"

胖子说："在电镀厂上班。听说是个技术员，大学生，好像跟可智哥在一个车间。"

我感觉自己的嗓子眼在冒火，眼前飘着的全是泛着金光的云彩。

我依稀记得见过这个人。

去年冬天，可智给我们家送煤。我跟我爸爸装好炉子，我爸让我把煤做成煤饼子。因为得去很远的地方挖黄土，我想偷懒，就对可智说，你能不能帮我找几个人一起干？可智从厂里喊了几个人过来，其中有一个个子高高，留着包住耳朵的长发，穿一条劳动布大喇叭裤的青年。他给我的印象很深，我觉得他是个美男子，说话也风趣，干活儿的时候一直哼哼歌曲，啊巴拉古、啊巴拉古……记得他爬上我家房顶打烟筒的时候，展开双臂，冲着天空嚷，啊，多么蓝的天啊，走过去，一直往前走，不要往两边看，走过去，你会融化在蓝天里。

管你是谁呢，敢动我看上的女人，我就跟你没完！我使劲咬了咬牙："你们走吧，我知道了。"

胖子意犹未尽，唾沫星子四处乱飞："二哥，反正我已经毕业了，不怕，既然你看上了她，我帮你去'挂'！"

妈的，你知道什么，就算人家再不好，我配得上人家不？我不想说什么，甩开他们，一路闷走。

走近家门，我突然就不想回家了，心乱得像塞了一把茅草。

刚刚消失的大雾又冒出来了，黏黏糊糊飘得到处都是。

我蔽在一个黑影里，呆呆地望着小黄楼的方向，感觉自己又一次飞起来了。

远处的一个胡同口，几个年轻人在抱着吉他唱歌：

在那矮小的屋里，灯火在闪着光
年轻的纺织姑娘，坐在窗口旁
你在想些什么啊，可爱的姑娘？

歌声随着大雾散尽的时候，我猛然发觉自己抱着膝盖，浑身精湿，狼狈地团坐在小黄楼对面的台阶上。

第五章　初　恋

芥菜头人间蒸发了，派人也打听不到他去了哪里。我哥曾经去过他家，他爸爸说，我不管你们找他干什么，以后别来找他了，我没有这个儿子。我哥断定那块黑石头就是芥菜头打的，不然他躲起来干什么？我曾经怀疑那事儿是家兴干的，后来前后一想，感觉依照他的年龄，他还没有那么大的魄力，这事儿应该就是芥菜头干的，嘱咐身边的人留意芥菜头的动向，一旦出现，就把他抓到我这儿来。

过了几天，棍子告诉我说，芥菜头当兵去了。

我不相信，现在中国跟越南打仗，表现好的人才能当兵，他一个小混混，哪个部队肯要他？

尽管我不相信芥菜头会去当兵，但我很羡慕那些在中越边境打仗的军人，觉得他们个个都是英雄。有一天，我帮一个邻居去学校修理课桌，学生们在开会，一个军人在台上演讲，讲的是法卡山保卫战的故事。我听得入迷，如果不是在人群里发现赵娜，我还准备冒充学生坐下好好听呢。那天下午，我整个人都分裂了，一半在听战斗故事，一半跟着赵娜走了。

偷偷跟踪过赵娜几次，我并没发现袁真的影子，我怀疑胖子撒谎了，赵娜是不可能跟年龄那么大的人谈恋爱的。

我去找林宝宝，问她“进展”如何？林宝宝似乎忘记了她答应我的事情，一脸茫然：“你说什么？”

我提醒她：“我说赵娜。”

林宝宝懒洋洋地说，她打听过赵娜的情况了，很单纯的一个女孩，她认识一个叫袁真的电镀厂工人，他们之间没有什么“情况”，只是经常在一起听录音机。我决定不指望林宝宝了，我要亲自接触赵娜，在这个问题上不能拖沓——早起的鸟儿有虫吃，这没错。

兰爱国说过，要想事成，先有造型。我得把“造型”拿好了，不能像以前那样邋遢了。

光头长到一寸长的时候，我去理发店剪了一个日本电影《追捕》里杜丘那样的平头，喇叭裤也不穿了，改穿蓝军裤，皮鞋每天都擦得锃亮。这样的形象，让我妈，让我们院儿里的大姨大妈们感到惊喜——二子要学好了，打扮起来比那些国家干部还要文明。

我爸爸说，老二你既然不学混子打扮了，胡子也得刮刮，留着小胡子，还是像个混子。

于是，我每天早晨起床都要刮胡子，有时候照镜子，总把自己往太监身上联系。

那几天，我像是得了勤奋型的狂犬病，天不亮就爬起来，刮完胡子，洗一把脸，将白衬衫扎到蓝军裤里，装作晨练的样子，跑去小黄楼附近晃荡。赵娜一下楼，我就跟上了，悬着心跟在她的后面跑步。有时候超过她，倒退着跑，不说话，故意让她看见我。赵娜也很有意思，她在我向她“示好”的时候，总是挺着胸脯，两眼直视前方，一声不响地走自己的路，风一般快，青春逼人。

有个成语叫做潜移默化，我觉得那阵子的赵娜正被我“潜移默化”地感染着。

比如，刚开始的时候，赵娜经过我身边的一刹那总是仰着脸，步伐与她前面的一样有条不紊。后来就变了，她走近我的身边时还有条不紊，与我刚一错身，步伐就开始加快，最后变成小跑，风吹一般刮进校园。再比如，刚开始的时候，她目不斜视，甚至在我看来有些趾高气扬，后来也变了，每当经过我的身边，她总是微微低着头，但我能感觉到她在用眼角的余光扫我，然后再正起脸，迈步向前。

我觉得，我已经引起赵娜的注意了，总有一天她会主动跟我打招呼。

那天，赵娜被不停地在她前面踮步的我晃得憋不住了，眯起眼睛，冲我偏了偏脑袋：“真巧啊，每天都能看见你跑步。”

看看，这就叫工夫不负有心人，赵娜终于主动“上钩”了，我的心甜蜜地扑通着。

她软软的普通话带着一丝南方味儿，让我感到新奇，两腿也跟着发软。

我倒退着踮了几步，紧着胸口说：“每天都锻炼，习惯了。”

赵娜似乎被我传染了，跟着踮几步，然后冲我笑笑，转身加入了一群姑娘的队伍。

我察觉到，她在转身的一瞬间，脸是红的。

她才跟我说了一句话，为什么就害羞了？我怅然若失地停下脚步，盯着她的背影，心发慌，脑子空，口水流了一下巴。

从那以后，我们就形成了一种默契，只要我一跑到她的前面，不管有没有回头，她都要打声招呼 ：“早上好。”

回一句“早上好”，我的心就像开了拖拉机，“咕咚咕咚”地跳。

一天早晨，我刚追上她，还没来得及掉转身子踮步，赵娜就说了一句 ：“张石你真准时。”

我有些吃惊，她怎么会知道我的名字？连忙问 ：“你知道我叫什么名字？”

赵娜的脸红了片刻，随即用一只手捂着嘴巴朝我笑 ：“我猜的。”

我知道她是在糊弄我，但又不好意思追问，疑惑着踮远了。

第二天早晨，我鼓足勇气，贴在她的身边踮步 ：“赵娜，你上初几了？”

赵娜又捂着嘴巴笑，口气跟我昨天的一样 ：“你知道我叫什么名字？”

我的脑海里一下子泛出这样的一个镜头 ：赵娜站在她家的窗前，叉叉腰，一仰头 ：“我叫赵娜！” 我直接卡壳。

见我不说话，赵娜止住笑，说 ：“我上高一了。”说完，又笑 ：“其实你早就知道的……你毕业了吗？”

我说 ：“我早就毕业了，不过跟你不是一个学校的。我学习很好的，今年考大学，差点儿考上呢。”

赵娜站住了，晨曦透过她头顶的树叶漏下来，星星点点打在她的身上。

看得出来，她不相信我的话，我强调说 ：“考大学对我来说属于小菜一碟。”

赵娜矜着鼻子笑 ：“是吗？你这么厉害？”

听她的口气，她似乎知道我的情况，我顿感尴尬，连忙换了一个话题 ：“我以前没见过你，你们家刚搬过来是吧？”

赵娜刚刚消失的笑容又浮现在了脸上 ：“有个成语叫明知故问，那就是说你呢……没错，我们家是刚搬到老街这边来的。你也没想想，我家住的那座楼才盖起来多长时间？我以前跟我爸爸一起在一个很远很远的地方住，后来这里盖了房子，我妈在这边工作，我和我爸爸就搬过来住了。刚来的时候，我很不习惯，环境陌生，也不认识几个人，很寂寞。后来就不一样了……”

我借机插话：“后来你就认识我了，不再感到寂寞了吧？多好呀。”

赵娜浅笑着瞥了我一眼：“对，我也觉得挺好。我很早就见过你的。那天你在踢球，我趴在墙头看你，我觉得你像个球星……”

我的脸蓦然发烫，什么球星呀，我连踢球的规则都不懂：“别表扬我啊，我那是闲得难受，找个球发泄发泄罢了。”

赵娜抿着嘴笑：“反正那天我看了你很久，我就是觉得你跟别人不一样。我同学都说你很厉害呢，天不怕地不怕。”

本来我想装得文明一些，一想起林宝宝说过的话，直接点了点头：“那是，我不知道害怕两个字怎么写。”

赵娜跟着我也点了点头：“大家都这么说呢。那天晚上我看见你跟人打架了，心里真害怕。”

我稳稳神，胡乱一笑：“没什么，他欺负人，我就揍他。”

赵娜说：“对呀，那个人很坏，我们都知道。”

我不想跟一个女孩子谈论这些事情，转话说：“我十八了，肯定比你大很多岁，你得叫我大哥。”

赵娜大大的眼睛一忽闪：“美的你，你才比我大一岁。我快要十七了，下个月八号过生日。”

太好了，我们的年龄很合适呢。她下个月八号过生日，我一定要送给她一件礼物……送什么好呢？电影《流浪者》里，丽达过生日时收到很多礼物。拉兹对丽达说，我没有钱给你买礼物。丽达说，送我一朵鲜花也行。拉兹很高兴，摘下一朵鲜花给丽达插在头上，说，我以后一定给你买真正的礼物。丽达看着拉兹，眼波一闪一闪：“不过那不会比这更贵重的。”后来，拉兹为了实现自己对丽达的承诺，也为了让妈妈不再劳累，就去街头擦皮鞋。我不想去擦皮鞋，也不想去卖袜子，可是我拿什么给赵娜买礼物呢？

我这里正琢磨着，赵娜突然跑开了。

我愣怔片刻，跳上路边的一堵墙，在墙头跟踪她。

我看着赵娜跑过校园，跑过火车道，跑上了一条林荫道。

我站在林荫道前面的一个房顶，瞅着赵娜，心发慌，全身膨胀，不由自主地往下跳。

我跌倒了，爬起来，抱着脚，疼得直咧嘴。

赵娜看到了我，吃惊地停下了脚步。

我抱着脚，跳几下，故意倒下，在地上翻滚。

赵娜跑过来了，脸色紧张："你怎么了？"

我爬起来，躲闪着她伸过来的手："没事儿，没事儿……我想摘一朵花儿给你，就跌倒了……"

赵娜似乎看出来我是装的，闪到一边，抿着嘴笑："是吗？你为什么要送花儿给我？"

我说："你快要过生日了，我要送你礼物。丽达过生日，拉兹也送她花儿呢。"

赵娜倒退着往后跑："鲜花也行。"我听出来她的这句话是在学丽达的声音，一时感觉心痒得难受。

喊一声"别跑"，我追上赵娜，厚着脸皮跟她一起跑，心花怒放。

眼看就要跑到学校门口了，我感觉时间真混蛋，太快了，我还想跟她多聊几句，我说："你吃饭了吗？"

赵娜望着我，吃吃地笑："你这个人很有意思……不过中国人都很有意思，打招呼就说，吃了？"

我讪笑道："我的意思是，如果你还没吃饭，我就请你去吃，正好我也没吃呢。"

赵娜的眼睛又眯了起来，笑得让我感到迷惘："我早就吃过了，想请我吃饭没问题，等礼拜天吧。"

这话让我的心一阵舒畅，好啊，这就好，你答应跟我一起吃饭，我就有机会向你表白。记得林宝宝曾经说过，这个年龄段的小姑娘都很单纯，你找个机会单独跟她在一起，或者请她吃顿饭，她的心里就有你了，后面的事情就好办多了。机会这不是来了吗？

我说："明天就是礼拜天了，明天早晨我在你们家楼下喊你，你下来，咱们一起去吃饭。"

赵娜踮了几下脚："好啊好啊，去宝宝餐厅，我喜欢宝宝餐厅炸的油条。"

我的心像是开了一朵花，那更好了，加上林宝宝的力量，早晚你就成我的了。

脑子里唱起"一朵红花向阳开，贫下中农干起来"，我仿佛看见一朵花儿开了，我要干起来。

见我在莫名其妙地笑，赵娜撅起了嘴巴："笑什么？你是不是觉得我很嘴馋？"

我的心一紧，慌忙解释："不是，我在想，现在我是世界上最幸福的人了。"

赵娜的脸红了一下："你别那么想……刚才你误会了，我不是说要明天就跟你去吃饭。这几天我很忙，过几天再说。"

我有些失望："你在忙什么？"

赵娜垂下了头："我妈说我是个疯丫头，不让我随便出来……还有，我要准备期中考试。"

我"哦"了一声："那就再等几天，等你不忙了，我再约你。"

赵娜抬起头，眼波闪动："就这样。"脸忽然又红了。

送赵娜到学校门口，我故作矜持地拿过她的一只手，轻轻捏了捏："去吧，好好学习，天天向上。"

看着她小鸟一样地飞进校园，我"哇"的一声跳起来，沿着校园门口的那条土路，箭一般地飞，感觉身后全是腾起来的土。

冲进家门，我哥正在洗脸，满脸的香皂沫儿让他的脸看上去就像一块豆腐。

我猛拍了我哥的肩膀一把，嘿嘿笑着躺到了床上。我哥追进来，纳闷地问："什么事儿这么高兴？"我把捏过赵娜的手放在自己的鼻子底下，用力地吸，淡淡的茉莉花香在肺里散开，刹那之间充满了脑门："好事儿，好事儿，你想都想不到的好事儿啊。"我哥倚住门框，快快地摇头："你'挂'上小黄楼那个小妞儿了是吧？悠着点儿啊，别让人笑话你八辈子没见着个女人。"

我把手贴在脸上，感觉赵娜软软的手在抚摩我。

我哥回去继续洗他的脸："我是管不着你了，你自己看着办吧。哎，出来洗手啊，我不信你能一辈子都不洗手。"

吃饭的时候，我妈说："老二你这几天挺勤快啊，懒觉也不睡了。"

我哥挑着眉毛，悻悻地哼道："闻'鸡'起舞嘛。"

我妈说："以后老这样就好了，身体是革命的本钱，小时候锻炼好了身体，到老也健康，别像我。"

我哥说："妈你身体'杠杠'的，能活到一百零八岁，绝对老寿星。"

我妈搁下筷子，望着窗外的一抹阳光，眼泪直在眼睛里面打晃。

这个星期天的早晨很特别，雾气像是从地里钻出来似的，飘得到处都是，整个老街朦朦胧胧，像一幅水墨画。

我站在房顶上，眼睛朝着赵娜家的方向看，眼前什么也没有，就像被一张毛玻璃隔着。

我妈在我家院子里的厨房边站着，扯着嗓子喊："都起床啦，吃饭！"

我从房顶上跳下来，贴着门框，泥鳅一般钻了出去。

我发觉自己真的是块练轻功的材料，从我们家到小黄楼一百多米的路程，我只几下就到了，汗不出，气不喘，腰板儿溜直，胸口胀得像是打了气。在小黄楼对面的马路牙子上站了片刻，我提一口气，纵身跳上了背后的台阶，搓一下眼皮，定睛朝赵娜家的窗口看去。窗口有个身影一晃，我依稀发觉那是赵娜，她穿着一件白色的衬衫，马尾辫悠忽一甩——她看见我了！

我跳下台阶，穿过马路，蔽在楼下拐角处，三两把将汗衫扎进裤腰，跺两下脚，极力让自己显得矜持一些，迈步走到门口。

站了片刻，我才意识到，今天是星期天，赵娜不上学，我不会在路上跟她一起跑步了，心中蓦然一空。

老是在街上乱转的那条流浪狗溜达到我的脚下，抻着脖子嗅我的脚两下，不满地闪到了一边。我这才发觉，我的鞋裂了一个大口子，一只大脚趾钻出脑袋，硬生生地戳向前方，我慌忙甩一下脚，让裤子遮住它。这样，我就不能叉开腿站立了，只好取一个稍息姿势，别别扭扭地杵在那里。我想，旁边要是有棵树就好了，我可以将肩膀倚到树上，一手叉腰，一手捂住胸口，那只鞋子没破的脚可以打几下拍子，然后我就可以像吊嗓子那样，咿呀咿呀地装戏子了。

说到装戏子，我就想到了林宝宝的妈，林妈妈就喜欢装戏子。我模糊记得十几年前她就在这里装过戏子。那时候这里还没有这栋漂亮的楼房，是一片墙头上满是茅草的砖石房，砖石房的前面有一个戏台子，戏台子是用土垒起来的，四周长满茅草，草丛里不时有指甲大的花儿露出来。隔上月儿半载，戏台上就架起两根竹竿，晚上就有电影看了，什么《决裂》《春苗》《卖花姑娘》，什么《地道战》《地雷战》《宁死不屈》，什么《羊城暗哨》《英雄虎胆》《野火春风斗古城》……印象最深的是那些烫着大花卷儿头发的女特务，她们一律乳房高耸，蜂腰肥臀，常常让我想入非非，觉得她们一定都很风骚，比林宝宝她妈还风骚，长大了我一定要娶一个这样的老婆。

看电影对我们来说就跟过年差不多，过年的时候有人在上面唱样板戏，一个个描画得就跟年画一般。

那时候没什么年画，每家每户墙上贴的全是样板戏里的人物。

林宝宝她妈就跟年画里的李铁梅一样漂亮，只不过她的脖子上挂了两只破鞋，脏乎乎的，就像两截烤地瓜。

记得那天她弯着腰站在戏台子上，两只破鞋耷拉在她的脖子下面，风一吹，悠悠地晃，似乎有臭味飘出来。

她从早晨就站在那里，傍晚，她依旧保持那个姿势站着，背后是一片夕阳，她好像是睡着了。

看热闹的人群中午就散去了，她的身边什么也没有，茅草被风吹倒了，狗爪子似的伸向她。

王老八举着一根竹竿挑下她的破鞋，说声“回家去吧”就走了，她直接坐到了那片茅草里。

林宝宝的爸爸拉着林志扬来了，站在台子下看她，她抬起憋得像馊馒头的脸，对着天说：“我是梅兰芳，我会唱戏，我要唱《贵妃醉酒》。”

林宝宝的爸爸说，你唱吧，你不怕把咱们家的人都唱死，你就唱。

林宝宝的妈就唱：“奶奶，你听我说，我家的表叔数不清，虽说是，虽说是亲眷又不相认，可他比亲眷还要亲……”

林宝宝的爸爸说，人家梅兰芳还唱过这个？你连梅兰芳是男是女都不知道呢。

林宝宝她妈不唱了，她说：“老林，我累了，我要吃肉包子，一顿吃仨。”

林宝宝的爸爸从腰后摸出一个纸包，递给她。

那个纸包里包着一个抹了猪油的馒头，林宝宝的妈没吃，递给了林志扬。

林宝宝的爸爸爬上戏台，蹲下，让林宝宝她妈上来，他要背她回家，林宝宝她妈不上，说，他爹，我不敢。林宝宝的爸爸说，王老八说了，你可以回家了。林宝宝她妈翻着眼皮望天，嘴里念念有词：“我不敢，我不敢，这是资产阶级小姐太太的做法，谁也不敢，谁要是不听毛主席的话，谁就是坏分子，我不走，我要在这儿宣传毛泽东思想……”林宝

宝的爸爸不管她了，拉着林志扬就走。

林宝宝她妈跳起来，在戏台上扭来扭去地跳忠字舞，嘴里唱得声嘶力竭：

天大地大不如党的恩情大
爹亲娘亲不如毛主席亲
千好万好不如社会主义好
河深海深不如阶级友爱深
毛泽东思想是革命的宝
谁要是反对他谁就是我们的敌人

传说，那天斗破鞋不是因为林妈妈的破鞋问题，是因为她偷厂里的线手套给林志扬织了一件毛衣。

我妈也从厂里往家带手套，可是我妈没有被拉到戏台子上挂破鞋，因为我家被扒过房子，这也算是对我家的补偿。

没挂手套而是挂破鞋还有林妈妈勾搭她徒弟的原因，破鞋是王老八让挂的，王老八当时是街道革委会主任。

那时候大家都喜欢看斗破鞋的，老街老前辈级别的破鞋都“收山”了，就斗新一代的破鞋玩儿。

后来林妈妈就经常自己爬上戏台装戏子，依旧唱“我家的表叔数不清，没有大事不登门……”再后来她就走了，走得悄无声息，无影无踪，就跟火化了似的。大人们说，林宝宝她妈是跟着一个跑江湖的小戏班子走的，那个戏班子的班主是个长相英俊的年轻人。她走了以后，她的徒弟就疯了，整天光着两片没有几两肉的屁股在街上跑，见了女人就喊：“你妈 ×，你妈 ×……”最后那句“你妈 ×”喊到一半就被一辆卡车卷进了车轮子底下。我十几岁的时候，帮林志扬打过一架，原因是一个同学笑嘻嘻地对他说“你妈 ×”。我们俩把那个同学打得鼻青脸肿，那个同学哭着回家了，从那以后林志扬就有了一个外号——你妈 × 的。

想到这里，我笑了，我得有好几年没喊林志扬“你妈 × 的”了。

我这里正踮着脚笑，林志扬从后面踱了过来：“你站这里干什么？”

我回了一下头：“你妈 × 的，正想你呢。你怎么来了？”

林志扬愁眉苦脸地叹了一口气：“我出事儿了……去年我跟人打架，伤了人，昨天那个人死了，据说是旧伤复发。”

我笑了：“孙悟空五百年前打了一个神仙，五百年后神仙死了，关孙悟空屁事。”

林志扬又叹了一口气：“法网恢恢啊兄弟……听说警察在找我。”

我笑不出来了，警察找，肯定有事儿：“你打算怎么办？”

林志扬摇头：“能咋办？跑路呗，大搜捕已经开始了。”

我知道大搜捕已经开始了，这几天街上的警车“咿里哇啦”乱叫，跟池塘里的蛤蟆似的，老街这边稍微有点儿毛病的年轻人都被抓起来了，前几天警察还找过王东，调查他以前去火车站偷东西的事情，差点儿没回来。林志扬这事儿，估计不“跑路”不行。

见我不吭声，林志扬抬手拍了拍我的肩膀：“别担心，路费我有，在外面躲个三年五年不成问题……”说着，拉开腰包，摸出一沓钱递给我：“这是我给我姐姐的，她想把孩子要回来，需要钱，我要是给她，她不会接的。还有五十是给你的，听说你恋爱了。还有，我要跑路这事儿你暂时不要告诉我姐姐，我怕她担心……我爸爸没了，我妈也不知道在哪儿，剩下我们姐弟俩……唉，啥也不说了。”

我收起钱，默默地抱了抱林志扬：“走吧，家里的事儿有我。”

林志扬红着眼圈推开我，倒退两步，一甩头，大步流星地离开了我的视线。

一股莫名的惆怅涌上心头，我竟然有一种想哭的感觉。

在小黄楼对面的台阶上来回走了好几趟，我也没有发现赵娜的影子，她家的那扇窗户紧紧地闭着。

赵娜，你在哪儿呢？你不会是跟袁真在一起吧？

想起“早起的鸟儿有虫吃”这句话，我拿出林志扬给我的那沓钱抽出五十块，心想，袁真，咱俩比比谁比谁快。

项链买不起，暂时买一双皮鞋好了……赵娜的皮鞋尽管一尘不染，但我从没见她换过，她应该换一双新鞋了。

去商店挑了一双白色带网眼的皮鞋，我想了想，她大概穿多少码的呢？三六？三八？三九？心中没数，那就三六的吧，我估计她的身材是不会穿太大码的。买好鞋，我重新回到了小黄楼对面的台阶上，把鞋搁在腿上，托着腮帮望着那扇熟悉的窗户，直到眼晕。

临近中午的时候，赵娜出现了，一个人，大步进了小黄楼的铁栅栏。

当我喊出“赵娜”这两个字的时候，才发现自己站在小黄楼的楼下，怀里紧紧地抱着鞋盒子。

赵娜站在我的身边，目光清澈地看着我。

我又一次说不出话来了，将鞋盒子猛地杵进她的怀里，掉转身子，撒腿冲过了马路。

赵娜收下了我的礼物，这就证明她接受了我……心中仿佛有使不完的力气，我沿着我家的那条胡同窜了好几个来回，感觉还是膨胀得厉害。胡同西头有一辆卡车停着，几个邻居家的孩子在往下卸水泥。我也不管这是谁家的，打手就开始帮忙，挥汗如雨。

胡同东头传来一阵嘈杂的脚步声，我停手，发现那边唧唧喳喳站着好多人。

我好奇地走过去，发现我哥被几个警察扭着胳膊往胡同东头走。

我吃惊地站住了："哥，你咋了？"

我哥不理我，歪头冲扭着他的警察笑："你们这么对待一个失足青年，是违反国家政策的，对吧？"他的口气有些无赖，像是在说相声。胡同东头停着的一辆警车后转出一个农村妇女模样的女人来，她冲我哥咬牙切齿："报应，现世报！'作'下了就得受报应！"

我哥看见了我，冲我一笑，接着朝那个女人努努嘴："老邱他老婆，哈，她在骂老邱呢，哈哈。"

我恍惚明白了这是怎么一回事儿："你是不是去找林宝宝的儿子了？"

一个警察接口道："对，他顺便还把人打了。"

我拽了一把我哥的胳膊："你把人伤到什么程度了？"

我哥甩开我，冲警察笑："怎么抓的，你还得怎么放我，这是新社会。"

警察想推我哥一把，手举到一半停住了。"对，我们没想怎么着你，"转头对我说，"没事儿，给人打了个熊猫眼。"

我放心了："那么你们还这么隆重？"

警察推着我哥往警车那边走，回头说："他的身份不一样，两劳分子，尤其是牵扯到一个不明身份的儿童。"

我的一声"孩子呢？"还没落地，我哥就被一个警察推上了警车，宽阔的背影在人缝里一晃。

兰爱国站在警车边，嘴张得老大，嘴唇之间有连绵的唾沫丝拉扯。

我忽然发现了赵娜，她站在墙根，两眼一眨不眨地望着我。

人群仿佛在刹那之间散开了，四周没有一丝风。

我提着一口气跑到赵娜的跟前，故作笑脸："别怕，我哥哥不是坏人，警察抓错人了。"

赵娜往旁边退了两步，想说什么又没说出来，她似乎很害怕。

我跟上去，想要继续对她解释，突然看见了一个曾经熟悉的身影——袁真！袁真笔直地站在可智的身边，脸色苍白。

我的心猛然一堵，"啊哈"一声，对着天空说："多么蓝的天啊，走过去，不要往两边看，我要融化在蓝天里。"

兰爱国挨挨擦擦地靠了过来："你哥这是怎么了？"

我没接茬儿，继续对着天空说话："天真蓝啊，天可真他奶奶的蓝啊……"

妈的，袁真，你可真够大胆的，竟敢在我的面前和赵娜一同出现。

当我不看天了的时候，赵娜不见了，可智和袁真头抵着头在说什么，不时瞥我一眼。

我晃过去，轻轻一拽袁真，指着胡同口说："赵娜走了，你怎么不去追她？"

袁真躲开我，倒退着对可智说："我先回去了，厂里加班呢。"

可智挥了挥手："你先回厂，我一会儿过去找你。"冲我一笑："你哥去跟人家要孩子，人家要钱，他就把人给打了。"

我不理他，横着身子拦住了袁真："怎么，哥哥今天没提录音机？那玩意儿好，'挂马子'的时候顶用。"

袁真想要推开我，手抬到一半停下了，侧着身子往外挤。

我嬉皮笑脸地用膀子撞他："别着急走啊，你还没回答我的话呢。说啊，录音机呢？"

可智抱着我的腰把我拖到了一边："老二，别这样，让他走，我跟你解释。"

我的脸猛地拉了下来，嚷得声嘶力竭："躲赵娜远远的，别逼我出手！"

袁真错两下脚步，身子已经到了胡同口，我蓦地发现，赵娜推着袁真的车子过来了，袁真接过车子，一晃不见了。

我扑向赵娜，双手叉腰，声嘶力竭地喊："他走了，你为什么不跟着他去？他有车子、他有钱、他有录音机！”

赵娜不认识我似的大张着嘴巴，眼圈发红，鼻孔一扇一扇，似乎要哭。

我舞动双手，继续喊："你去呀！上他的车子，抱着他的腰！"

赵娜的眼泪一下子掉了出来，跺一下脚，猛然转身，快走几步，跑起来，白影子一晃，消失在胡同的尽头。

我的心脏像是被一块石头坠着，呼啦一下沉到了肚子底下，整个人都随着软了。

可智跟着我蹲下，摸着我的肩膀说："老二你别这样，袁真跟赵娜真的没有什么。"

我大口地喘气，脑子里什么也没有了，两只耳朵嗡嗡响。

第六章　你只属于我

我感觉自己的血液凝固了，胸口像是压了一块巨大的石头，眼前什么也没有，全是袁真和赵娜的影子，我看见赵娜叉开腿坐在袁真的车子后面，风一般地闪过……赵娜，你骗了我，你说星期天你妈不让你出来的，可是你为什么跟袁真在一起？

我不知道自己是怎么跑到小黄楼那边的，只知道自己像一头丢了猎物的狮子，瞪着那扇熟悉的窗户，大口地喘气。

大雾已经散尽，黄澄澄的阳光铺天盖地，拉兹的歌声塞满了我的脑子：

我只爱你一个人
我的心神恍惚
乌云也不能够留住雨水
眼眶又怎能够留住眼泪
我的心意多慌乱
这是深深的爱情
使我泪流满面……

歌声远去，我打了一个激灵，妈的，谁泪流满面了？老子还没有那么软弱，那么矫情吧？

我困兽一般绕着一棵树转，感觉自己就像一包炸药，即将爆炸，然后四分五裂。

我停下脚步，用脑袋拼命地撞树，树上掉下来的灰尘落进我的眼睛，有一种刺痒的痛。

我偎着树干坐下来，呆呆地望着那扇窗户，期望赵娜迈着轻盈的步子，甩着漆黑的马尾辫，从小黄楼的大门口出来，然后让我尾随着她，慢慢消失在去学校的那条小路上。此刻，我听见了一种有节奏的声音。

这声音很单调，像心跳，像小时候我妈拍我睡觉，像我清晨跑步时的脚步声，咕咚、咕咚、咕咚。这些声音是从脑子里发出来的，就像颅骨沿着骨缝一点一点裂开……声音越来越大，节奏越来越快，我听见我在念叨，赵娜、赵娜、赵娜……

我猛地把头抬起来，挺着胸脯往前走，走过大厕所，走过小黄楼，走过戏台子，走完了整个老街，最后走上了一条宽阔的马路。

我没有停留，继续走，昂首阔步地走上了另外一条马路。

我看到了穿过马路的一条小河，我沿着河岸一路走到了大马路那边。

我在模具厂的门口停下了脚步，停下脚步我才知道自己来错了地方，袁真不是在这个厂上班，他在老街的电镀厂。

于是我又开始往回走，我的手捏着一块不知什么时候抓在手里的砖头，一路挥舞。

我重新低着头走，因为这样走起来快，我又看见了躺在地上的袁真，他冲我喊，杀了我我就把赵娜让给你。在这样的喊声里，我安静下来，发现自己坐在我家的屋顶上，屋顶上什么也没有，四周全是阳光和风，屋顶的碎瓦丛里长满青草，青草在风里悠悠地晃。

王老八和可智站在院子里跟我妈说话，我听不见他们在说什么，只听见一些嗡嗡的声音绕着院子转。

我妈的脸上没有表情，她在一下一下地摩挲胸口，前面有阳光，身后是一堆青灰色的瓦砾。

我把手里的那块砖头压在一朵青草里冒出来的花儿上面，轻手轻脚地跳到了屋后。

我的脑子就像刚刚散去的雾一般乱，我不明白赵娜为什么要骗我，她为什么要当着我的面跟袁真在一起。

我站在小黄楼对面大厕所里的池子边撒尿。

厕所墙壁十分肮脏，上面写满了字，还有一首黄色诗。我抓起脚下的一块碎瓦，在这首诗下面忿忿地写了“赵娜”两个大字。我想在这两个字的后面再加上“破鞋”两个字，想了想，竟然写了“我爱你”三个字。最后在这行字的旁边画了一个光着身子的女人，五官齐全，乳房诱人，只是不像赵娜，肥肥大大，有些林宝宝的意思。想要在两腿中间再加点儿什么，皱疼了眉头也想不出来那玩意儿应该怎样画，干脆空着，任凭后来人发挥自己的想象。画完了，我点了一根烟，长久地盯着“她”看，看得眼睛直了，看得心乱了，最后我揪着裤腰，作京剧老生状荡了出来，心情竟然有些舒畅。

站在厕所门口，我犹豫了一下，究竟去不去找袁真呢？找到他，干点儿什么？揍他一顿？我怕自己控制不住杀了他，干脆摇一下头，往派出所的方向走。我想去看看我哥，我怕他跟派出所的人打起来，那就麻烦了，现在“严打”，那是在找死。

走了几步，我抬头看见了赵娜家的窗户，窗户是关着的，阳光把窗玻璃映得绚丽无比。

赵娜，你在哪里？鼻子一酸，我的两条腿不争气地软了，几乎跌倒。

脑子里忽然闪出厕所里的那幅画，我画的那个女人异常丑陋……

我跑回去，脱下那只破鞋，单脚跳着，一下一下地擦赵娜这两个字，直到看不清楚。

我哥安然无恙地回来了。我回家的时候，他低着头跟我妈犟嘴，他说，妈，我是个老实孩子。

我帮我哥跟我妈解释，我妈不听，连我一起骂——你也是个不懂道理的混账玩意儿。

我混账吗？躺在床上，我蔫蔫地想，也许我妈说得对，我就是一个混账玩意儿，我凭什么要对赵娜发火？

赵娜生日那天，我起了个大早——在赵娜上学的路上跑步。我有半个多月没这样了，从今天开始，我要继续自己的“长征”。

来回跑了三趟，赵娜出现了，她依旧穿着那件白色的衬衫，我可以嗅到那上面散出的淡淡的茉莉花香。

我在她的前面，像以前那样倒退着跑。

赵娜站住了，眯着眼睛看我。

我原地踮了几步，慢慢踮到了赵娜的跟前：“你还记得今天是什么日子吗？”

赵娜不说话，依旧眯着眼睛看我，脸上没有一丝表情。

我感觉有些尴尬，停止了踮脚：“你不想理我了？”

赵娜把目光从我的脸上移开，低头看自己的脚尖：“我觉得我得有半年多的时间没见着你了。”

我觉察到她的脸又在泛红。

她竟然没有埋怨我的意思？我的心像是被一只小手轻柔地摸了一下："没有那么长的时间吧，你记错了。"

"我知道今天你会来见我……"赵娜抬起头，目光柔和地望着我，"你知道今天是我的生日。"

"我知道……"我的脸烫得厉害，嗓音发颤，"我送给你的礼物，你喜欢吗？"

"喜欢。可是我不能要那么贵重的礼物，我知道你没钱，你还没上班呢。"

"我出了一趟国，美国，去那儿找了里根总统，他听说我要当兵打越南，很高兴，给了我一万美金……"

"撒谎。"赵娜横我一眼，继续往前走，"我不能要那么贵重的礼物，我知道你没钱，你还没上班呢。"

"没上班就不能送你礼物了？再说，我年底就上班了。"

"你为什么不去当兵呢？上老山前线……"

"我倒是想参军，可是我的身上有文身，部队不要。其实我很强壮，比老虎还强壮，我很想在战场上锻炼成长。"

"油嘴滑舌……"赵娜被我逗笑了，抿着嘴看我，"不过你真的很野蛮。"

我知道自己在她的心目中是个什么形象，连忙接口："以后我会改的，新时代的青年嘛。"

赵娜歪头瞥我一眼，站住了。我看到她把背在胯边的书包移到前面，打开，拿出了一个礼品盒："我也要送你礼物。"

"你什么意思？"我一愣，我又不过生日，你凭什么送我礼物？

"那双鞋我退了，换成了我送你的礼物，"赵娜打开礼品盒，那上面扎着一朵粉红色的绢花，"呶，你的。"

"我闹不明白你是什么意思……"我的脸火辣辣地烫，脑子乱糟糟的，不知道该不该接。

"拿着，"赵娜把礼品盒往我的怀里一塞，轻声说，"这就等于咱俩都收到了礼物，记住，是咱俩。"

"可是我有了你给我的礼物，你却什么也没有……"我胡乱应着，脑子里在回味她前面的话，巨大的幸福包围着我。

"我有……"赵娜眯着的眼睛张大了，湖水般清澈，"我有了什么，你知道。”

“我不知道……”真的，我真的不知道她有了什么礼物。

赵娜退后两步，绕过我，一个人往前走：“我爸爸不让我招呼人去我家过生日，我妈不喜欢……等以后，你给我补上吧。”

本来我也没打算去她家，听她这么说，我笑了笑：“也好，抽时间咱们去宝宝餐厅庆祝。下一个生日，我要送你一件真正的礼物。”

赵娜顿了顿，回头一笑：“其实那天我误会你了，我以为你脾气不好。你也误会我呢，怎么误会的，你自己知道。”

我的心悬着，不敢继续这个话题，默默地跟着她走：“等我有钱了，我要好好给你庆祝生日，办一个那啥……英语？就这意思。”

赵娜“扑哧”笑了：“Party，那叫生日 Party……你不是喜欢看《流浪者》吗？丽达的 Party 拉兹去了，他偷了拉贡纳特的项链……”

我拦住了话头：“那不叫偷，那叫爱情。”

赵娜加快了脚步：“对，爱情！丽达的爱情来了，那天的月亮很大、很亮……”

望着赵娜白蝴蝶一样的背影，我的眼前出现一轮又大又亮的月亮。

呆呆地在原地站了一会儿，我的心就飞起来了，我实实在在地感觉到属于我的爱情来了。

我觉得赵娜爱上我了，她不会跟任何人走了，她是我的。

此刻，我坐在老街西边的海堤上，看那些上下飘飞的海鸟，感觉它们是那样的幸福，那样的浪漫，它们追逐，它们恋爱。

把礼品盒拿到腿上，小心翼翼地将那朵绢花扯开，我看见了一条蛇一样蜷成一个圆团的皮带。拿出来，抖开，我不由自主地咽了一口唾沫，这得多少钱啊……不用细看我也知道，这是一条纯牛皮的腰带，乌黑锃亮，透着一股结实劲儿。皮带扣子是方形的，跟我现在用的圆头大铁圈不一样，这样的造型，我在多年以后才在商店里见到。拿到鼻子下面闻闻，一股清新的牛皮和类似某种香皂的味道扑鼻而来。我料定，这条腰带肯定是赵娜退掉那双白皮鞋后又加上自己的零花钱，跑到“街里”的国贸大厦买的。

想象着赵娜手里捏着一把钱，穿梭在商场里的背影，我的心中泛起一股温馨又惆怅的感觉。

重新将腰带盘成圈儿，装回礼品盒，我在心里暗暗发誓，等我上班以后有了钱，我一定要给赵娜买一个更好的礼物，一定！

海风吹乱了我的头发，我整理，它还乱，我的心忽然也有些乱。

如果赵娜真的爱上我了，那天她为什么骗我说礼拜天不能出门，反而跟袁真在一起呢？他们俩到底是一种什么样的关系呢？

我坐不住了，去找可智，我想打听下，袁真对赵娜到底想要做点什么。可是我没找到可智，他不在厂里。

我去找林宝宝，想要咨询她，如果一个女孩爱上了一个人，这个人应该怎样进行下一步的动作？可是宝宝餐厅的大门是关着的。

我漫无目的地在老街溜达，一直溜达到了日头偏西，晚霞满天。

我没感觉到饿，也没感觉到累，全身打了气一样轻快。

当我溜达到中化子弟中学门口的时候，学校开始放学了，一群一群的学生蹦跳着出门。

我躲在一棵树后，定定地瞅着校门口，我在期盼那只白蝴蝶翩翩飞出来，我不知道那只白蝴蝶飞出来之后，我要干什么。

白蝴蝶出来了，她不是飞出来的，她低着头，满腹心事的样子，一步一步地往外走，身边的同学潮水一样漫过她。

我的心脏又一次缩紧了，我忽然觉得她是那样的柔弱，她需要我的保护……

赵娜在校门口站了片刻，转身往上学的路上走，一忽就淹没在人群里。

我从树后转出来，远远地跟着她，怀揣种种复杂的感觉，幸福、柔情、期待、内疚，还有些许茫然。

赵娜的脚步停顿一下，侧着身子上了马路牙子，站住，倚到一棵树身上，低头摆弄衬衣下摆。

我意识到她发现了我，快步走过去，站到了她的对面："上午我忘了跟你说一句话。"

赵娜抬起头，静静地看我："哪句话？"

"祝你生日快乐。"

"谢谢你。"

"好了，你走吧。"

"我知道你会在学校门口等我，你还有话要对我说。"

“没了……”我尴尬地笑了笑，她这么敏感？她怎么知道我还有话要对她说？那些话我暂时还不想说呢。

“有，”赵娜又把头垂下了，“我想了整整一天，满脑子都是这件事。”

“哪件事？”

“我跟袁真大哥的事儿。”

“咳，那叫事儿吗？”我刚笑出一声，接着熄灭，“不过，我还真的想要知道这事儿呢……我讨厌袁真。”

“那天你的表情真吓人，你想要打袁真呢。”

“我就那么粗野？嗬……那天你说，你妈不让你礼拜天出来，可是你出来了，跟袁真在一起。”

“你误会我们了，”赵娜的声音柔柔的，让我有一种想要抱紧她、亲吻她、安慰她的冲动，“那天早晨，我看见你站在我们家的楼下看我家的窗户。本来我不想下去，可是我看见你站在风口上，那么孤单，心就软了……你给我礼物，我不想要，可是你跑了，你跑得那么快，跟一阵风似的。我担心你，我总觉得你有什么心事，你是不是担心我跟袁真在一起？我去找你，跑得满身都是汗，心也慌得要死……后来我看见，警车去了。我看见你很冲动，好像要打袁真，我怕你们两个打起来，就找到袁真的车子，让他走……”

“你的意思是，你不是跟袁真一起去的？”我打断赵娜，一颗心又软又麻，冷汗也出来了。

“不是。他跟可智大哥去看你哥……你真是不可理喻。”

“哦……反正我看见的是你跟他在一起。”

“袁真大哥没有别的意思，他跟我一样，只是喜欢听录音机里的歌儿。”

“你们是怎么认识的？”我的心中泛起一股酸溜溜的感觉。

“去年，我爸爸找到他，让他辅导我学英语……”

“我知道了，”我摇了摇手，“你不喜欢英语，喜欢歌儿，你们就成为朋友了，是不是这样？”

“是。”赵娜抬起头，目光平静地看着我。

“妈的，这小子不是什么好鸟……”一句粗口说出来，我猛地打住，不知所措地笑。

“你别找他的麻烦。那样我以后就不理你了，我说到做到，我发誓。”

“怎么会呢？”我轻轻拉过赵娜的一只胳膊，慢慢往前走，“认识了你，我就脱离野蛮人阶层，变成文明人了。”

“我只是不希望你太粗野，别的没什么。”

“以后我会改好的……”感觉这句话说得有点贱，我换了一个话题，“你送给我的礼物我看了，很好，正是我最最需要的。”怕她不相信，我掀开上衣，露出裤腰，揪两下充作腰带的布条，笑道：“你看，绳子，老掉裤子。有了真正的腰带，我就是新时代的青年了。”

“喜欢就好，我愿意让这条腰带在你的腰上缠一辈子。”赵娜打开我拉着她胳膊的手，快步离开了我的视线。

第七章　失　恋

让我没有想到的是，我的“爱情”仅仅维持了两个月就消失了，消失得猝不及防，连一点过渡都没有。

赵娜的誓言变成了现实，她真的不理我了。

仿佛一夜之间，街道两旁梧桐树上的叶子全都掉光了，枝丫光秃秃地伸向天空，就像我乱蓬蓬的头发。

秋风越来越劲，吹在脸上有疼痛的感觉。

白天有风，晚上有雾，老天爷变着法儿撩拨我的心情。

那些天我总是做一些稀奇古怪的梦，奇怪的是，赵娜很少在我的梦境里出现。即使偶尔出现，她的影像也是残缺而模糊的，一个看不分明的眼神，或是一个缥缈的背影。梦的背景也总是那种黎明时黑夜与白天交接的蓝色，十分短暂，就像刚刚出现的彩虹立刻被阳光驱散一样。我不解，不是常言说“日有所思夜有所梦”吗？我一天要“思”赵娜好几回，为什么就梦不到她几回呢？

我似乎已经养成了蹲在赵娜家对面的马路上仰望她家窗户的习惯，可是自从秋天来了，那扇窗就再也没有打开过。

那些天，我的耳边总是回荡着这样一首歌：

> 顿河的哥萨克
> 饮马在河岸上
> 有位少年痴痴地站在大门旁……

记得两个月前的某个下午，我在赵娜放学的路上等她，赵娜看见我了，不说话，冲我一个劲地眨巴眼，模样猴急猴急，就像吃了过多的辣椒。我纳闷，但是不敢靠前，我不知道她有什么难堪的事。赵娜大步地走，我怏怏地目送，直到她变成一个白点，消失在我的视线里。

第二天早晨，我问她："昨天你怎么不理我？"

赵娜说："我看见我爸爸了，他骑着自行车，就在我们学校对面看着我。"

我笑了："你就那么怕他？"

赵娜点头，模样乖乖的："因为爱，所以怕。"

我不想多说了，我理解她的心情。

有一天傍晚，赵娜下楼倒垃圾，看见我蹲在小黄楼对面的那个台阶上瞅她，扬扬手，快步跑了过来。

我迎着她，张开双臂。赵娜突然一顿，转身往回跑。我蓦地发现，赵娜的爸爸站在马路北边，满脸疑惑地瞅着赵娜。

赵娜的爸爸像个侦察兵呢……

有一次，我问赵娜："我还是不明白，你为什么那么怕你爸爸呢？"

赵娜说："他很爱我。我说过的，因为爱，才怕……他从小抚养我，费尽了心，我不能做他不喜欢的事情。"

我说："那咱们以后见面就当心点儿，其实，我也有点儿怕他。"

后来我们俩的几次见面，就像地下工作者在接头。

我一万次地想要在某个月色婉约的夜晚爬进那扇窗户，蹲在床下守候赵娜，看着她静静地入睡，可是我不敢，我害怕她突然惊叫起来，我害怕她爸爸突然出现。赵娜的爸爸长得并不可怕，甚至还给人一种和蔼和慈祥的感觉，可是我真的很害怕他。

记得夏天快要过去的那几天，我与赵娜就像两条游在池水里的鱼，池水里没有别的，只有我们俩。

那些天，我们几乎天天都要见面，偶尔早晨错过了，晚上也一定要见一面，哪怕是在她放学的路上，或是她在窗前一闪。

那个星期天的早晨，我用自行车载着赵娜去海边，看那些纸片一样在海面飘摇的海鸟，看海天相接处慢慢移动的船帆，看到最后，我俩与大海融合在了一起。如果不是那场突如其来的大雨，我准备与赵娜就那样坐在礁石上，默默地呆上一辈子。

雨太大了，自行车没法骑，我推着车，和赵娜奔跑在回老街的路上，就像奔跑在海浪里一般。

有自行车这个累赘，我实在是跑不动了，我把自行车锁在一棵树上，拉着赵娜继续跑。跑到戏台子那边的时候，雨停了，我们放慢了脚步。

我觉得这场雨不够意思，我还想借这个机会好好与赵娜疯一下呢，它就停了。赵娜似乎也有与我同样的想法，仰起脸望着天，嘴里喃喃自语，我听不清楚她说的是什么，但我觉得她肯定是在抱怨老天不懂人情，不该下雨的时候下，该下的时候反倒停了。

雨后的天空泛出傍晚前的黄色，该回家了。

我俩手牵手往小黄楼那边走，雨突然又淅淅沥沥地下起来了。

我脱下上衣，想要替赵娜遮遮雨，赵娜推挡两下，突然停住，两眼望着前方，表情紧张。

我顺着她的目光一看，发现赵娜的爸爸手里举着一把雨伞，慢镜头那样往这边移动。

我的呼吸没来由地就变得急促，心也跳得厉害，往赵娜的头上披衣服的手像被人点了穴似的僵在半空。

赵娜一把一把地往马路那边推我："快走，你快走，你快走！"

赵娜的爸爸走过来了，冲我微笑着点了点头："谢谢你啊小同志。"

我紧张得说不出话来，傻傻地看着赵娜的爸爸。

赵娜的爸爸一手撑着雨伞，一手抱着赵娜的肩膀，转身，一步一步离开了我站的地方。

我的心蓦然变得空虚，看着他们父女穿过马路，慢慢消失在越来越大的雨线中。

我下意识地想要去追，一辆卡车突然经过，泥水溅了我一身。

大雨倾盆。我孤单地走在空无一人的老街，在小黄楼对面的台阶上坐下，无数雨滴落在头上，像敲木鱼。

我的脑子是空的，眼前过电影似的叠加着一些与赵娜在一起时的镜头。

一双皮鞋嘎嗒嘎嗒地走到我的跟前，停住不动了。

我抬起头，发现赵娜的爸爸站在我的跟前，他的脸依然是笑着的。

我想站起来，可是两条腿不听指挥……赵娜的爸爸将他的雨伞移到了我的头顶："小同志，回家吧。"

我终于还是站了起来："叔叔，我是……""我知道你是谁。"赵娜的爸爸语气柔和地打断了我，"年轻人要好好读书，读好书才能为四化建设做出贡献，不要想那些不切实际的事情。"什么事情属于"不切实际"的呢？我想追问，甚至还想告诉他，我做的这件事情非常切合实际，可是他不容我说话："小伙子，答应我以后不要接触赵娜好吗？你们不是

一路人，作为父亲，我也不会答应她跟你在一起。”

没等我回答，赵娜的爸爸抓过我的一只手，将雨伞塞到了我的手里：“这个，送给你。”

你这是什么意思？我不解，但我说不出话来……赵娜的爸爸拍拍我的肩膀，转身走了。

我闭上雨伞，倒提着，仰望赵娜家的窗户，雨水砸在脸上，水花四溅。

一道闪电在黄昏里亮起，我恍惚看见赵娜的脸贴在她家的窗玻璃上，泪流满面。

雨声蓦然剧烈，整个老街沉浸在一片滂沱大雨之中。

回家后，我感冒了，发烧，迷糊，在梦里我安慰自己，也许赵娜的爸爸觉得她小，还不到恋爱的年龄？

我非常怀念跟赵娜在一起的那段时光。有一个电影那样的长镜头时常出现在我的脑海里：傍晚，我跨坐在我家对面的那堵矮墙上，用我哥哥送给我的那支口琴吹奏一支忧伤的曲子。赵娜不知什么时候也上来了，她斜斜地坐在离我很远的那段长满茅草的墙头，并着双腿，两肘支在腿上，双手托着腮帮，合着我的节奏，轻唱：

长亭外
古道边
芳草碧连天
晚风拂柳笛声残
夕阳山外山……

这些回忆就像一些细碎而散乱的图像，就像夜深人静时湖面上倏然泛起的涟漪，让我不时心悸。

我最后一次见到她是在一个阳光灿烂的早晨，阳光洒在学校门口的那棵槐树上，斑驳地丢到一丛冬青上面，有蜜蜂在悠闲地飞。

赵娜的胸前抱着她的书包，一跳一跳地往前走。

我想喊她，可是我喊不出来，嗓子仿佛被人捏住了。

赵娜看见了我，顿一下，扭头进了校园。

我像被人打了一闷棍，也像挨了一顿饱揍的贼，半张着嘴巴，木头一般杵在那里。

我的心里非常明白，赵娜不理我不完全是因为她爸爸，还有袁真的因素。

在这之前，我不止一次地通过家兴给她递信，信里，我对她表白：袁真被人打断胳膊，不是我干的。可她不听，她认准了我就是凶手，她回信说，我以后不会再相信你了，你是一个没有教养的流氓。这时我才明白过来，当初林宝宝说的那套理论无法与实践有机地结合，人家不喜欢流氓。我回信说，退一万步讲，就算真的是我打断了袁真的胳膊，那也是因为你才那样干的，你就那么狠心为了他而离开我？

我等待赵娜给我回信，可是我最后的那封信犹如石沉大海。

那天，我鼓足勇气在赵娜放学的路上拦住了她："你必须给我一个交代，你为什么这样绝情？"

赵娜盯紧我的双眼，恨恨地说："我讨厌不讲道理的人！"

我说："袁真讲道理？他那么大年龄了，勾引你，存的什么心？"

赵娜收回目光，一甩头，撒腿就跑："你心理阴暗！"

我追上她，用一把水果刀顶着自己的胸口说："你要是还不相信我，我这就把心挖出来给你看。"

赵娜竟然笑了："你挖吧，挖出来也没人看。"笑完，她就那么一脸幽怨地看着我，看着我拿刀的手在颤抖。我把水果刀丢到路边的草丛中，怏怏地走了，他妈的，简直不可理喻……等她进了校园，我缩着脖子跑回去，捡起我的水果刀，失魂落魄地回了家。

袁真的胳膊是被家兴打断的——那是一个月前发生的事情。

那天是个礼拜天，我跟王东站在大厕所那边闲聊，家兴笑嘻嘻地过来了："二哥，你猜我干了什么？"

我看到家兴的手里提着一根胳膊粗的铁管子，冷冷地问："打架了？"

"嗯，打架了。你猜我打了谁？"

"打了你爹吧？"我不想跟这小子斗嘴，笑道。

"回答错误！"家兴用铁管子猛敲树干，"我打的这个人跟你有关系。"

刚才我就猜了个八九不离十，他一定是把袁真给打了。

我怒道："你凭什么打人家？"

家兴愣了片刻，扑哧笑了："二哥你可真能装！谁不知道你心里想的是什么？这几天你到处找袁真，你没得手，我帮你办了……"

那几天我确实找过袁真，没找到，可是我不是想去打他，我只是想威胁他一下，让他不要再去找赵娜了，我知道在这个节骨眼上我不能随便打他，搞不好就坏了我的计划。可是谁能想到家兴这个小混蛋去打了人？我夺过家兴手里的铁管子，随手扔到了大厕所里面："你他妈的在我面前装什么好汉？说，你是怎么打袁真的？"家兴横一下脖子，想走，王东一脚踹翻了他："回二哥的话！"

家兴还想犟嘴，王东上去就是两个大嘴巴子。

家兴蔫了，期期艾艾地说，早晨他出来买油条，看见袁真拎着录音机在赵娜家的楼下晃悠，家兴就把他的几个小兄弟喊过来了。过了一会儿，赵娜下楼来了，这帮小子就冲她吹口哨。赵娜不敢看他们，转身上了楼。袁真装作没看见，骑上车子往南边走，这帮小子就跟了上去。走到广场那边，家兴抢过一个兄弟手里的铁管子冲了上去……

家兴一走，我拖着王东去了电镀厂，我想告诉袁真，人是我让人打的，胆敢再去找赵娜，还打你。

刚走到厂门口，我就看见可智架着灰头土脸的袁真出来了。

可智一见我就瞪眼："刚才是不是你派人把袁真打了？"

想到可智跟我哥的关系，怕他告诉我哥，我立马改变了主意，作茫然状凑了过去："谁把谁打了？"

袁真不看我，喃喃自语："事情已经过去了……"抬起头，冲可智一笑，"不关小张的事。"

可智走出去老远，回头瞪我一眼，目光里全是无奈。

从那以后，我几乎每天早晨都去赵娜家的对面蹲着观察动向，从来没有看见袁真出现过。

现在我依然蹲在赵娜家的对面，感觉自己失恋了，可是我曾经恋爱过吗？

我从清晨蹲到傍晚，自己都不知道自己这是在干什么。

头顶上的路灯亮了，我在路灯下面，感到孤单。

整天在老街游荡的那条狗挨挨擦擦地靠到我的身边，望我两眼，慢慢蹲到我的身边，偏着脑袋看我。我摸着它的头，苦笑一声："伙计，你看我干什么？我跟你一样，也孤苦伶仃……"心酸，鼻子也酸，眼泪不自觉地就流了出来，"你知道我的心里有多苦吗？我不想这样，可是我没有办法，我没有办法让赵娜靠近我。你告诉我，我该怎么办？你告诉我呀……"路灯的光越来越暗，就像我的心。

现在，我开始怀疑家兴打袁真的动机，我怀疑他是想在里面制造混乱。

从头到尾地回忆，我回忆起了我哥挨的那一石头，这究竟是谁干的？

最后见到赵娜的那天，我攥着水果刀敲开了王老八家的门。

王老八打开门，一见怒气冲冲的我，连忙走出来，把门关紧，问我一大早的来找谁。我问，家兴在家没有？王老八皱着眉头，一脸怨气地说，你不知道？他整天不着家，跟着你哥卖栗子呢。我说，我哥这个时间还在家睡觉，他去卖的什么栗子？王老八说，这小子“瞎抖擞”（献殷勤）呗，每天天不亮就走，说是帮你哥先把摊子支起来。我没等他说完，转身去了林宝宝的饭店，我知道我哥在宝宝餐厅门口有个炒栗子的摊子。家兴这么早就去那里，肯定是想吃免费的早餐。还没走到饭店，我就听见了家兴的咋呼声：“小的们，把炉子给老子点旺点儿，开张啦！”我抬头一看，饭店门口站了七八个十五六岁的半大小子，一个个歪头斜眼，像山洞里的小妖。

我哥的这个摊子不小，饭店两侧全是炒栗子锅，有四五个。

我咳嗽一声，迈步晃了过去。

家兴兴冲冲地颠过来，将手里捏着的一根油条往我的手上一杵：“二哥还没吃饭是吧？我们正在吃呢，铁哥也刚来，在里面吃饭。”

我一把推开了他：“你在门口等着我，一会儿我找你。”

家兴傻愣着退到一边，我进饭店的时候，听见他在后面嘟囔：“又拿派头，没完没了了还。”

我哥蹲在一只凳子上，端着饭碗吸溜吸溜地喝稀饭。

我没放声，悄悄坐到了他的对面。

我哥用筷子捅捅我的胳膊，没有抬头：“吃饭了没？”

我说，吃了。

我哥又问：“跟那个小妞儿和好了没？”

我说，没有。

我哥将筷子“啪”地拍到桌子上，扭头冲里屋喊：“你给老子出来！你是怎么答应咱家老二的？”

林宝宝披散着头发从里屋走出来，一身油条味道：“老二，你不是已经跟赵娜好上了吗？”

我苦笑一声，说：“不提这事儿了。扬扬最近有没有消息？”

林宝宝哼了一声：“他死了才好呢……没有。八成是让人家给杀了。”

我哥闷声道："这样的姐姐不要也好。"冲我一正脸："你不打算让宝宝帮你了？"见我不说话，我哥讪笑一声，说："那就算了。一大早的你来这里干什么？"我瞥了门口一眼，小声说："家兴把袁真给打了。"我哥淡然一笑："该打。谁让他勾引未成年少女的？"

我哥瞪了我一眼："为了个女人就跟身边的兄弟动手，不怕人笑话？"

我想想，我哥说的也是，事情已经到了这个份上，还去计较什么呢？

我笑笑，把我前面对家兴的怀疑对我哥说了一遍。

我哥连连摇手："你还是在惦记着我挨黑石头的那事儿。照这么说，麻三更值得怀疑，我刚出来就揍了他。别胡思乱想了，那事儿已经过去了……"摸一下我的手背，长叹一声，"听我一句啊，有些事情不可以整得那么明白，会累死人的，包括恋爱这码事儿。"

"行，我听你的。"我抽回手，点了点头，心中忽然觉得开朗。

"你知道不？麻三被警察抓了，他私自制造枪支，估计得判上几年。现在，私人有枪算犯法了。"

"我知道。没事儿，他给我的那把枪我藏起来了，以后也不准备用。"

"那就好，咱哥儿俩一个也不能出事儿，好好过日子，不能让亲人们担心了。"

"我比你明白。"说完，我冲林宝宝笑了笑，"是吧，嫂子？"

我哥笑了："我发现你长大了……哈，你好好的就行。"

我抬眼扫了站在门口狼吞虎咽地吃油条的家兴一眼，回头说："你最好别整天招呼些孩子在身边，掉价。"

我哥神情诡秘地翻了翻眼皮："长江后浪推前浪，用得着的时候再招呼就晚了。"

那天我跟我哥谈了很多，我哥说他已经做好了打算，要联合以前的老兄弟，然后利用这帮刚长出翅膀来的小兄弟在老街大干一场。说着说着我哥就动了感情，眼圈红得发黑："谁都不想做一辈子坏人，可是现在我在很多人的眼里就是坏人。这次出来，我本来想好好过日子的，你看，我找不到工作，牛二又在逼我……我不继续沿着这条路走下去怎么办？趴下？我是个男人，做男人，要担当。"

外面炒栗子炉点上了火，烟雾缭绕。

林宝宝扭着屁股出去了，吆喝牲口似的呵斥那帮半大小子："把褂子都给我脱了，干活像个干活的！"

我斜眼看着林宝宝，问我哥："你有时候不回家住，是不是住在她这里？"

我哥点了点头："是。"

我说："既然这样，你干脆要了她得了，你们以前就好过，算是初恋对象呢。"我哥推了我的脑袋一把，暧昧地笑："你懂几个问题？先把你自己的事情办好了再说。"我的心沉了一下，赵娜的影子在眼前一晃。我哥摸摸我的肩膀，笑道："看上了就追，别不好意思，女人就那么回事儿罢了。别幻想什么纯洁无瑕的爱情，那是扯淡。我告诉你，男人就好比是一把钥匙，女人就好比是一把锁。能开几个锁的钥匙是好钥匙，能被几把钥匙开的锁是烂锁……""别说了，你了解她还是我了解她？"我打断他道，"这事儿你别管，我自己有数。"

我哥眯着眼睛看了我一会儿，没趣地摇了摇头。

我有些可怜林宝宝，她爸爸死了，她妈失踪了，她唯一的弟弟又没了下落，她爱着的男人不想给她名分。

我把目光从我哥的脸上移到外面，阳光正烈，我的眼前是一片红亮的光斑。

林宝宝双手抱在胸前，侧着身子看我哥，我看不清楚她是不是在笑。

沉默了好久，我哥拍拍我的手背，说："卖袜子去吧，扬扬的袜子没人卖，放在这里就'瞎'了。"

我默默地点了点头："也好……正好王东他们也没事儿可干，我们继续卖袜子。"

我哥说："芥菜头他们这阵子不敢来了，金龙带着几个小子在那儿卖，改天我去撵他们走。"

我问："金龙是谁？"

我哥说："他叫唐金龙，家住大马路那边，也是个'小哥'。不过没什么，老街这片地方我说了算。"

我站起来跺了两下脚："你别管这事儿了，我自己会处理的。"

我哥摸着嘴唇笑："那好，我不管了，你们自己解决。"

我说："我是不会跟他们打架的，各人做各人的买卖，谁也不欺负谁。"

我哥冲门口打了一个响指："孩儿他娘，你听见了吧？我们老张家全是文明人。"

我瞄了门口一眼，一朵乌云正从门外的天边飘过。

第八章　一人心里一杆秤

想要再见赵娜的念头煎熬着我。过了几天，我终于忍不住了，扎上她送给我的腰带，去了小黄楼对面的台阶。

我在台阶上坐下的时候，天已经擦黑了。

我想起《流浪者》里的一段画面：拉兹的求婚被拉贡纳特拒绝，他来到海边，在树林里徘徊，然后用小刀在树干上无奈地刻着什么，忧郁地唱歌。丽达被拉贡纳特关在家里，她也在唱歌，满脸泪水。拉兹爬墙而入，丽达已经睡着了，近在咫尺却无法表达自己的感情。

现在，我也难见赵娜，赵娜也有“拉贡纳特”关她，赵娜自己本身也在关着自己。

我孤坐到深夜，在心里一遍一遍地呼喊赵娜的名字，可是那扇窗户漆黑一团。

我哥来找我，什么话也不说，拽着我就走，就像拽着半截木头。

昏睡几天，我心中的火终于熄灭……我决定不再去找赵娜了，我准备把她从我的记忆里剔除，好好过自己的日子。我盘算好了，在就业之前先卖上一阵袜子，等工厂开始招工，我就报名去模具厂上班。我很羡慕那些背着“马粪兜子”上班的青年们，他们留着小胡子，穿着自己做的大喇叭裤，戴着草绿色的军帽，一摇一摆地走在路上，感觉非常爽。找个时间，我把林志扬放在他姐姐那里的袜子清点了一下，不少，够我卖上一阵子的。价格我也打听好了，尼龙的贵一点儿，最高可以卖到五毛钱一双，棉线的便宜一些，两毛三毛的都有。

开始卖袜子之前，我和王东在夜市上溜达过，果然有几个很面生的青年在那里卖袜子。

我问一个猴子一样瘦的伙计，谁是金龙？那伙计指着一个膀大腰圆的年轻人说：“就是他，他是我们的老大。”

这个人长得有点像课本里见到过的元谋猿人，根据他的长相，我断定，他一定能够听得懂黑猩猩说话。

我装作买袜子，过去跟他搭讪了几句，他说话很和善，细声细气像个娘们儿，跟他的体型很不搭配。

回家的路上，王东问我，要不咱们先找个茬儿收拾他一下？

我说，没那个必要，咱们在价格上比他低一点儿，看他的反应再说。

王东说，你不怕给扬扬赔了？

我说，不怕，扬扬最近几年不会回来了，这些货现在是咱们的，咱们又没花钱，赔就赔了。

过了几天，我从林宝宝那里把袜子拿出来，带上王东和几个兄弟，在金龙的对面摆开了摊子。

第一天相安无事，金龙还过来给我递了一根烟，问我，货是从哪里上的，很和气。

我说："这些货是林志扬的，他跑了，我帮他处理一下，价格低点儿了，不会影响你吧？"

他笑了笑，一口烟吹出去老远："无所谓，大家互相照应着就行。"

瞧他这意思，没有跟我叫板的打算，我放心了，可是到了第二天，事情就来了。我和王东这边正忙得不可开交，对面就喊上了："要买就买正宗货啦，便宜没好货，好货不便宜啦！"我抬眼望去，不是金龙吆喝的，是他旁边的那个瘦子。这小子吆喝一声，看我们这边一眼，有些挑衅的意思。王东用胳膊肘捅捅我，说："看见了吧？要管你叫爹的人来了。"我说："让他喊，别理他，只要他别过来就行。"

说来有点意思，他们那边这么一喊，我们这边的人明显减少，我有些恼火了。

我让王东待在这里别动，点了一根烟踱了过去。

金龙早看见我过来了，装作没看见，拎着几双袜子来回摆："买啦、买啦，正宗上海货！"

我蹲到他的旁边，冲他笑了笑："卖得不错啊，比我那边好。"

"哟，石哥亲自过来了，"他的这声"石哥"喊得很是有些藐视的意思，"石哥过奖了，好什么好？凑合着卖就是了。"说着，拿过我的烟头给自己对上火，冲天吐了一口烟，"怎么，石哥那边卖不动了？哈哈，我就说嘛，卖货不一定比价格，关键要看质量。不瞒石哥您说，你那批货的来路我很清楚，全是林志扬当初从农村小厂弄来的，还冒充美国日本的，呵呵，糊弄外行呢……"

我的胸口一堵，打断他道："龙哥知道我是谁吧？"

金龙偏过脑袋看了我一眼："你是谁，你不就是张石吗？"

我说："我哥哥叫张铁。"

"张铁……是不是铁子哥？哎呀，你是铁子哥的弟弟吧？"金龙忽地站起来，丢了烟头，直拍脑门，"你看看我这个猪脑子！原来你是铁哥的亲弟弟啊。怪，你俩长得不像啊，铁哥是个大体格，你怎么这么瘦？好了好了，从现在开始，咱们就是亲兄弟了，"摸出一个皱巴巴的烟盒，从里面拽出一根瘪得像柳树叶子的烟来，双手递了过来，"以后咱们联合起来一起卖袜子，谁也别砸谁的买卖……"

我接过他的烟，顺手夹在耳朵上，微微一笑："对，以后咱们就是好兄弟。"

站在旁边的那个瘦子倒退一步，背后"当啷"一声，我看见一根铁管子掉到了地上。

金龙飞起一脚把瘦子踹了个趔趄："收拾家伙给我滚！"

瘦子捡起铁管，拉一把身边站着的几个青年，说声"我们先回家了"，一溜烟地钻出了人群。

金龙蹲下将他的纸箱子三两下整理好，往腋下一夹，一把揽住了我的腰："别忙了。走，跟兄弟找个地方喝点儿去。"

我犹豫片刻，冲王东喊："你继续卖着，我跟金龙去宝宝饭店，完事儿你也过去。"

王东不明就里，呱嗒呱嗒跑了过来，手里提溜着一根棍子。

金龙摸着我的肩膀笑："你跟我一样，刚才也想跟我玩'烈'的呢。"

我红了一下脸，回手推了推王东："没事儿，我跟金龙现在是兄弟了，回去卖你的袜子去。"

王东不解地摸一下后脑勺，嘟囔着走了。

路上，金龙问我："石哥你今年二十几了？"

我笑道："你看我有那么大吗？"

金龙"呸呸"两声，摸着嘴巴笑："光看你胡子拉碴的，我还以为你比我大呢。我二十一。"

我说："我十八，不过你喜欢喊我石哥也无所谓，我不觉得吃亏。"

宝宝餐厅门口非常热闹，灯亮着，家兴带着他的那帮兄弟挥舞铁锨，搅得热锅里的栗子雾气腾腾。

我哥扳着腿坐在门口的一把椅子上，林宝宝坐在他的对面，两个人隔着一张桌子在喝茶。

金龙拽我一把，小声说："怎么铁子哥也在这里？"

我说："没事儿，咱们喝咱们的，不搭理他。"

金龙迟疑着不敢靠前："我有点儿紧张……那什么，我以前是牛二的人。"

我歪头瞟了他一眼："牛二前几天不是被警察抓了吗？"

金龙靠上来，话说得干巴巴的："他已经回来了，他很有门路。"

我点点头，进门，坐下了。

金龙坐到我的对面，干巴巴地冲我咧了咧嘴："你不知道，我已经不在大马路那边住了，我妈和我爸爸死了……现在我住我兄弟福根家，就是刚才跟我一起卖袜子的那个瘦猴子。他家也是刚搬过来的，他爸妈都在中化公司上班，住在小黄楼……"

一提小黄楼我就想起了赵娜，心一沉，走到门口冲林宝宝招手："姐，进来一下，有个伙计请客。"

林宝宝过来拧了我的胳膊一下："小小年纪就开始喝酒，当心以后娶不着媳妇。"

我挡了她一下："别再拿我开心了……你上次跟我讲的那套理论不好使。"

林宝宝一怔，眼睛睁得溜圆："哪套理论？"搡我一把，扑哧笑了，"我知道了。嘻，你可真是个好弟弟啊，还当真了。调戏人家赵娜了吧？吃了钉子了是吧？"偷眼一瞥我哥，搂着我的肩膀往里走，"弟弟，你还别说，她那是装的，姐姐的理论一点儿毛病都没有。不信你就慢慢试试，我说的要是假话，咒我当一辈子寡妇……"猛一捂嘴，"呸呸"两声，回头望了我哥一眼，眼圈忽然红了，"我这是说了些什么呀……不能这样赌咒，我就说，如果我说了假话，我当一辈子破鞋。老二，你生气了吧？你怕你哥死……呸呸，你怕我当寡妇。"

她这么说，我还真的有些生气："愿意当破鞋你就当，跟我没什么关系，愿意当寡妇，就别赖着我们老张家的人。"

林宝宝倚到墙面上，眼睛斜着看我，好像在发狠说，她要让我成为老街第一个太监。

上来一个菜，金龙打开酒，招呼林宝宝："姐姐不嫌弃就一起坐下。"

林宝宝扭头冲门口嚷了一嗓子："过来喝点儿？"

我赶紧过去关门："算了，他在照看他的摊子呢。"

金龙瞪大了眼睛："栗子锅是铁哥的？咳，那能赚几个钱？你看人家牛二……"感觉话说多了，连忙转话，"我总觉得像铁哥这样的人应该干点大买卖。比如开个大饭店啦，控制整个市场的小商小贩啦，收个保护费什么的啦……"舔舔舌头，把脸一正，"牛二现在可有钱了，手下的兄弟也多，那派头跟旧社会的黑帮老大一样……"说着，鼻头悠悠地红了，"这个畜生把我姐姐给糟蹋了。当初我想杀了他，可我哪有这个胆量？我爹死后，他把我家的房子给卖了，带着我姐住到了他家……"

我干了一杯酒，猛地一杵杯子："你姐就那么听话？"

金龙低着头嘟囔："牛二是个什么样的人？不听话，他会杀了她的。"

林宝宝端着一盘菜扭了过来："弟弟刚才你说什么了，我听着怎么比我还惨呢？"

金龙的嘴巴一歪，抱着脑袋放声大哭："姐姐，我真的比你还惨啊！你跟了铁哥，谁敢跟你'毛愣'？"

"没用，"林宝宝坐下，脸上泛出惬意的光，"没钱也拉倒，不实惠。"

"钱算个屁？"金龙一把扯开褂子，从腰上解下一个腰包，啪地摔在桌子上，"这里有，姐姐要多少吧。"

"八百，你有吗？"林宝宝轻蔑地瞟了他一眼。

金龙将手里捏着的一沓钱"啪"地拍在桌子上："我这里正好有八百，你点点！"

林宝宝攥着那把钱，看看门口再看看金龙，一咬牙："就这样吧。"

话音刚落，王东推门进来了，他的后面跟着一个打扮得像妖精的女孩。我仔细瞅了她一眼才发现，原来这个女孩是王东的对象——麻三的二妹淑芬。几个月不见，她竟然长漂亮了，以前胖得像蛆，现在苗条得像刀螂，以前留着一个大老婆似的"半毛头"，现在竟然飘着一头瀑布样的长发。嘴巴似乎也小了，以前像凑到食盆子边上的猪嘴，现在竟然噘起来了，像找妈妈奶子的婴儿嘴。

她叫什么来着？我忽然有些糊涂……以前总喊她张飞妹，习惯了，竟然忘记了她的名字。

张飞妹看见我在瞅她，将下巴搁在王东的肩膀上，一个油腻腻的飞眼当空射过来："看什么看？不认识了？"

我说："认识认识，张飞他妹妹嘛。"

"人家没有名字咋了？"张飞妹的东北口音蓦地明朗化，"小样，人家叫淑芬嘛。"

"对，淑芬淑芬，"她既然漂亮了，我也不敢造次，摸着脖颈笑，"这名字好，我喜欢。"

"你喜欢管啥用？"淑芬嗔怪地捏了王东的脸一把，"他喜欢才是最好的。"

"闭上你的臭嘴吧，"王东尴尬地冲我摊了摊手，"没办法，路上碰见了，非要跟着来。"

"这些年我跟着我姑姑在东北，没想到咱们老街出了这么多事儿……"

"出什么事儿了？"王东横了淑芬一眼，"不就是你哥三麻子被人请去吃牢饭了嘛。"

"你才吃牢饭呢，"淑芬黏黏糊糊地往我这边靠，"二哥，你还是那么有风度。"

王东按着淑芬的肩膀让她坐下，瞅着我朝淑芬吐了一下舌头："这娘们儿太生猛了，这就预备着要嫁给我呢。"

淑芬捅了王东的肚子一拳："老娘让你白睡？睡了你就得负责！"

王东捂着肚子哼唧："睡一次就得包一辈子，碰瓷儿啊你？"

"你这个土鳖，"淑芬抬手搡了王东一把，冲林宝宝一撅嘴巴，"姐，别听他的，他就是一个土鳖。"

"对，俺们老街人都是土鳖，"林宝宝学着她的口音说，"淑芬不土鳖，淑芬贼洋气。"

"姐姐这是笑话我呢，"淑芬翻了个白眼，正撞上金龙看她的眼睛，一怔，"哟，这不是那谁嘛。"

"金龙。"金龙收回目光，尴尬地冲她一笑。

"你们慢慢喝。"林宝宝攥着那把钱出去了。

感觉淑芬与金龙对视的那一下有些蹊跷，我问金龙："你们以前就认识？"

金龙喝口酒，咳嗽两声，尴尬地笑："算是吧。"

我哥一脚踹开了门，将一沓钱"哗"地摔在金龙的脸上："拿着你的钱，滚蛋！"

第九章　我的江湖

我妈的腰病又犯了。她以前就经常犯病，只是这次特别厉害。坐不敢坐，躺不敢躺，只能站着。她习惯在我们家门口站着，两只手撑住门框，目光定在一个方向一动不动，像一棵没有遇到风的树一样安静。秋天快要过去了，风越来越干燥，她那样站着，又孤单又冷。我想把她搀扶进屋，她不让我搀，就那么一动不动地望着远处，望着天边一朵不断拉扯着的云彩。

那天的早晨，阳光好得无可挑剔。

我想，我妈这又是在回忆往事了。

她经常这样不声不响地梳理那些过去的事情。

我妈的腰是被人打伤的。那年王老八带人来我家扒房子，我爷爷说，王主任，算了吧，以后我不搞封建迷信活动了。王老八说，以后不搞那是以后的事情，这次搞了，就应该处罚。我爷爷不再靠前了，他蹲到门口说，唉，牵着马。我爸爸蹲过去说，爹，就这么着吧，别跟他们拧着。我爷爷说，长兴他爹死了，他说反动话，关在里面死的。我爸爸说，嗯，咱老实，咱不跟他学。王老八砸我妈的梳妆镜，我妈上去跟他拽扯，于是我妈的腰就出毛病了……我哥哭着上去拉我妈，我妈抱着他，双双滚在地上。我哥挣出来，爬到王老八的脚下，一口咬住了他的脚脖子，于是我哥的脑袋上就起了一个大包，紫幽幽、亮闪闪的，跟一个剥了皮的松花蛋一样。

我跑过去让我妈抱，我知道我妈的怀里需要有个人，我让她抱。

扒房子的人走了，我哥拿着一把菜刀在劈院墙上砌的石头，身边全是火星。

我躺在我妈的怀里看我爷爷和我爸爸。

我爸爸不蹲了，他团坐在矮墙的阴影里就像一堆破抹布。

我爷爷朝我拉着他的那张满是皱纹和尘土的脸，像是拉着一张破碎的渔网。

“唉，牵着马。”我爷爷说这句话的时候总是眯着他针鼻大的眼睛，一只手不停地搓摸他光秃秃的脑袋，满脸的皱纹里全是无奈。我也这样说，唉，牵着马。可是我说这话时没有我爷爷的那种深沉，我觉得我想要把这句话说得像我爷爷那样深沉，没有几十年的功力是不可能达到的。现在，我站在我们家的院子里，看着晴朗的天，又在念叨，唉，牵着马。

我妈没有回头，她说，老二你不要骂人。

我说，这是口头语。

我妈说，口头语也是骂人的话，你别这样，你是个好孩子。

这时候，有几丝凉风吹来，无声地扫在光秃秃的地上，带起一溜干燥的浮尘，天上的太阳依旧毒辣。我看见我妈将胳膊往上抬了抬，我知道她是在擦眼泪，她总是这样偷偷地擦眼泪，我爸爸喝酒她擦，我爷爷去世她擦，我哥去了劳教所她擦，我住进了医院她也擦……这一次她擦是因为我哥搬走了，我哥搬到了林宝宝家，我妈伤心了，我妈不喜欢林宝宝。

我哥搬走一个多月了，什么也没带。他说，那边什么都有，全是新的，我做了倒插门女婿呢。

我哥走的那天上午，我妈没说话，扭着脖子看窗外的几只麻雀吵架。

我爸爸披着工作服，边出门边说：“铁子，你去了就好好跟人家过，该结婚就结婚。”

我妈不看麻雀吵架了，她望着我爸爸的背影，张张嘴，什么话也没说出来。

我爸爸铆足力气，在胡同里喊了一嗓子：“他妈，想开点儿！”

我哥回身抱了我妈一把：“妈，你别为这事儿操心了，你儿子自己有数，该怎么办我明白。”

我妈推开他，眼睛又朝向了窗外：“我没操心，你不怕街面上笑话，你就去，没人拦你。”

我哥顿了一下，摸着脖子笑：“妈你放心，我搬出去住，那是因为咱家住得太挤了。”

我妈丢给我哥几件换洗衣服，细细地叹了一口气：“去了就对人家好一点儿，别整天吵吵，也别对来顺不好。”

来顺是个非常漂亮的小男孩，眼睛很大，跟林宝宝一样，是一对漂亮的双眼皮。

我得知来顺回到林宝宝身边的时候，心里竟然有一种当了叔叔的感觉，我觉得他就是我哥跟林宝宝亲生的孩子。

我赶去宝宝餐厅的时候，我哥正蹲在门口逗来顺："来，叫爸爸，叫爸爸。"

来顺躲在一个栗子摊后面，眼睛一眨不眨地望着我哥，小小的脑袋拨浪鼓似的摇。

林宝宝过去抱他，他没躲，他知道眼前的这个漂亮女人是自己的妈。

林宝宝抱起来顺，伸着嘴巴想要亲他，他用力地往后躲，最后躲上了他妈妈的肩头，藏在了他妈妈的头发里。

闲下来的时候，我总爱去老街西边的海滩溜达。

海风轻抚我的头发，让我想起很多往事。

我怀念跟赵娜那段短短的"爱情"时光，我时常在傍晚的时候，望着月亮，轻声哼唱拉兹思念丽达唱的那首歌。

那些天总是刮风，整个老街尘土飞扬，树枝上挂满碎纸屑和塑料袋。

一些宣传车上的高音喇叭也来凑热闹，不是喊着"大力推进改革步伐"就是喊着"加强无产阶级专政，坚决打击刑事犯罪活动"。偶尔还有拉着判了死刑的犯人的大卡车来这里游街，那些半死不活的犯人或昂首挺胸，或垂头丧气，脸上无一例外地笼罩着一丝茫然。

我歪着脑袋听大街上的风声与嘈杂的高音喇叭声，感觉心里空荡荡的，仿佛自己也上了那些大卡车。

我们家没有电视机，晚上我去王东家看《霍元甲》，"昏睡百年，国人渐已醒"的歌声在耳边回响。

霍元甲在跟一个长着一对兔牙的女人谈恋爱，王东躲闪着他妈的目光，跟淑芬调情。

在淑芬老鼠叫唤般的伴奏声中，我面部的肌肉在跳抽筋舞。

我斜眼看着淑芬，感觉她就像老街那些传说中倚门而笑的妓女前辈，是那样的没羞没臊，那样的厚脸皮，她在我的心目中甚至有一丝下作的感觉。我这么感觉她并不是没有道理。那天晚上，淑芬当着王东的面儿冲金龙挤她那双水汪汪的眼睛，金龙躲闪着，王东愤怒着，后来不欢而散。前几天王东过生日，在林宝宝的饭店订了桌，可是她却失踪了，后来听说她去了金龙那里，喝得酩酊大醉。王东要去找金龙拼命，我拦住了他，因为金龙跟我已经成了不错的朋友，他一直在帮我留心着芥菜头的动向，帮我哥侦察着牛二的情况。

我去找了金龙，警告她不要再跟淑芬联络了。

金龙说："我没跟她联络啊，是她来找我的，她说王东太窝囊了，她不想跟王东处下去了。"

我说："王东窝囊，你比他强在哪里？"

金龙说："我也没说我比他强，人家淑芬说，我有前途，我的头脑比他的灵活，将来能养活她。"

我说："不管她说什么，我希望你们俩不要为了个女人翻脸，那很没样子。"

金龙使劲地咬牙，最后一跺脚："好，以后不跟淑芬联系了，她再找我，我揍她。"

金龙确实挺够意思，那天王东说，淑芬真的被金龙扇了一巴掌，再也没去找他。我开玩笑说："他动了你的'韭菜葱'，你怎么不去找他拼命？"王东嘿嘿地笑，说："我就那么'护食'？"有一天晚上，我请他们俩在宝宝餐厅吃饭，这俩混蛋绝口不提淑芬这事儿，喝得昏天黑地，一口一个兄弟互相叫。结账的时候，我对林宝宝说："先赊着，等我上班发了工资就来结账。"林宝宝不让我签字，我以为她是在跟我计较，喊金龙过来把账结了。林宝宝怏怏地说："我小叔子来这里吃饭那是应该的，不过有人结账我还是得要的。"出了饭店，金龙对我说："你这样下去可不好，出来玩，没有个三块两块的哪能行？"我的脸烫得厉害，一时竟然无话可说了。

是啊，我需要钱，我曾经答应赵娜要给她买一件好礼物的。

赵娜，你还能接受我的礼物吗？

时常出现在脑海里的那个镜头又出现了，我看见自己跨坐在一堵矮墙上吹口琴，赵娜在离我很远的地方和着我的琴声唱歌：

怎能忘记旧日朋友
心中能不怀想
旧日朋友岂能相忘
友谊地久天长
我们曾经终日游荡

在故乡的青山上……

那天晚上的月亮比以前的更大、更亮，照得小黄楼跟一座宫殿一样。

走在这样的月光下，我的心就像悬浮在半空中一样，呼吸也变得游丝般细微。

我拖不动自己的腿了，揪着裤腰走到一棵树下，做出要撒尿的样子。

王东和金龙走了，我轻飘飘地坐到了我以前经常坐的那个地方，面向着小黄楼那扇熟悉的窗户。

我不知道自己究竟在那里坐了多长时间，只记得我的衣服湿了，头上有水流了下来，一扑拉头发才知道，天上下着毛毛雨。我就这样一个人在雾一般的夜雨里坐着，低下头看淋湿的裤子，抬起头看已经被雨遮挡住了的月亮，再看看正对着我的那扇模糊的窗子，想象着夏天的某个上午，我站在那扇窗户的对面，一个女孩站在窗前冲我喊："我叫赵娜……"心里一阵阵地酸楚，眼前有雾一般的细雨飘过，依稀有歌声从遥远的地方传了过来：

昨夜我梦见神秘的圣彼得罗就像我从未离去
往事如昨海岛上飘着微风
飞上阳光灿烂的天空
听，桑巴乐又奏响
圣彼得罗
我的天堂……

他妈的，是谁在半夜鸡叫？我摸着发麻的膝盖站了起来，张大眼睛四处乱看。眼前什么都没有，全是雾一样的雨。我把双手合起来，用力捋一把脸，"吼"地出了一口气。歌声如细线一般飘向很远的地方，依稀有吉他声跟随而去。袁真？我记得袁真有一把红棉牌的木吉他，他经常背在身上，骑着自行车一路远去……难道是袁真在赵娜家的附近唱歌？我的心不觉一颤。

歌声消失了，消失在朦胧的雨里。

我跳下台阶，随手抓起一块石头，猎豹一般冲进了小黄楼的大门，恰在此时，一道黄色的闪电蓦地照亮了眼前，眼前什么也没有，全是黄颜色。黄颜色只停留了一秒钟，随即变成了一片浓浓的黑。我像是站在梦里一般，全然没了感觉。

我跑来这里干什么？楼上的那个姑娘跟我有什么关系吗？伴着吉他唱歌的人是我的仇人？我丢了石头，失魂落魄地走出了黑影。

毛毛雨已经变成了线一般细的小雨，小雨飘过路灯，路灯周围晃着一圈绚丽的光晕。

那条流浪狗在路灯不远处晃晃悠悠地望着我，它似乎是在等我过去，过去摸着它的头，跟它说话。

朋友，我哪儿有心思跟你说话？你不知道我的心里有多苦……

走出路灯的光影，我突然就不想回家了，我们家里没人，我妈在住院，我爸爸在陪床，家里空荡荡的。

眼前悠忽浮出赵娜的影子，我的心模糊着一抽，腰板一下子塌了半截。

第十章 涉 险

我坐在小黄楼对面的马路牙子上睡着了。黎明时分，我醒了，大雾正从地缝里钻出来。那些弯弯曲曲的雾在我的眼前不断变幻着形状，有一刻，我看见了赵娜，她站在浓雾里冲我笑，我想象顺着她的头发，油光水滑地捋过，我的精神接着开始恍惚。

我没有回家，我知道自己的家里没人，晕晕乎乎地去了王东家。

王东家也没别人，王东在看电视，电视里放动画片，一个妖精尖利的叫喊让我胃里的东西一吐而空。

我想喊我妈给我倒碗水，一张嘴才知道我不在自己的家，就算在自己的家也不行，我妈现在住在医院里。

闷坐了一会儿，我走了出来。路过宝宝餐厅，我看见我哥抱着来顺在饭店门口溜达。

我哥听见我喊他，皱着眉头走了过来："昨天晚上你去哪里了？"

我不想说话，垂头站立。

我哥看了我一会儿，放下来顺，把我拉到一边，闷声说："昨天咱爸来这儿找你，没找着就走了，让你去医院一趟。"

我说："我这就是想要去医院呢，没钱，过来跟你要点儿，给咱妈买点儿水果。"

我哥从裤兜里摸出几张钱，拽着我的上衣口袋插了进去："你得想办法挣钱了。"

是啊，我确实应该想办法挣点儿钱了，我太穷了。

林志扬的袜子已经卖完了，总共卖了不到三百块，给我妈买了一身衣服，给我爸爸买了双皮鞋，带着来顺逛了逛公园，身上连一毛钱都没有了。我经常产生这样的念头，去偷、去抢，必要的时候去杀人放火！我甚至想象着，有朝一日我走在路上，猛一低头，一个书包那么大的钱包横躺在我的脚下，里面的钱像潮水那样哗哗地淌……我要给我爸爸和妈妈买一栋大房子，院子带游泳池的那种。

我一向自命不凡，我不想碌碌无为，我梦想有一天飞黄腾达，骑着崭新的二六车子，住在花园别墅里，身边全是美女，什么赵娜，滚一边去，我要娶刘晓庆、邓丽君！再经历几场比电影《生死恋》和《流浪者》还要浪漫的恋爱，然后再在太平洋最好的地角买一个长满椰子树和棕榈树的小岛，潇洒地度完余生。可是眼前境况呢？我茫然地扎进了一条胡同。

快要走到医院的时候，我站住了，抬眼望着医院那些亮闪闪的玻璃窗，眼前全是白花花的钞票。

我妈侧躺在一张病床上，见我进来，双眼无神地瞥了我一眼。

我忽然想起自己什么都没买，心蓦然空得厉害。

因为上学时我的学习成绩还算不错，所以招工考试我很轻松地就过了关，报名去了模具厂。

去厂里报到的那天下了入冬以来的第一场雪，雪花大得像树叶。

从我家到模具厂需要五站车的路程，还算近。

下了车，我站在厂门口打量着这个在我的脑海里出现过无数次的工厂，心里竟然有一丝失落。

进到厂里，眼前全然没有想象中的那些光景，它灰秃秃的，全是巨型坦克似的车间，铁灰色的墙壁上写着“政治挂帅，思想领先，信用第一，质量至上”、“信誉是企业的命脉”等标语，间或还能看到“用毛泽东思想统帅一切”、“将无产阶级文化大革命进行到底”等模糊的字迹。

在一个旧车间改建的会议室里，我们这批三十来个新工人听厂长训了一阵话，就散了。

随着人流刚走到楼梯口，我就听见一个兴奋的声音在喊：“石哥，这么巧啊！”

我回头一看，是黄着脸的福根，冲他笑了笑：“你也来了？”

福根搓着手嘿嘿：“我也来了，我也来了，差点儿没捞着来呢，我考的分数太少了。”

我边往楼下走边说：“我还以为来了就直接下车间呢，还得培训，真麻烦。”

福根附和道：“谁说的不是？脱了裤子放屁嘛，抬个破铁水培什么训。”

刚才厂长宣布了，我们这批新工人被分配在了新建的造型车间，两个人一组，抬铁水往模子里倒，是个体力活儿，先培训几天，然后正式上班，工资是学徒工待遇，一个月二十七块五。我想，也行啊，不管干什么活儿，总归是捧上了铁饭碗，这样可以让我爸我妈放心。不错，尽管不如金龙，但也算加入了赚钱人的行列。

上个星期天的晚上，我正在宝宝餐厅跟我哥闲聊，我哥瞥一眼门口，起身，摔下手里的烟头进了里屋。

金龙的脑袋在门口一闪，我连忙跟了出去。

躲在一棵树后，金龙紧着嗓子说："我遇到麻烦了。"

我让他别着急，慢慢说。

金龙使劲咽了一口唾沫："我把牛二的一个叫周五的兄弟抢了，抢了他一千块钱！我没想到他的钱是牛二的……"眼神朦胧地看了我一眼，"我这全是为了你啊。当初我是想帮你弄几个钱，赞助你谈恋爱，就去找了周五。我知道周五每天早晨都带着钱去牛二的饭店，然后找个单间点上一桌子菜，坐在里面潇洒。那天我带着枪去了，在半道儿上拦住了他……他没有反抗，直接把钱包给了我。我刚回家，我的一个兄弟就找到了我，他说钢子带着十多个人到处抓我，全拿着家伙。我一听，知道这事儿麻烦大啦，钢子是牛二的人，一定是牛二让他来抓我的。我就没敢露面，躲起来了。本来我想安排一个兄弟把钱给你送来，后来一想，这钱不干净，你不会要，就没给你送……"

"你的意思是，让我给你准备点儿钱好'跑路'？"我听得有些麻木，这小子都弄了些什么事儿嘛。

"不是那意思，"金龙将一个烟头捏在手里，用力捻，捻出一阵烤肉的臭味，"我想找找铁哥。"

"让他压制一下牛二？"

"嗯，"金龙偷眼瞥了饭店门口一下，"我知道铁哥不喜欢我，可我真的没有别的办法了。"

"这事儿你不能去跟我哥直接说？"

"我想过了，那样不但铁哥不会帮我，弄不好还得揍我……因为我打乱了他的计划。"

我知道我哥已经把牛二的情况摸得差不多了，这几天正想去"戳"他一下。

前几天，家兴带着他的那帮小兄弟去牛二的饭店吃过一次饭，中间装作起了内讧，把店里的桌子掀了，盘子砸了好几个。牛二的几个兄弟过来制止，被家兴用一只磕掉底的酒瓶子逼了出去。后来钢子带人来了，用一杆猎枪顶着家兴的脑袋说："我知道你是张铁的人，我不打你，你滚，让张铁亲自来，我不卸了他的大腿就算他养的。"家兴没敢"毛愣"，招呼人走了。

现在横空出了金龙这事儿，我哥不一定会高兴，弄不好真的要揍金龙一顿。

我摸一下金龙的肩膀，让他在外面稍等，进门把事情对我哥说了。

我哥皱了一阵眉头，突然笑了："很好！我正愁师出无名呢，这下子好。"收住笑，把他抽了一半的烟递给我，顺势一推我的肩膀，"你这就去找金龙，让他把他的那帮兄弟喊到我这里来，我给小子们安排任务。"

我出门，把我哥的意思对金龙一说，金龙说声"得令"，撒腿就跑，身后仿佛冒着火星。

路过小黄楼的时候，我闷头拐进了大厕所。

大厕所里新装了灯泡，照得里面全是屎颜色。撒尿的时候瞥见了我画的那个裸体女人。那个女人的模样变了，头上被人抹了一层屎，旁边有几个字，是用砖头写的。我提上裤子，凑过去一看，忍不住笑了，那几个字歪歪扭扭，一看就是小孩子写的——"林宝宝的大奶子还有大白屁股"。我估计是附近的孩子写的，这帮孩子比我小的时候还流氓。

我走出厕所，下意识地抬头望了那扇熟悉的窗户一眼，灯亮着，可是我看不见里面的景象。

走了几步，我弯腰捡起一块半头砖，返身回了厕所，把林宝宝三个字搓去，工工整整地写了"赵娜"两个字。

将砖头丢进茅坑，我甩着胳膊出来，心里忽然就是一阵畅快，这种畅快的感觉来得莫名其妙。

我曾经见过赵娜一次，那是一个阳光明媚的上午。

那天，我漫无目的地在街上走，一边走一边欣赏前面一个女孩的小腿，那时侯我什么也看不见，眼前只是这么一双玲珑有致的小腿。这是一双美腿，它让我的下身一阵阵地膨胀……这个女孩拐了个弯儿，从我的身边飘了过去，一眨眼就飘出了我的视线。

我的心里泛起一种想要赶上去看看她的面目的冲动，忽然感觉一阵慵懒，有什么意思呢？

我刚要转身往回走，那个女孩站住了，回头一笑："张石？你跟着我干什么？"

赵娜！我的心跳骤然加快，一时竟然说不出话来了，傻愣在那里，像一个被孙悟空使了定身法的妖怪。

赵娜红了一下脸，说："我替袁真大哥谢谢你啊，王家兴再也没去找他的麻烦。"

我机械地往前挪了两步，想要伸手拉她，迟疑一下又打消了这个念头，语气冷淡地说："没什么，那是我应该做的。"

赵娜看我的眼神有些怪异："张石，你是不是经常喝酒？"

我的耳根忽然有些发热，我知道她是什么意思，前几天我喝多了，站在她家的楼下，声嘶力竭地唱戏：

我死后，尸骨朝西靠路埋
南来的人们做生意
北去的人儿做买卖
求人往西京送一信
捎给我大哥李秀才
哥哥若知我蒙冤死
把我的冤案翻过来……

这戏是我爷爷教我的，我爷爷喝多了的时候也这样唱，经常把老街的那条流浪狗唱过来，在他的眼前斜着眼看他，如痴如醉，有时候还跟着扭几步踢踏舞。那天我没把狗唱出来，倒把赵娜的爸爸唱出来了，他站着看我唱了一会儿，走过来拍着我的肩膀说："年轻人要好好读书，我说过的，你不要把时间浪费在这些地方。"我仿佛遭了雷击，一下子就醒了酒，急转身，狼狈地窜回了家。

想到这里，我故意拿了个硬汉的造型，微笑着说："是啊，我经常喝酒。"

赵娜说："喝多了遭罪，以后少喝点儿。"

我有些感动，想去拉她的手，可是她跳开了："我要转学了，我爸爸给我联系了市里的学校。"

我说："转学好、转学好，那样你爸爸就放心了。"

赵娜脸色平静地点点头，突然别转脸，倒退几步，捂住脸跑开了。

我的心过电似的一抽，追上她，一把扳住了她的肩膀，让她的脸对着我，大声喊："不转学行不！"

赵娜的脸上没有一丝表情，就那样直直地看着我，不说话。

盯着她的脸，我的心蓦地感到一阵失落，呆呆地望一眼她那双湖水般纯净的眼睛，笑容僵在了脸上。

我不知道她是什么时候从我的身边走开的，只记得我看不见她了，眼前一片模糊。

赵娜，你少跟老子来这一套，强调什么理由啊，谁不知道你在躲我？

回到家里，我给我妈做好了饭，找出一瓶喝了一半的酒，坐到门槛上一口一口地喝，一直喝到了天黑。

我爸爸下班回来，踢我一脚，摇着头进了我妈那房间。

我默默地跟进去，想要对我妈说点儿什么，一开口竟然是这么一句："赵娜要转学了。"说完，懊丧得想要掌自己的嘴。我爸爸皱着眉头问："谁是赵娜？"我妈看着我，幽长地"唉"了一声，然后把眼光慢慢移到一旁的窗户上，像是要透过窗玻璃，看一眼窗外的天空，可是她什么也看不见。她说："他爹，天是不是要黑了？"屋外的落叶在夜风中鸟一样的叫个不停，我爸爸没说话。

我打破了沉默："赵娜是家兴的一个同学，在学校表现不好，不敢上学了，要转学。"

我爸爸"哦"了一声："你不要去管别人的事情，好好上班，比什么都强。"

我"嗯嗯"着，躺到自己的床上，感觉酒力上涌，眼前发黑。

那夜我一宿没睡，脑子里一会儿是赵娜袅娜地走在铺满阳光的马路上，一会儿是我妈无助的眼神和我爸爸苍老的背影。

我在回忆这些往事的时候，雪越下越大，像是有人在天上往下丢纸片。

福根在我的耳边絮叨，我一句也听不进去，脑浆像是被人给挖走了。

公交车跨过铁路的时候，我听见一阵呱唧呱唧的轧泥浆声，脑子里忽悠忽悠地泛起一阵儿歌：

老街脏，老街脏
洗脚水，下面汤
擦脚布子包干粮……

老街的确够脏的，下雨和化雪的时候街道上根本就没法走路，全是大滩大滩的泥浆。

听老辈人讲，很早以前的老街是一片汪洋，退潮时，留下的是一大片滩涂，里面埋着密密麻麻的蛤蜊。那时候的小孩子很幸福，挎一只篮子，随便就可以挖满一篮子蛤蜊，可以自己吃也可以带到市里去卖。后来就不行了，政府不许卖，谁卖了谁就是投机倒把，要抄家坐牢的。大炼钢铁的时候，每家每户都把锅砸了，老街很少有自家煮蛤蜊飘出来的味道。要吃蛤蜊,大食堂里有,尽管那汤是泥颜色的,但总可以不时吃到。后来吃不到了，潮水似乎就在一夜之间不来老街这个地方了，即便是偶尔有小潮涌过来那么几次，也跟小河涨水似的，有气无力地走了，一小片尿布般的海滩根本就挖不着几个蛤蜊。再后来连小潮都不来了……我记得我爸爸对我说，那年他对我爷爷发牢骚说政府这是瞎折腾，我爷爷捂着他的嘴说，你可千万别当反革命，毛主席说让炼钢咱就炼钢，说让吃食堂就吃食堂，毛主席说的话哪能有错？没听歌里唱的吗？大河有水小河满，人是铁，饭是钢，这钢铁就是国家的粮食，就是国家的玉米和麦子，就是国家的蛤蜊和猪肉。我爸爸对我说这事儿的时候，总要唏嘘两声，他说，你爷爷是个好爷爷，王老二因为王老八嫌食堂的饭不好吃，去街道上告过他呢，幸亏你八叔“闯”得好，不然还不得被抓进去住几天“黑匣子”？

我爷爷真的是个好爷爷，他爱自己的家，爱自己的后代，还爱国呢。

我依稀听老人们说，打日本鬼子的时候，老街发生了一起爆炸案。

那年的冬春季节，日本人开的“太阳胶皮株式会社”被人给炸了，当场炸死好几个日本人。老人们说，那是我爷爷干的，我爷爷因为洋车被日本人砸了，就上火了，拿着自己积攒的几个银圆去买了炸药，丢进日本人住的房子就溜了。

鬼子败了以后，老街开庆祝大会，我爷爷上台说，他就是炸了鬼子宿舍的那个人，保长当场就奖励了我爷爷一辆崭新的黄包车。

后来国民党的兵把几个为日本人干过事儿的人押到台上批斗，开始没人敢上去打那个叫刘大麻子的汉奸，因为他太凶了。我爷爷说：“我打！”跳上台子就用一只气棒把他砸了个嘴啃泥。大家都替我爷爷捏了一把汗，以为张秃子又惹麻烦了，可是我爷爷不怕，他说："我心里有数，小鬼子完蛋了，刘大麻子也活不长了，我怕他个鸟？”果然，在庆祝大会上，刘大麻子被当场处决。

在我七八岁的时候，街上流行贴大字报，我爷爷也被人贴了，说他是个假英雄，其实是汉奸。

我爷爷对我和我哥说："你们去把那张大字报撕了，你爷爷尽管不是英雄，可绝对不是汉奸。"

我们俩出门的时候，我爷爷在门后的阴影里蔫坐着，我听见他叹了一口气："唉，牵着马。"

我爷爷究竟是不是个英雄呢？现在我想，他不是，我哥倒是有那么点儿靠谱。

车驶过大海池子，前面就是小黄楼了。

大海池子是老街西海边的一个露天游泳池，将近一千平方米，涨潮的时候进海水，落潮时放下大闸蓄水，我从小就喜欢泡在池子里撒欢。最小的时候身边游着的是我爷爷，渐渐的是爸爸、哥哥，最后是我跟老街的这帮全身充满力气的兄弟。大海池子从来不结冰，最冷的天气也有微波荡漾，水面上雾蒙蒙一片，成群的海鸥在上面飞。

那天我跟王东迎着海风站在大海池子边，望着大海，自言自语："金龙到底去了哪里？”

王东说："躲起来了呗。"

我空着胸膛，说："他至少应该来见我一面的。"

王东抓了一把沙子想要往海里摔，一用力，一只手套死乌鸦似的飘进了海水。

我哥抓牛二的时候，我不在场，我哥不让我去，他说，跟人结怨的事情不能兄弟俩都去。我不放心，让王东偷偷跟着我哥他们。一个小时后，王东回来了，大呼过瘾。王东说，我哥把他带去的人分成了三帮，家兴带着他的人埋伏在牛二饭店的四周，金龙的人堵住了进出牛二家的那条胡同，他直接闯进了牛二的饭店。不一会儿，我哥出来了，牛二像一条被老虎震慑着的狗一样跟在他的后面，一起进了一条胡同。过了一会儿，我哥晃着膀子出来，钢子走过来跟我哥说了一句什么，我哥笑笑，打开一把雨伞，从里面抽出一把猎枪，朝他的脚下一搂扳机，地下溅起一串火星，钢子像兔子那样蹦跳了几下，退回饭店再也没有露头。我哥将猎枪插回雨伞，上了一辆停在不远处的公交车。牛二的那帮人直到公交车走远了，才呼啦一下涌进了胡同。

那天晚上，我腰里掖着麻三送给我的那把自制手枪，没有离开家半步，我害怕牛二来我家发疯。

第二天一早，我去了宝宝餐厅，我哥还像以往那样，牵着来顺的小手在门口悠闲地溜达。

我没有提昨天的事情，逗了来顺一会儿就回家了。

我记得那天的阳光好得一塌糊涂。

整整一个月，我们家平安无事，我都要将这件事情忘记了。

公交车停下了，在一片“石哥慢走”的招呼声中，我机械地下了车。

站在小黄楼的对面，我抱着一棵树，茫然地把目光扫向了赵娜家的那扇窗户，然后又茫然地转向了头顶上方落满雪花的树枝，眼珠子是反瞪着的。从树干往上看，树干很细，直插天空，雪片很大，沉甸甸地落下，落在我的头顶，我的手硬邦邦地抱在胸前。

第十一章　猫　腻

工厂里的活儿累归累，可是挺闲散，抬上一个小时的铁水可以休息三个小时。休息的时候，别人围在一起闲聊，我不去凑这个热闹，裹上一件棉猴儿蜷到一个角落想自己的心事。那些日子我特别想我爷爷，脑子里总是浮着一些幼年时模糊的影像，这些影像断断续续，就像是在放映一部不时卡壳的老电影。我痛恨自己没有从医院里出来给我爷爷送丧……每当想到这里，我的后脖颈总要冒出一丝冷汗。

这些天，那场雪一直在下，时缓时急，整个厂区像是被白面包裹着。

因为机油经常被冻凝固的原因，我们车间决定放几天假。

在家里闲了几天，我的心又开始膨胀，我到底应不应该去找一下赵娜呢？

有人说，当你拼命去想某一个人的时候，那个人会有心灵感应，于是，她（他）也会想你；或者说，当你忽然想起某个人的时候，肯定就是那个人在拼命想你。现在，我几乎每天临睡前都要拼命地去想赵娜，盼望她能感应到我在想她，盼望她忽然就能想起我。

下了几天的大雪终于停了，满街都是硬邦邦的雪堆。

我踯躅街头，不知道自己究竟要往哪里去。

我已经将近一个星期没有刮胡子了，胡子跟头发连在一起，摸上去像一堆乱草。

前面有一家理发店，是淑芬开的，我拧着下巴上的胡须，迎着风走了过去，听说淑芬刮脸的手艺很不错。

家兴在后面喊我，我站住了。

“好家伙，你是不是病了？”家兴看我的眼神就像是在看一只刚从远古中复活的恐龙。

“有事说事儿。”

“我看见金龙了，”家兴的嘴里呼哧呼哧地喷白气，“他在牛二的饭店里！”

我一把将他扯到了身边：“你亲眼看见的？”

家兴被我扯疼了，咿呀叫着甩手：“石哥别用那么大的力气呀！钢子被铁哥吓傻了，我想趁机去‘敲’他一把……”

淑芬烫成鸡窝的脑袋在理发店门口一晃：“哟，这不是石哥嘛！谁在说金龙，金龙怎么了？”

家兴扫了她一眼，“啪”地吐了一口痰：“操他妈，老街新一代的婊子出现了。”

我冲淑芬笑了笑：“没人说金龙。你先回去，一会儿我找你刮脸。”

淑芬吐了一下舌头：“你的脸也真该刮刮了，像个刺猬。”

我回头推了正歪头斜眼冲淑芬扮鬼脸的家兴一把：“继续说你的。”

家兴说声“等着瞧吧，这婊子将来绝对是老街第一贱货”，耸耸肩膀打了一个响指：“等东哥玩够了，把她甩了，我把她弄过来当压寨夫人。哥，我接着说啊……当时我去牛二饭店找钢子，一看金龙坐在里面，吓了一跳！咱哥们儿帮他出气，这小子竟然成了人家的座上宾。我就躲在一个胡同口往里看。过了一会儿他出来了，戴着一个大棉帽子，整个脸都遮着。他站在门口抽了一阵烟，又回去了。过了不多一会儿，牛二瘸着一条腿来了，在里面跟金龙说了一阵话，金龙就出来了，后面跟着一大帮人……”

我乜他一眼，问：“跟着金龙出来的那些人都是牛二的弟兄？”

家兴点头：“肯定是啊，从那里面出来的还会有谁？我看见钢子了，他也一起出来了。”

我皱了一下眉头：“看他们的架势，是去打架的吗？”

家兴说：“说不准。”

我说：“你应该继续跟着他们，至少应该知道他们要去哪里。”

家兴猛地一挺胸脯：“哥哥你也太小瞧我了！我赶在他们前面回来了，安排我的兄弟在咱们胡同里。万一他们是来找麻烦的，先‘喷’了这群混蛋！”见我绷着脸不说话，家兴咬了咬牙：“你刮脸去吧，我这就回去守着，来一个杀一个，来两个杀一双。”

我想了想，拔脚就走：“咱们一起回去。”

胡同口站着家兴的那帮“小妖”，见我来了，一齐上来打招呼，我冲他们摇了摇手：“你们去胡同那头，别在这里吓着老人和孩子。”

那帮“小妖”呼啦一下涌到了胡同的另一头。

我拉着家兴，越过矮墙，蹲在墙根下，边盯着胡同口边说：“这事儿千万别告诉我哥，明白吗？”

家兴拍了拍胸脯：“放心。”

我的脑子忽然有些乱，金龙真的会带人来我家？不太可能，他不是不知道我和我哥是什么样的人，借给他十个胆子他也不敢，就算真的他带人来，那也是被逼的……妈的，就是逼死你，你也不能干这样的事情啊，什么叫做兄弟？

时间一分一秒地走着，我都抽了半盒烟了，胡同口还是静悄悄的，像公墓。

“石哥，有个事儿我还得多一句嘴。”家兴突然开口。

“有什么事情你就说。”

“小黄楼那个妞儿最近过得不顺当。”

“什么意思？”

“被人给纠缠上啦，”家兴似乎不敢说了，“你……咳，你不是跟她拉倒了吗？算了，不说了。”

“说。”我的心突然空得厉害。

家兴用一块瓦片在地上写了几个字：“这个人你应该还有印象吧？”

我低头一看，地上写着“芥菜头”三个字，我说：“他怎么了？”

家兴慢悠悠地说：“我爸爸不是在大马路早市摆了个小摊儿吗？那天我去帮他照看摊子，一上车就看见了赵娜。她在大马路那里下了车，转车去上学……在车上我跟她‘搭咯’了几句，她说她在三十七中上学，从老街去，得转两次车。我刚要走，就看见芥菜头他们那帮家伙把她围起来了。她不敢躲，任凭他们推来搡去的。我本来想上去管，一想，咱在那边算个屁？眼看着赵娜被他们挤上了车……后来我听我的一个兄弟说，芥菜头每天都在车站截着赵娜，说要跟她谈恋爱。我估计这事儿是因为你曾经打过他，他这是想要……”

心一抽，我打断了他：“你闭嘴吧。”

家兴不依不饶：“你打算咋办？”

我起身：“我打算去淑芬那边刮刮胡子。”

家兴跟着起身：“说正经的。”

我往理发店的方向走：“这就是正经的。”

家兴跟上来 ：“这事儿我来办吧？”

去你妈的，你算哪根葱？这事儿我肯定得管！无论从哪个角度讲，我都应该去会一会芥菜头这个混蛋。

见我不理他，家兴把瓦片猛地戳到“芥菜头”三个字上 ：“他死定了！”

我在王东家门口喊了他几声，王东抄着手出来了：“我正想找你去呢。有事儿？”

我拉他往胡同外面走 ：“金龙‘显相’了，他在牛二的饭店里。”

接下来，我把家兴对我说的情况跟王东说了一下 ：“你估计这里面有什么问题？”

王东把脸憋成了紫茄子 ：“这是一个标准的叛徒啊！要不我先去那边看看？”

我点了点头 ：“行，你去看看。完事儿去淑芬那里，我有事跟你商量。”

第十二章　牛二的烟幕弹

坐在理发店的镜子前，我摩挲着胡子茬，对着镜子看淑芬："你哥还有点男人味道是吧？"

淑芬吃吃地笑："有，有得很，跟个土匪似的。"

我说："刚才家兴骂你呢，说你有巾帼风范，她要抢你当压寨夫人。"

淑芬把剃刀往我的脖子上一横："是你说的吧？"

我往后躲了躲："是我说的。别乱比画啊，割着脖子会死人的。"

淑芬移开剃刀，一下一下地刮我的脸："我就不理解你们这些人，干点儿什么不好，非要在街上瞎晃，你看金龙，人家在做生意，大把大把地赚钱……我不是说你啊二哥，我主要是说王东。你现在也比他强，大小也上班去了。可他呢？上班不去，生意不做，整天卧在家里瞅屋顶，我跟了这么个人将来吃什么呀？"我笑道："不是还有你嘛，你现在是个老板，将来你养活他，他吃你的软饭。"

"就他？"淑芬在镜子里撇了一下嘴，"他是那样的人？想钱都想疯了，还不想自己干点儿正经营生，哼。"

我说："他那是还没找到感觉，感觉找到了，呼啦一下就成了百万富翁，不信你就看着。"

淑芬把眼珠子翻成了卫生球："打死我也不信。"

话音刚落，王东推门进来了："二哥你估计的果然没错！金龙真的在牛二的饭店里，"喘口气，冲淑芬一歪头，"你先出去一下，我有事儿跟二哥说。"见淑芬扭捏着不动，王东火了，一指门口，大吼一声："你的耳朵被驴毛塞上了？滚出去待着！"

淑芬的脸红了一下，摔门出去，门外响起一声尖叫："得瑟！这叫什么本事？土鳖男人！"

王东冲我摊了摊手："我土鳖吗？"

我说："不土鳖。"

王东"哗"地拽开了门:"你才土鳖呢，你们全家都土鳖!"

一坨雪劈空从门外砸了进来，王东往后一闪，仰面摔倒在我的脚下:"我操，谋害亲夫啊这是。"

我把王东拉起来，笑道:"刚才淑芬在笑话你呢，说你没有出息。"

王东忿忿地踹了一脚门:"等着看吧，看我究竟有没有出息。"然后坐到沙发上，把眼一瞪:"金龙这小子果然在牛二那儿!我过去的时候，他们正从饭店往外走，一大帮子人。棍子被他们夹在中间，脸肿着，好像挨了打。我看见他们上车走了，估计是回了大马路。瞧那架势，他们是想把棍子押回去继续审问呢。金龙的表情很奇怪，好像是吓傻了，木头人似的走路。你看这样好不好，我这就去大马路，在那边守着，逮个机会把金龙抓过来，问问到底发生了什么，实在不行，把棍子逮过来也可以。"

我想了想，点点头说:"你去吧，别让牛二的人发现，万一事情不妙，赶紧回来。"

走到门口，看着王东上了车，我的心忽然乱了，不知道自己应该干点儿什么才好。

淑芬把我往门里推:"你们不是要谈事情吗，王东怎么走了?"

我笑笑说:"他给你挣钱去了。"

淑芬一撅嘴巴:"说得好听。过几天我就过生日了，看他能送我点儿什么。"

我没有进理发店，让进淑芬，站在门口看一群打雪仗的孩子在疯跑，有个孩子跌倒了，一群孩子冲上去叠成了人垛。

我抓了一把雪想要过去凑个热闹，一下子看见了我哥。

我哥抱着来顺站在对面，笑眯眯地看着那帮孩子。我丢了雪，迎着他走了过去。

我哥没看见我，粗门大嗓地喊:"都起来，把他押到台子上批斗!"

那帮孩子呼啦一下散开了，我哥摇着脑袋笑:"比我小的时候差远了……"抬头看见了我，"你怎么在这里?"

我摸了摸下巴:"找淑芬刮刮脸。你这是要去哪里?"

我哥拍了拍来顺的小脑袋:"带他出来溜达溜达，这小子随我，在家待不住。"

我说："你应该回家看看，咱妈这几天老念叨你。"

我哥垂了一下眼皮："我知道。"

我说："那你就带林宝宝一起回家，总这样可不好。"

我哥讪笑道："这几天生意不好，她不愿意动弹……回头你去我那里拿点钱回家，我怕惹老人生气，暂时不回去了。"

我说："不用了，我正跟王东研究着做点小买卖，钱很快就有了。"

我哥皱着眉头，两眼利箭似的盯着我："不管做什么事情，别太出格。"

我倒退着往我家的方向走："我有数。"

一路走，我一路乱想，总感觉哪里不对头，怀疑自己后面的路会跟林志扬一样狼狈。

家兴在胡同口跟那帮"小妖"站着说话，有几个"小妖"在吭哧吭哧地练摔跤，滚的滚，爬的爬。

我无声地走过去，抓住两个"小妖"，一个别子，一个大背，将他们摔到了一堆积雪里。

家兴尖声叫道："看见了吧孩子们，流氓会武术，谁都挡不住！"

我让家兴他们都回家，一个人在胡同口站了一会儿，低着头往家走。

家兴在后面喊我，我回了一下头："你怎么还不回家？"

家兴说："我刚想回家，忽然想起一个事儿来，过来跟你说说。"见我不吭声，家兴凑过来，神秘兮兮地说："我想去收拾钢子，那天他太狂妄了，拿枪顶我的头……""别添乱了。"我推了他的脑袋一把。

"我也有枪。"家兴愤愤地横了一下脖子。

"枪在不同的人手里有不同的效果，懂吗？"

"不懂！"家兴的脸色有些发黄，"我开枪打断他的腿！"

"在开枪之前你必须先把自己的退路想好了，你爹娘养你这么大不容易。"

"我有把握控制他。"

"钢子是个老江湖，"我不理他，继续说自己的，"惹急了他，他是不会轻易放过你的。告诉你啊家兴，别仗着自己有点儿小魄力就忘乎所以，在这一带混的，还没人拿你当回事儿。""我懂，我这不是正想让他们拿我当回事儿吗？"家兴硬硬地挺了一下脖子，"我不先拿一个比较猛的人试刀，什么时候能让别人重视？我不敢直接去砸牛二，可是我从钢子开始砸，这总没错吧？等我砸沉了钢子，然后再顺着这条路往上砸，

最后砸到牛二那里……”忽然打住，眼睛里射出一股阴冷的光，“最终，我要当港上的老大！老街这个兔子不拉屎的地方不是我王家兴应该‘窝’的地方。”见我看他的眼神有些吃惊，家兴连忙龇了龇牙，“你放心，铁哥永远是我的大哥。”

我的心里有一种冷飕飕的感觉，觉得这个小子的想法有些可怕，外面的世界不是一把枪、几个兄弟就可以闯的。

我伸手捏了捏他的腮帮子，轻声说：“我不想多说了。记住我的话，先不要去动钢子。”

家兴闪开我的手，把身子倚到墙面上，扫我一眼，嘿嘿笑了：“我明白了，在这个问题上你肯定有你自己的打算。那我就听你的，可是我一定不会放过他，那天他弄得我很没面子。想要让我手下的兄弟感觉跟着我值，就必须把这个面子争回来。二哥，最近我闲得难受，老想找个人砸着玩儿，你把芥菜头这事儿交给我行不？我去灭了这个混蛋。”

“你怎么知道我想去管这事儿？”我笑了笑，“老实在家待着吧，小孩子不要管大人的事情。”

“我小？”家兴直勾勾地盯着我，“你在我这么大的时候就已经开始跟外面的那帮孙子干上了。”

“我是我，你是你，”我想不出再劝他的理由，胡乱一笑，“别跟我犟嘴啊，我烦。”

“不犟了，”家兴低下头，用脚尖钻脚下的雪块，“二哥，对自己看上的女人要上紧，不然……”

“滚蛋！”我转身就走。

家兴在我的身后嘟囔，我听不清他在说些什么，感觉耳根有些发热。

是啊，我确实应该出手保护赵娜，尽管她不是我的什么人，可是我应该保护她，我是个男人。

回到家，我妈正盘坐在炕上拆一件毛衣，见我进来，把毛衣往我的手里一塞：“帮我撑着。”

我撑着毛衣，对她说：“刚才我看见我哥了，他不好意思回来见你。”

我妈说：“不是我的儿子就永远不要回来。”叹口气，幽幽地说：“那个闺女有什么好？小小年纪就生了孩子。这是遗传她妈呢，当初她妈就生了个没有爹的……”我妈忽然不说了，脸朝向窗外，慢腾腾地缠着毛线。

我知道我妈想说什么，这事儿全老街人都知道——林宝宝跟林志扬不是一个亲爹生的。

那年月生活困难，老街豆腐房里的一个瘸腿汉子经常去林宝宝家送豆腐渣。林宝宝她妈很会过日子，把豆腐渣里掺上野菜和麸子，做成饭团或者稀饭，把一家人的生活调剂得汤汤水水。林宝宝的爸爸犯痨病的那些年，家里的体力活儿没人干，瘸腿汉子就隔三岔五地去他们家干活儿，去了从不空手，手里提溜的不是豆腐渣就是豆腐，冬天的时候还整担整担地往他家挑煤饼子。忽然有一年，林妈妈生下了一个长相丑陋的男孩子，跟他们家谁都不像，唯独像那个做豆腐的。后来，做豆腐的不见了，大人们说，他犯了盗窃罪，被抓去了监狱，刑满以后留在那里了。那些年，林宝宝他爸爸没少跟他妈吵，后来就不吵了，他爸爸说，我验过血了，扬扬是俺的亲儿。

“东东又在门口喊你。”我正沉浸在这些往事中，我妈伸腿蹬了蹬我。

“他找我商量个事儿，”我胡乱应道，“我们想做点儿小买卖。”

“你还是应该好好上你的班，”我妈接过了我手里的毛衣，“我总担心政策会变，做买卖不长远。”

“要相信党，要相信政府，”我钻出了门外，“面包会有的，一切都会有的，瓦西里同志。”

出门，站住，王东在盯着我看，眼神有些异样：“你猜谁来了？”

不用猜我也知道，金龙来了！我拽开他，箭步跨出了街门。

金龙缩着肩膀蔽在门边，两眼无神地望着灰蒙蒙的天。

我站在门口没吭声，直直地盯着他。

金龙似乎知道我站在他的旁边，不看我，声音哽咽地念叨：“我算个什么东西啊，我他妈算个什么东西啊……”

王东悄悄走过来，关紧街门，拽了我一把：“咱们误会他了。”

金龙猛地把头转向了我，眼泪在眼眶里一晃，扑簌簌流了下来：“石哥，我不是东西，我彻底废了……”

“别这样，”我走过去抱了他一把，“有什么事情就跟我说。”

“石哥，救救我，救救我……”金龙抱紧我，不让我松开，戴着大棉帽子的脑袋直蹭我的脸。

“先让他‘拿情’，”王东绷着面皮拉开了我，“妈的，跟娘们儿似的。来，我先跟你说。”

王东拉我走到街门的另一边，嗓音低沉地说："我去了牛二饭店，刚在门口站下，钢子就出来了，问我是不是来找金龙的。没等我回答，他就说牛二跟金龙发生了一点误会，现在好了，毕竟人家是亲戚。然后问我找金龙有什么事情。我说，我们俩以前关系不错，这么多天没见着他了，怪想念的，听说他在这里，过来看看。钢子说没事儿，让我走。我们俩一起在外面等车的时候，钢子对我说，其实咱们都是打杂的，犯不着为一些搬不上台面的事情把自己弄得难看。我知道这小子不敢得罪咱们……"

"我不想听这些，"我摇摇手不让他说了，"然后你就带着金龙回来了？"

"对，"王东说，"在车上，金龙把他的委屈告诉我了。"

"怎么说的？"

"你还是让金龙自己说吧。"

"我来说，"金龙凑过来，揪下帽子，一扒拉右边耳朵旁的头发，"你看见少了什么吗？钢子割了我的耳朵……"干嚎两声，重新戴上了帽子，"那些天，我就跟蹲了监狱似的，被他们押在牛二的家里，门都没出过一次……我姐姐住在楼上，我住在楼下，连面儿都见不着。后来我才知道，牛二在外面放烟幕弹，说要抓我，其实我一直都在他的眼皮子底下……前天他把我从家里带出来，故意让我在他的饭店里露面，目的是什么我也不知道。刚才他让我带着钢子他们去抓棍子，抓了以后把棍子好一顿修理。这时候，王东来了……"

我给他整理了一下帽子，使劲咽了一口唾沫："你分析他让你出来是什么目的？"

金龙的眼珠子在眼眶里骨碌几下，茫然地摇了摇头："我不知道。"

王东凑过来戳了金龙的胸口一下："他那是养不起你了，一个大活人，又能吃又能喝的。"

金龙表情痛苦地咧了咧满是暴皮的嘴唇："别开玩笑了。"

我隐约觉得这里面有文章，沉默了一会儿，开口说："你继续躲着，有事儿的时候再联系。"

金龙闭着眼睛，大口地喘气，最后回光返照似的睁开了眼："牛二欺负我欺负到头了，早晚我要杀了他。"

我笑了笑，定定地瞅着墙头上的一株枯草，那株枯草被风摔打着，倔强地挣扎。

第十三章　闯　祸

我想不到袁真那样的人也会跟派出所打上交道。

那天我正蹲在车间一角抽烟，福根来找我，说袁真和家兴被派出所的人抓走了。

我吃了一惊，他们俩怎么会在一起被警察抓？

福根笑出了一脸坏水："他们不算'同案'啊，各办各的事儿。据说是这么回事儿，昨天晚上，袁真召集了一帮大姑娘小伙子在家跳迪斯科，正忙着呢，就被警察给逮了，七八个人呢，全'绳'在所里。刚才我去派出所看热闹，我看见家兴一身泥，蹲在门口……"

我有些担心，这小子不会是受了我哥的指派去做了什么暴力的事情吧？

我问："你知道他犯了什么事儿吗？"

福根摇头："具体不清楚，听说他好像是把谁给打了。"

对我哥的怀疑加重了，我甩开福根，撒腿冲出了车间。

路上下起了毛毛雨，我第一次知道，原来冬天也可以下雨，下春天里才会有的细雨。

在车站等了一会儿，公交车迟迟不来，我等不及了，撒腿就跑，眼前全是雨雾。

我走到派出所门口的时候，雨下大了，风吹起雨线，飞刀似的到处甩。

在门口稳定了一下情绪，我迈步走了进去。

一个腋下夹着文件的年轻警察问我来找谁。我说："我一个同事在这里，我想过来看看。"

警察笑了："是袁真吧？走啦，刚走，没什么事儿。"

我侧着身子往里看，家兴正被一个警察揪着领口往一个房间走，我用力咳嗽了一声："聚众跳舞是违法的！"

家兴扭头看见了我，猛地把胸脯一挺，刚要说句什么，屁股上就挨了一脚。

家兴踉跄几步，倒退回来，冲着天空嚷了一嗓子："困难吓不倒英雄汉，红军的传统代代传……"哎哟一声不见了。

"哎，这不是王老八家的孩子吗？"我故意让自己的这声嘟囔使旁边的警察听到。

"你认识他？"警察顿住了脚步。

"怎么不认识？我是我们老街的孩子。"

"你叫张石是吧？"

这个警察认识我？我诧异地瞅了他一眼，我从来没有跟警察打过交道，他怎么会喊出我的名字？

我胡乱点着头："我是张石，你怎么知道？"

警察捏着下巴笑了："你去过你哥下乡的那个村吧？我跟你哥在一个知青点，我们俩是好朋友。"

我仔细地盯着他看，有点儿面熟，可是我真的记不起来我还在我哥下乡的那个村子里见过他。

我陪着他笑了两声，开口说："王老八家的孩子其实挺老实的啊，他怎么会来了这里？"警察哼了一声："老鼠？老鼠那是给猫留着的。"摸一把我的胳膊，正色道："我听说你也不太'正调'，可千万老实，歪门邪道走不得。你哥现在干什么？应该上班去了吧？"

"上什么班？"我说，"劳教了几年，今年刚回来，在街上卖糖炒栗子呢。"

"卖糖炒栗子？也好啊，自食其力就是好样儿的。有时间我去看看他。"

"大哥怎么称呼？"

"唐向东，刚借调过来不长时间。你一说，你哥就想起来了。他在哪里卖糖炒栗子？"

"在宝宝餐厅门口。唐大哥，家兴犯了什么事儿？"

"砍人了。在大马路车站那边砍了一个外号叫芥菜头的小混混。"

我的胸口忽然就堵得厉害，像是吞了无数只苍蝇。妈的，老子还没开始行动呢，你就先把人给砍了？

这次我不怀疑家兴的动机了，我怀疑这个混蛋本身就是一个神经病。

前几天我和王东悄悄地跟踪过赵娜，我看见她在大马路那边等车，一个歪戴军帽、嘴角衔着一根牙签的家伙跟在后面往车上挤她，赵娜没有回头，脸涨得通红。我和王东从后门上了车，发现那个尖嘴猴腮的家伙正是芥菜头，他挤在赵娜的后面，用胯骨顶她的屁股，赵娜的脸不红了，变成了纸一样的惨白。芥菜头的脑袋来回晃，牙签在他的嘴上一跳一跳地撅。

王东忍不住了，抽出藏在袖管里的砍刀想要往前冲，我拦住了他，附在他的耳边说："现在出手还不是机会，必须让赵娜彻底感到绝望才能出手，现在就出手她是不会印象很深的。"王东说："那么咱们就下车，我怕我控制不住，一刀宰了他。"

在前面的一站，我们下车了。

王东说："你讲得也有道理，总结你前面跟赵娜相处的经验，这次应该在最后关头'拿'住她的血管。"

我笑道："这次我要让她见到血，让她看看什么才是真正的流氓。"

我去找了家兴："对他说，如果闲得难受就替我去跟踪赵娜，只要芥菜头不当众强奸她，你就不要管，有什么情况随时来告诉我。"过了几天，家兴笑嘻嘻地对我说："芥菜头简直就是一头大'趴猪'，挤在赵娜的后面直哼哼，嘴里也不知道在念叨些什么，有一次芥菜头让他的几个兄弟一起去挤赵娜，挤来挤去就炸了锅，嗷嗷叫，芥菜头在旁边装好汉，扇了那几个伙计好几个耳光，然后凑到赵娜的身边，死皮赖脸地抱着她的肩膀，对着她的耳朵大声喊，妹妹别怕，有哥哥我呢，哥哥我保护你。赵娜吓得跟小猫似的，一声不吭。"

我忍着心头巨大的愤怒，对家兴说："先让这帮群众演员表演着，主角很快就要登场了。"

我做好了准备，让芥菜头继续表演，让赵娜感到绝望，最终我突然登场，一次性"毁灭"芥菜头。"

谁能想到，我这个主角还没来得及登场，家兴先来了个谢幕。

我把牙齿咬得咯咯响，小王八，等你回来，我要好好修理修理你！

唐向东问我："你还有别的事情吗？"

我说："没了，我就是想来看看袁真，他跟我是很要好的同事。"

唐向东笑道："这样的同事少接触也好，资产阶级少爷习性。没事儿你就回去吧，我们这种单位你还是少打交道为好。"

也许是我太敏感了，总觉得他后面的话里包含着别的意思，胡乱应付道："哪能呢，要不是王姐出事儿了，你们请我来我都不来。家兴把人砍成什么样了？"唐向东哼了一声："暂时没事儿，脑袋上缝了几针……事情还没完结呢，我们正在调查案发原因。"

望着他的背影，我的心不由得紧了一下，"调查案发原因"？万一家兴胡说八道，把我给牵扯进去怎么办？

刚想追上去解释几句，我忽然笑了，关我屁事，我又没让家兴去砍人。

我想，家兴也不会那么傻，这小子一肚子清理，肯定会把自己描绘成一个路见不平拔刀相助的侠客，这属于见义勇为呢。

我没有回厂上班，直接去了王东家，我知道这个点数，他一定还窝在被窝里睡懒觉。

在王东家门口喊了好几声，他家也没有动静，我急了，"啪啪"地拍门。

王东他妈耷拉着一张黄脸出来了："诈尸了诈尸了？他没在家！"

我嬉皮笑脸地说："姨，我不是来找他胡闹的，我要带他出去给你挣大钱。"

"去！你们这帮混小子啊，"王东他妈把嘴巴撅得像要吃人，"别挑好听的说，你们不给老人惹麻烦就不错了，还指望你们给家里挣大钱呢。"见我要走，王东他妈一拍街门："二子我可告诉你，你千万别跟王东学，他不孝顺，你是个好孩子，整天跟他这种混账玩意儿混在一起没个好。早晚有一天我把他送到你哥待过的那个地方去，让人民政府管他的饭，我伺候够他啦……"

我拽开脚步，撒腿就跑，我知道她只要一打开话匣子，不把你唠叨成神经病是不会罢休的。

没头苍蝇似的乱窜了一气，我才发现自己竟然站在了小黄楼的对面。

我下意识地瞅了那扇窗户一眼，竟然看见了赵娜，她站在半开的窗户边，仰着脸看天。

我顺着她的目光往天上看，天上有一只老鹰在迎着风飞，箭一般快。

她怎么这个时候在家里？难道她今天没去上学？

赵娜看见了我，散开的头发在窗户边一甩，我以为接下来那扇窗户会响起一声"啪"，可是没有，那扇窗户"哗"地打开了，赵娜在喊我："张石，张石，张石——”声音清脆又甜美，就像来自遥远的天边。我猛然打了一个激灵，这嗓音怎么这样熟悉？林宝宝喊我哥的时候就用这样的嗓音:“张铁,张铁,张铁……”我的脑子就像亮了一个闪电,一下子空了。

眼前全是灿烂的阳光，这些阳光仿佛是用线织成的，一缕一缕垂直着撒下来，铺得满世界都是。

赵娜将头发甩到脑后，大声喊：“张石，你在想什么？你怎么不说话？”

她的身子探出来，像要掉下来的样子。

我说不出话来，就跟我第一次见到她的时候一样，全身都是空的。

赵娜的影子不见了，我听见了她“咯噔咯噔”下楼的声音，这声音越来越大，最后变成了鸽子飞过头顶时的哨音。

我感觉她站在了我的身边，我很难受，我要飞起来了，我要把她从我的身边掠走。

我平生第一次感觉到，原来爱一个人的感觉，到最深处竟然是饥饿。

我的肚子空得一塌糊涂，连肠子都没有了，肚皮里面全是空气，脚下就像踩着棉花，一走一忽悠。

大厕所墙壁上的那行风蚀过的标语一晃而过：以粮为纲，全面发展。

随着一阵“咯噔咯噔”的脚步声，赵娜站在了我的身边，她用一只手拢着头发，歪着头看我。

咽一口唾沫，我忽然发觉自己一直是站在这里的，根本就没有走路，也没有看到大厕所墙壁上的那行标语。

见我不吭声，赵娜用肩膀扛了我一下：“你怎么不说话？”

稍作镇定，我装作无所谓的样子，摸着嗓子应了一声：“我没看见你下来了。怎么，今天没去上学？”赵娜扎好头发，侧着脸冲我嫣然一笑：“去了，又回来了。刚才我想去你家找你来着，正要走就看见了你。你不是在模具厂上班了吗，不上班在这里干什么？”

我打量了她一眼，看不出有什么不对头的地方，难道家兴砍人的时候她不在场？

我笑着皱了一下眉头：“今天厂里放假，没事儿就来看看你，我以为警察找过你。派出所的人说，他们在调查一件事儿。”

“我知道，”赵娜的脸上闪过一丝忧郁，“我找你就是因为这件事情。”

“是王家兴砍人这事儿吧？”

“是，他当着我的面儿，把一个坏蛋砍了，到处都是血……张石，我很害怕。”

“你能告诉我当时的情况吗？”

“我不想说了，当时我吓坏了。”赵娜的眼圈一红，眼泪在里面打晃，“我早就想找你，告诉你有人在欺负我，可是我没有勇气，我怕你像上次那样……”嘴巴一撇，眼泪刷地掉了下来，“上次我误会你了，后来我知道袁真的胳膊不是被你打断的。我知道你在生我的气，我以为咱俩就这样了。我在上学的路上被那个坏蛋欺负，我不敢告诉我爸爸，我告诉了袁真，可是袁真没有能耐保护我……他被他们给打了，他再也没有胆量去送我上学了……”赵娜猛地一扭头，用双手捂住了脸，“我不想上学了，我要待在家里，我哪儿也不去了。”

我想伸出手来摸她柔弱的肩膀，手伸到一半又停下了，心中竟然有一种幸灾乐祸的感觉，但更多的是心疼。

我做出一副大哥的表情，在她的耳边轻声说：“别难过，事情已经过去了，再也不会有人打扰你了。”

“是你让王家兴去砍那个坏蛋的吧？”赵娜转过头来，幽幽地看着我。

“不是……”我迟疑片刻，淡然一笑，“有了结果，你还在意过程吗？”

“我想知道这是不是你安排的。”赵娜的口气硬硬的。

“是又怎么样？”我横下一条心，就这么着吧，反正事情已经出了，“就是！我不希望你被坏人骚扰。”

“……”赵娜一顿，猛扑过来，一把抱住了我。

“一朵红花向阳开，贫下中农干起来……”耳边忽然就响起一阵激越的歌声，我的脑子又一次空了。这次空得更厉害，我感觉自己的脚下不是坚硬的石头路，而是汹涌的海水，如果不是我的一只手抓着旁边的树干，我会被海水淹没。

我不知道自己当时是怎么想的，我在躲闪，就像一个孩子在躲闪陌生人递过来的糖果。

赵娜不依不饶，撞上来，展开双臂，狠狠地抱紧了我。

旁边跑过一群孩子，他们回过头来大声喊：“流氓，流氓！”

我挣脱开赵娜，作势要追，脚下一绊，一个趔趄扎到了旁边的垃圾箱上，半年没擦过的皮鞋摔出去一只，被一辆疾驶而来的汽车压成了黑手套，仿佛有臭味腾起在上面。我没去捡那只鞋，单腿跳着冲赵娜笑：“没关系，没关系，那本来就是一只破鞋。”

赵娜的眼神有些失望，呆呆地望着我，望着从我身边吹过去的那阵风。

跳了好几分钟独脚舞，我才猛然悔悟，装什么正人君子？张石，你日思夜想的不就是这一刻吗？

我张开两条胳膊，鼓励她继续抱我，可是她没动，就那样用一个看耍猴的眼神看着我。

我霎时乱了章法，不知道应该上前抱她，还是应该乖乖地离开，姿态僵硬地保持着这个姿势，仿佛被人点了穴。

赵娜用那样的眼神研究了我半晌，丢下一句“以后我会赖上你的”，转身走了。留下的那阵带茉莉花香的风，在我的鼻孔里逐渐明朗。

我收起拥抱姿势，呆立在垃圾箱旁，脑子乱得一塌糊涂……林宝宝真他娘的伟大，赵娜还真的喜欢流氓呢。

赵娜，你到底有着什么样的心思？你为什么突然就回到了我的身边？你是不是研究过兵法，研究过突然袭击？

看来，暴力在某种情况下是可以达到某种目的的……我在心里冷笑了一声，如果没有家兴的这次暴力，赵娜也许永远不会理我了。

摸一把赵娜送给我的腰带，我的心再次起飞，越过高山，越过海洋，飞向无垠的天际。

在淑芬那里，我找到了王东，我没有告诉他赵娜刚才对我的举动，轻描淡写地说了家兴砍人的事情。最后问：“你估计小王八这是什么意思？”王东说：“还能有什么意思？想要利用这件事情树立自己的威风呗。”我说：“他不会是想要在里面搅浑水，趁机糟蹋我的名声吧？”

王东说：“那也说不定，干脆这样，咱哥儿俩揍他一顿，省得他给咱们添乱。”

我说：“那样我哥就不高兴了。”

王东说：“等他长出翅膀来再收拾他可就晚了，这小子就这么个‘作’法，想要混出名堂来是很快的，我敢说，再下去两三年，你我再加上铁哥都不一定是他的对手。”

我笑道：“你说得也太吓人了，小王八有那么大的能耐还好了呢。”

王东哼了一声：“你以为不能？想想他爸爸当年吧。”

我摇摇手，不让王东说了，脑海里泛出王老八扒我家房子时的影像。

王东沉默了片刻，突然一拍大腿："对了！他为什么去砍芥菜头？他这是演戏给他的小弟们看！看，我王家兴讲的是江湖义气，现在我跟着铁哥混，铁哥的弟弟也是我的大哥，跟着大哥干就得替大哥分忧解难！他明白得很，吃别人的饭要讲究忠诚，他肯定会这样教育自己的小弟。这样一来，他自己才能心安理得地指挥那帮刚扎出翅膀来的兄弟，那帮弟兄才能对他忠诚。"

"你比我明白多了，"忽然想起他妈对王东的评价，我笑了，"你这是揣着明白装糊涂啊。"

"这话什么意思？"王东茫然。

"没什么意思，"我正色道，"以后你多在家陪陪你妈，不然……"

"我明白，"王东打断我道，"我那不是没钱嘛，有钱我让她天天当皇后。"

"不谈这些了，我做得也不怎么样，"我换话说，"家兴这小子给我哥灌了迷魂汤，我哥太实在了。"

"所以我说，想要吃社会饭，将来挡道的人肯定不少，家兴算一个。"

"挡我的道同样也挡了别人的道，我不收拾他自有人收拾他。"

第十四章　江湖义气

时间这个东西很有意思，有些事情一旦发生，想要忘记它几乎需要一生的时间。比如我第一次说要跟赵娜搞一搞江湖义气这事儿，它已经长在我的脑子里了。随着时间的推移，不但没有因为年深日久而暗淡，反而越来越清晰，越来越靠近我的眼前。直到现在我还能清楚地记得赵娜第一次听到这句话时的表情，有些激动，有些茫然，有些迫不及待，让我联想到第一次接触西门庆的潘姑娘。

腊八一过，年关将近。

我妈的身体越来越差，我爸爸经常陪她去医院，班都没法上了，回家后时常待在一个角落默默地叹气。

元旦那天清晨，我在小黄楼的楼下见到了赵娜，她站在风里，表情异样地看着我。

我的心情已经平静了许多，因为在此之前我分析过好多次，她一定会在不远的将来属于我。

我口气淡然地问："你不去上学，站在这里等什么？"

她的口气同样平静："等你。"

我笑了笑："等我？你怎么知道我要来？"

赵娜站着不动，依旧静静地看我："你自己心里明白。"

我故意装糊涂："我明白什么？"

赵娜嫣然一笑："我知道今天你们厂里放假，而且我也知道你肯定还会从这里走。"

她可真是把我给研究透了，我已经养成了每天从这里走一趟的习惯，只要天上没下刀子我就会经过这里，潜意识里有每天都见到她一次的冲动。我笑道："等我发财了，就不从这里走了。我要买一辆大摩托，从我家直接骑着去上班。"

赵娜眼波闪动："那我要想再见你，就得跑着见了。"

她的表情和她的话都让我想入非非，我张张嘴没有说话，不知道应该说点儿什么。

“咱俩一起走走吧，”赵娜抬头看了看天，“你看，多么好的天气呀。”

“那就走走……”我的嗓子眼又开始发痒。

“西海边有很多海鸥，这样的天气里，那些海鸥都在礁石上站着，我喜欢看它们。”

“那就去西海边。”我想要伸手拉赵娜的手，可是她躲开了，眯着眼睛看我。

我耸耸肩膀，看着她，倒退着往通往西海边的路上走：“海边冷，早知道这样，我给你带一件衣服。”

赵娜迎着我往前走：“不用。我不怕冷，我喜欢冷的感觉，冷让人清醒。”

我正过身子，与赵娜并排着走：“你还有不清醒的时候？”

赵娜不吭声，一脚一脚地踢路上的那些落叶，满腹心事的样子。

我没话找话：“你不怕被你爸爸发现咱俩又在一起了？”

赵娜顿一下脚步，继续走：“我爸爸出差了，他忙起来的时候就顾不上我了。”

我在心里笑，这姑娘被她爸爸吓糊涂了呢，他在出差，谈何顾上顾不上的？

走到中化子弟中学门口的时候，我放慢了脚步：“还记得夏天的时候，咱们经常一起跑步吗？”

“是的，我经常不清醒……”赵娜答非所问，她似乎还沉浸在刚才的话题里，“比如，我不知道自己的心里装的到底是谁。”

“肯定是我，”我坏笑着说，“你想啊，咱俩这么长时间没在一起了，你还在等我，这说明什么？”

“也许是吧……”赵娜一怔，追上来捶了我的胸口一拳，“你坏！谁等你来着？是你等我的吧。”

“我等你，你也等我……”我摸着麻酥酥的胸口，笑，“真的，我看得出来，你的心里装的绝对是我。”

“我对袁真没有对你那样的感觉……我觉得他像哥哥，可是你……”

“不要在我的跟前提什么袁真。”我的胸口蓦地一堵。

“以后我要清醒起来……”赵娜瞥我一眼，踢踏着，继续走。

袁真的影子晃过脑际，我的心情隐约有些不爽，快步走在前面，风吹起我敞开的上衣，猎猎作响。

赵娜追上来，跑到我的前面，想要说什么，突然发现扎在我腰上的那根腰带，脸莫名地红了：“这根腰带你仔细看过吗？”

这还用说？我回答：“看过，我仔细看过。”

赵娜长长的睫毛一下一下地忽闪，脸红得更厉害了：“看了以后你有什么想法？”

我的脸在发烫，估计也红得够呛：“很好，很好，太好了……”

赵娜的目光躲闪了一下，忽然说：“你还能想起我来吗？”

我怔了一下：“为什么这样说？”

赵娜低下了头：“我经常想起夏天的时候咱们在一起的那段日子，那时候我很拗，很固执，你总是让着我，后来咱们误会了……”

她又想提那事儿……我摆摆手，绕过她，继续走自己的。

赵娜在后面犹豫一下，站住了：“张石，你告诉我，我是不是一个坏女人？你要说实话。”

我回了回头：“你又开始不清醒了……怎么会呢？你不是坏女人，你是好女孩。”

赵娜愣怔片刻，扑哧笑了：“你说得真对！”

一阵浓郁的海腥气扑面而来，大海就在眼前，一群一群的海鸟在海浪溅起来的碎雪上翻飞、飘摇。

等赵娜跟上来，我指着那些海鸟说：“你不是说，这样的天气里，海鸟会站在礁石上吗？错了，它们在飞，停下来就冻死了。”

赵娜看了看那些忽上忽下飘飞着的海鸟，浅浅地笑了一声：“海鸥不会冻死，它们的羽毛厚……”抬手一指西边的一块巨大的礁石，“你看，那边是不是站着很多海鸥？”我顺着赵娜所指的方向看去，果然，大片的海鸥站在那块巨大的礁石上，海风吹过，零星有几只海鸥蹦跳着换地方，并不起飞。

“咱们也过去站一会儿吧，”我说，“那些海鸥像和平鸽，咱们跟它们在一起，心情会很不错。”

“我也是这么想的。”赵娜向我伸出手，我刚要拉住，她突然把手缩了回去，脸跟着红了，“走吧，你先走，我跟着。”

“当心脚下啊……”我边提醒她边跳上一块礁石，手脚并用地攀爬前面那块巨大的礁石。

终于爬到那块礁石最上方的时候，我才发现，那些海鸥都不见了，头顶响起扑啦啦的拍打翅膀的声音。

赵娜学我的样子，也在手脚并用地往我这边爬。我想下去拉她上来，估计她不会让我拉她的手，索性坐下，静静地瞅她。

在一片海鸟的叫声中，赵娜终于上来了："海鸥们都走了，咱们把它们吓着了。"

我招手示意赵娜坐到我的身边，赵娜摇头："太凉了……"张开双臂，大口地呼吸，"多美的天空啊，多美的海啊，那么多海鸥！"

我突然想说"多么蓝的天啊，走过去，不要往两边看"，怕赵娜误会，慌忙鼓起嘴巴，学赵娜的样子大口地呼气。

赵娜挥舞双臂，貌似惊恐地驱赶那些在她头顶盘桓的海鸟，嘴里念念有词："别过来，别过来，别过来……"

我忽然就觉得她是那样的柔弱，心头一抽，跨过去，伸手抓住了她的一条胳膊。

赵娜侧过脸，定定地瞅了我一会儿，突然遭了开水烫似的甩开我的手，轻捂嘴巴，一动不动地望着我，脸红得像一只熟透了的苹果。

我不甘心，再来摸她的手，她把两只手别到身后，一步一步地往后退。

我害怕她失足掉到海里，张开双臂，冲她点头："回来，这样很危险。"

赵娜突然转身，身子一晃，不见了。

我大惊失色，跳到她刚才站着的地方，到处找寻——赵娜站在离我脚下三米远的地方，吃吃地冲我笑："你下来，你下来，有本事你下来呀！"我放下心来，呼出一口气，目测一下赵娜离我的距离——太高了，我站的地方几乎可以算是个悬崖，悬崖下面的平台旁边就是汹涌的海浪。我没有胆量跳下去，我怕自己没等靠到赵娜的身边就被海浪吞没……

"你下来，你下来！"赵娜似乎是在笑话我，一蹦一蹦地往上挥手，"你下来呀，下来我就让你拉我的手，还让你抱我，你下来！"

"你以为我不敢？"我感觉自己的脸烫得厉害，我这是咋了？难道我的胆量连一个女孩子都不如？

迟疑着，我终于还是没敢往下跳，狼狈地退到我刚上来的那块礁石的夹缝旁，用屁股蹭着冰凉的礁石，一点一点挪了下去。

他妈的，敢情人家赵娜的胆量比我大了不少呢……我想，如果她继续保持这样的胆量，她爸爸也不是那么可怕。

躲在礁石下面的一个夹缝中，我偷眼打量赵娜，她可真漂亮啊，海风将她的衣服贴紧她的身体，她的身体呈现出一种让我心悸的曲线。

几个月没见，她好像长大了许多，以前我可没发现这些优美的曲线……我咽了一口唾沫，一声“咕咚”吓了自己一跳。

赵娜知道我已经“另辟蹊径”，可是她不知道我会在哪儿出现，转着脑袋来回看，海鸟的叫声包围着她。

我突然从礁石缝中钻出来,从后面一把抱住了她……我说不出话来，紧紧地抱着她，咕咚咕咚的心跳声撞击着我的耳膜。

赵娜遭遇“突袭”，似乎是吓傻了，整个身体像受惊的兔子一样在我的怀里颤栗。

她的头发被海风吹乱了，有一缕贴在我的脸上，小蛇一样甩动，我又一次嗅到了那股淡淡的茉莉花香。

我不想松开她，我想就这样抱着她，一辈子。

“张石,你看……”赵娜的嗓子也在发颤,听上去有一种无助的感觉,“你看，那么多海鸥在看着咱们俩。”

“让它们看……”我的双臂又用了一把力，“让它们羡慕……”一口空气咽下去，我感觉自己膨胀得要飞起来了。

“你看，你看……”赵娜哆嗦一下，猛然把头转向了东边，“你看那是谁！”

我下意识地松开赵娜，转头往东边看去——东边什么也没有，只有海浪砸向礁石，撞起的一片碎雪。

赵娜已经跑开了，她站在西边的一块礁石后面，调皮地冲我眨眼：“你真粗野！你抱我，经过我的同意了没有？”

她的额头有细密的汗珠在阳光下闪烁。

我偏着脑袋摊手：“我抱你了吗？没有吧……你又不清醒了。”

赵娜再次不见了，当她“咯咯”的笑声钻进我的耳膜时，我发现，她已经远离了礁石，站在海滩东边的海堤上，全身洒满阳光。

我迎着她走过去，幸福的感觉一涌一涌地在我的心头翻卷。

前边的小路上，有几个孩子在嬉闹，海鸟的叫声渐渐远去。

侧目瞅瞅赵娜平静如昔的脸，我感觉刚刚发生的一幕突然就变得不真实起来，她刚才真的离我那么近吗？

走近老街的路口，我站住了："赵娜，我觉得咱们还需要加深一下革命友谊。"

赵娜眯着眼睛看了我好久，靠前一步，像是在喃喃："我也是这么想的。夏天的时候，你说要请我吃饭，半年了你也没请我。"

我捏了捏裤兜里的几张皱皱巴巴的钞票，尴尬地笑："要不咱们就去宝宝餐厅吃油条？"

赵娜绽开了笑脸："好啊，我想去。"

心一颤，手里捏着的一块钱被我猛地戳了一个洞。

走在去宝宝餐厅的路上，我忽然就想起了芥菜头被家兴砍的那件事，问赵娜："警察还去找过你吗？"

赵娜幽幽地说："找过，还是问那个叫芥菜头的都对我做过什么，我如实对他们说了。"

我问："那么他都对你做过什么？"

赵娜说："他摸我，开始的时候还老实，后来就摸我屁股……张石，为什么你不早一点儿出现？你的心里没有我。"

我的心忽然就堵得厉害，这叫什么话？我出现，你喜欢？你给过我机会没有？又在心里骂了芥菜头几遍，妈的，家兴应该砍死他！

家兴砍人的当天就从派出所里出来了，直接去淑芬的理发店找到了我，没等开口，就被我劈头砸了一板凳。他抱着脑袋蹲在地上喊冤，被王东用大头棉鞋踢得头破血流。我让他滚蛋，告诉他以后我的事情他少掺和。家兴摔门走了，一句话也没说，背影硬得像一杆枪。我感觉这小子开始记我的仇了，真想去找我哥摊牌，对他说，把家兴这个惹事的祖宗开除"老街籍"。

过了几天，我在宝宝餐厅遇见了唐向东，他在跟我哥喝茶，两个人谈得眉飞色舞。

我哥在讲一个笑话，说他们下乡的那个村有个女知青到奶牛场帮人挤牛奶，人家一挤就是一大桶，她忙活了半天，只挤出了一酒盅，最后明白了，原来她挤的是头公牛，挤的地方也不对。林宝宝撇着嘴巴插话说，那是假的，她没听说这事儿。我趁热闹加入了进去。闲聊了几句，唐向东说，王老八家的那个孩子其实挺正义的，类似芥菜头这种人就应该教训教训他，不能助长歪风邪气。

说着话，家兴来了，一进门就跟唐向东套近乎，一口一个大叔的递烟倒茶。

我哥不动声色地瞄着家兴在一旁献殷勤，脸上没有一丝表情。

唐向东抽了一根烟，摸着家兴的脑袋说："以后别那么冲动，发现坏人作恶，应该报告警察。"

家兴说："对，对，不能冲动，不能冲动……"点头哈腰地应承着，又喊大叔。

唐向东皱紧了眉头："我比你大不了多少，别这么叫。"

家兴的一声"大哥"刚喊出口，就被我哥踹了一脚。

家兴窜到门口，回头嚷了一嗓子："铁哥，你是我的亲大爷！"我想上去推他出去，他出溜一下钻出门去，门外响起一声狼嗥："小的们，铁哥有令，挨家挨户推销糖炒栗子啦！"唐向东乜了我哥一眼："原来这都是你的人啊。"我哥浅笑道："他们没有职业，帮我卖栗子呢。"唐向东跟着笑了笑："这叫雇工呢。你可得把握着点儿，雇工多了可不好，上面有政策……"我哥摇了摇手："我这是给政府解决就业问题呢，不然这帮小子没有事情做，还不得飞到天上去？"唐向东笑道："我不多说了，有什么不好处理的事情就去找我，别像以前那么莽撞。"

我哥好像不喜欢听他说这个，眉头一皱："你还是那个脾气，在我的面前装首长呢。"

唐向东张张嘴，摇着头苦笑道："那我就不多说了。刚才我说，你跟宝宝这么多年了，孩子也回来了，抓紧时间结婚算了。"

林宝宝抱着来顺从里屋出来，脸蛋红扑扑的："向东你扯这些干什么，张铁自己有数。"

我哥打个哈欠，用一根指头吱吱地搓桌面："爱人啊我的爱人，我等你回来诉说情怀……"

唐向东冲我一挤眼："你看看，还说我装呢……哈，走啦，不多嘴啦。"

唐向东一走，我哥猛地把脸拉长了："操，说你装首长那是表扬你，你他娘的想跟我装爹呢。"

林宝宝说："你也别把人想歪了，德行。"

我哥捏一把来顺的脸蛋，笑道："这还不都是被'四人帮'给操练的？我要向'四人帮'讨回青春。"

“张石，你怎么笑了，你在想什么呢？”赵娜拉我一下，伸手一指宝宝餐厅门口，“你哥站在那儿。”

“我知道……”一抬头，我扑哧笑了，这哪里是我哥？分明是脱毛野鸡一般长相的兰爱国。

“老二，真幸福啊你！”兰爱国冲我招手，脚下一滑，“呱唧”摔倒在雪地里。

要了半斤油条几个馅饼，我招呼一身雪泥的兰爱国一起吃，兰爱国一边揉着屁股一边嘟囔：“还吃呢，这一跤把去年吃的都跌出来了……”凑过来抓了几根油条，“呼哧呼哧”地往嘴里戳，噎得直翻白眼。我问站在赵娜后面笑眯眯地看着我的哥哥：“宝宝和来顺呢？”

我哥不回答，目不转睛地盯着赵娜看。

兰爱国好歹把塞住喉咙的油条咽下去，捧起饭碗猛灌了几口豆汁，摩挲着脖子笑：“老二有本事哎……”

赵娜歪着头，看看我哥再看看兰爱国，脸一下子红了：“到底哪个是大哥呀？”

“都是都是。”兰爱国又来抓油条，被我哥一巴掌扇到了一边，兰爱国嘿嘿地笑。

我哥走到门口，回头说：“来顺生病了，宝宝带着他去了医院。”

我问：“来顺没什么大事儿吧？”

我哥说：“感冒了，发烧……没事儿，我这就去看看。”

我说：“你去吧，我帮你看着店，反正又没什么生意。”

兰爱国神情诡秘地冲我眨巴了两下眼睛：“快吃，吃完了我跟你说点事儿。”

我哥回手抓过兰爱国，夹着他的脑袋关上了门。

“你哥哥给人的感觉真可怕，”赵娜吐了一下舌头，“刚才我好紧张呢……”

“紧张什么，”我笑道，“我们老张家的兄弟都是好青年。”

赵娜嗔怪地瞪了我一眼：“我知道，好得不得了。”

我说：“你真的吃过了？”

赵娜点了点头：“吃过了。你别误会，我就是想找机会跟你说会儿话。”

“明白了，”我学兰爱国的样子，用两根指头使劲地往嘴巴里塞油条，“你不吃我吃，你们家的饭好，你不喜欢吃我们穷人家的孩子这样的饭……”咽下油条又来抓馅饼，“斜眼儿大哥说得对，我们都是苦孩子出身。”“别这样说，”赵娜伸出手来捂我的嘴，眼睛里闪出一丝幽怨，“……咱们都是一样的人。”她的手触到了我的嘴唇，柔软，还带有一丝温热，像婴儿的嘴唇，有淡淡的清香浮在上面。

我想张开嘴咬她的指头，一慌，有口水流了出来。

我吐出馅饼，一把抓住她的手，心抽得像是被一根线紧紧地勒着。

赵娜想要抽回她的手，无奈我的手太有力了，她抽不回去，任由我攥着，忽闪着大眼睛看我。

这个年龄的女孩子都喜欢流氓，她们觉得流氓很神秘……林宝宝半年前说过的话又一次回响在我的耳边，我感觉缠着我心脏的那根线陡然松开了。赵娜像一只等待安慰的小兔子，目光清澈地望着我，一动不动。我取一个放荡的姿势把她的手往旁边一撇，端起饭碗，作豪侠状一口干了豆汁，拧一把嘴唇笑道："赵娜，我知道你对我的想法，你想跟我交朋友是吧？我答应，交了！"

赵娜揉着被我攥疼了的手，表情忽然变得茫然："咱们不是朋友吗？你是不是也不清醒？你忘了……"

我打断了她："我很清醒。我是说，咱们这次一定要做一对好朋友，不一样的好朋友。"

赵娜恍惚有些明白，做天真状，定定地看着我："你想做我哪一种朋友呢？"

我明白她的意思，故意装糊涂："很好的朋友，可以肝胆相照的朋友，可以赴汤蹈火的朋友。"

“像你们男人那样的朋友？”赵娜的眼神看不出明确的意思。

“当然，”我“啪”地点了一根烟，悠然一晃，“先做那样的朋友，关系到了，做另外一种朋友也不是不可以。”

“另外一种朋友是哪一种？”赵娜的眼睛依旧清澈。

“你知道的……”我受不了她的这种眼神，胡乱躲闪着，“你既然知道还来问我？”

“我不知道，”赵娜一直在追着我的目光，“是不是搞江湖义气的那种朋友？”

“对，要搞江湖义气。”这话一下子提醒了我，既然她喜欢流氓，不讲江湖义气的那叫什么流氓?

我清清嗓子，侃侃而谈："说到江湖义气，我是深有体会的，比如宋江……《水浒》这本书你看过吧？那里面的大哥宋江就是一个懂得江湖义气的人。朋友有困难了，他挺身而出，宁可豁出去不干县委书记……哦，那时候不叫县委书记，叫什么来着？县令？也不对，宋江好像不是当县令的，当押司，押司就是类似你爸爸那样的差使，但是他跟你爸爸不一样，他很在乎江湖义气……总之一句话，江湖义气的意思就是，当你遇到困难的时候，他帮你。比如我被人欺负，或者被警察追捕……"猛地打住，眼前恍惚有警察追我的镜头一闪而过。

"还有呢，为什么不说了？"赵娜依然在盯着我的眼睛，脸色平静。

"没了，就这些。我上学少，道理明白，就是讲不透彻。"

"你的意思就是当你遇到困难的时候，我贯彻江湖义气精神，一帮到底？"赵娜收回目光，捂一下嘴，扑哧笑了。

"别乱理解呀，"我的心在享受着温暖，"不光是你跟我讲江湖义气，我跟你也一样。"

"那好，以后咱们就是最好的朋友了，最好的朋友应该……"

"应该彻彻底底地把江湖义气搞好！"我高声叫道。

"很对呀，"赵娜冲我暧昧地笑，"那咱们就是一个脱离了低级趣味的人，一个高尚的人，一个……"

"不是一个，是两个，两个。"

门悄悄地打开了，兰爱国尖尖的脑袋伸了进来："我说老二，你们吃饱了吧？"

这家伙真扫兴，我不耐烦地反着手挥："没呢没呢，你先在外面等着。"

兰爱国抻长脖子瞅桌子:"还剩一个馅饼两根油条……啊哈,要是我,一口解决问题。"

赵娜站起来给他让座："大哥你要是有事儿就进来说，我们已经吃完了。"

兰爱国说声"还是大妹子懂事儿"，老鼠似的钻进来，连油条加馅饼一遭戳进了嘴里。

等他蛇吞鸡蛋般把嘴里的东西咽下去,我拉他进到厨房,小声问:"这么着急，有什么事儿？"

兰爱国抓起一棵葱，往酱油瓶子里一戳："没事儿，过来看弟弟怎么泡妞……"

一口葱辣得他一头扎进了旁边的一堆白菜，连人带白菜滚了一厨房。

我骂声"操"，丢下兰爱国，一步跨出了厨房。

赵娜似乎还在回味我刚才说的那些关于江湖义气的话，手里搅着一缕头发在笑。

我猛吸一口气，极力将呼吸喘匀和了，站在她的身边轻声说："咱们走吧，这儿有人盯着。"

赵娜轻轻抓住了我的手："是不是阿姨病了，你要去医院看她？"

是啊，我应该去看看我妈了……我没有说话，把她往怀里一带，精神蓦然恍惚，哦，她的头发可真香啊。

"我要跟你一起去。"赵娜仰着脸看我，脸上泛起一丝红晕。我把另一只手盖在她的手背上，轻轻拍了两下："不用了。一会儿我去你家楼下等你。"赵娜抽回手，幽幽地看着我："我们放寒假了。我爸爸出差在外地，我不愿意待在家里，我要跟你在一起。""好啊，那你以后就住到我们家！"这话冲口一出，我立马后悔，这也太性急了吧？我一时糊涂，不明白是她性急还是我性急……没等她开口，我慌忙掩饰，"我没有别的意思，你别误会。"赵娜的脸上浮现出朦胧的笑意："没误会。我也没有别的意思，我只是想经常跟你待在一起。"

多年以后，我问她，那天我说要让你住到我家，你对我是什么印象？她说，没什么印象，就是觉得你实在得好玩儿。

把赵娜送出饭店，外面起风了，风带起阵阵沙雪，打在我的脸上就像有无数的小手在抽我嘴巴子，一扎一扎地疼。

在海边，我抱紧赵娜，赵娜在我的怀里颤抖的镜头一遍一遍地走过我的脑海，我的腿软得直想跪下来。

拐上去医院的那条马路，天忽然阴了下来，零星的雪花飘飘摇摇地在我的眼前晃。

第十五章　心比天高

雪停了，街道银白一片。风重新刮了起来，一些浮在上面的雪在风里舞蹈，有一股雪拧成一个巨大的筒子，就像当年的游行队伍，呼啸着滚过街道，突然一下消失了。望着空荡荡的街道，我蓦然有些伤感，我哥和林宝宝他们那批青年曾经那样汹涌澎湃的豪情，说灭了也就灭了，正如夏天时我的心情一样，激情过后，不是踏实到地上，而是有掉进水里的感觉。

记得当年我哥和上百个身穿黄军装的红卫兵阔步行进在尘土飞扬的老街，海啸般的歌声响彻云霄：

战斗的号角发出警报
穿起军装拿起武器
青年团员们踏上征途
再见了亲爱的妈妈
请你吻别你的儿子吧
别难过，莫悲伤
祝福我们一路平安吧……

现在，这样有气势的合唱没有了，取而代之的是无数或铿锵或缠绵的独唱。

忽然就感到失落……正想叹一口气，有人在喊我，声音很尖，我以为是淑芬，一回头才发现她竟然是赵娜。

赵娜站在小黄楼南端的一块空地上，扬着一条黄色的围巾向我跳脚。

我想跑过去，她挥手，往这边跑，我刚想喊一声“当心路滑”，心猛地就痛了一下——赵娜用一个极缓慢的动作跌倒在马路牙子上。

我跑到她的身边，赵娜已经站了起来，红着脸冲我笑。

我颤着嗓子问：“你怎么还不回家？”

赵娜说：“我不想回家，我在等着你回来。你哥回饭店了，拿了一些钱又走了，好像你侄子病得挺厉害，我看见他跑得满头是汗。”

我皱了一下眉头，来顺怎么样了？我应该顺便去看看他的……心忽然有些慌，快要过年了，这孩子可千万别出什么事儿。

看着赵娜红苹果似的脸，我说：“没什么，小孩子感冒是正常的事情。没什么事儿你先回家吧，我办完了事儿就来喊你。”

赵娜幽幽地瞥了我一眼：“要是忙，你就先忙去吧。”

我想再跟她聊几句，一时竟然想不出应该聊点儿什么，讪讪地摇了摇头：“那好，你先回家吧。”

赵娜揪着大衣下摆，摔两下上面的雪，目光清澈地盯着我：“张石，好好上班。”

我的心又一次感到温暖，鼻子发酸，慌忙转身。

赵娜在后面咳嗽了一声：“天冷，以后出门多穿点儿衣服。”我没敢回头，怕她看见我流了眼泪，闷头疾走。

想不到爱情沐浴下的幸福竟然是这样一种感觉，心慌，还容易流泪，“幸福的泪水”大概就是这个意思。

走近淑芬理发店的时候，我犹豫一下，迈步穿过马路，直奔医院。

前几天我去过医院，来顺乖乖地躺在病床上，眼睛望着窗外树梢上的几只麻雀，嘴角耷拉着一缕口水，脸色就像睡着了一样安静。我摸摸他的额头，烫得像是被火刚刚烤过一样。我问他：“来顺你难受吗？”来顺不说话，小小的脑袋在枕头上面来回地蹭。林宝宝说：“这孩子好几天没说话了。”我说：“他是不是想起他的亲爹了？”林宝宝怪叫着拧了我一把，拖着我走到门口，红着眼圈说：“以后你可千万别当着他的面儿提这事儿，来顺很聪明，他不喜欢提那边的事情。”

接着，林宝宝说了几件来顺的事情，她说，来顺经常念叨说，他们以前的家里有鸡、有鸭子，还有大山和小河，很多小朋友在一起抓蚂蚱、抓蜻蜓、抓蛤蟆。我哥要带他回去看看，他躲起来了，后来在大海池子那边找到了他，他像个老人那样蹲在沙滩边的一块石头上，托着腮帮子望大海，望海面上那些纸片一样飞舞的海鸥。我哥问他是不是想他的亲爹了。他说，不想，我亲爹死了，你就是我的亲爹，还有二叔也是，你们都是我的爹。没感冒之前，林宝宝收拾房间，在他的褥子底下找出了一些硬币，林宝宝没有吭声。不几天，硬币没有了。我哥说，他看见来

顺在饭店后面的一块空地上烧纸，嘴里念叨着什么，他只听清楚了一句，来顺在说，爸爸你放心，张爸爸对我很好。

刚上到儿童病房的走廊，我就看见了我哥，他蹲在走廊头上抽烟，一脸忧郁。

我走过去问他："来顺怎么样了？"

我哥抬了一下头："病得不轻，要转院，去儿童医院，他不会说话了。"

我吃了一惊："发烧发成哑巴了？"

我哥说："大夫说不像，他不愿意说话……我发现，他的耳朵好像听不见了。"

我转身往病房里冲，我哥跳起来拉回了我："别去了，让他好好睡觉。"

我说："我去看他一眼就走。"

我哥说："他很烦别人靠近他，见了谁都皱眉头，你还是别进去了。"

我说："这孩子是不是脑子有毛病？咱们对他这么好，他竟然天天想着老邱。""别瞎说，"我哥瞪了我一眼，"他那不是想老邱，他那是心里难受……他现在是咱们家的人，他自己的心里有数。还能说话的时候，他对宝宝说了，他说，宝宝是他的亲妈，我就是他的亲爸爸……哈，这小子怪懂事儿的，他知道你也喜欢他，对宝宝说，他有两爸爸，一个张铁爸爸一个二叔爸爸。"

我的心在发烫，感觉我这个爸爸当得可真不怎么样，孩子病成这样，我竟然还去忙那些风花雪月的事情。

看过我妈，我没有走医院的大门，我的胸口发胀，助跑几步，蹿上围墙，纵身跳上了马路。

后来，赵娜对我说，那天我跟在你的后面去医院，你从墙上跳下来，像一只大蝙蝠落在地上。

过了几天，我竟然也住院了。

那天我上中班，在车间里刚吃完晚饭，传达室里的大爷来找我，让我去传达室接个电话，我去了。

电话是赵娜打来的，她说她很想我，让我下了班去小黄楼对面等她——"见你一面我就放心了，不然我睡不着觉"。

跑回车间，我的心还在跳着，好家伙，赵娜可真够实在的，"火候"

还没到，她就急成这样了，这还了得？这样下去，离真正的“江湖义气”搞成，还差很远吗？福根见我笑得蹊跷，凑过来问我笑什么，我踹了他的屁股一脚，一声“干活儿啦”被我嚷得声如裂帛。福根跳出去老远，愤愤地踢脚下的一根铁棍，铁棍飞起来，掉进了一缸铁水里。那根铁棍是我抬铁水偷懒时用的“撬杠”，我怕被铁水化了，下意识地去捞——当我意识到这样会连我的手也被铁水化了的时候，已经晚了——左手食指和中指的指甲盖没有了。

在医院，我对送我来的福根说：“你去小黄楼对面等赵娜，如果她下来，你对她说，我加班，今晚不能见她了。”

处理伤口的时候，大夫说尽管没有伤到骨头，但也要住院观察。

我问，住几天？大夫说，不出意外的话，三天就可以。

我想，这事儿不能让赵娜知道，她会担心死的……三天啊，这么长的时间我不能见赵娜，她还不得被失眠给折磨成神经病？

躺在病床上打吊瓶的时候，我开始发烧，迷迷糊糊地睡着了。

我看见自己走出了病房，外面阳光凛冽，满眼都是白色的风。我走出医院大门，沿着阳光照不到的阴影往前走，好像要去赴谁的约，走得满头大汗。忽然，阳光不见了，很多乌云从天上压下来，压得我喘不动气。我蹲下，那些乌云跟着蹲在我的对面，乌黑一团。我想跳起来，飞离这些乌云，可是我的腿就像灌了铅一样沉重。我纳闷，以前我想要飞的时候，总是说飞就飞，今天为什么就飞不动了呢？也许是我没有助跑？我慢慢后退，抡一下胳膊，助跑……我跌倒了，手足并用往前爬——终于起飞了，像飞机滑翔。在半空中，我看见那些被我甩掉的乌云团在地上，转着圈儿盘旋，旋着旋着，旋成了一个人的形状。我停止飞翔，定睛看，这个人像我哥哥，又像林宝宝，还有点像我爸爸、我妈……他到底是谁呢？哦，是我爷爷……

我知道自己是在做梦，我想拧一把大腿让自己醒过来，可是我抬不起手。爷爷，要过年了，你是不是有什么话要对我说？

我爷爷追上我，跟我一起飞，他说：“二子，我真替你高兴，你有媳妇了，她可真漂亮。”

我说：“一般一般，也就算是个顺眼吧。”

我爷爷说：“你什么眼神啊，一个顺眼就打发人家了？那叫国色天香啊。”

我纳闷，我爷爷没念过几年书，他怎么会连这么高雅的词儿都知道？

想要问问，我爷爷突然不见了。赵娜飞在我的身边，一声接一声地问：“你爱我不？你爱我不？你爱我不……”

我想说“我爱你”，可是我张不开嘴，不是我不想说，我是真的张不开嘴。

身边跟我一起飞着的云不见了，变成一股股白色的风，掠过耳边，发出一哨一哨的笛音。我伸手去抓那些风，赵娜的那一声声“你爱我不”突然就变了：“你醒醒，你醒醒，你醒醒……”我猛地睁开了眼睛——赵娜！赵娜婆娑的泪眼就在我的眼前，我的鼻尖几乎触到了她的脸。我忽地坐了起来：“你怎么来了？”赵娜“哇”地哭出声来：“你可吓死我了！你为什么不告诉我你受伤了，你为什么要骗我，你为什么说你在加班？你这个天杀的，你这个大骗子……”福根用被子裹住了我：“你别怨我，我跟她说你在加班，她不相信，她偷偷跟着我。”“没你什么事儿……”我的心说不上来是一种什么滋味，轻轻攥住了赵娜摸在我脸上的手，“没什么，烫了一下，没事儿了。”

赵娜低下头，在我的胸口擦干眼泪，慢慢抽回了自己的手：“你吓死我了。我喊你，你没有反应，我以为这辈子再也见不到你了……”

我慌忙拦住话头：“要过年了，别说这些不吉利的话。我没事儿，大夫说，住三天院就可以走了。”

赵娜想要看我受伤的手，我将手藏进了被子，赵娜用手摸我的额头：“你发烧了。”

我笑笑说：“没事儿，正常反应，很快就退烧了……放心，我活得很齐整。”

赵娜把手从我的额头上移开，猛地一拧我的腮：“好好给我活着！”

我心中的那朵花儿又开了，鲜艳夺目，让我感到窒息。

福根不知什么时候走了，房间显得很寂静。

我的头歪在赵娜的臂弯里，感觉自己软弱得有些矫情，可是又不想移开，闭着眼睛感受这份温暖。

赵娜的一只手勾住我的脸，另一只手有节奏地触碰我干裂的嘴唇，她在唱歌，声音轻得像烟：

月儿明，风儿静
树叶遮窗棂
蛐蛐儿叫铮铮
好比那琴弦儿声
琴声儿轻，调儿动听
摇篮轻摆动啊
娘的宝宝闭上眼睛
睡在梦中……

联想到我现在的姿势，这歌词让我感觉不自在，我坐起来，悄悄摸了一下赵娜的腰：“咱们出去走走？”

赵娜停止了唱歌，眯着眼睛看我。我壮起胆子，用两条胳膊紧紧地箍住了她的腰：“要不你就陪我躺一会儿？”

赵娜轻轻吐出一个“不”字，扭着身子站了起来：“咱们出去看雪吧。”

外面的雪还在下，奇怪的是，那么黑的天，雪片竟然是白花花的，就像从天上往下掉撕成碎片的白纸。

我的两条胳膊缠绕在赵娜的腰上，她似乎感觉到别扭，一下一下地扭动身体，像一条柔软的蛇。

我嗅着她发际间溢出的香味，感觉自己的胸口空荡荡的，整个身体也轻得发飘，我很想实实在在地拥她躺到一个坚实的地方。

赵娜好像被我的鼻息刺痒得难受，侧过脸，轻轻蹭我的嘴唇：“你在哆嗦，是不是感觉冷？”

我点点头，不想说话，我就想这样悄无声息地感受这一点点沁入心脾的幸福。

雪片越来越大，急速下落，发出一阵又一阵“呼呼”的声响。

月亮在雪幕中渐渐变大、变亮，近在咫尺。

我抱紧赵娜，迎着月亮一步一步地往前走，我们走得很慢，像电影里最慢的那种镜头。

赵娜在我的怀里一动不动，就像一只生病的小猫。

通往月亮的方向有一条小路，路面很干净，上面没有积雪，零散的落叶被微风吹起，一簇一簇的在银白色的背景里摇荡。我感觉奇怪，我和赵娜是不是走在月亮里了？月亮里竟然是这样宁静……前面有个人在往这边跑，跑近了我才看清楚，那是我哥哥，他跑得满头大汗。我想要拦住他，问他为什么要在这个时候在外边跑，他一下子就不见了。林宝宝牵着来顺的手追了过来，她的脸色苍白，两只眼睛空洞得怕人。我冲过去，想要去抓她的一条胳膊，她突然就不见了。眼前有一棵很大很大的树，树冠大得看不见，麻麻扎扎的树杈向四面八方伸展，洒在树杈上的白色分不清是雪还是月光。一条银白色的巨蟒沿着树身蜿蜒下来，不时抬起它巨大的头颅向我展示它血红的蛇信……

不对呀，月亮上出现的应该是一只兔子，怎么会出现一条蛇呢？

我抱紧赵娜，一步一步地往后退。

一阵巨大的涨潮声音从天边扑下来，银色的月光瞬间变成漫天洪水，由远而近逼近我和赵娜。

赵娜不见了，我大声呼喊她的名字，发现她在洪水之中沉浮。

赵娜在摇动我的肩膀："你醒醒，你醒醒，张石，你为什么哭了？"

我猛地张开了眼睛，眼前是一片刺目的灯光，我这才知道自己刚才又做梦了。

赵娜用嘴唇一下一下地试探我的额头，嘴里念叨："发烧了，你发烧得厉害……"

是啊，我在发烧，浑身燥热，可是我感到幸福，幸福在燃烧着我。

三天后，过小年。上午，我和我妈同时出院了。我哥来了，提着一袋子年货，脸色苍白，好像几天没有睡觉的样子。

我妈躺在床上，红着眼睛直直地看着我哥，半晌没有说话。

我接过袋子，开玩笑说："哥，你的脸色可真不错，跟京剧里的曹操似的。"

我哥笑笑，摸着后脖颈讪讪地进了厨房。

我爸爸在里面用一根烧红了的火钩子烫一只猪头上的毛，见我哥进来，闷闷不乐地哼了一声。

我没有跟进去，我知道我哥想跟我爸爸谈他跟林宝宝的事情，我在那儿不好说。

我妈把我喊到她的身边，幽幽地说："你可别学你哥，他不听话，他混账。"

我说："妈，你别这样说他，他不就是在林宝宝这事儿上没听你的吗？"

我妈说："我没管他这事儿，是他不孝顺。"

我说："他不来家看你那是因为他怕惹你伤心，你一伤心就腰痛。"

我妈笑了："腰痛关伤心什么事儿……我养了两个儿子，同样的对待，就他让我不省心。"

这话我哥也这样说过。住院前，我去看来顺，我哥站在走廊上对我说："咱妈说得很对，从小到大我真的没让她省过心，上学的时候她替我去学校挨老师的批评，下乡的时候她担心我吃苦，得空就去给我送吃的，劳教的时候她把眼睛差点儿哭瞎了，这次她又伤心了。老二，你说我该怎么办？我能在这个时候甩了宝宝和来顺不能？如果那样，那成什么了？我张铁是个有情有义的人，这种事情不能做。"

闷了好长时间，我哥又说："其实好多事情是必须做的，做男人，要有担当。"

我无语，感觉他说的这些话很伤感，不像是从他的嘴里说出来的。

我哥絮絮叨叨地说了好多，还是从前的意思，不结婚，凑合着跟林宝宝过。

我说："这我就不理解你了，既然你不想甩了人家，又不跟人家结婚，你到底打的什么谱？"

我哥沉默了，脸色阴沉得像是能刮下一层霜来。

我回去抱了抱来顺就走了，我实在是受不了那种气氛。

走到厂门口，金龙从一棵树后转了出来，一脸孤苦伶仃遭人遗弃的晦气："石哥，我实在是扛不住了。"

我说："你必须继续扛着。"

金龙的脸色过云彩似的一阵黑一阵黄："别上班了，咱们找个地方喝点儿，我想好好跟你聊聊。"

我回厂找了福根，让他帮我跟主任请一天假，然后出来拉金龙上了回老街的公交车。

"你也别想得太多，"下车的时候，金龙拽了拽我的衣袖，"我金龙没有那么软弱。"

"我知道，"我回头一笑，"我想听听你的意思，顺便安慰安慰你。"

"我一定要报仇！"金龙像是突然打了一针强心剂，声音如同从枪膛里爆出来。

"对，有仇不报，大逆不道。"我捅了他一拳。

"报了仇，我还要做一番大事业！"金龙瞪着天空，说了句让我干呕不止的话，"家雀焉知老鹰之志哉？"

这句话好像不是这样说的，上学的时候我学过这篇课文，我记得这话是陈胜说的，陈胜说，燕雀焉知鸿鹄之志哉？陈胜还说，咱们到达目的地是死，造反了也是死，不如反了吧。联想到金龙的处境，我觉得他跟那位陈老大也差不到哪儿去，乖乖地接受牛二的折腾是个死，跟他拼了也是个死，说不定跟他拼了还能把自己拼成一条好汉呢。

"你这不是挺爷们儿的嘛，"我歪头扫了他一眼，"刚才还半死不活的呢。"

金龙咳嗽一声，脸又黄了，"以后我还是少跟你联络的好。"

"我本来就没打算天天跟你联系。"我无所谓地笑了笑。

"你不仗义……"金龙甩一下手，忽然问，"你跟赵娜发展到哪一站了？"

"你什么意思？"

"亲嘴是一站，摸奶子是一站，'攮'进去又是一站。"

"攮进去了。"话一出口，我立时就变成了雕塑——不远处，赵娜正直直地看着我。

"真的？"金龙没看见赵娜，两只眼睛水汪汪地放光，"这么快就把她'办'了？她是不是个处女？"

"处……对，除了上班，我一直在家，要过年了嘛，"我偏过脑袋装作没看见赵娜，顺着金龙的话胡扯，"你知道苏联作家奥斯特洛夫斯基吗？他说，人的一生可能燃烧也可能腐朽，我不能腐朽，我愿意燃烧起来。所以我现在也在燃烧……"

"你神经了没好吧？"金龙诧异地别着脑袋看我。

我捏了捏他的胳膊："世界上没有一个人能够随随便便就腐朽，我们只要时时刻刻记住自己应该燃烧起来，就能成为一个幸福的人，一个脱离了低级趣味的人……""一个死了没埋的人！"金龙摔开我的手，忿忿地嚷，"一提赵娜你就打岔儿，燃什么烧？这年头，剜到自己篮子里的就是自己的菜……"猛地打住，脸色焦黄地望着一步一步走过来的赵娜，两条胳膊扎煞得像在上吊，"……咳，我没看见你来了。你瞧这事儿闹的。"

赵娜瞪着清澈的眼睛茫然地看着金龙："你在说什么呀？什么事儿闹的？"

金龙如释重负地"啊"了一声："刚才我在念叨你呢，说你好，说你漂亮，还说你跟张石早晚都是一家人，你们爱情圆满，家庭幸福……"

赵娜用眼角扫我一下，我打个激灵，目光一下子跟赵娜的目光撞在一起，两个人的眼睛都成了受惊的老鼠，毫无原由地跳开了。

金龙的眼睛探照灯似的上下扫瞄赵娜，嘴角翘着一丝淫亵，嘴巴发出啧啧的声音："张石可真有福气，好好'燃烧'吧。"

赵娜甩一下头发，背过脸去，抖着肩膀笑。

我的心一下子恍惚起来，竟然带了一丝痴呆的症状。

是啊，我有福气，糊里糊涂地就让赵娜接近了我。

我要燃烧了……"一朵红花向阳开，贫下中农干起来……"冷不丁哼出的歌词，把我自己吓了一跳，我慌乱地扫一眼转过身来看着我的赵娜，掩饰道："刚才我跟金龙在探讨人生呢，苏联作家奥斯特洛夫斯基曾经在一本书里说过，人的一生可能燃烧也可能腐朽，我不能腐朽，我愿意燃烧起来……""你知道的还真不少呢，"赵娜掩着嘴巴笑，"没看出来，张石还这么有文化。"

金龙凑上来说："你还别小瞧了他，他看了不少书，什么《钢铁是怎样炼成的》,什么《王子复仇记》,什么《林海雪原》,什么《三国演义》、《小八义》，连《水浒传》他都看过呢。"

赵娜冲我一挑眉毛："我知道他看过《水浒》，《水浒》里面有江湖义气。"

我的心又乱了，她这是什么意思？难道她觉察到了我说江湖义气时的意图？不禁有些尴尬，推一把金龙，胡乱一笑："三中全会的精神思想你还是没有领会透彻，中央都表态了，闯江湖的不讲江湖义气怎么能行？宋江带着他的那帮兄弟就讲究这个，比如替天行道啦，比如劫富济贫啦……""这话对啊，"金龙迷瞪着眼暧昧地笑，"不劫富济贫怎么能共同富裕？"

这个混蛋可真能胡联系，你知道我说的江湖义气是什么意思？这可真应了他的那句话——家雀焉知老鹰之志哉？

我瞪了金龙一眼，一指淑芬理发店的方向："滚那里等着我去，我跟你大姐说几句话就过去。"

金龙不走，斜眼看着赵娜，一脸淫荡："这是大姐呀，你什么眼神？"

赵娜撅着嘴巴笑："张石比你大，你喊他石哥，我当然是你大姐了。"

金龙腆着脸往前凑："我自己有姐姐呀，你是哪家的姐姐？你应该是嫂子嘛，石嫂。"

我的心一堵，猛地踹了他一脚："夹着腚眼儿，赶紧滚蛋！"

"石哥，你再这么不尊重我，我追求石嫂，你信不？"

"我信，我信你娘那个大波依！"

金龙张张嘴，想说什么又没说出来，横一下脖子，撒腿就跑。

赵娜吃惊地看着我："你怎么这么粗野？"

我抱歉地笑了笑："他不尊重你……咳，对待这种满嘴跑火车的主儿，就应该这样。"

赵娜嗔怪地把脸转到了一边："你们这些人真是不可理喻。"

我在心里笑了，不可理喻？这有什么，更粗野的还在后面呢。别以为我不知道你的心思，你不就是喜欢我这样的粗野人吗？我的脑子忽然就乱了起来……袁真不粗野，你怎么不跟他玩儿了？想起袁真，我又想起了前几天的一件事情。

那天我在厂里抬铁水，一个保卫科的同事跑来冲我咧嘴："张石你是不是又找电镀厂那个大背头的麻烦了？刚才他满厂区找你，被我撵出去了，现在正在厂门口等着收拾你呢。"我一怔，跟福根打声招呼就去了厂门口。袁真站在风口里缩着脖子看我。

我冲他点了点头："你怎么来了？"

袁真红着脸笑："我来谢谢你……去你家找你，大姨说你在上班，我就来了。"

我有些纳闷，他没事儿谢我干什么？难道是因为家兴打跑了芥菜头的事情？那也不应该谢我呀。

我握一下袁真的手，笑道："别这么客气，有什么事情你就说。"

袁真用擦得锃亮的皮鞋碾着脚下的一块冰，说："是赵娜让我来的，她说你是个好人。"

我笑了，这可有点儿意思了，赵娜天真得有些好玩。

袁真见我微笑着不说话，期期艾艾地说："赵娜说咱们俩一直有误会，其实你对我没有什么成见……"

我摇了摇手："别这么说啊真哥，你被人打那不是我安排的倒是真的，其他的没什么。”

袁真沉默了一会儿，瞪着空洞的有些茫然的眼睛望着路边的一撮枯草，喃喃地说：“赵娜不让我去找她了，她说她决定了要跟你谈对象。她说，我不能给她安全感，你能。她说，你在她的心目中就像一座大山……你是知道的，我很喜欢她，可是她不喜欢我，其实她一直都不喜欢我，她对我就跟对一个哥哥一样，她对我没有对你的那种感情。她说你很男人，她喜欢很男人的人……”“打住吧真哥，你的脑子挺乱啊。”他的这一通念叨听得我晕晕乎乎，不知道他到底想要表达什么，“真哥，我不管你跟赵娜以前是一种什么样的关系，既然你来找我了，那我就说明一下我的意思，以后你不要去找赵娜了，就这样。”

袁真木然垂下了头：“我知道。我来找你就是这个意思。本来我想过要跟她谈恋爱，可是……我不会再去找她了。”

这样的结果一直是我想要的，可是现在我竟然没有一丝快感，有的只是一种无奈与失落，这种感觉很奇怪。

我抬手摸了摸他软如棉花的肩膀，转身就走，心空得就像吃了很多又吐干净的感觉。

“你在想什么呢？”赵娜甩一下头发，让风吹着她的脸，斜着眼睛看我。

“我在想，咱俩现在到底是一种什么样的关系。”我敷衍她道。

“你不知道咱俩现在的关系？”赵娜眯起了眼睛。

“我还不是十分明白……”

“朋友啊，就是你说的那种朋友关系。”

“哪种朋友关系？”

“江湖义气……”赵娜打住，脸红得把落在领口的雪花都映红了。

“哦，我好像明白了，”我的心里乐开了花，“用通俗一点的话说，就是咱俩在谈恋爱是吧？”

“你说是，就是吧……”赵娜的眼睛眯得更细了，看不见眼珠，只看见里面有水纹样的波在闪动。

“那就是了。”心一热，我的脑子恍惚起来，我们恋爱了，可是赵娜的爸爸在后面盯着。

“你为什么不说话了？”赵娜往我的身边靠了靠，温热的喘息在我的脸旁盘桓，“你好像有很多心事，你在想什么呢？”

“没想什么，”我笑了笑，随口说，“在想金龙刚才的话呢，他说他要追求你……嗬，这个欠揍的。”

“撒谎了吧？”赵娜仰脸看着我，眼睛一点一点瞪大了，“刚才你肯定不是在想这个。”

“那你说我在想什么？”

“你在笑话我呢，”赵娜撅起了嘴巴，“笑话我贱，这么快就答应你，还那么性急，不知道什么时候就出现在你的跟前。”“这样的好事儿我会笑话？”我真想一把将她搂进自己的怀里，忍一下，拿捏着尺寸摸了她的手一下，“这样的好事儿我要是笑话，那绝对是个‘缺一管儿’。”“不许说流氓话，”赵娜推开我刚刚蹭到她手背的手，一顿，轻轻捏住了，“别以为‘缺一管儿’是什么意思我不知道，哼。”

我嬉皮笑脸地逗她：“那你说是什么意思？”

赵娜猛地甩开了我的手：“真想骂你。”

脑子里想着林宝宝当初对我说的话，我得寸进尺地说：“‘缺一管儿’很好解释啊，就是造人的时候，少活动了那么一下……”一下子卡住了，人家林宝宝的意思哪里是这个？这是真正的流氓行径啊，跟她说的那个流氓根本不是一回事儿。

赵娜见我突然红了脸，瞟我一眼，轻声说：“我没生气，别多心。我就是觉得我这么做不太好，你会烦的，你那么忙。”

我忙吗？那是瞎忙啊，真正应该忙的是我与你的事情，我连忙接话：“我怎么会烦？高兴还来不及呢。赵娜……”本来想告诉她袁真找我的事情，一想又打住了，怕她会尴尬，“希望你能经常来找我，我很想天天跟你在一起。快要过年了，过年的时候我带你去海边放鞭炮，放它个昏天黑地，庆祝咱们的相爱……不对，应该庆祝的是，你走了，然后又回来了。”

赵娜的手又牵住了我，粉红色的嘴巴嘟成了一只葡萄：“应该庆祝的是，我成功地赖上了你。”

我腆着脸说：“对，这话你曾经说过。”看着她小巧的嘴巴，我忽然有亲她一口的冲动。

赵娜的嘴巴可真好看，红得透明，我怀疑我这一口亲上去，她的嘴巴会像葡萄那样碎裂。

赵娜注意到我在盯着她的嘴巴看，撩一下耷拉在胸前的围巾，遮住嘴，冲我一眨眼："看什么看？当心看进眼里挖不出来。"

一阵风吹来，她刚刚撩上去的围巾又被吹了下来，黄色围巾衬托下的嘴巴越发好看。

老天都在帮我呢，我应该趁热打铁，"趁热打铁才能成功"——《国际歌》不就是这样唱的嘛，国际上都提倡这个，我应该跟上国际潮流。我捏着裤兜里刚给来顺买的一包"捏炮仗"，偷偷捻出一只，凑到赵娜的身后，指着前面的一个雪人说："你看这个雪人多漂亮啊，跟我小时候一个样。"

赵娜的眼睛随着我的指引看过去，刚笑出第一声，我擎在她脑后的手就捏响了炮仗。

随着一声"啪"，赵娜猛地一回头，我噘成枪状的嘴巴早就等在那儿了，当她温软的唇触到我的"枪"时，一阵触电般的眩晕让我一下子失去了理智，一把搂住她的脑袋，嘴唇枪一般扎进了她的嘴巴。赵娜浑身哆嗦，猛力往一旁偏脸，我的嘴唇蹭过她滚烫的腮，一下子暴露在冰冷的风中。"你流氓！"赵娜狠狠地瞪我一眼，扭身冲过了马路，红色的风衣在飘，宛如风中的旗。

第十六章　试　探

那天我呆立在风口，足有十分钟没有缓过神来。

风把我的嘴唇吹干了，留在嘴唇上的赵娜那些甜甜的口水，被风带走了，我的嘴唇有一种烫伤后结疤的感觉。

悬空着心走在老街空旷的马路上，我不停地舔自己的嘴唇，上三下，下三下，一刻不停，就像一条得了精神病的狗。

后来我把这事儿对王东说了，我说："敢情亲嘴儿是这么个破滋味啊，就晕那么一小下，哪里有什么舌头勾着啊。"王东点着我的鼻子笑："雏子哥哎，你那叫什么亲嘴啊，人家还没准备好，你就撅着个臭嘴往里戳，会有什么感觉？还想舌头勾你呢，能感觉晕一下就算你赚大发啦。"后来我才知道，我丢大人了，那不叫亲嘴，那整个是一个喝醉酒挖煤的。

那天我没有去淑芬店里找金龙，我已经完全没了帮他处理事情的心思。

我好久没有这么轻松过了，我实在不知道生活中还有这样一种让人愉快的感受，实在搞不清楚为什么赵娜会给我这种感觉，让我晕着也快乐着。我知道她从我的身边跑开时喊的那声"你流氓"是一种无意识的表白，甚至有"装纯纯"的感觉。

多年之后的一个没有阳光的早晨，我回想起此事，茫然得就像一个找不到家的孩子。

不知打哪时起，生活发生了变化，那些我曾经万分熟悉的人与事在不知不觉中离我越来越远。每当夜幕降临，一个人流连于那些不再熟悉的街道，我便会迷惘起来，迈不开脚步，磨磨蹭蹭地踯躅，疑惑一次次地涌上心头，人生的道路怎么就越走越没有意思了呢？我的那些青春朝气去了哪里？我曾经的豪言壮语怎么一下子就没了？天上的那只老鹰呢？

那些天我特别想念我爷爷，总感觉我爷爷要回来过年，回来跟我一起放鞭炮。

记得我爷爷去世那年的除夕，他找出一挂鞭炮，边往竹竿上挂边说，一会儿挑起来要举得高点儿。他说，王老二家有一年放鞭，王老八举竹竿举得不高，王老二说："高擎，高擎！"王老八不情愿地说："你还嫌'穷'得慢啊。"我爷爷笑话他们，说他们没有文化，这种时候不能说那个字。我爷爷说王老二没有文化是有根据的，街面上有个笑话说王老二还没出来拉洋车的时候，在老家过年贴对子，把"吉庆有余"贴在猪圈里，把"肥猪满圈"贴在炕头上。

那年放鞭炮，中途灭了，当我重新点上的时候，我爷爷不见了，他闷头坐在炕上，像是得了一场大病。

我总觉得这挂鞭炮的表现预示着什么……那年的春天刚过，我爷爷就去世了，走得毫无征兆。

我爷爷的骨灰在公墓，已经在那儿躺了将近两年了。

周年的时候我和我爸爸去过一次，那时候我哥还在劳教所。

我爸爸把我爷爷的骨灰盒捧到一处满是青草和野花的山坡上，边烧纸边念叨说："爹，你在那世好好的，咱们家不错，你放心好了，老大就要回来了，老二也要上班了，现在政策好，到处都是做买卖的，要什么有什么，再也不用担心吃不饱了。"我爷爷贴在骨灰盒上的照片很安详，他仿佛是在听我爸爸说话，看我默默地跪在那里抹眼泪。我很少哭，打从记事起我几乎就没有哭过，可是那天我哭得很厉害，我放鞭炮的时候没放好，我爷爷走的时候我不在他的跟前，所以我哭，哭得腰里直抽搐。

我爷爷经常会念叨他死去的几个兄弟，念叨完了总是这么一句："唉，牵着马。"

我爷爷说，他的几个兄弟都是大肚子汉，太能吃了，不然哪会就那么轻易地饿死？

我记不太清楚他当时说过的话，只记得他在念叨这些的时候，我的脑子里幻化出这样的镜头：傍晚的山路上，行走着一个个面色焦黄的人，他们面无表情，夕阳下拖着瘦如枯柴的身影，纸片一般蹒跚、挪动，犹如鬼魂……这些鬼魂走着走着，就一头栽进路边的茅草中，爬不起来了。有时候我爷爷说着说着会嘿嘿地笑，山羊胡子被他捋得翘成了草棍。我爷爷说，王老二就能"瞎涨颠"（表现自己），有一次开大会，上台"忆苦思甜"，他说："提起万恶的旧社会，我年轻的时候给地主扛活，到年底了也不请喝一顿酒，就一碗'滚蛋饺子'打发了我，六零年饿死多少人啊。”一个人提醒他说，六零年已经解放了，是新社会了。王老二刚说完就被冲上台子的王老八一巴掌抡了下来，王老八振臂高呼：“打倒现行反革命犯王老二！”

前天我在街上碰见王老八，他用摩托车带着家兴疾驰而过，车轮甩起泥浆，就像蹿稀。

家兴看见了我，一撑王老八的肩膀跳了下来，摩托车一下子栽进了一堆破砖。

王老八乌龟翻壳似的朝天蹬腿儿，家兴回一下头，冲我眨巴眼：“我家老爷子抗‘造’着呢。”

这家人就这样，蛤蟆不长毛，天生就是那路种儿，从王老二那儿就开始了。

家兴眉飞色舞地告诉我，他把钢子砍了，砍在雪地里，指着他的鼻子说，你不是个儿，叫牛二来找我。

我不想听这些，转身要走，家兴伸着胳膊拦我：“这事儿是铁哥让我干的，要不我哪来这么大的魄力？”

我皱着眉头瞪了他一眼：“撒谎当心我抽你。”

家兴翻着白眼说：“撒谎我是你养的。这是真的，因为钢子在宝宝餐厅外面鬼头鬼脑的，被铁哥看见了，铁哥出去找他，他跑了，铁哥就让我去追他，问他来这里是什么意思。我追上了，他跟我‘皮紧’（犯贱），被我砍倒了……我问他来这里干什么，他说，是牛二让他来的，看看要过年了，铁哥在干些什么，再问他，他就装死，躺在地上不说话。”

要真是这样，这事儿恐怕不会那么简单，钢子不可能是单纯来看看我哥在干什么的。

脑子忽然有些乱，我稳一下情绪，摸一把家兴的肩膀，笑道：“这事儿过去了。”

家兴拽开大衣，露出插在腰上的一把锯短了枪筒的猎枪，冲我一笑：“铁哥真仗义，把他的家伙奖励给我了。铁哥说了，他说我是他的亲弟弟。”我刚刚舒展开的眉头又皱了起来，感觉我哥有些掉价，要这么个混账弟弟有什么意思。

家兴见我皱起了眉头，连忙合起大衣：“铁哥就是这么说说罢了，你才是他的亲弟弟。”

我岔开话题道：“要过年了，小心点儿，别连年都过不好。”

家兴笑嘻嘻地往前凑了凑，话说得有些无赖："我又没砍死他，能有个屁事儿。"

我说："当心警察找你，你说了那样的话，牛二不会就这么罢休。"

家兴一瞪眼，嗓门比粪桶还要粗："我怕他？他算个屁？不杀了老驴操的算他赚了！"

王老八好歹扶起了摩托车，轰轰地踩着油门："石子你跟个畜生絮叨什么？这个畜生连自己的亲爹是谁都搞不明白了！"

我推一把家兴，笑道："听见他说什么了吧，吃醋呢。"

家兴悻悻地嘟囔一句"二哥又赚我便宜"，转身就走。

我这才发现，王老八的摩托车上带着一扇猪肉，心中不觉一笑，这俩混账东西混账到一块儿去了……很早以前我就听说，王老八知道家兴现在在老街已经混得有点儿眉目了，出去买东西一般都带上儿子，目的很明确。我真是搞不明白我哥的心里到底是怎么想的，把这么一个混账玩意儿扶持起来对自己到底有什么好处？我说我哥哥不听，他也不让我提这事儿，一提他就烦躁，老是这么一句："你懂几个问题？吃我这碗饭的，身边没有这么个人，有些事情没法办。"

家兴这小子也很会来事儿，跟在我哥后面屁颠屁颠的，有时候我哥骂他两句他也装孙子，没事儿似的，一口一个"铁哥"。

王东说，这就叫"抻头"，这小子脑子大着呢，跟古代的勾践和夫差有得一拼。

我含混地打哈哈，你知道个屁，我哥的脑子难道还不如你？

过小年的那天，我爸爸盼望的团圆饭没有吃成，因为我哥哥受不了我妈的念叨，不知什么时候走了。

我安慰我爸爸说，我哥是个讲究人，过小年的时候，他不能丢下林宝宝母子一个人回家。

我爸爸说，我理解，做人就应该这样，既然住到一起了，就要对人家负责。

我妈在床上叹气，一声比一声低缓，我不敢过去跟她说话，怕她伤心。

我爸爸是个懂道理的人，现在我跟赵娜谈恋爱，我也应该对人家负责，我不能让她受一点儿委屈。

腊月二十三是辞灶的日子，年味儿一下子浓郁起来。

小时候听我爷爷说，灶王爷是我们的本家，也姓张，以前是给玉皇大帝做饭的厨子，后来下凡到了人间，专管老百姓的吃饭问题。过年的时候，家家都供奉他，在他的画像旁边写着“灶王爷爷本姓张，摇摇晃晃下了乡，白天吃的油盐饭，夜晚喝的烂面汤，岁末上天言好事，年初下界降吉祥”。小的时候我爷爷给我讲了一个笑话，他说，王老二真是个“犟筋头”，非说灶王爷姓王，跟他是本家。别人家都在灶王爷画像前供很多好吃的，王老二把家嫖穷了，没办法就在灶王爷画像前供了一碗水和一块糖，还郑重其事地念叨说，灶王爷爷本姓王，一碗凉水一块糖……我爷爷会写几个字儿，王老二买不起大集上写好的对联，就买了两张红纸求我爷爷给他写，我爷爷不会写别的，就借来毛笔，写了“合家欢乐”四个字，上下联都是这四个字。王老二问我爷爷这是什么字，我爷爷说，合家欢乐。王老二冒充识字的，对他老婆说：“孩儿他娘，我赶集买对联回来了。”指着那四个字说：“孩儿他娘你看多吉利啊，混家呼噜。”

灶王爷的画像应该在晚饭之前供上，我爸爸下午把画像请回家就放在正间的桌子上，让我去喊我哥回来，让他回来一起吃晚饭。

我妈说，要是来顺和他妈愿意，就一起回来吧。

我爸爸的眼睛亮了一下，催促我赶紧去。

走出胡同，我感觉很温暖，我妈终于松了口……大街上的风很劲，干冷干冷地吹，树梢发出呜呜的声音，就像一群野兽在疯跑。墙上那些斑驳的标语在风中摇晃，有的随着墙皮的抖动，大片大片地掉落。拐过从前的戏台子现在的副食店，我发现了一幅新的标语，黑色的大字，油漆新鲜着，仿佛刚刚结了冰，那上面写着“投案自首是犯罪”，看得我一头雾水，什么意思？既然投案自首了，怎么还能算是犯罪？这年头真是越来越古怪了，我怀疑自己肚子里的那点儿墨水不够用了，跟不上时代的步伐了。

听说芥菜头被劳教了，他在劳教所很窝囊，经常被人打，有人说这事儿是我哥撺掇的，我哥在劳教所有很多好兄弟。

等着吧芥菜头，等你出来，我好好跟你谈谈，看你以后还敢不敢耍流氓。

风刮得越来越猛，我每走一步都感到吃力，心情却异常轻盈，像一只迎着狂风飞翔的鸟儿。

我妈开始接纳林宝宝母子俩了，我妈终于想通了。

前几天我去宝宝餐厅看来顺，我让他喊二叔，他听不见，直愣愣地望着我，就像一个睁眼瞎。我拿出给他买的“捏炮仗”，捏给他听，他没有反应，我以为他真的变成了一个聋子。林宝宝拍他的脑袋，让他跟我说话。我哥说，说什么话呀，就当他真的哑巴了拉倒。

林宝宝红着眼圈出去了，她站在门外的风口里，望着天上细碎的雪花，肩膀一耸一耸地动，我知道她是在哭。

我哥说：“宝宝就是爱瞎操心，小孩子乱使性子她看不出来？当年我小的时候挨了打也这样，我还装过一个多月的瘸腿呢。”

我问：“你是不是打过他？”

我哥说：“我舍得打他？他打我还差不多。”

我知道这孩子的心里苦，他的小脑子里面装了不少同龄孩子没有的东西。

我抱着来顺去外面看麻雀，来顺拿着“捏炮仗”在我的脑袋后面一个一个地捏，他的力气小，半天才能捏出一声放屁虫那样的声音。我逗他说：“来顺你真的听不见了？”来顺不说话，直着胳膊冲那些蹲在树梢上说话的麻雀捏炮仗。我说：“来，二叔给你讲个笑话，一个瞎子很会算命，找他算命的人一伸指头，他就知道这个人是什么命相。一天，一个小孩儿调皮，找他算命，把自己的小鸡鸡放在他的手里。瞎子一摸，惊奇地喊，哎呀，贵人啊，细皮嫩肉，没有指甲，弹性好，肯定是个局长！”

来顺听完，猛地把他的小脑袋扎到我的肩膀后面，嘶啦嘶啦地嘿嘿。

他妈的，这个小混蛋听得见呢。想起这些事情，我忍不住就想笑。

王东穿着他的大棉鞋“呱唧呱唧”地追了上来：“淑芬过生日，跟灶王爷一样，给咱们送好吃的呢，说要去街里的好饭店。”

我哼了一声：“这就把你激动成这样了？你是不是习惯吃软饭啊。”

王东结巴了，脸色有些难堪：“淑芬有钱，她说她给一个富婆烫发，富婆一下子给了她三百。”

“我晚上不能去了，”我说，“今天辞灶，晚上我哥一家三口要回家，我得在家吃饭。”

“吃完饭去！金龙也要去，你帮我说说他，以后少往淑芬的跟前凑。”

“好吧，你们等我。”

“记着啊，在南市观海楼饭店。淑芬订桌了，三楼 318 房间。”

我哥在宝宝餐厅给来顺剥栗子吃，一抬头看见了站在门口的我：“咱妈让你来的是吧？”

我说：“是，我嫂子呢？”

我哥冲里屋努嘴：“刚才为来顺装哑巴的事儿跟她吵了几句，她跑进去哭。女人不能惯，三天不打，上房揭瓦。”

我刚要推门进去，林宝宝顶着一对烂杏眼出来了，一脸灿烂的笑容：“老二，刚才我看见咱妈了。”

我问：“在哪儿看见的？”

林宝宝的眼圈红了：“我去买菜，咱妈跟在我的后面……她一直在端详我。”

我说：“咱妈那是怕累着你，你是她的儿媳妇嘛。”

林宝宝笑得一脸幸福：“就是呢，从前她可不这样，正眼都不瞧我。”

我说：“咱妈让你们一家三口回家吃饭呢。”

我哥抱着来顺站起来，轻轻搂了林宝宝一把：“走吧，老婆。”

林宝宝吃惊地捂住了嘴巴：“张铁，这可是你说的啊！”

路过小黄楼的时候，我远远地看见穿一件白色羽绒服的赵娜在楼下倒垃圾，风吹起她的头发，黑旗般飘摇。

我想喊一声“赵娜，搞江湖义气的来了”，憋一下又忍住了，闪到一棵树后，眯起眼睛看她。

赵娜倒完垃圾，踮着脚尖往我家的方向看了一会儿，转身往楼院里走，身后全是白色的风。

我从树后转出来，傻呵呵地望着她的背影渐渐淡化在风里。

我知道如果我突然喊她，她会不理我，因为她见识了我的“江湖义气”，她被我的“江湖义气”搞乱了脑子……哈，那是昨天傍晚的事情。昨天傍晚，我站在小黄楼的对面望赵娜家的窗户，赵娜突然在我的身后“嗨”了一声。我装作吓着了，一把搂住了她，她身上的那些茉莉花味道瞬间包围了我。我用我的脸去蹭她的脸，她躲开，瞬间又靠了上来，只是侧着脸，不让我的脸靠近。

我们好长时间没有说话，就那样用这个傻傻的姿势，别别扭扭地抱在一起，听四面涌来的风声。

有一辆卡车在我们的身边慢了下来，司机在按喇叭，我推开了赵娜。

司机探出头来冲我喊："青年人，还不下手，等着上菜？"

我吼一声"滚蛋"，拉着赵娜退到了黑影里。

沿着黑影慢慢走了一会儿，我说，咱们去电镀厂听录音机吧，有几个伙计每天在礼堂里放录音，放的全是邓丽君的歌……

赵娜说声"那就去"，抱紧我的胳膊，轻声哼唱：

夜幕低垂
红灯绿灯
霓虹多耀眼
那钟楼轻轻回响迎接好夜晚
避风塘好风光
点点渔火让人陶醉
在那美丽夜晚……

到电镀厂得经过一个建筑工地，里面幽静得很，我灵机一动，提议说："要不咱俩进去聊一会儿再说？"

赵娜不说话，搀着我的胳膊往里走。

奇怪得很，这次她靠我这样近，一直潜伏在心里的那些冲动竟然沉睡着，我心静如水。

那晚的月色很好，镜子一般明亮的月亮挂在水银样的天上，像锅盖那么大。

我想说，赵娜，我爱你，可是我说不出口，我觉得这句话不应该从我的嘴里说出来，我是一条真汉子。

赵娜的两只胳膊水蛇似的缠住我的腰，温热的鼻息刺痒着我的脖子，我像阳光下的雪糕一样在融化。

过了好久，赵娜仰起脸对我说："我冷。"

她是不是想回家了？那可不行，我说："讲义气的人最讲究有难同当，再说，冷也不算什么难。"

赵娜不说话了，脑袋直往我的胸膛里面扎，我感觉她就要钻进我的身体里了，像幽灵。

我靠在墙壁上，用力抱着她，生怕她像鸟儿一样从我的身边飞走。

赵娜在我的怀里一动不动，就像睡着了一样。

我用嘴巴蹭她的头发，她的头发沁出同她的身体一样的茉莉花香。

那一刻，我就像一只猛然苏醒的野兽，全身的血液沸腾起来，下身也突然变得强劲，让我不得不将屁股往后撅着，生怕她怀疑我的裤裆里怎么会突然多了一截柴火。不行，我得说点儿什么，我得分散一下自己的精力，顺便让她也跟着我沸腾起来……我猛吸一口气，紧着嗓子说："做人最重要的是要讲义气，我最推崇《水浒》上的那些哥们儿姐们儿，他们不分男女，一律讲究江湖义气，在朋友困难的时候挺身而出。其实，江湖义气是不分男女的，比如……""我不要听这些，"赵娜把我抱得更紧了，"我知道你是什么意思，我跟你讲江湖义气。"

我不知道自己是什么时候把手伸进她的衣服里面的，只记得自己晕了一下，满手都是温软。

赵娜从喉咙深处发出一声软软的"哦"，随即烫着似的抓住我的手，一把拖了出来。

望着赵娜月光下闪着幽怨的光的眼睛，我的心麻麻地痛了一下："对不起……"

赵娜用双手护住胸脯，倒退着，睫毛一闪一闪地向我扇，她的鼻孔撑圆了，嘴巴紧紧地抿着，整个脸的效果像一只一点点发怒的小猫。

我害怕了，摊开手，一步一步试探着靠近她："赵娜，别害怕，来，让我抱抱……"

赵娜站住不动了，我蓦然发现她的一只手离开了她的胸脯，另一只手在一粒一粒地解上衣扣子。

我猛扑上去，一把抱住了她。赵娜挣扎一下，在我的一只手再次探进她的衣服时，猛地将自己的下身顶上了我的"柴火"。我感到眩晕，下意识地往后撅了撅屁股，接着，下意识地感到后悔，当我想要再次将下身贴紧她的时候，她躲开了，但双臂依然缠绕着我。

我一手搂着她弱弱的背，一手捏紧她小巧的乳房，手中的感觉异常温暖。

静了片刻，赵娜开始扭动上身。我不敢乱动了，抽回那只捂在她乳房上的手，两条胳膊环起来，抱紧了她的腰。

赵娜的手臂盘在我的脖子上，脑袋抵住我的胸，我看不到她的脸，我估计她的眼睛是闭着的，她跟我一样，在享受这一刻的宁馨。

有一股轻柔的风漫过我的头顶，让我感到温暖，我怀疑这些风是来分享我的幸福的。

我是不是应该跟她亲一个“正儿八经”的嘴了？我紧着胸口，一动不动，嘴巴嚼韭菜似的嚼着她的一缕头发，咯嘣咯嘣响。赵娜，我爱你，我在心里喊着，赵娜，我爱你，我爱你……似乎心有灵犀，赵娜的身体颤抖了一下。就在我移下脑袋到处找寻她的嘴巴时，赵娜猛地推开了我。我以为她冷静下来，想要逃跑，可是她一顿，再次扑上来抱紧了我。有一片乌云走过月亮，我什么也看不见了。

我再次起飞，飞过工地上空，飞向很高很高的一朵云彩，飞向那轮银白色的月亮……

远处传来一声犬吠，有音无字，直入耳膜。赵娜突然哆嗦一下，推开我，扭转身子，风一般冲出了工地。

云彩没有了，月亮也没有了，我的眼前一片空白。

没料到事情会以这样的速度急转直下，她犯了哪门子神经？

望着空荡荡的工地大门，我长长地呼出一口气，刚刚积聚起来的欢乐一下子全没了。

我想追出去，可是我迈不动脚步，“噗”地仰倒在一个沙堆上，浑身哆嗦，说不清楚是冷还是兴奋的。

摸着双腿站起来，我笑了，冬天来了，春天还会远吗？

第十七章　无名之火

在家吃晚饭的时候，我妈抱着来顺，喂他吃饭，一直没跟林宝宝说话。

我哥讪笑着跟我爸说一些关于小时候过年的笑话，我爸茫然地应答着，不时瞅我妈两眼，气氛显得很沉闷。

我从我妈的腿上接过来顺，逗了他一会儿，匆匆吃了两口菜，找个借口走了出来。

坐在去观海楼的公交车上，我不觉惆怅了一下，赵娜那天在紧要关头跑了，她不会是去找袁真了吧？不会的，赵娜对我解释过她跟袁真的关系，她不会再去找他了，现在，她是我的……我回味着那天傍晚与赵娜抱在一起时的感觉，心中竟然升起一股邪邪的快意。

车窗外的夜色浓郁起来，路灯刷刷地掠过，像一串串钢花。

刚走进观海楼的大厅，金龙就从墙边的一排沙发上跳了起来："亲哥哥，你怎么才来？"

我笑着冲他偏了一下脑袋："贵客都是晚来的。"

金龙随我笑了几声："还是石哥派头拿得足。"

我边上楼边回手推了一把金龙梳理得油光水滑的脑袋："头型不错嘛。"

金龙往手上吐了一口唾沫，嗖嗖抹了两把鬓角："宁可筋骨断，头型不能乱，骚客都这样。"

房间里烟雾缭绕，王东的一条腿搭在桌子上，单手挥着发表演讲："所以我说，你们都应该向淑芬学习，开自己的店，让别人说去吧！就说我吧，我为什么不去上班？我这是想铆足了力气跟着闹革命呢！不是吹，不出两年，我王先生就是赫赫有名的大老板！你们上个破班有什么出息？你们这是被'文化大革命'给闹怕了，要是大家都这么夹着尾巴做人，咱穷人什么时候能翻身得解放？要搞就搞'恐怖'的，什么倒买倒卖啦，什么买空卖空啦……哟！石哥来了。"

一屋子人全站了起来，一阵“石哥好”嚷得我晕头转向，感觉王东当着这些人的面没少替我吹。

打扮得像只花蝴蝶的淑芬扭捏着过来抱住了我的肩膀：“哥，王东欺负我……”

王东拽开淑芬，刚要说话，金龙把我拽坐下，冲站在一旁的服务员打了一个响指：“上菜吧。”

王东陡然光火，手指直逼金龙的鼻子：“你说了就算？今天这酒谁说了算？我，还有淑芬！”

这两个小子又要乱来……我打个哈哈道：“还是淑芬说了算。淑芬，你说是不是？”

“我可被这两个瘪犊子给气糊涂了，刚才就互相‘刺挠’呢。”淑芬怒目瞪着王东，我看到了张飞的影子。

“是吗？”我摇了摇手，“你不应该生气啊，今天是高兴的日子。”

“我倒是想高兴来着，”淑芬一推王东的脑袋，一脸怨气，“可是他能让我高兴起来吗？”

“你妈的，给你脸了是不是？”王东眼睛看着淑芬，话却像是说给金龙听的。

“算了算了，算我错了，”金龙瞥我一眼，悻悻地嘟囔，“石哥你说吧，我什么也不说了。”

看看王东再看看金龙，我感觉有些不舒坦，这都弄了些什么呀，好兄弟，为了个女人闹到这份儿上，真是扯淡。

我从桌子下面踩了踩王东的脚，正色道：“既然你们让我说，我就简单谈三点。一，上菜；二，喝酒；三嘛……”我卡壳了，自己也不知道“三”是什么。淑芬捂着嘴吃吃地笑：“就知道喝，一群酒鬼。”我顺坡下驴：“《水浒》上的哥们儿都这样，喝就要喝出个江湖义气来。”金龙接口道：“江湖义气是一种精神，装是装不出来的。”王东硬硬地咬一下牙，瞥我一眼，绷住脸不说话了。

这两个混蛋可千万别再闹了，当着一帮小兄弟的面太掉底子了，我喝口水润了润嗓子，笑道：“毛主席说，谁是我们的朋友，谁是我们的敌人，这个问题是革命的首要问题。现在谁是我们的朋友？钱啊，哥儿几个团结起来使劲赚钱才是正道儿，其他的都是扯淡。”

旁边的几个兄弟似乎明白这种情况下没有他们说话的份儿，一个个鼓着腮帮子装傻。

菜陆续上来了，我拿出给淑芬买的一盒化妆品，歪头一瞥王东："你的呢？"

王东哼了一声："有人替我拿了，项链啊，我操，镀金的，估计跑了好几趟电镀厂。"

金龙笑呵呵地给我添了一杯酒，接着给王东添："那是镀金的啊？纯金的，好几百呢。"

我踩了踩金龙的脚，打岔道："金龙金龙，不送金的就不是龙了。"

"那是那是，"金龙举起了自己的酒杯，转着圈一晃，"今天大家高兴，首先让我祝贺……"

"别价啊龙哥，这杯酒应该是我和淑芬先敬你呀。"王东端着酒杯绕到金龙的后面，一脸僵笑。

"要敬你自己敬，你不代表我。"淑芬接过我递过去的化妆品，"哼"地一声把脸转到了一边。

"那好，我自己来敬龙哥，龙哥是我的大哥。"王东的脸色蜡黄，表情硬得就像死尸。

我冷冷地瞅着王东，感觉这小子有些过分，刚想开口说他几句，王东已经将自己的酒杯举到了讪笑着站起来的金龙头顶："龙哥，张嘴呀，还需要我找个汤匙喂你吗？"金龙摸起自己的酒杯，依旧笑："我自己来……"头上流下了啤酒沫子，金龙的脸色逐渐僵硬，动作缓慢地放下了自己的酒杯，"哈，东哥你可真客气啊……"王东怪笑着将自己的脸往金龙的脸上凑，举在金龙头顶上的酒杯一点一点倾斜着，啤酒沿着金龙油光水滑的头发慢慢往下淌："龙哥，这酒好喝吗？"

淑芬隔着桌子来扒拉王东的手，王东一躲，酒杯"啪"地砸在金龙的脑袋上。

金龙没动，闭着眼睛坐下了，头上淌下的鲜血混合在啤酒里，弯曲着淌进了他的脖子。

我护住金龙，推开王东，指着淑芬的鼻子低吼："我问你，你到底是跟王东还是跟金龙？"

淑芬全身一颤，瞪着我，表情就像一只受伤的绵羊："我说不出来……"

"回答我的问题。"我能感觉到自己的眼睛里有两把阴冷的刀子直刺淑芬。

"你知道的……"淑芬的腿在打颤，想坐，迟疑着又站了起来。

"我不知道，你来回答我。"

"我……"淑芬不敢看直瞪着她的王东，瞥一眼稳坐在椅子上的金龙，一跺脚，"金龙！"

"我要杀了你这个婊子！"王东抄起桌子上的一只酒瓶，饿虎一般扑向淑芬。淑芬猛地一闭眼："杀了我吧！"

我劈手夺下王东的酒瓶子，"咣"地摔到墙上："都别给我毛愣！"

看看不动声色的金龙，再看看困兽一般的王东，我颓然摇了一下手："王东，收手吧，不是自己的就不要强求。"

王东"哇"地暴跳起来，喉咙里发出破桶一样的声音："谁说不是我的？婊子，当初你是怎么对我说的？婊子，婊子！"

淑芬后退几步，突然发疯似的撕扯自己的头发："我就是个婊子！怎么了，你杀了我呀！"

王东双手揪起桌布，"哗"地将满桌子酒菜掀到地上，抓起一只椅子抡向了淑芬。

淑芬闭着眼睛，脖子硬硬地迎向抡过来的椅子。

椅子即将抡到淑芬的脑袋时，突然停住了，王东的脸扭曲得就像一堆破麻绳："婊子，我是不会放过你的……"

我以为事情就要结束了，刚要上去拉王东坐下，王东突然爆发："今天必须死人！"随着一声椅子的爆裂声，金龙直挺挺地躺下了。

王东发疯似的拎着一条椅子腿，踩着金龙的肚子，奋力往下砸。

我的脑子突然崩溃，掀翻桌子，跳过去，一个大背将王东摔到了墙角，双脚随即跟上……

当我被几个人死死地抱住时，我发现王东静静地蜷在墙角，如同一团蘸过血的抹布。

出门的时候，金龙要下来送我，我厌恶地推开了他，金龙的脸色像糊了狗屎一般丧气。

回到家，我哥一家三口已经走了，我爸跟我妈坐在炕上说话，脸色阴沉。

我出门抓了一把雪在滚烫的脸上蹭了几下，感觉自己就像刚刚被人捅了一刀似的憋闷。

合衣躺在床上，我裹紧被子辗转反侧，心中隐隐作痛，仿佛有一块粗糙的石头在心脏上不停地磨。我看见王东蜷缩在墙角，用一种近乎绝望的目光看着我，脸上全是血；我看见我在叫骂，我骂他见色忘义，骂他没有出息，王东的眼神渐渐变得空洞，扭曲的嘴角挂着一丝嘲弄与不屑。我合上眼，想睡睡不着，脑子越来越清醒，一些与王东的往事汩汩地冒，沼气般似乎点上火就能飞腾起来。

淑芬过完生日以后我就再也没有见到王东，我知道他在躲着我。

那些天总下雪，天冷得像刀子。

我们厂放假了，我暂时不用去抬那一炉炉沉重的铁水了。

我一直想去找一下王东，我不想提那天我打他的事情，我只是想跟他一起坐坐，像从前那样。

赵娜也不在半道上截着我了，尽管我每天还是要从小黄楼那边走一趟——她仿佛知道我们厂放假了。可是我的心总也不踏实，以前赵娜不是这样的，她不管我上不上班，都要在楼上张望马路对面。赵娜的脑子里到底装了些什么？她为什么不像以前那样到处找我了？难道是因为那天傍晚在工地的那次“江湖义气”？我反复回忆那天的情景，可是我找不出她生我气的理由。

也许赵娜是为她那天晚上的表现感到害羞？可是那也不能不见我了啊。

我茫然，还有一丝绝望在脑子里纠缠……我决定去她家楼下喊她出来见我，尽管我知道她爸爸已经出差回来了。

那天一早我去了小黄楼，冒着小雹子似的细雪。

赵娜家的窗户紧闭着，里面黑洞洞的。

几辆自行车呼啸着掠过我的眼前，我发现每一辆自行车的前面都有一个笑容夸张，喊声嘹亮的小伙子，每一辆自行车的后座都坐着一个浅笑嘤嘤，满脸幸福的姑娘。看着他们，我的心接着开始恍惚……冬天刚来的时候，我用一个月的工资从林宝宝那儿买了林志扬留下的那辆自行车，凤凰二六，很新。我经常用这辆自行车载着赵娜在西海边的那条海堤上“飚车”。海浪拍击海堤溅起来的碎雪铺天盖地，我们穿行在这些碎雪中，大呼小叫，自行车的速度像暴风雨中穿行的老鹰一样快。有一次，我蹬得太猛，一个浪头斜打过来，我和赵娜连同自行车一起摔下了海堤。

浪头太大，我找不到赵娜，踉跄在海水和礁石之间，往来奔突，大声呼喊赵娜的名字。

赵娜站在一个浪尖上，挥舞双臂，朝我放肆地笑："胆小鬼，你来呀，你下来冲浪啊——"

我三两把扯掉衣服，一个猛子扎进了冰凉的海水，我感觉不到冷，全身都是热的。

我在那个浪尖上抓住了赵娜，我俩抱在一起，仰望那些在碎雪中起伏飘摇的海鸟，大笑，满世界都是嘹亮的笑声。

赵娜，现在你在哪儿笑？我为什么突然就看不到你的笑容，听不到你的笑声了呢？

站在一个风口上，我的脑子乱成了一锅粥，一会儿是满脸血污的王东，一会儿是笑容灿烂的赵娜。

犹豫了好几次我也没能鼓起勇气喊赵娜的名字，就那么失魂落魄地呆望着她家的窗户。

站累了，我蹲下，双臂撑地，漫天大雪将我变成了一只雪狼。

第十八章　疯狂报复

兰爱国不知什么时候站在了我的身边，他的眼睛变成斗鸡眼，一眨不眨地对着我，嘴里冒出的白气开火车似的喷："你是不是受伤了？"

我一愣，忽地站了起来："谁打我了？"

兰爱国倒退几步，差点翻下台阶："你没事儿就好……家兴完蛋了！一只眼被人给挖去了，身上挨了好几刀，在医院抢救呢。"

我的脑子嗡的一下，跳起来，推开兰爱国就往医院的方向跑，雪花砸得脸生疼。

兰爱国在后面狼嚎似的喊："别去医院啊！你哥让我来找你的，他让你马上去宝宝餐厅见他。"

我穿过马路直奔宝宝餐厅，回一下头，小黄楼模糊在白茫茫的大雪之中。

当我一头撞进宝宝餐厅时，我哥正单腿踩着一条板凳，冷眼看着墙角，就像一尊雕塑。

我冲他点点头，不声不响地坐到了他的对面。

我哥收回目光，嘬一下嘴巴，朝我淡然一笑："家兴出事儿了。"

我说声"知道"，丢给他一根烟，冷冷地看着他。

我哥拿一根火柴在脚下的炉子上一划，点上烟，猛吸一口："这事儿我得管。"

我问："是谁挖了家兴的眼？"

我哥说："是钢子。"

我舒了一口气："这事儿跟你有什么关系吗？"

我哥一扭一扭地捏着手里的烟："家兴是因为跟着我才被人这样的，我必须管。"

沉默片刻，我笑笑说："值得吗？"

林宝宝掀开门帘，倚在门框上，冲我一撇嘴巴："哼，有个人讲义气着呢。他说了，他想再去监狱修炼。”

兰爱国哈着一嘴白气从门缝挤了进来，我哥点头示意兰爱国坐下，摔了烟头，让林宝宝回避。

林宝宝不动："张铁，我还是那句话，我和来顺不能没有你。"

我哥瞪着林宝宝看了一会儿，突然笑了："……哈，这话说的，跟'刑场送别'似的。"

林宝宝伸出手拢了拢散落到腮边的头发，双手抱在胸前静静地看着我哥，眼圈红了，我哥刚要发怒，她扭头进了里屋。

"老斜，你再把刚才去医院的事情说一下。"我哥把抽了一半的烟递给兰爱国，轻声道。

"那好，"兰爱国接过烟，抽两口，咳嗽几声，说，"我去是去过了，就是没敢太靠前，里面全是警察。"

"你怕什么，"我哥把烟灰缸推到兰爱国的跟前，微微一笑，"难不成你也干了犯法的事儿？"

"这叫什么话……"兰爱国似乎有什么难言之隐，尴尬地站起来，狗咬尾巴似的转着圈儿拽屁股后面的棉裤，棉裤被雪水洇成了一块尿布，瘪尿脬一般挂在屁股后面。他念叨一声"什么时候磕倒的呢"，秦桧似的撅着屁股跪在凳子上，晾着屁股，"我去了医院，急诊室外边全是看热闹的，警察挡着不让进。我就藏在人群后面往里看……家兴死人一样躺在皮子床上，一只眼球耷拉在腮帮子下面，满脸全是血沫子。后来他被推了出来，呼啦呼啦地往手术室跑。警察不让大家跟着，往后轰。有两个警察把郑奎抓了，郑奎的身上也有血，好像是跟家兴一起挨的……郑奎那小子我熟悉，住老街大北头，我同学郑老二的弟弟，亡命徒，上小学的时候就敢打老师……"

"别那么 嗦，你是怎么知道家兴是被钢子给挖的眼？"我哥打断他道。

"我胆小啊，看见警察抓了郑奎，就不敢往前挤了，我怕警察……"

"说正事儿！"

"这就是正事儿啊，"兰爱国的眼球晃悠两下，一下子不斜了，脸色也黄了，"真可怕啊……我看见警察摁着郑奎。他真有劲，两个警察摁不住他，他从后腰上拽出一把菜刀，躺在地上乱砍，一个警察的裤子都被他给砍破了，露着血乎乎的肉。他还喊呢，谁上来谁就死，我兄弟死了，我也不活啦！这个场面谁敢看？我就跑了。跑到楼下遇见了胖子，胖子说，今天早晨他们正在四季春饭店吃早饭，门口就停了一辆大头车。家兴'鬼'啊，什么也没说，一步就蹿上了后窗台，还没等往下跳就被钢子一把摔了下来。钢子举着一把枪，顶在家兴的脑袋上想要搂机子，家兴把脑袋往枪口上顶，嚷嚷着让他打。钢子把枪收了，用膝盖压着家兴的脖子，两只手抱着他的脑袋……后来家兴的眼珠子就出来了。郑奎他们反应过来，一齐往上冲，被钢子的人一阵乱刀砍散了……家兴不知道自己的眼珠子没了，爬起来想要跑，被钢子的几个兄弟又砍翻了。家兴缩在墙根里喊，铁哥饶不了你们！钢子说，别跟我提什么铁哥，谁欺负我，谁就是一个死……"

"这些话都是胖子告诉你的？"我哥的脸色很难看,但是看不出表情。

"是胖子说的……"兰爱国仿佛还沉浸在那个血腥的场面里，两眼乱窜，脸黄得像是贴了一张黄裱纸。

"我知道了，"我哥使劲皱皱眉头，"砰"地吐了一口痰，"郑奎呢？"

"押上了警车，"兰爱国讨好地往我哥身边凑了凑，"押他下来的时候我看见了小唐，就是那个跟你一起下过乡的警察……他叫什么来着？唐向东？对，就叫唐向东！他看了我好几眼，我怕他连我也抓，就溜了。"我哥怔了一下，刚刚舒展开的眉头又缩紧了："他调到区刑警大队去了……这一切全是我引起的，我必须负责到底。"我哥舒一口气，张眼望着窗口上方渐渐黑下来的天空，用力捏了一下拳头，拔下粘在兰爱国嘴唇上的烟头，问，"我让你去找老二的时候，胖子去了哪里？"兰爱国想了想，茫然地摊了摊手："我吓糊涂了，他什么时候走的我都不知道……好像他也看见了唐向东，跟我一样也溜了……"我哥歪了一下嘴巴："好了，你先回去吧，老实在家待着，有事儿我会找你的。"兰爱国抓起桌子上的抹布擦了擦屁股："尽量别找我，我可不想掺和什么事儿。"

"谢谢你，兰哥，"我哥笑着摸了一把兰爱国的肩膀，"你回吧，我有数。"

"办事儿的时候，你得想想宝宝和来顺，还有大姨和大叔……"

"走吧走吧，"我哥推了他一把，"别喊你声兰哥你就膨胀，你有资格跟我这样说话吗？"

"那我就不说了，"兰爱国走到门口，猛一回头，"铁子哥，要过年了，稳住！”

“你放心，牛二在我的眼里就是一个屁，放不放我说了算。”

见我哥还在笑，我纳闷地问：“你不会是真的想要去跟牛二拼命吧？”

我哥不笑了，答非所问：“牛二昨天趁我不在，还派人来砸过你嫂子的玻璃，吓得她一宿没睡好觉。”

林宝宝抱着来顺从里屋出来了，不靠前，斜倚着门框看我哥，眼睛里全是哀怨。

我哥扑拉一把头发，一拍我的肩膀：“你先回家吧，这几天不要出门。”

这话让我怀疑我哥真的是要去找牛二摊牌，看一眼他倔强的脸，我把想要问的话咽回了肚子里。

林宝宝在发呆，我走到她的身边，掀起盖在来顺头上的棉被，摸了摸他滚烫的额头，问：“来顺又感冒了？”

没等林宝宝开口，我哥闷闷地嘟囔了一句：“这小子整天这样，备不住哪天就死了。”

林宝宝狠狠地剜了我哥一眼，收回目光，冲我笑了笑：“没事儿，他的体质不大好，经常这样，睡一觉发发汗就好了。”

我回头对我哥说：“斜眼儿说得没错，你不要太冲动了。”

我哥横一下脖子，反着手挥了挥：“你回家吧。”

外面的雪已经停了，满眼全是白色，饭店门口的炒栗子锅被雪覆盖着，就像一座座小山。

走上大路，我听见饭店里响起一声桌子碎裂的声音，我想这应该是我哥用拳头砸开了桌面。

我该干点儿什么呢？我是不是应该跟在我哥哥的身边，义无反顾地沿着他曾经走过的路冲杀下去？这时候我才知道王东对于我的重要性，现在我的身边可真的没有几个知心兄弟了……我后悔在这之前没有听从王东的建议，打几次漂亮的架，然后拉起一帮兄弟，做这帮兄弟的老大。不行，我必须去找一下王东，大小他的身边还有几个生死兄弟，他可以把他们拉出来跟我一起去帮我哥“砸沉”了牛二。可是我哥能让我帮他吗？我的脑子有些迷糊，他不希望我跟在他的身边，他不希望我跟他做一样的人，他希望我待在我爸我妈的身边，安慰他们，保护他们不受别人的侵扰……我哥曾经说过，混社会的人，首先要把自己的亲人安顿好，不然最受伤的是自己的亲人。

拐上老街大路，我突然被一阵高音喇叭里传出的歌声震了个哆嗦，抬眼一看，前面驶来一辆军用卡车。

歌儿是李双江唱的《再见吧妈妈》，我不明白明明是一首军旅歌曲，他为什么要唱得这样凄凉。

假如我在战斗中光荣牺牲，你会看到美丽的茶花……

听到这一句，我竟然联系到了我哥，脑海里泛出我哥躺在茶花丛中的影像。

军车停下了，军车后涌出一群敲锣打鼓的人，他们围住军车，扬场似的动作。

军车上站着十几个年轻人，有几个是我们那片胡同里的，他们身佩红花，一脸兴奋。

一个身穿没有领章和帽徽的军装的小个子跳下车，迎着我跑过来。

我还没看清楚这个小个子是谁，小个子就站到了我的跟前："二哥，再见啦！"

棍子？我的心倏忽一沉，他妈的，连这样的体格都能参军……

我伸出双臂抱了抱棍子，一把推开，和着喇叭里的歌声唱："军号已吹响，钢枪已擦亮，部队要出发，棍子，我要看到山茶花！"

棍子反身跳上车，后面唱的一句"我为妈妈擦去泪花"被一阵喧天的锣鼓声淹没。

兰爱国不知什么时候靠到了我的身边："老二，要是铁哥和你都去当兵就好了。"

我推开兰爱国，折转身子往宝宝餐厅走，潜意识里竟然想去动员我哥参军去老山前线。

当我意识到自己的想法很可笑时，我已经站在了宝宝餐厅门口的那个雪堆旁。

宝宝餐厅的大门突然被踢开了，我哥穿着一件军用夹袄，风一般冲到门边的一辆落满雪花的自行车旁，跳上去，猛蹬两下，呼啦一下消失在一片白色里。他这样着急，这样粗鲁，这是又要去哪里？我顾不得多想，撒腿去追，我哥在马路对面的一棵树下刹住了车子。

我想穿过马路问他要去哪里，可是路上的车很多，我扯着嗓子喊："你是不是真的要去找牛二？"

我哥同样扯着嗓子回答："你再没有别的事儿了吧？滚蛋！"

我被激怒了，绕着疾驰的车辆过马路："办事儿前先想想，你有爹妈！"

我哥蹬起车子就走："我是咱爹妈的儿子，我也是一个女人的丈夫！"

一辆大货车刺耳的刹车声陡然响起，我哥猛地回头，他盯着站在路中央的我，一脸担心。

我突然就不想过马路了，冲我哥做了一个"我没事儿"的表情，返身进了宝宝餐厅。

我哥的声音在马路对面爆响："老二，替我关照咱爹咱妈，还有你嫂子！"

林宝宝失魂落魄地坐在墙角的一只马扎上，眼前是一张破成碎片的桌子，来顺在一旁吃着手指，一声不响地看她。

我抱起来顺，默默地坐到了林宝宝的对面。

林宝宝抬起头，瞪着空洞无神的眼睛看着门口，幽幽地说："你哥走了，他可真浑。"

我安慰她："别担心，我哥是个有头脑的人。"

林宝宝用两只手掌按在两眼上，慢慢地往两边擦："可是他为什么就这么浑呢？"

我说："他就是这种人，既然你跟了他，就不要操心别的。"

林宝宝从我的手里接过来顺，横在自己的大腿上："他谁的话都听不进去，他认准了什么就是什么。"

"别这么说，"我的心在发颤，"我哥是什么样的人你是知道的，不然你也不会跟他走到一起。"

"你说你哥这不是闲得难受？"林宝宝摩挲着来顺的脸，喃喃地说，"家兴自己惹了事儿……"

"我哥不光是因为这个，关键是……"后面的话我不想说了，"嫂子你别想多了。"

“我是害怕他再进监狱呢……你不知道一个女人活着有多难。”

“我知道……”脑子里忽然闪过赵娜的影子，我的心一乱，“谁都不容易，无论男女。”

“那你就替我劝劝他，别为这事儿再去坐牢。”

“要过年了，别说这些不吉利的话，”我皱了一下眉头，“我在这里等他，他回来我再劝劝他。”

林宝宝抱着来顺进了里屋，屋里一下子静下来，火炉里煤块爆裂的声音就像打枪。

门“哗”地被一阵风吹开了，我哥表情冷峻地站在门口。

我与林宝宝对望一眼，同时笑了，彼此心中都在高兴，因为我哥、她男人回来了，他没有去办那件我们都担心的事情。

我哥进门，软软地坐在了椅子上：“扬扬被警察抓了。”

我一愣，脑子蓦地有些发空。

我哥的脸上没有一丝表情：“刚才我碰见以前的一个兄弟，他说，扬扬三天前被警察在郑州逮起来了。”

林宝宝愣了几秒钟，竟然拍着大腿笑了：“活该，活该，他咋就不死在外面呢？”

第十九章　忍无可忍

天已经黑透了，寒风一哨一哨地穿过老街，街道上的灯光接二连三亮了起来。

路过小黄楼的时候，我抬眼瞅了瞅那扇熟悉的窗户，心一麻，快步离开了那个地方。

我该去看看王东了，我们是好兄弟，不能为一点小事儿总“绷”着。

闷着头刚走进王东家的那条胡同，我就看见一个影子在前面倏忽一晃，王东？

我追上去，那个人果然就是王东。

我冲到他的前面，伸出胳膊拦住了他：“你是不是在躲我？”

王东不说话，冷冷地看着我。

我尴尬地笑了笑：“那事儿是我错了……你要去哪里？”

“去找赵娜。”

“去找赵娜？”我一怔，“你去找她干什么？”

“因为你……”王东的语气很硬，听不出感觉，“本来这事儿我不想告诉你……算了，既然碰上了，我就跟你说说。是这样，芥菜头出来了，他从劳教所里跑出来了。刚才我在家睡觉，棍子过来找我，他说他看见了芥菜头。芥菜头从一辆公交车上下来，一瘸一拐地往老街这边走。棍子怀疑他是来找家兴报仇的，就在后面跟着他。他走到小黄楼那边，仰着脸瞅赵娜家的窗户。棍子估计他这是要找赵娜的麻烦，就到处找你，找不到，就来找我。我让他走了，我想先去小黄楼那边看看，如果芥菜头真的敢乱来，我就直接废了他……”

“别说了！”我撒腿冲出了胡同。

“你等等！”王东冲上来，一把拉住了我，“带上家伙！”

“什么家伙？”

“麻三给你的枪呢？万一芥菜头手里有家伙，你应付不来。”

“你马上去我家，那把枪在我的枕头底下……”

“见着他，先别毛愣，一会儿我送枪给你！”

我疯一般地冲上马路，直奔小黄楼。

芥菜头，如果你胆敢动赵娜一指头，我直接让你死！

冲到小黄楼对面的马路牙子，我站住了，我不能贸然去赵娜家，万一芥菜头不是来找赵娜的，我会吓着她的。

四周没有一点动静，夜风静静地掠过空旷的街道。

我迟疑着穿过马路，走近小黄楼，在大门口的铁栅栏旁站住了。探头往院儿里看，什么异常也没有。

芥菜头是不是藏在某个角落呢？就在我准备迈步进院的时候，王东贴着墙根过来了，拽我一把，将一把枪塞到了我的手里。

枪里有四颗子弹，我曾经在大海池子那边试过，子弹冲出枪膛，在呼啸的狂风里发出一声刀剑破空的声音，让我的心踏实得像石头一般。

我捏紧枪身，将一颗子弹推上膛，弓着腰往院儿里走，王东跟了上来，我回头：“你回去，没你什么事儿。”

王东不走，手里提着的一把砍刀在月光下闪着幽冷的光：“我要跟你在一起。刚才我想起来了，胖子说，芥菜头不是一个人来的。”

我刚要回手推他一把，忽然听见院儿里传来一阵杂乱的脚步声，好像有不少人在往外走。

我下意识地跳到了铁栅栏后面的一处黑影里，王东跟着跳了过来。

小黄楼左侧，几个人影拖在地上，杂乱地晃动——我猛然看见了赵娜！她被两个人扭着胳膊，茫然又不情愿地往这边挪动脚步。

芥菜头的光脑袋在赵娜的后面一晃，我看清楚了，他的一条胳膊狠狠地勒着赵娜的脖子，一只手捂在赵娜的嘴上。

我的脑子突然空了，冲上去，一脚踹开离我最近的那个人，往自己的身边拽赵娜的同时，踹倒了另一个扭着赵娜的人，与此同时，芥菜头的胳膊松开了，他似乎被这突如其来的变故吓傻了，扎煞着胳膊愣在昏暗的路灯下。

我一手提着枪，一手拉着软如面条的赵娜，死命地往铁栅栏外面撞。

后面传来两声杀猪般的惨叫，估计是王东出手了。

我拖着赵娜冲过马路，一把将她按在石头台阶旁边的一只垃圾箱后，回身来找芥菜头——我想一次性废了他，让他永远不能再来骚扰赵娜。

冲回刚才的地方，这里已经没人了。

不远处，王东怪叫着挥舞砍刀，一个人在他的脚下抽搐，一个人手持一把匕首，蹦跳着躲闪。

芥菜头呢？我估计王东完全可以应付自己的局面，丢下他，野兽一般往来冲突，找寻芥菜头。

当我又一次冲到铁栅栏后面的那处黑影时，金龙提着一根棍子冲了进来："芥菜头在哪儿？"

我顾不上回答，再次冲进了大院。

手持匕首的那个家伙已经被王东砍倒了，像中了紧箍咒的孙猴子似的手脚乱动，似乎是在哀求王东不要再砍了。

我拽住王东拿刀的胳膊，促声问："芥菜头哪儿去了？"

话音刚落，芥菜头疯狂的喊叫就在铁栅栏外面响起："张二，往这边看！"

我猛一回头——芥菜头的一条胳膊勒住赵娜的脖子，一只手挺着一把寒光闪闪的刀子，直指向我："你来呀，来杀我，看谁的手快！"

我这才意识到，自己大意了，我不应该丢下赵娜，自己一个人跑进来的，芥菜头钻了我的空子！

悔恨、羞辱的感觉瞬间包围了我，我不知道自己是怎么冲上去的，只知道自己的手指一扣手枪扳机，随着一声闷响，芥菜头仰面跌倒在赵娜的脚下。

我猛地将枪别到腰后，紧紧地抱住了即将倒下的赵娜，生怕她逃走似的，越抱越紧。

金龙丢了棍子，蹲到芥菜头的身边，忽地站了起来："坏了，他死了！"

我没有反应，依旧紧紧地抱着赵娜。

王东弯腰，拖着芥菜头的一只脚，将他拖到有灯光的地方，低头一看，笑了："妈的，装死呢……"

我松开赵娜，匆忙扫了浑身哆嗦的芥菜头一眼，问王东："他伤在哪儿了？"

王东踢了芥菜头一脚："伤在脸上，腮帮子打了一个窟窿。"

我估计这一下也够芥菜头呛的，子弹很可能穿透了他的颧骨。

金龙不见了，我以为他跑了，刚要招呼王东离开这里，金龙用棍子逼着被王东砍倒的那两个人过来了："送芥菜头去医院！"

那两个家伙顶着满脸血污，匆忙抬起芥菜头，踉踉跄跄地奔出了大院儿。

楼上，有人在喊："谁在下面打架，还让不让人睡觉了！"

王东抓过金龙的棍子，猛地砸向声音传来的方向，随着一声关窗声，楼上没了动静。

"赵娜，刚才是怎么回事儿？"呼出一口气，我轻声问贴在我胸口上的赵娜。

"我爸妈不在家，我在家学习……他们把门踹开了，太可怕了，太可怕了，他们要杀人……"

"别唠叨了，"金龙快步往外走，"再唠叨，警察就来了！"

"你是怎么过来的？"我边搂着赵娜往外走边问金龙。赵娜搂着我的脖子，软绵绵地吊在我的身上。

"我去你家找你，碰上胖子，胖子说他看见你和王东来了这边……"

"知道了！"我突然就觉得这事儿闹大了，刚才我开枪了，胖子应该知道我在这里，一旦出事儿，等待我的就是监狱。

"王东，"我把赵娜往王东的身边一推，"你们俩先带赵娜去你家，我去办点事儿，一会儿过去找你们。"

"你要去哪里？"王东问。

"我回家看看我妈。"我知道，如果出事儿，很有可能我会好几年见不到我妈，我应该回家看看她。

"石哥，如果你想'跑路'，我跟你一起，"金龙折了回来，"我又惹麻烦了，牛二到处抓我……"

"你们先走，我一会儿就过去。"我一步跨出了铁栅栏。

"张石，你快点儿回来啊……"赵娜在我的身后幽幽地喊了一声。

我没有回答，也不敢回头，我怕我一回头会没了离开她的勇气。

没想到，我与赵娜的下一次见面竟然是在监狱里。

赵娜搂着我的脖子吊在我身上的影像深深地烙在了我的脑子里，这个影像经过一次次的回味，变得越来越清晰，越来越让我感觉自己像个局外人。我在那个影像里就像一个旁观者，站在一旁冷冷地看着眼前的一切，心静如水。唯一让我感到心动的是，她就像献给我的一条洁白的哈达，悠悠地挂在我的脖子上，让我觉得自己受了她的恩惠，这种恩惠需要用一生的努力才能报答。在监狱的日子里，在出狱后无数次的找寻中，每当我想起这个影像，脸就变得滚烫，冷汗流在上面就像流在烙铁上一样，爆出一缕缕白烟。

孤单地在小黄楼下面站了一阵，我竟然有一种想哭的感觉，心空得没着没落。

一个麻秆似的女人抱着孩子匆匆从我的身边走过，我蓦地打了一个激灵，林宝宝去了哪里呢？

在宝宝餐厅的时候，我哥在喝闷酒，林宝宝抱着来顺出去了，走得很匆忙。

林宝宝应该是心里委屈，去陵墓跟她爸爸诉苦去了吧……我瞅了瞅空荡荡的街头，跨过马路，进了我们家的胡同。

我爸没在家，屋里的灯黑着，我妈一个人躺在床上，厚厚的两条被子盖着她，看上去就像一座小山。

我的鼻子发酸，静静地瞅着我妈，心中五味杂陈。我妈忽然翻了一下身子："老二，停电了。"

我说："我给你点上蜡烛吧。"

我妈说："好吧，你给我把蜡烛点上，有亮光，屋里还暖和点儿。"

我刚把桌子上的蜡烛点上，我妈就闭上眼睛，睡着了。

我默默地在我妈的床头上坐了一会儿，一次次地想要过去抱她，想要让她感觉暖和起来。

我妈这辈子可真够苦的，打从记事起我就没看到她有一天是快乐着的。

记得在我六七岁的时候，我妈从外面带回来一个用油纸包着的东西，躲在厕所里，打开，急匆匆地扒拉。我要上去看，我妈用身子挡着不让看，我妈说，小孩子看了这东西是要长灾星的。我问灾星是什么。我妈说，灾星就是你办了坏事儿，它整天盯着你，让你过不上好日子的妖怪。我不敢看了，跑去学校找我哥，我说："咱妈带回家一个灾星，咱妈看了，她一辈子都麻烦了。"我哥带着我从学校跑回了家。刚进门就看见我爷爷叉着腰在院子里骂我妈，骂得很难听，我哥抄起一张铁锨就给我爷爷铲在腿上了。我爷爷愣着看了我哥一会儿，摸着山羊胡子笑了，他说："这小子行，随我呢。"我妈红着眼圈蹲在堂屋洗一些看上去像蛤蜊肉的小肉块，抄一下，哆嗦一下身子，最后抱着盆子哭了。哭完，她对我和哥哥说："你爸爸太可怜了，他好几个月没吃到荤腥了。"

记得那天我爸爸回来，一闻到肉香就咧开大嘴笑："嘿嘿嘿嘿，孩子他娘真有本事，今天我要吃肉了。"

后来我知道，那些肉是猫肉，那只死猫是我妈在路上捡的，猫是被汽车给轧死的。

多年以后我哥进了劳教所，我妈说，灾星下界了，咱们家要完蛋了……

那天，我爷爷没吃猫肉，所以我爷爷死得很安详，没遭一点儿罪就过去了。我爸爸吃得最多，他一直都活在艰难困苦之中；我哥吃得也多，他得到了报应。我妈念叨说："灾星是我弄来家的，所以我这辈子注定要赎罪，二子你没吃，你逃脱了。"我逃脱了吗？想到这里，我冷不丁打了一个寒战，我没有逃脱，尽管我的灾星不是那只死猫，可是我的灾星是一把枪，这把枪伤了人，灾星即将降临到我的头顶。

烛光一抖一抖地跳，我的影子投射在墙壁上，就像一只正在倒气儿的病兽。

我吹灭蜡烛，借着窗外投进来的月光给我妈掖了掖被角，踮着脚尖走到了门口。

院子里有个人影在晃，我看清楚了，那是我爸，他像个老人那样将双手抄在袖管里，仰着脸看天。天上没有月亮，有几颗星星在眨眼。我爸似乎觉得冷，身子一晃一晃地悠荡，脖子几乎缩进了他的肩膀。我知道这几天我爸跟我妈老是吵架，因为我哥跟林宝宝的事情。我爸吵不过我妈，总是念叨这么一句"你不是已经同意了嘛"，我妈瞪着他说："我同意他要那个婊子，可是我不同意他要那个野种，他的脑子里全是婊子和野种，他的脑子里没有爹和娘。"因为这个原因，我爸经常出去躲一会儿，等我妈睡着了才回来。我劝过我妈，让他不要对我爸这样，可是我妈不听，她说："你爸是个窝囊废，就应该这样对待他。"

我站在门后咳嗽了一声，走到我爸身后，轻声说："我妈睡了，你回屋吧。"

我爸回了一下头："今天我们没吵……她想你哥了，你哥不回来看他，你哥可真不孝顺。"

我说："我哥这几天有很多事情，让我在家陪你们呢。"

我爸不说话了，佝偻着身子回了屋，院子一下子显得空空荡荡，仿佛散了场的戏台。

我走出大门，沿着胡同往西走了几步，忽然就觉得自己很滑稽，我这是要去哪里呢？

在胡同口踌躇一下，我迈步走上了大街。

大街上静悄悄的，四周全是夜风的哨音，夜显得更加凄厉，更加狰狞，恍惚有无数带血的爪子从四面八方向我抓过来。这些爪子是不是我妈说的“灾星”？我会不会被警察抓走，再也回不来了？我跨过马路，走到一个刚刚安了电话的小卖部门口，拿起电话给我家胡同口那个小卖部的大姨打了一个电话，让她去告诉我爸，今晚厂里加班不回去了，让他放心。因为前几天我让那个大姨给我家带话，过后总是给她几毛钱，大姨答应得很痛快。

路上不断有警车掠过，我的心慌，手出汗，脚步也有些踉跄。

我看了看天，天上没有月亮，但我看到了月光，月光使天空显得十分宁静。

赵娜，万一我被警察抓走了，你会不会整夜整夜地失眠，你会不会整夜整夜地喊我的名字？

一个人从背后戳了我一下：“去八厂工地，嫂子在那儿等你。”

我猛地一回头：“王东？你怎么出来了？”

“赵娜没事儿，你不用担心。”

“是不是出什么事情了？”

“来顺被人绑架了，在八厂工地。”

“你是怎么知道的？”

“我出去过，遇上嫂子了。”王东说完，转身就走，“你尽快来我家，赵娜吓傻了，一直在哭。”

“你们不要随便出门，我一会儿过去！”我撒腿往八厂工地冲去，耳边全是猎猎的风声。

八厂工地就是那天晚上我跟赵娜初涉“江湖义气”的那个工地，不远，沿着老街穿过几条胡同就到了。

站在黑漆漆的工地外墙边，我看见林宝宝像寒风中的羔羊一般站在一座半截楼下面，仰望着一处巨兽大嘴似的窗户，身子簌簌地抖，旁边什么人也没有。那个窗户黑洞洞的，里面隐约有人影在晃。我犹豫了一下，不知道自己应该直接过去见林宝宝还是应该观察一下地形，然后从僻静的地方冲进那个人待的屋子。我断定绑架来顺的人是牛二或者钢子或者他们手下的人。

我把揣在裤兜里的那把仿五四手枪捏在手里，打开了保险，我知道那里面还有三颗子弹。

林宝宝在寒风中哆嗦了一阵，两条胳膊伸直，像是要抱孩子的样子，颤颤巍巍，一步一步往前走。

上边砸下一块砖头，随即，一个狼嗥般的声音暴响："不许过来！报警去！老子不想活啦！"

里面传出来顺的哭声，哭声刚起，噎着似的又憋了回去，像是被人掐住了脖子。

林宝宝停住脚步，站了片刻又退回了她刚才站过的地方，无助地看着工地大门，似乎是在盼望着什么。

怎么办，我是否应该直接摸进绑匪的房间，然后一枪结果了他？我的心仿佛有一把火在燃烧……我不敢断定里面有几个人，也不敢断定他们的手里有没有刀和枪，我害怕一旦失手就再也见不着可怜的来顺了。林宝宝站不住了，嘤嘤地哭了两声，摸着大腿蹲下了。她为什么不去报警？我知道她害怕让我哥知道，害怕失去来顺又失去自己心爱的人，可她为什么只知道傻站在这里？她以前不是这样的。

窗户里传出一个声嘶力竭的声音："臭婊子，你不要难过，这都是你那个野汉子逼我这么干的，你去告诉他，我绑了他的孩子，让他来跟老子拼命，是汉子的，马上就来！"我依稀听出来，说话的这个人是钢子，他不是已经跑了吗？兰爱国告诉过我，钢子挖了家兴的眼睛以后就不见了，应该是害怕警察抓他，潜逃了。可是他怎么又不害怕了，他怎么又回来了？

我侧过耳朵，仔细地听里面的动静，里面很静，似乎没有别的人。

正在犹豫是否从楼后摸进去，我的胳膊被人捏了一下。

"石哥，我来了。"金龙瞪着狼一般的眼睛站在我的身后，紧着嗓子说。

"你怎么知道我在这里？"我一把将他拉到了墙根。

"王东说的，"金龙攥着我的手，低声道，"他说，他出来打听芥菜头的情况，走到这边，看见林宝宝披头散发地从里面出来。问她发生了什么事情，林宝宝哭着说来顺被钢子绑架了，让她去找铁哥来见他……后来林宝宝不哭了，让王东去找你。她还说，里面没有别人，只有钢子一个人，钢子抢了来顺就冲进了里面的一座楼，然后就逼林宝宝去找铁哥……”

我打断了金龙：“芥菜头的情况怎么样了？”

金龙躲闪着我的目光，讪笑道：“不好说……王东说，医院里没有传出死人的消息。”

上面的砖头又砸了下来，我看见林宝宝抱着脑袋慢慢躺下了，身子佝偻得像刺猬。

我按一把金龙的肩膀，沉声道：“你待在这里别进去，我去会会他，不要让别人上去。”

“你最好先别上去，钢子的脾气我知道，逼急了，他什么事情都做得出来。”

“现在不是我逼他，是他在逼我。”

“你的枪呢？你最好带上枪，不然没法应付，万一……”

我已经冲进了工地。躺在地上的林宝宝一下子看见了我：“二子，救救我！”

我推开她，一声“钢子，我来了”喊出来，才发觉自己原本沉稳的声音已经变成了犬吠。

窗户上探出一个黑乎乎的脑袋，随即缩了回去。

我背转身子，将枪悄悄掖到后腰上，挥舞着胳膊冲楼上喊：“钢哥，我是张石，你不认识我了？”

楼上静悄悄的。

我有些心慌，这小子到底在里面干什么呢？一急，大喊：“要不我上去见你？你可千万别干傻事儿啊！”我盯着那个黑洞洞的窗口，一步一步地往前挪。就在我即将接近楼道的时候，一块砖头“砰”地砸在离我一米远的空地上，钢子忽地探出了脑袋：“张二！我不认识你！你不要上来，让你哥来见我，要谈，我跟他谈！”我举着双手摇晃两下，声音虔诚：“钢哥，我不是跟你说了嘛，刚才我去找过他，找不着啊。你让我上去，我跟你谈行不？没什么大不了的，不就是要钱嘛，我说了，要多少我都想办法给你凑，我说话算话。”

“我要一百万你有吗？”钢子笑起来的声音沙沙的，嗓子像是被石头拉过，“老子不要钱，要命！”

“别开玩笑，有什么深仇大恨值得你要人的命？”我感觉他好像冷静了一点，放轻声音说。

“这话你应该去问张铁！”钢子猛地打着了打火机，“看见了没有？我的眼珠子没了！”

看着打火机亮光映照下的钢子缠着纱布的一只眼，我吃了一惊，难道我哥糊涂到为了一个搬不上台面的孩子，跟人家玩“以眼还眼”的？哥哥，瞎了一只眼的不是你啊，你凭什么办这种糊涂事儿？我一时说不上话来，傻了似的愣在那里。

钢子缩回脑袋，闷闷地嚷了一声：“让张铁亲自来见我！限他半个钟头的时间，不然死孩子！”

屋子里传出来顺一嗑一嗑的哭声，我的心都要碎了，眼前晃动着的全是来顺小鸟一般在宝宝餐厅跑来跑去的影子。我看见不会说话的来顺孤单地蹲在餐厅门口看那些在树梢上跳来跳去的麻雀，不时哑着嗓子嘿嘿两声，阳光照着他苍白的小脸……

妈的，钢子你这个混蛋！大人之间的事情，就是砍了脑袋也不能折腾孩子啊。

我的手悄悄摸上了插在后腰上的枪，心硬如铁，如果他胆敢伤害来顺，我就打死他。

钢子的脑袋又探了出来，这次他的口气有些缓和：“张二，你为什么不报警？”

我说：“我为什么要报警？不就这么点小事儿嘛。”

外面一阵骚乱，我扭头一看，几个人围住林宝宝在唧唧喳喳地说话，有几个是我们的街坊，还有几个不认识的年轻人，看样子像是牛二那边的人。林宝宝老鹰捉小鸡似的拦着他们不让他们往里进。管不了那么多了！我把插在后腰上的枪挪到右边靠近我右手的地方，蹑手蹑脚地上了楼梯。

钢子声音微弱地喊了一声：“张二，你去了哪里？你给我出来呀……”

我不说话，猫一般蹿上楼梯，转几个弯，“呼啦”一下站在了钢子的面前。

蜷缩在钢子怀里的来顺转头看见了我，“哇”地哭了。

钢子诧异地回了一下头，眼睛猛地瞪大了，他似乎忘记了自己的手里拿着一把短管猎枪，茫然地看着我：“谁让你上来的？”

我的右手贴在枪上，左手冲他做了一个不要冲动的手势：“别紧张，外面来了不少人，我怕连累你。”

钢子似乎这才想起自己手里的枪，左胳膊一夹来顺，右手猛地举起枪对准了我：“不要过来！”

我发现他举枪的手有些哆嗦，不像是害怕，应该是没有力气了。

我保持一个姿势站在那里没动。

我想拖延时间，等他连枪都举不动的时候先把来顺抢过来再说，脑子突然一懔，不能那样，等他把持不住自己，突然爆发，我就被动了。我侧着身子，悄悄把枪握在了手里：“钢哥，你能不能先把孩子放了，咱哥儿俩好好谈谈？”

钢子的目光散了，艰难地抬眼皮：“去喊张铁过来，我不跟你说话，再 嗦马上死人，我没有多少耐心了……”

我在犹豫着是否应该一枪打碎他的脑袋，我担心他脑子里的那根弦突然断了。

钢子想笑，咧咧嘴没笑出来，声音像一头将死的狼：“你以为我傻？没有孩子在我手里，让我死？听我的，喊张铁过来，不然我马上杀了他的儿子……”钢子把枪往上抬了抬，想要对准我一些，可是他没有力气，一调枪头，对准了来顺的脑袋，“我只要杀了他，张铁这一辈子土鳖就当定了。”“这个孩子不是我哥的，你杀了他对我哥没有多大损失。”看着钢子的枪管拧着来顺的腮帮子，杀了他这个念头越来越膨胀……现在我杀了他是不会负多大责任的，因为他犯了绑架罪，我杀他是在他即将犯杀人罪的时刻实施的，法律最多判我个私藏枪支罪，何况这个罪名我只是听说，还不知道法律上有没有呢……杀了他！

就在我即将把心横下的时候，钢子发话了：“张二，你走吧，让张铁来……”

“钢哥，听我一句，这个时候就是张铁来了你也没法报仇，你没有站起来的力气了。”

“我有……”钢子吃力地抬了抬左手，想要掐来顺的脖子，来顺往旁边躲了一下。

楼道上有轻微的脚步声，我不敢肯定上来的是警察还是钢子的人，不能再等了！我趁钢子抬手抓来顺的刹那，蹿过去，一脚踢飞钢子已经垂下的猎枪，炮弹般迅速而又沉重的拳头夯上了他的脑袋，他的脖子似乎是在一瞬间断了，脑袋猛地耷拉到了胸前。

来不及看他，我一弯腰，一把抱起来顺，猛地一转身……一个警察冲过来接过来顺，后面呼啦冲进了一群警察。我长舒一口气，飞奔下楼。

上面一阵骚乱，有人在喊："张石呢？别让他跑了！"

我支起衣领遮住脸，错开涌过来的人流，疾步窜到了工地的大门口。

大门口稀稀拉拉站着几个人，踮着脚尖往楼上张望，他们似乎没有看见期待着的精彩，脸色明显地有些惆怅。

我躲在这帮人的后面，冷眼望着被几个警察抬出来的钢子，心中一阵空虚，前面发生的一切就像在梦里一样。

林宝宝披头散发地抱着来顺，呜哇呜哇地哭。

我跑到马路对面，藏在一个岗亭后面，呆呆地望着一辆开过来的警车拉走了钢子，拉走了林宝宝和来顺……那群看热闹的人渐渐散去。四周什么声音也没有了，风吹来吹去的声音没有了，树叶抖动的声音没有了，只有我自己沉重的呼吸在这个夜里孤单地飘着。

金龙去了哪里？我绕过岗亭，沿着岗亭后面的那条胡同没有目标地走，金龙为什么突然没了踪影？

警察知道我在上面跟钢子周旋，他们在找我，他们找我干什么？抓我？是不是芥菜头死了？

我稳定一下情绪，疲惫地站住了，也许是我想多了，警察找我应该是调查一下钢子绑架来顺的情况吧。

无论如何我得去王东家一趟，赵娜还在那儿，她在哭……我一刻也不想再等了。

一路狂奔赶到王东家的那条胡同，一抬头，王东家的门口赫然停着一辆警车！

一条黑影从我的脚下窜过，定睛一看是那条流浪狗，它的尾巴上挂着一串刚刚点燃的鞭炮，噼里啪啦，疾速远去。

几个孩子咋咋呼呼地追赶那条狗，我悄悄退出胡同，心在笑，觉得现在的我就跟那条不知所措的狗一样。

第二十章　丧家之犬

那些天我经常做梦，这些梦不是在我的床上做的，是在远离老街的一个叫大溜岛的渔村里一位大哥家的火炕上做的。

在梦里，我经常被警察追赶，在空无一人的街道，在熙熙攘攘的闹市，在狭窄的胡同，在荆棘丛，在荒林间，在任何一个我能够想到的地方被警察追赶。这样的梦境循环往复，无休无止，但结局全都一样：我终于被警察抓住了。我梦见我被流放到一座远离城市的荒山，山上有叫不出名字的野兽在咬我的脖子，我的鲜血流到山坡的石头缝里，石头缝里长出罂粟一样艳丽的花朵。野兽在咬我的时候，天上有浓烟一般的黑云堆积，四周全是无声的风。

我逃出老街已经半个多月了，这半个月让我理解了"丧家之犬"这个词的含义，感觉发明这个词的家伙简直太有才了。

那天晚上，我穿街越巷，飞一般地辗转腾挪，估计现在的刘翔看见都会嫉妒我当时的速度。

那条尾巴上拴着鞭炮的流浪狗窜过眼前的影像浮出脑海，我的心中一阵阵的恍惚。

那天晚上我几乎穿过了老街所有的小巷，穿过小黄楼和小黄楼后面的化工厂，穿过西海沿，穿过大海池子，站在大海池子上的大闸边，呼哧呼哧地喘气，感觉自己的脖子憋得就跟充足了气的救生胎一样。我想大声喊，是谁害了我？可是我喊不出来，我知道是谁把我害成这样的，没有别人，就是我自己。我记得我哥曾经在一次酒后，摸着自己脖子上的刀疤说，报应这个东西厉害呀，你在外面"作"够了，深夜回家，它兴许就蹲在门口等着你呢。我知道自己的报应也来了，我无法躲避。

海岸边的浅海中泊着一条机帆船，船上有鬼魅般的人影在晃。

我把两只手作成喇叭状，大声喊："大哥，你们是不是要走啊？"

一个人影冲我挥了挥手："要回去了，你去哪里？"

我不说话，冲他一个劲地招手，船“突突突”地驶了过来，说话的那个人问我是不是要去红岛那边。

我说是，心想，管你去哪里呢，现在首要的是离开老街，走得越远越好。

船舱里有几个闷头喝酒的汉子，他们不说话，我冲他们笑了笑，裹紧衣服挤到了舱边。

风在船舱外呼啸着，将船头的积雪吹进来，散在我的脸上和身上。我看了外面一会儿，外面什么也没有，整个天是空的。我闭上眼睛听海浪的声音，海浪扑打着船舷，就像在敲打着我的耳朵，我的耳朵像要爆炸，头一扎一扎地疼。

我想起红岛一个叫大溜岛的村子里有我的一个同学，决定去他那儿先住下。

船在大溜岛抛锚的时候，天已经快要亮了，我摸出几块钱递给船老大，耸着肩膀下了船。

赵娜怎么样了？她等不到我，会急死的……芥菜头到底死了没有？他要是死了，我会不会给他偿命？

赵娜，等着我，下次你过生日的时候，我一定送你最好的礼物。你的下次生日，我还能见到你吗？

赵娜，我爱你，我在你看不见的地方思念你……

腊月的冬天实在是太冷了，我不敢停住脚步，缩着肩膀，在这个村子空荡荡的街上溜达，就像老街的那条流浪狗。

有歌声在我的耳边盘桓，是拉兹唱的，忧伤而缠绵：

到处流浪
命运伴我奔向远方
我没约会也没有人等我前往
孤苦伶仃露宿街巷
我看这世界像沙漠四处空旷没人烟
好比星辰迷茫在那黑暗中
到处流浪……

天在我不经意的时候亮了，晨曦映照下的积雪闪着五彩的光。亮光映照下的海面漂浮着无数海鸥。有一只海鸥尖叫着飞过来，贴着地面又飞远了，很多海鸥同时发出纤细的叫声，这些叫声就在我的耳边飘。一阵巨大的海风吹过来，巨浪滔天，大群的海鸥随着巨浪撒起的碎雪，飘向远处的山，山因为遥远，看上去像云朵一样虚幻。

街上开始有人出来挑水了。我跟上一个挑水的老头，问他哪里有电话，老头指了指对面的一个小杂货铺子。

我给我们家胡同口的小卖部大姨打了一个电话，还没等开口，大姨就吃惊地问："你是不是石子？"

我说："是。"

大姨说："你快回家吧，昨天晚上你们家来了不少警察，是不是你哥又惹祸了？你妈吓得都背过气去了。"

我说："我一会儿就回家，你先去找一下斜眼儿哥，我嘱咐他一件事情。"

兰爱国来了，刚喊了一声"喂"，我就用话堵上了他的嘴："我哥怎么样了？"兰爱国似乎是在极力压抑着自己的情绪，说话的声音有些变调："是，是老二啊！你哥跑了。警察在找他……""我知道了，"我怕他说多了大姨会听出什么端倪来，打断他道，"警察找没找我？"兰爱国压低了声音："找了。他们盘问咱们院儿里的年轻人，你去了哪里……老二，你做了什么？"

我冷冷地一笑："我做了男人应该做的事情。"

兰爱国蔫蔫地跟着笑了一声："这事儿我不该打听，我好像有点儿明白了。"

聊了一会儿，我知道了，钢子的眼睛不是我哥挖的，是他的朋友魏三，魏三被警察抓了，王东也被警察抓了。

既然钢子的眼睛不是我哥挖的，为什么钢子要找我哥拼命呢？当时到底发生了什么？

我哥说过，林志扬被警察抓了。他会被判几年呢？他们老林家为什么会遭这么多磨难呢？

王东被警察抓了，金龙呢？赵娜呢？

晕晕乎乎地找到我的那位同学，我骗他说我是来收购海米的，没赚到钱，过年不好意思回家，想暂时在他这儿住几天。

我同学似乎看出了什么，把我安排到了他的一个堂哥家。

我住下了，一住就是十几天。

大年除夕的时候，房东大哥给我送来了饺子，感慨了一番在外面做生意的不易，安慰我不要想家，嘟嘟囔囔地走了。

在这之前，我又给兰爱国打过一次电话，兰爱国说，芥菜头残废了，半边脸没了。

问他赵娜的情况，兰爱国说，赵娜不见了，她家里人也找不到她，估计是她爸爸知道了前面发生的事情，狠狠地训斥过她。

我想，也许是赵娜跟她爸爸闹僵了，离家出走了……唉，何苦呢？

我估计，万一我被抓，很可能会判伤害罪，至少五年。

就着饺子喝了一会儿酒，我又开始胡思乱想，想自己这些年来的遭遇，想我小的时候我爷爷跟我讲的那些故事，甚至想起了王老二在自家炕头上贴了“肥猪满圈”那事儿，感觉十分好笑。笑了几声，脑子忽然一阵阴暗，王老二把合家欢乐念成“混家呼噜”……现在我们家也成“混家呼噜”了。我爷爷要是活着，他在过年的时候没有见到自己的两个孙子会是一种什么样的心情？

我爷爷不太喜欢我哥，不是因为他曾经用铁锨铲过他，是因为我哥不听他的话。

记得我爷爷被人说成汉奸的时候，不知是谁在我们家胡同口的墙报栏上贴了一张大字报，上面写着我爷爷是个杀人犯，日本人现在跟我们国家建交了，他曾经炸死过几个日本监工，属于破坏中日关系。我爷爷说：“这不扯淡吗？那时候日本鬼子欺负咱们，我不杀他们还留着他们红烧？谁知道以后咱们国家又跟人家和好了？要知道后来会和好，我才不去抻那个头呢。”我爸爸说：“爹你就省着点儿吧，人家说什么就让人家说，你可千万别当‘犟筋头’，抓你进去坐牢，你哭都没地方哭去。”我爷爷没跟我爸爸犟，蔫坐在门槛上喝酒。

晚上，我爷爷把我和我哥叫到跟前说：“你们俩也写大字报去，把咱们写的盖住他们的那一张。”

我不会写字，就让我哥写，我哥不写，他说：“留着多好！证明咱爷爷是条好汉，杀过日本鬼子。”

没办法，我就用我爷爷准备的毛笔在一张纸上画了个大鸡蛋，趁天黑贴在了我爷爷的那张大字报上面。

第二天，一觉醒来，我爷爷站在我和我哥的床前，蔫不拉叽地说：

“没盖住，被风刮跑了，怎么办？”

我哥躺着不动，我爷爷就恼火了，揪着他的耳朵让他去把那张大字报撕下来。

我哥不去，我哥说，谁杀了人谁去，谁拉了屎谁擦屁股。

我爷爷没咒念了，说“唉，牵着马”，打发我去。

我去了，把那张大字报撕了下来。

中午的时候，我爷爷从外面回来，又说“牵着马”。我去报栏那边一看，那上面又贴了一张新的，我估计还是说我爷爷是个杀人犯的，我就又撕。王老八过来打我，我跑了。晚上一看，又贴上了，还是那张，我就又撕……这样，那张大字报撕了贴，贴了撕，折腾了好几个来回，直到最后被一张揭发林志扬他奶奶“伺候”过日本兵的大字报代替为止。

我想，如果我爷爷还活着，他一定不会想我哥，他会说，二子呢？叫二子回来放鞭炮啊，过年了。

外面的鞭炮声此起彼伏，就像爆了炒栗子锅……我在鞭炮声形成的旋涡中沉沉睡去。

门开了，我突然发现赵娜不知什么时候进来了，她坐在床沿上幽幽地看着我。

我不敢与她对视，稀里糊涂地坐起来，稀里糊涂地伸出双臂抱她，稀里糊涂地抱空了。

赵娜去哪儿了？我为什么抱不住她？四下打量，我发现她静静地站在屋角看我，脸上没有一丝表情。

我打起精神，跨前一步，不由分说地抱紧了她，一用力，发现自己的怀里竟然还是空的！

怎么回事儿？我张开双臂，蓦地发现，赵娜变成了一堆枯黄的沙子，簌簌地从我的两臂间散开、撒落。

不对，这是一个可怕的噩梦！

我知道这是一个噩梦，可是我不想醒来，我想在梦里重新把她变成一个活生生的人，她是我的爱人！

撒落在地上的沙子在一点一点地聚拢、变色，赵娜从那堆沙子里站起来，一步跳远了。

赵娜，你过来……我想拉她过来，可是我动弹不了，就像被人绑在石头上。赵娜好像故意不理我，扭着身子站在屋角，瞅着我，微微喘息。

我想，你不理我拉倒，反正你早晚也是我的，我要跟你正式搞一搞“江湖义气”。心怦怦乱跳。尽管我在控制着，还是感觉一股暖流汹涌过来，鼓荡得周身麻胀。一口唾沫干咽下去，“咕噜”一声响，把赵娜惊得跳到了门口，一愣，撒腿就往院子跑。我在后面追，在街口一把抓住了她。她的裤子一下子就被我拽了下来……我懵了，这是干什么，这可真的是流氓行径啊！一激灵，诈尸一样坐了起来。

那一夜，我不停地做梦，在梦里我不时飞起来，从天上往下看，全是灰蒙蒙的雪，一片一片，没有尽头。

赵娜，我想你，你也在想我吗？梦里我就这样念叨，醒来还是这样念叨，我感觉自己快要疯了。

我哥哥被捕了，他是在大年三十那天夜里被警察抓走的。

年初五早晨，我给小卖部的大姨打了一个电话，让她去找兰爱国。

兰爱国接了电话，我没跟他 嗦，告诉他去火车站等我。

我提前到了，躲在火车站对面的一个羊肉馆里看对面的动静，一切正常。等了一会儿，我看见兰爱国从火车上下来了，提溜着一个大箱子在候车室溜达。我支起大衣领子蹭过他的身边，说声“跟我来”，直接进了候车室旁边的一个厕所。在厕所里，兰爱国提着嗓子告诉我，我哥被警察抓了。他说，我哥先是去了一趟我家，然后回林宝宝那里，警察正在那里埋伏着……“铁子哥真猛啊，”兰爱国的眼睛往两边斜着，死鱼一样，“铁子哥进门，刚抱起来顺亲了一口，警察就出现了，直接把他扑在了地上。铁子哥力气大，挣扎起来，掏出枪打倒一个警察，跳出窗就跑，被等在外面的警察一枪打在腿上，铁子哥的枪跌出去了，七八个警察把他摁住了……”

“你亲眼看见的？”我的胸口憋得几乎喘不动气了。

“不是，”兰爱国喘一口气，把两只眼睛正了正，“外面传的，这种事情传得很快。”

“我哥到底在外面做了什么事儿？”

“我也不是很清楚。有人说他把牛二杀了……反正我再也没看见过牛二。”

不会吧？钢子绑架来顺的那天晚上，牛二还在工地上出现过，难道我哥一直没停止抓牛二，是在我躲避在外面的时候杀的他？

我的心跳又急促起来，哥哥，你这都干了些什么呀！有什么大不了的，非要杀人？

我摸着兰爱国的肩膀，直瞪着他的眼睛："哥，你别慌张，把街面上都是怎么传的慢慢告诉我。"

兰爱国倒退着往外走："咱们还是找个地方好好说吧，这儿人太多。"

我跟出来，拉着他的胳膊进了对面的羊肉馆。

刚坐下，兰爱国把手里的箱子往我的怀里一推："我给你准备了几件换洗衣裳，里面还有几百块钱。你好好在外面躲着，别学你哥哥，你们家的老人受不起折腾了。你们的事情，东子在里面都交代了……对了，前几天我见过金龙了，他不说话，一溜烟地走了。"

我皱了一下眉头："你是什么时候，在哪里见到他的？"

兰爱国说："初二前后。街面上传说，你哥那天带着魏三去找牛二，没找到牛二，找到了钢子。你哥让钢子带他们去找牛二，钢子不知道说了什么，你哥不高兴了，用枪把子砸他的头，再后来钢子的眼珠子就出来了……唐向东去过你家，跟你爸爸说了这事儿，说没有你哥什么事儿，让他回来把事情说清楚就完事儿。你哥一直没回来，过了几天外面就开始传说，说你哥在牛二的饭店里抓到了牛二，把枪递给他，让他开枪，牛二不敢开，你哥就把枪拿回来，对着他的肚子喷了一枪，肠子都打出来了。大家传说他死了……"

我摇摇手不让兰爱国说了，脑子乱得像是被人塞了一把茅草。

兰爱国摸着我的手背，喃喃地嘟囔："你也别难过，尽管铁子哥进去了，事情还没弄明白不是？他不一定死。"

我瞪了他一眼："死谁？你以为我哥就那么容易死？"

兰爱国"呸呸"两声，斜着眼睛笑："你瞧我这张嘴……我是说，牛二不一定是死了，没死，你哥就没事儿。"

我哼了一声："那是。牛二干了那么多坏事儿，我哥这是除暴安良呢，英雄行为。"

兰爱国连连点头："对，对对，鲁智深打死镇关西都没死呢。"

我提起兰爱国给我的箱子，按着他的肩膀说："这些日子我不在家，你多去我家看看老人，有什么活儿就帮他们干干。还有，经常去我嫂子那边照看照看，别让人欺负她娘儿俩，如果谁过去找麻烦，你就去找家兴。你对家兴这样说，铁哥是因为帮你出气进去的，你应该出力。"兰爱国的目光一下子暗淡下来："还是别去找他了，那简直不是个人……"见我瞅着他不说话，兰爱国舔了一下嘴唇，"前几天宝宝那边还真出了点事儿。牛二的几个兄弟去餐厅砸桌子，我碰上了，可是我不敢过去，就去找家兴。家兴躺在床上抽烟，爱理不理地说，我没工夫去管这些破事儿。我说，铁子一直对你不错，这次他出事儿了，你应该过去帮他。你猜他说什么？他说，你的意思是我当过他的小伙计就应该是他的兄弟了？当初他也这样跟在我爹的后面，可是最后他砍断了我爹的手。"

狐狸尾巴终于露出来了……我忽然感觉刚才自己说的话有些没趣，讪笑道："那就不要去麻烦他了。"

兰爱国咻一下鼻子，脸沉得像鞋底子一般："他还说，我不趁这个机会去折腾张铁家的人就算我对他最大的支持了。"

我无声地笑了，这个混蛋……一时对我哥的头脑产生了极大的不齿，知道什么叫做养虎遗患了吧？

告别兰爱国，我漫无目的地溜达到了一个荒凉的山坡。

山坡底下漫上来的风是温暖的，吹在身上像是有无数婴儿的小手摸过。

天阴了一阵又亮堂起来，那些亮色仿佛是从山坡下面升起来的，天在升，越来越高，把远处的田野也映亮了，远处的麦苗变得像罂粟花一样通红一片。横在山坡下的一条小河亮起了鱼鳞色，远处的树木和池塘也红了，那些从山下屋顶歪歪曲曲升上去的炊烟都红了。

我抱着箱子看眼前不断变换颜色的光景，看着看着，眼前就虚了。

春天就这么到来了。这个春天似乎比往年来得早一些，我还没来得及回味冬日那些寒冷的日子到底是怎么过来的，它就来了，来得悄无声息。在这个陌生的地方住了两个多月了，我的心情与春天格格不入，就像是在盐水里浸泡着，又苦又涩。有时候我觉得自己与过去的那些故事已经离得很远很远了，老街这个地方和这个地方的人和事似乎模糊着，虽然偶尔想起赵娜的音容笑貌和她身上的茉莉花味道，依旧会让我的心抽上那么几秒钟，然而我总觉得她已经远远地离开了我，她自己一个人走了，走得连个影子都看不到。

白天不敢随便出门，晚上我就帮房东大哥收拾鱼，然后用绳子穿起来挂在院子里，等待明天的太阳出来晒它们。

有时候感觉自己的体力就像被戳漏的气球里的空气一样，毫无留恋地离我而去，身体虚弱得直想往地上躺，然后昏睡过去，永远也不要起来。

我每天都会摸腰带几百次——它是赵娜送给我的礼物，它现在给我的感觉就像我的心。

我决定换一个地方了，我不想将来自己被抓，让房东大哥背上一个窝藏罪。

下个月月初就是爷爷的祭日了，我想去看看我爷爷。

我想，我爷爷发丧的时候我不在场，祭日的时候我无论如何得去他的坟头看看。

五月初的一个早晨，我把房东大哥喊到外面，对他说我要走了，感谢他对我两个多月来的照顾。

房东大哥什么话也没说，红着眼圈挥手。

朝阳灿烂的光肆无忌惮地照耀着乡村间的沙土路。我弓着身子，孤单地走在阳光里，抬眼，白亮的阳光就像盐水一样灌进眼里，合上眼睑，眼皮下那些绿色的星星就像蜜蜂一样飞舞，头皮也慢慢变得发烫。

在车站等车的时候，我感觉有泪水流出了眼眶，一阵风吹来，把我的眼泪吹落在地上，我伸手去擦眼睛，没有擦到泪水，我怀疑自己的心是用铁做成的。

坐在去公墓的公交车上，我感觉路边的一切都是那样的陌生，我仿佛有一百年没有出过门了。

我看见我的灵魂在天上飘，当我在恍惚之中睁开眼睛时，却发现自己已经走上了公墓的石头路。

没有戴手表，我抬头看了看天，太阳已经有些偏西，阳光不再毒辣。

我将身子靠到一棵松树后，来回打量这里的情况，没有发现异常。

我挺一下胸脯，将插在后腰上的枪摸出来揣到裤兜里，稳稳精神，扒拉着野草寻找我爷爷的坟。

我爷爷的坟很大，坟头上长满绿油油的草，桌面一般大的墓碑在阳光下闪着青紫色的光。坟头上有一摞新鲜的纸，我估计上午我爸来过，也许我妈和林宝宝还有来顺也来过，因为墓碑前面的茅草很凌乱，似乎有不少人在这里站过。墓碑前面有一堆烧过的纸灰静静地躺在那里，几片没有烧完的纸被风吹得一掀一掀地动。我垂着头在碑前站了一会儿，拿出带来的烧纸，用打火机点了，找一截树枝慢慢挑着。这些烧成蓝灰

色的纸灰随风飘荡，蝴蝶般起舞。

我爷爷喜欢喝栈桥牌白酒，有六十多度，我没有给他买到，我给他买了一瓶五粮液。

当我跪在碑前打开那瓶酒的时候，我恍惚听见爷爷在说，好孩子，你终于来了。

我打了个激灵，一屁股坐下了，裤兜里的枪掉出来，我爷爷的声音没有了，四周全是哇啦哇啦的风声。

我捡起枪重新装进裤兜，感觉自己狼狈得有些类似孤魂野鬼。

我调整一下姿势，坐在那里，长久地看着爷爷坟头上的那些野草，感觉此刻他正坐在我的身旁对我说，孩子，挺起来，没有过不去的火焰山。我张开双臂紧紧地抱住爷爷的墓碑……一些往事蜂拥而来，大雪一般包围了我。

我害怕自己沉浸在那些往事之中再也站不起来，猛捶一把胸脯，撒了手。

跪在地上将那瓶酒洒在烧完了的纸上面，我恭恭敬敬地磕了三个响头，倒退着走到不远处的一棵松树下面。

夕阳尽管柔和，可是我依然感觉全身燥热，就像喝多了酒一样。

我脱掉上衣，躺在一棵树下，眯缝着眼睛看天。

树冠遮住了云彩，那些不停变幻着形态的狮子、牛羊、城堡、山峰一样的云朵飘来飘去，就像被人拽扯着的风筝。

我看见我爷爷皮影人似的飘在天上，手里提溜着一瓶酒，一边飘一边冲我唱戏。

我跳起来，大声喊："爷爷，我来啦，我看你来啦！"一群麻雀被我的喊声惊动，扑拉拉乱飞。

石头路上走过来几个捧着鲜花的人，他们似乎不明白我在这里喊什么，疑惑地望着我。

我冲他们尴尬地笑一笑，弯腰抓起衣服，喝醉了酒似的摇晃着上了石头路。

我该去哪里呢？站在路边，我犹豫了一下，我是不是应该偷偷潜回老街，看看我的父母呢？对，我应该回家看看，不然我爸和我妈会担心死的，我至少应该告诉他们一声，你们的儿子很好，你们的儿子没有做那些杀人越货的勾当，你们的儿子做了一个好汉应该做的事情，你们的儿子不会出事儿的。打定主意，我猛吸一口气，迈步就走……脚下一绊，我的身子突然失去控制，一个马趴摔在坚硬的石头路上。与此同时，我的脑子“嗡”的一声，心一下子变得冰凉——我感觉到有好几个人压在了我的身上，就是刚才拿着鲜花的那几个人。来不及细想，我反手去掏自己的裤兜，手还没碰到枪，一副冰冷的手铐就把我的双手铐住了……警察！刚才我还以为这些人是牛二的人呢。

“抓住了，抓住了！”一个兴奋如打了鸡血的声音在我的头顶上方暴响，“你是不是张石？！”

“不用问了，是他，张石！”这个声音很熟悉，是唐向东，“张石，把头抬起来。”

“唐大哥，你们这是干什么？”我的头发被一个警察揪着，头抬不利索，翻着眼珠子问，“你们抓我干什么？”

“你自己做的事情自己明白，”唐向东打开揪我头发的那只手，目光冷峻，“我们等候你好几天了。”

“唐大哥，我真的没做什么坏事啊，你们是不是抓错人了？”

“没做坏事？”唐向东把我的枪在手指上一转，“这是什么玩意儿？单凭这个，我们就没抓错你！”

我还想狡辩，一个警察倒提着手铐将我拉了起来：“走吧年轻人，找个地方好好跟我们解释。”

一辆警车慢镜头似的靠近了我，唐向东架着我的腋窝，猛地将我推了上去：“走吧，你哥哥也在里面等着你。”

歪躺在热烘烘的车座下面，我的心一丝一丝地抽紧了，“灾星”终于来了……

警车在颠簸，我就像是趴在马背上一样难受，巨大的空虚当头袭来，让我一次次地想哭。

警车渐渐平稳，汽车喇叭的声响也越来越多，我知道自己离公安局的大门越来越近了，另一种生活即将开始了。那将是一种我完全陌生的生活。我承认，此刻我的心中多少有些迷茫和恐惧，尽管这样的生活我曾经在脑海里预演过很多次了。

警车在一个四周满是巨大松树的院子里停下了，因为松树遮挡着阳光的缘故，院子显得很阴。

我被唐向东推搡下警车的时候，有零星的阳光从树枝间漏下来，照在他的身上，我感觉他是亮的，我是暗的。

几个警察簇拥着我，快步进了一个充满烟草味道的走廊。

在一个门口站下，唐向东打开门，回头瞪了傻乎乎地站在门外的我一眼："进来，别发愣。"

里面有个顶着一头花白头发的老警察，一见我进门，冲唐向东微微一笑："很顺利？"

唐向东点了点头："很顺利。这小子是个孝子，咱们分析得一点不错，他在那儿烧纸，直接被我们'捂'了。"

老警察冲唐向东点点头："你来审问，我记录。"

唐向东指了指墙角的一张铁椅子，目光冷峻地一扫我："坐那儿。"

以前我听林志扬说，进了这个"单位"是不能跟"同事们"平起平坐的，得蹲着。

我溜着墙根靠到椅子边，慢慢蹲了下去。

老警察笑了："还挺懂规矩嘛。起来，坐到椅子上。在问题没有谈清楚之前，你不要拿自己当犯人对待，我们是有政策的。"

见我坐在了椅子上，老警察打开一本记事本模样的本子，敲敲桌子说："小唐，可以开始了。"

"姓名？"唐向东坐到办公桌后面，清清嗓子，直接问。

"张石。"你不是知道的嘛，我回答得有些无奈，哈，走过场呢，跟唱戏前的那通锣声一样。

"职业？"

"模具厂造型车间工人。"

"家庭住址？"

"安平路95号。"

"学历？"

"高中肄业。"

"籍贯？"

"……"

这一大通询问，让我感觉自己像一只玉米棒，在被人一层一层地剥着。后来我在看守所遇到高天，跟他熟了，说起这事儿，高天说："这还嫌麻烦？我刚进来的那天他们还问我的性别呢，也不看看，有我这模样的女人吗。”其实我当时并没觉得麻烦，只是感觉这套手续有些多余，在抓我之前他们早就了解了我的情况，走这套程序有什么意思呢？好在这套程序还不是那么累脑子，问得快，答得也快，一会儿就结束了。唐向东丢给我一根点着了的烟，继续发问："知道我们为什么抓你吗？"

"不太清楚，"我抽一口烟，感觉自己的脑子清醒了一些，"不会是因为别人送给我一把枪的事儿吧？"

"这是一个问题,但不是主要的,"唐向东说,"私藏枪支也是犯法的,上面有文件。"

"不是因为枪，那是因为什么？我真的不知道。"

"你持枪伤害。"

我知道自己不能抗拒下去，干脆不说话了，样子有些无赖。

唐向东站起来，在我面前来回地走，我感觉他的步态就像一只在猎物面前走动的老虎，心一阵一阵地发虚。

门被推开了，一个警察拿着一本卷宗进来："刘队，这是唐金龙的材料，后面还有王东的。"

唐向东瞪我一眼，闷声说："知道自己犯了多大的事儿吗？刑警大队刘大队长亲自审问你！还犟吗？"

其实，在老警察说前面那些话的时候，我就已经放弃了继续抵抗的想法，我苦笑道："不犟了，我全交代。"

唐向东坐回了座位："这下子明白了吧？我们已经全部掌握了你的犯罪事实，说吧。"

老警察边翻检着卷宗边抬了一下头："我们是有证据的。王东、唐金龙……唐金龙是个识时务的人，在这点上，他比你强。"

见我干张着嘴巴说不出话来，唐向东笑着摇了摇头："张石啊，以前咱们见过面的，我还真是看不出来你是这种人呢。我记得在你嫂子的饭店咱们谈了许多，你还说你是个有理想有抱负的新一代青年呢。关于唐金龙，我得说两句，人家是个精明人，一到案就……"把头向老警察那边歪一歪，笑道，"唐金龙应该说是投案吧，对，投案。人家一投案就把自己的事情坦白交代了。结果是什么？取保候审！也就是说，他可以在社会上继续自己自由人的生活。可是你呢？你一直在外面逃避，不敢面对现实！我前几天去市'一看'（第一看守所）见过你哥，跟他说了你的事情，他说，'我弟弟很聪明，他知道自己应该怎样做。'呵呵，张铁高估你了。你连张铁都不如，你哥一进来就把自己的事情坦白了。这才是真正的汉子！敢作敢当。来吧，痛快交代问题。”

看来我是逃不过去了，“提上裤子不认账”这个说法在这里不好使。

接下来，我竹筒倒豆子一般将“案情”交代了个彻底。

我明白，以后的日子我将在监狱里度过了，第二看守所就在这个院子的后面。

第二十一章　看守所惊魂

卸下铐子，走在去看守所的路上，唐向东摸着我的肩膀，意味深长地说："不要有什么思想包袱，要相信政府，相信法律，通过一段时间的反省，你会变成一个好人的。所谓一沙一世界，一花一天堂，无论将来你是什么身份，要记住，这也是一种生活。不要自暴自弃，要振作起来，几年以后回到社会，你照样可以做一个堂堂正正的人。其实你的案子很简单，事出有因，那个人绑架了你的女朋友，你有正当防卫情节……关于你哥，你也不要担心，牛二没死，你哥不会判得很多，你们哥儿俩还会聚到一起的。"

跟看守所的管理员交接完毕，唐向东按了按我的肩膀，叹口气说："不要在里面惹事儿，这里不同于外面。"

我说不出话来，脑子乱得像一锅粥。

唐向东走了，看一眼他的背影，我才发觉，天黑了，天上星星密密麻麻。

鼻孔里飘过一阵马厩般的味道，感觉怪怪的。

我的钱包被搜走了，里面没有几块钱，我不感觉到心疼，我心疼的是我的腰带，它也被搜走了，那是赵娜送给我的，他们搜走的是我的心。我不甘心地从桌子上抓起腰带，一下一下地摩挲，赵娜，你知道我现在在哪里吗？一滴眼泪落在腰带的反面，我怕管理员看见会笑话我的软弱，连忙去擦，手指感到有些异样，腰带的反面好像有凹凸的刻痕……定睛一看，我的心就像被猫爪子猛地挠了一下，那上面刻着一行娟秀的字：上邪！我欲与君相知，长命无绝衰。山无陵，江水为竭，冬雷震震，夏雨雪，天地合，乃敢与君绝。

这些字好像是用一支没有墨水的圆珠笔刻上去的，是赵娜的笔迹。

"这条腰带你仔细看过吗？"

"看过，我仔细看过。"

“看了以后你有什么想法？”

“很好，很好，太好了……”

耳边像电影里的闪回那样回荡着曾经与赵娜的这段对话，我恍然大悟，赵娜，原来那天你这样问我，是这么个意思呀。

我不明白这些字的含义，它们好像是一首诗，但我知道赵娜是想通过这首诗来表达她对我的感情。

太粗心了！这条腰带扎在我的腰上好几个月，我怎么连后面有字都没发现呢？

呼出一口浊气，我问管理员：“这个，以后还能还给我吗？”

管理员夺下我手里的腰带，闷声道：“腰带，包括钱包都可以还给你，在你离开这儿的时候。”

我不甘心，又问：“那么万一我被判刑，以后去了劳改队，我可以继续扎着这根腰带吗？”

管理员笑了：“年纪轻轻的，这么财迷？放心，你自己的东西，政府不会扣押。不过，劳改队也不允许你扎这样的腰带，太高档。”

瞅着静静地躺在办公桌上的腰带，我心中感觉发空，还想 唆几句，管理员扫我一眼，迈步出了值班室：“跟我来。”

踉踉跄跄地跟在他的后面，我忐忑着问：“大叔，我得在这里待上几天？”

管理员闷声道：“八天以后不批捕，你就可以回家了，如果批捕，那就不一定了。”

我搞不明白他说的意思，茫然道：“我这不是已经被逮捕了吗？”

管理员说：“这是刑事拘留，逮捕与否那得检察院说了算。你家里有人吗？有的话我通知他们明天给你送铺盖来。”

我实在是不想让我爸和我妈伤心了，撒谎道：“我只有兄弟两个，我哥哥也进来了，听说他押在‘一看’，我家里没人了。看守所不能帮我解决铺盖问题吗？”管理员回了一下头：“哦，这样啊。那好，今天晚上先这么凑合着，明天我给你领一套被褥。记着啊，判决以后不能带走，这是公共财物。”我连说“知道”，感觉看守所也不是那么可怕，人道主义精神也存在于这里。

跟在管理员后面穿过一个幽深如隧道的走廊，我来到了一个看上去像是一排巨大的鸟笼子似的过道。

没靠近这个过道的时候，里面有嗡嗡嘤嘤的说话声，一靠近，这些声音一下子就没了。

管理员在对面的一个铁灰色的大门前站住了。

随着两下开锁的哗啦声，大门敞开了。

我的眼一晕，里面是白花花的一片人。

也许是灯光太暗的缘故，我分不清楚那些白光是他们的脑袋发出来的还是他们光着的身子发出来的。

管理员把我往门里一推，说声“好好待着”，转身走了，铁门发出一声巨大的“咣”，让我的脑子霎时一片空白。

我挺起胸脯，努力使自己看上去强壮一些，我知道，这里关着的是一群野兽，我必须让自己看上去也是野兽。

“伙计，卖什么果木的？”一个奶里奶气的声音从我的旁边响起。

“伤害。”我知道这句“卖什么果木”是什么意思，好几年前我就听林志扬对我说过这里面的行话，所以我不打憷。

“伤害谁了？”那个声音靠近了我，我看清楚了，这是一个跟家兴年纪差不多的小瘦子。

“伤害芥菜头了。”本来我不想回答，感觉自己跟一个毛孩子谈这么正式的话很掉价，可是我弄不清楚这里面的“行情”，不敢随便使性子，只得快快地回了一句。

“芥菜头？”瘦子颠颠地凑到对面靠墙躺着的一个满身都是刺青的大个子身边，怪声怪气地说，“老大，咱们号儿来了个种菜的。”

大个子懒懒地坐了起来，歪着脑袋看我：“你打了芥菜头？”

我猜想这个人应该就是传说中的号老大，哈一下腰，回答：“是。”

大个子冲我伸出一根手指，轻轻勾了勾：“过来。”

看他的态度，这个人好像认识芥菜头，他似乎要对我采取什么行动，我迟迟没敢动弹。

“老大喊你过去你听不见？是不是耳朵聋？”瘦子箭一般扎过来，当胸给了我一拳，也许是我的胸脯绷得太紧，他的手被撞疼了，龇牙咧嘴，直甩手，“哎哟，哎哟……你他妈练过铁布衫是不是？”跳过来又要出拳。“别动他，”大个子按着旁边一个胖子的肩膀站了起来，“臭虫，‘不摸潮水’的时候不要乱装，我说过很多次了……”伸个懒腰，慢慢扭动了几下脖子，脖子发出一阵“嘎巴嘎巴”的声音，“朋友，你好像来过这里？哦，哦哦，这话我不该问的。臭虫，你不是怀疑他练过铁布衫吗？过去摸摸他的头，摸那里，你的手不会疼。”

被称作臭虫的瘦子应声刚要上来摸我的脑袋，身子立刻横着出去了，“呱唧”一声砸在墙面上，随即蜷成了刺猬。

大个子提膝、亮相，一下一下地掸着没穿鞋的脚面子：“妈的，这儿有你张狂的份儿吗？”

胖子有点趁火打劫地附和道：“就是就是，摸人脑袋得有实力，他这级别也就能摸摸人家小女孩的裤裆。”

大个子扭扭脖子，就势起脚，胖子趔趄一下，一个狗啃屎栽到了臭虫的旁边。

随着两个人唱戏般的“哎哟”声，旁边的几个人不怀好意地笑了起来。

大个子保持那个出脚的动作，脑袋慢悠悠地转向了我：“你老街的？”

我这才看清楚他的长相，大脸盘子泥板似的，还真平面几何。

我紧着嗓子回答：“我老街的。”

“张铁认识吗？”大个子的问话很模糊，我听不出他的准确用意。

“认识，他是我哥。”我豁出去了，管你什么意思呢，大不了一拼，不信看守所还让打死人的。

“他刚走，上个月从这个号子走的，去了‘一看’。”大个子看我一眼，口气很是舒缓。

“大哥哪儿的？”这话刚出口，我就后悔了，感觉自己不应该问这么傻的问题。

果然，那个叫臭虫的小孩儿忽地蹿了过来，举着绿豆大的拳头顶着我的鼻子，连声嚷：“你他妈的脑子被电了是不是？还敢问老大是哪里的？说出来吓死你！老大在外面的时候除了好事不会做，什么坏事儿都干过！踢过寡妇门，挖过绝户坟，奸过尸，杀过人，水帘洞里还尿过尿……”我瞥一眼大个子，见他垂着眼皮不说话，用手隔了臭虫已经蹭到我鼻子尖的拳头一下，臭虫猛地往后一跳，亮了个操驴的姿势：“哥们儿不服是吧？不服给你刮刮鳞！”颠个步，一拧身子，想要给我来个刮面脚，谁知镐把似的一条干巴腿刚撩起来，就被大个子抓在半空，甩抹布一般扔回了他刚才躺过的地方，脑袋撞在墙面上，身子“呱唧”一声砸在胖子撅起来的屁股上，“哼”的一声盘了起来。

站在一旁的胖子好像早有准备，翻起身，一个质量极高的眼炮跟上去，臭虫的一只眼立马见紫，成了独眼小熊猫。

大个子笑笑，摸了我的肩膀一下：“这个小混蛋是刚从别的号儿转过来的，不是看在老乡的分儿上，我连腚眼儿都给他缝上。我叫高天，我以前跟你哥哥有点儿误会，后来解开了……在这里，我们俩成了铁哥们儿。对了，咱们好像见过的。”

“咱们见过？”我的脸烫了一下，含混地说，“也许见过，我的记性不好……幸会，高哥。”

高天摇了摇手：“别这么称呼，我听你哥说了，咱俩同岁，以后你喊我的名字好了。”

我说：“高天，我刚来，什么也不知道，你多担待着点儿。”

高天笑了笑：“没什么，刚来都这样。你的案子我多少知道点儿，见义勇为，问题不大……你同案王东就在隔壁。”

一听王东的名字，我刚刚舒展开的眉头又皱紧了：“你跟他见过面儿？”

高天“嗯”了一声：“见过，放茅的时候在厕所那边见过，很漂亮的一个兄弟，”高天跷一下大拇指，就势一横旁边几个支着脑袋往这边看的秃脑壳：“都给我趴回窝里去！妈的，想看热闹是不是？没戏，这是铁哥的亲弟弟！”他似乎很健谈，拧一把鼻子，拉我坐到他的铺位，说得眉飞色舞：“你哥张铁可真是条硬汉子！以前我还不重视他，后来一接触，了不得！可惜他走了……”

见我不吭声，高天叹一口气，讪讪地摇了摇头：“也许我的事情你知道……开始我判了，一年。后来监狱里搞了个检举揭发运动，我被人检举，又发了回来。这就叫法网恢恢，密不透风啊……是不是这个词儿？嘀，铁哥可真牛啊，他在这里的时候没有不佩服的。”

“我哥是因为什么被发到‘一看’的？听说‘一看’押的全是重案犯。”听他说得有点乱，我接过了话题。

“我也不清楚，”高天嘬了一下嘴唇，“因为你也要来了？”

臭虫在那边早就坐起来了，驴那样硬着脖颈往我们这边踅摸，一只眼睛肿得像一千瓦的大灯泡。

胖子见我在冲臭虫笑，献殷勤似地一拧臭虫的耳朵：“你娘的，还不赶紧过去喊大哥？”

臭虫打个激灵，刚反应过来似的往这边爬两步，蓦地停下了，他似乎还想保持一点尊严，艰难困苦地龇一下缺了一半的门牙，在喉咙里轻吭一声，嘟嘟囔囔地说："那边两个人呢，谁是大哥？你让我过去喊哪个呀？我眼花，头也发晕……"屎一般团坐在那里，翻着亮闪闪的肿眼泡往我们这边看，目光散淡，说不清他看的是谁，也说不清目光里的明确含义，我在这样的目光里感到自己在模糊着。

那些日子，我几乎每天都要把赵娜刻在腰带上的那些字在脑子里回味一下，我佩服自己的记忆力，那些字我只扫过一眼就记住了。

我欲与君相知，长命无绝衰。山无陵，江水为竭……这些字到底是什么意思呢？问身边的人，没有人知道，我感到惘然。

有一次，高天被我给问烦了，愤愤地给了我一个"飞眼"："就是让你赶紧去死的意思！"

我蔫蔫地回了一句："我死了，她怎么办？守一辈子寡？"说完，心想，也许这些字有"天若有情天亦老"的意思？

第七天上午，我被一个瘦高个管理员喊出去，填了一张单子——逮捕证。

回到号子，我耷拉着脸问高天："你估计我会被判多少年？"

高天说："估计不会太少了，涉枪案最少五年。"

我说："我刚来的那天，你不是说我属于见义勇为，不会判很多吗？"

高天笑了笑："那时候我还不知道你拿枪了呢。"

我蔫了："法律不是还讲究情节吗？我的情节不严重。"

高天哼了一声："你还别犟，这事儿要是摊在去年，不'打眼儿'（枪毙）也是个无期，知足吧你就。"

记得那天是"六一"儿童节，我们似乎是跟儿童们沾光了，中午吃的是白胖白胖的大馒头，一人俩，菜也不错，白菜炖豆腐，只是油水太少，绿豆大的一个油花漂在碗里，用筷子一戳，油花散开，满碗只是一面大镜子。高天吆喝牲口似地吆喝着，让大家拿出吃酒席的态度来对待政府的优待。大家的眼睛全是绿的，口水拖拉在地板上，被窗外射进来的阳光一照，镭射棒似的放着艳丽的光。一个个贴紧墙根，以大便的姿态蹲瓷实了，等高天砍柴似地一挥手，眼睛刷地变成红色，狼吞虎咽地开始了，大有风卷残云的态势。

我吃不下去，倒不是因为刚刚签了逮捕证，是因为我在那面油花做成的镜子里看见了我爷爷。

我爷爷倒映在水中似的晃悠身子，后面站着我爸和我妈。我爷爷恍惚在说，二子，一定要吃饱饭，不吃饱长不成好汉子。我知道他这话里的意思，他一定是想起了当年的事情，当年很多人吃不饱，很多人饿死了，他不想让我当饿死鬼。我爸从我爷爷的身后晃出来，他说，你还是别吃了，你饿死拉倒，你不是我们老张家的人，你不是，你哥哥也不是，你们是两个混账。我妈在哭，声音细得像线，我听不清楚她在说些什么，他们身边的风太大了，话听不清楚，人也模糊起来，最后，一晃没有了。

“你怎么不吃？”高天用膀子扛我一下，喷着满嘴豆腐气问我，“不饿？”

“不饿。”看着他跷着小指抠牙缝的姿势，我感觉很别扭，难不成你还能抠出三两肉来？

高天摩挲着我身边的馒头，仿佛是在喃喃自语：“我生在新社会，长在红旗下，不知道挨饿的滋味，不知道人不吃饭是会死的。这回我知道了，不吃饭是要死人的。死了以后见了阎王爷，阎王爷都不待见你，因为你是个饿死鬼，再托生也拉倒，转过世来得当抢劫犯，抢别人的饭吃……”“别朗诵了，我吃！”我一把抓过自己的馒头，一下子将自己变成了一只饿狼。

瘦高个儿管理员在外面喊：“各监号儿听着啊，吃了饭打扫卫生啦！”

臭虫凑过来，腆着脸冲我笑：“大哥，悟空让咱们打扫卫生呢，把你的饭赏了我吧？”

我拧下一块馒头塞进他的嘴里，笑道：“悟空？谁？”

高天接口说：“就是外面吆喝打扫卫生的管理员，姓鲁，是咱这里的一把手。”

臭虫笑得一脸坏水：“大哥你看，一把手姓‘撸’多好啊，我们都管他叫‘撸一管儿’。”

身边的伙计们刚“嘿”出声音，高天暴吼一声：“反了？连政府都敢糟蹋！”

臭虫一惊，刚咽一半的馒头卡在嗓子眼里，脸色陡然泛紫，青眼圈被反衬得更加明显了。

我想把自己的菜汤递给臭虫，让他往下压压。

高天说，别管，慢慢你就习惯了，在这里，心越硬越好。

第二十二章 判 决

也许是因为我交代得痛快，也许是在我进来之前案子就已经清楚了，后面进行得很快，八月初，我接到了《刑事起诉书》。

过了大约十天，开庭了。在法庭上我没有见到金龙，公诉人员只是念了一下他的证词。

我没有辩解，我觉得辩解没有什么意思，事情我做了，该怎么判决那是法官的事情。

王东好像跟我的想法一样，一直鼓着腮帮子不说话。

休庭合议的时候，我蹲在法庭门外看一群蚂蚁搬家，似乎又回到了在学校被老师罚出教室时的状态。

王东蹲在离我不远的地方，不时往我这边踅摸两眼，我没理他，说不上来什么原因。

一个警察推我的脑袋一把，我抬起头来，警察冲站在一棵树下的一个法官模样的人努努嘴："赵庭长找你。"

我定睛一看，那个人竟然是赵娜的爸爸。

赵娜的爸爸面无表情地看着我，目光锐利，似乎要将我穿透。

我走过去叫了一声"赵叔"，感觉自己在他的面前渺小得如同一粒沙子。

赵娜的爸爸摇摇手，笑道："不要紧张，你把我当成一个老相识好了。你的事情我都知道了，持枪伤害。年纪轻轻，多可惜呀……无论判你几年，一定要认罪服法，去了劳改场好好改造，争取早一天回到人民的怀抱。"停顿片刻，话锋一转："张石，我来问你，在没进来之前，你见过我家赵娜没有？"我提着一口气说："没有。自从出事儿后，我就没有见过她，后来我躲在外面，就更联系不上她了。"赵娜的爸爸盯着我的眼睛，研究古董似地看了半天，问："你知道她还跟谁有联系吗？我的意思是，除了你，她还跟谁有过接触？"

“别的我不是十分清楚，我只知道她还认识电镀厂一个叫袁真的，他们以前经常在一起。”

“这我知道，”赵娜的爸爸点了点头，“还有呢？”

“别的我就不知道了。赵叔，你是知道的，我跟赵娜认识的时间不算长。”

“你们之间发生过什么吗？”赵娜的爸爸顿了顿，接着说，“我指的是什么，你清楚。”

我躲闪着赵娜她爸爸的目光，嗫嚅道：“我们什么也没发生，我们就是在一起聊聊天，连手都没拉过呢。”

赵娜的爸爸盯着我的眼睛看：“我相信你。我还应该感谢你……当然，触犯法律是要接受惩罚的。”

我不敢面对他的目光，低着头说：“赵叔要是找到赵娜，替我对她说声‘对不起’。”

赵娜的爸爸点了点头：“当然。”

我不明白他说的这个“当然”是什么意思，我“当然”对不起赵娜，还是我“当然”对不起他？也许是后者，是我的这件事情让他找不到女儿的。

赵娜，你到底去了哪里？你爸爸在找你，我也在找你，你在哪儿？我的手不由自主地去摸腰带——它不见了，取而代之的是一根鞋带。

赵娜的爸爸不看我了，反着手挥了挥：“回去蹲着吧。不要顾虑其他问题。现在你首先应该端正态度，服从判决，相信法律会给你一个满意的答复的。”

蹲回原来的位置，王东蔫蔫地嘟囔了一声：“女婿跟老丈人在这种场合见面，是不是很好玩儿？”

去你娘的，这叫什么话？一个法官会让一个罪犯做自己的女婿？我冷笑一声，没有说话。

王东干咳一声，叹道：“江湖义气害人不浅啊，哥们儿。”

我不明白他这话是说起诉书上的意思还是揶揄我逗赵娜搞“江湖义气”那事儿，乜他一眼，讪讪地灭了笑容。

阳光炙热，蹲在太阳底下的我很快就变成了老街的那条流浪狗，舌头耷拉在外面，有气无力地喘息。

判决是当庭宣布的，伤害罪，六年。王东四年，金龙因为“情节显著轻微且有投案自首情节”，不予起诉。

宣判完毕，审判长问我上诉不上诉，我说，不上。

王东像遭了开水烫似地暴叫一声：“我上，冤枉！”

我瞪他一眼，嘟囔道：“上死了我可不给你烧纸啊。”

王东立即改口：“不上……”声音略显羞涩，轻得像刚被人掀了盖头的小媳妇。

回到号子，我收拾了铺盖，跟在鲁所长的身后来到了集中号——犯人判刑后等待发往劳改队的号子。

高天前天已经判了，也在集中号。

集中号在前走廊最南头靠近厕所的地方，很清净，里面有一个很大的窗子，阳光直射进来，灿烂无比。

刚在门口放下铺盖，高天就从那片灿烂的阳光下蹿了起来：“真没想到你判得这么快！”

话音刚落，门又一次开了，王东抱着铺盖，局促地站在门口冲里面笑：“哥儿几个都来了？”

后面一个奶里奶气的声音响了起来：“东哥快走啊，后面挨着号儿呢。”接着，臭虫从王东的腋下钻出来，挤进了门里。

鲁所长把王东往里一推，说声“都老实啊”，“咣当”一声关了门。

臭虫在门口长吁一口气，翻了个白眼，瞅见了高天，一怔：“高哥你怎么也在这里，你不是已经走了吗？”

“咱们认识？”高天斜了臭虫一眼，闷声道，“不认识不要乱套近乎啊。”

“高哥你什么记性呀，怎么不认识？”臭虫挺一挺干瘪的胸脯，眉毛撇成了一个“八”字，“咱们一个号儿里待过的，我是季小波呀。”

“季小波？好名字，”高天坐了起来，“纪晓岚是你什么人？”

“我跟他拾不起辈分来，我这个季不是他那个纪。”

高天摸一把裤裆，一脚把他踹到了马桶边。

臭虫嘟囔一句“到处都有欺负我的人，到处都有亲人的笑脸”，快快地贴到墙根，像一根不太直溜的棍子。

高天阴沉着脸拉王东过来坐下，翻着眼皮看他：“在外面的时候我好像打过你，别往心里去，那是误会。”

王东干咳两声，尴尬地笑了笑：“有误会，我跟我二哥也有误会呢，他自己清楚。”

脑海中泛出王东蜷缩一隅，一脸血水的样子，我摸了他的手背一下，算是跟他道了一个歉。

王东的脸又红了：“二哥，当初你打我，我的心里一直有个疙瘩……”

我的心堵了一下，没有说话。

“我们号儿里有个小孩儿是牛二的兄弟，他跟钢子在一个号儿里待过，”王东舔一下舌头，怏怏地说，“他说，就在钢子绑架来顺的那天，金龙去跟牛二谈判，让牛二放过他姐姐，牛二不答应，让他交代那天是谁抢了周五的钱。金龙不承认，牛二就下了手，打得这小子哭爹喊娘。后来牛二丢下话，说，如果这事儿不搞清楚了，你们姐弟俩这辈子算是套上了。金龙不知道哪根神经断了，直接奔了派出所，把牛二折腾他姐姐的事情说了。警察当场去抓牛二，牛二跑了。当时正好铁哥去抓他，没抓着，抓了钢子，后来就发生了绑架来顺那事儿。金龙从派出所溜出来，碰上咱们……”“你不要说了。”我像刚吃了苍蝇又挨一闷棍似的，又恶心又恼火，还没处发泄，直接蔫了。

“金龙投案，不仗义，出去以后我要杀了他！”

“对，有仇不报非君子，”高天拍了拍王东的肩膀，“记着你刚才说过的这句话啊，别当成梦话丢了。”

“我很少说梦话的。”王东说完，我登时有昏厥的感觉，妈的，脑子“缺”。

吃过午饭，天忽然就阴了，号子里和窗户外全黑了，现实与感觉统一起来，变得同样昏暗不堪。

王东懒懒地抠了一阵牙，哀叹一声自己命苦，突然兴奋起来，扬扬得意地说：“前几天我们号儿里去了一个经济犯，这小子的脑瓜子不是一般的大，是个人物，懂经济，还懂国家政策。他说，现在搞点儿自由经济没有错误，这是党中央提倡的，南方都开始建设经济特区了，这次全国人民要大干一场呢。我寻思好了，出去以后，咱们修理完金龙就没有别的心事了，专搞经济，不成大款我自慰！”

哈，这小子连自慰与自尽这两个词的意思都没弄明白呢，我无声地笑了。

自尽难，自慰谁不会？稍一联想，我的眼前竟然浮出赵娜的影子，心中一阵恍惚。

赵娜，你在哪里？你知道现在我在哪里吗？

第二天上午，高天被管理员提出去问话，回来的时候手里攥着一个大前门烟盒。烟盒里没有烟，我感到纳闷："你拿个空烟盒回来干什么？"高天边从烟盒里拆里面的锡纸边笑："这可是个好玩意儿。整成戒指或者项链，去了劳改队可以跟老犯儿换一盒好烟抽抽。"

王东嗤之以鼻："等量交换你懂不懂啊？一张破锡纸还能换一盒好烟抽？世上还没有这么傻的买卖吧？"

高天一哼："咱凭技术赢人。好手艺做出来的玩意儿是不能用金钱衡量的！科技的力量是无穷的，懂吗？"

王东不服气，白眼一翻："手艺还论科技含量的？"

高天矜持地要弄着自己的手指："鲁班、张衡、织女、黄道婆，这些手艺人算不算科学家？高老爷是正宗中国手艺传人。"

高天说的这些名字唬得王东将嘴巴张成了一孔煤窑："高哥也是科学家？"

高天猛地将两只手合在一起，用力一搓："YES！老子十三岁跟着俺娘练织毛衣，十四岁行走江湖卖手编蝈蝈笼……"

臭虫怪叫一声蹿了过来："高爷，动手，赶紧动手！我也要学这个手艺，将来走街串巷编筐子养活自己。"

高天一脚蹬歪了臭虫的脖子："编筐子跟编项链是一个级别吗？井底之蛤蟆！"

我的脑子突然一懔，我曾经答应赵娜要送给她一件好礼物，将就现在的条件，纸项链就是最好的礼物。

没等高天收回踹在臭虫脖子上的脚，我一把抢过他手里的锡纸，猛地贴在自己的胸口上："这玩意儿归我了。"

高天瞅着我看了半晌，挑着眉毛笑了："明白了，明白了……人家送你一首诗，你要送人家一个戒指。"

我说声"不是戒指，是项链"，摸着高天的肩膀嘿嘿："我知道你有这个手艺，帮兄弟做一个？"

高天摇头："这可不行，要表达爱情，这玩意儿你必须得亲手做，别人做的不管用。"

于是，我开始央求高天做我的"技术顾问"兼"工艺总监"，高天爽快地答应了。

因为锡纸太少，做项链不够，高天说，材料有限，咱们就先做一个项坠吧，项链等咱们攒多了锡纸再补上。我说，那得等多长时间啊，咱们很快就要发去劳改队了。高天说，本来你在看守所就没有机会把这玩意儿送出去，就不差这点儿时间了，去了劳改队继续攒锡纸。

三个小时后，一个银光闪闪的项坠就做成了：一只怒放着的银色玫瑰花。

在高天的指导下，我将剩下的一点锡纸编成了一根手指长的麻花辫，等将来锡纸多了，把它连接起来，就是一根项链了。高天说，麻花辫代表你们俩的爱情永远纠缠在一起，永不分离，玫瑰花的意思是，你爱她，一心一意，永不放弃。我踌躇满志，仔细将它叠好，藏在枕头里，等去了劳改队就给赵娜寄过去，随项链一起寄的还有一首诗，诗的内容我都想好了，七个字：爱你，爱你，我爱你。

十天的上诉期很快就到了。这十天大家过得很快活，不像是坐牢，倒像是在住宾馆，吃饭有人送，睡觉还有“警卫”站岗。

第二天就要发往劳改队了。晚上大家的情绪很兴奋，一个个就像即将冲出笼子的鸟儿。

高天不知从哪儿弄来一包旱烟，从棉被里抽出一点棉花，拿鞋底子一阵猛搓，一会儿就搓出了火。大家每人一根用报纸卷成的旱烟喇叭，各自靠到铺位上抽大烟似的过瘾。王东过足了瘾，悄无声息地站到了窗户底下，仰着脸看窗外的星星。他保持旗杆那样的姿势，直戳戳地杵在那里，雕塑一般肃穆。我走过去想要跟他说句话，靠近，吓了一跳，这小子在哭呢，眼泪哗哗地流。

外面响起一阵杂乱的脚步声，高天连忙招呼大家灭了烟，用褂子往窗外扇烟味。

我正纳闷外面这些脚步声怎么朝我们号儿这边来，高天小声说：“又来新朋友了。”

话音刚落，门就被打开了，鲁所长推着三个看上去像是“老犯儿”的人站在了门口。

高天迎上去接过他们的被褥，冲鲁所长一笑：“政府，这也是明天一起走的？”

鲁所长点了点头："北走廊过来的，明天跟你们一起走。记着啊，别捣乱，捣乱一个也走不了。"

前面一个壮实得像铁塔的汉子大大咧咧地摸了高天的肩膀一把："老高，还认识我吧？"

高天不回答，冲鲁所长哈了一下腰："鲁所放心，大家都有数。"

鲁所长扫里面一眼，似乎知道这里刚刚抽过烟，皱着眉头关了门："烟能不抽尽量别抽，这是纪律。"

铁门一关，高天"咣"地倚在门上："刚才是谁跟我说话哪？"

铁塔汉子已经踱到了窗下，闻声，扭过头来："是我，牟乃伟。"

高天淡淡地"哦"了一声，后面的话声音小得像苍蝇飞："一个'臭哈依'，跟我套近乎。"咳嗽一声，摇晃着身子坐到了自己的铺盖上："别站着啊，都坐下。"

牟乃伟似乎觉察到高天对他有些不屑，横一下脖子，一屁股坐到了高天的旁边："老高真有派头啊。"

高天笑笑，把两条胳膊垫到脑后，跷起二郎腿，没有说话。

气氛有些紧张，我倚着被子看他们，心里琢磨着万一闹起来自己应该怎么办。

"操，有什么呀，"牟乃伟挥一下拳头，嗓子大得像驴，"在社会上谁还没经过点儿场面？当初老子在外面，跟我邻居闹别扭，他爹去跟我讲和，我听他的？就是一个砸！我从去年冬天就来了看守所，哪个不给点儿面子？连鲁所见了我也一口一个'乃伟'地叫，我还没把他放眼里……"说着，冲还站在门口的两个伙计一歪脖子："瞎站着干什么？尿了？哥哥我在这里，怕个球！你，"剑指一横那个年龄稍大的伙计："老歪，过来，先给爷们儿拿拿腰儿。妈的，别给脸不要脸，有什么呀？"

那个叫老歪的汉子灰不溜秋地杵在那儿，冷不丁一打眼，吓了我一跳，谁偷了个兵马俑藏那儿了？

刚想笑一声，我就看见臭虫双手举着一个马桶盖子，奋力往牟乃伟的头上砸去。

就在马桶盖即将砸到牟乃伟的脑袋上的刹那，牟乃伟一偏头，臭虫一下子扑到了他的前面，马桶盖子脱手摔出了窗户，臭虫的一声"哎哟"还没喊利索，肚子上先吃了一个勾拳，闷哼一声趴在了地板上。牟乃伟伸出脚，用脚后跟凿两下臭虫的脊背，取一个战将得胜的姿势，慢慢站起来，"咔咔"地掰着手指走了几步，悠然回转身子，翻着眼皮瞅高天："就这？还是来点儿利索的吧。"

高天拿眼皮撩了一下我："这哥们儿在朗诵什么？我怎么没听清楚？"

没等我应声，高天饿虎似地跳起来，一脚兜在牟乃伟的胸口，紧跟着一个右勾拳，牟乃伟应声倒地。

牟乃伟遭一重创，野兽似地想要翻身起来，怎奈身子不听使唤，蠕动几下，软软地瘫成了鼻涕。

高天蹲到他的头顶，玩狗似地摩挲他的脑袋："你叫牟乃伟是吧？我不认识你。我说过的，不认识不要随便套近乎。"

臭虫爬起来，接口道："对！还他妈的牟乃伟呢，你木乃伊吧？"

高天裂开大嘴笑了："识货，虫虫你识货。"

"高天，是汉子就别玩突然袭击，让我起来，让我跟你平起平坐，咱们继续……"牟乃伟说着，摇摇晃晃站了起来。高天怔了一下，笑容突然就收敛得一干二净，那只爱抚在牟乃伟头上的大手变化莫测地向下一挥，一个凶狠的勾拳重重地凿在他的腹部，牟乃伟"呕"了一声，一下子蹲在了高天的脚下。高天的动作迅速而凌厉，毫不拖泥带水，没等牟乃伟蹲利索，突然伸手，一揪脖领把牟乃伟揪起来，胳膊别在自己的肩膀上，猛然拧身，牟乃伟麻袋似的摔到了墙根。我疾步上去，瞄准牟乃伟的肚子，"通通"又是两脚，牟乃伟萎靡下去，连哼哼一声的力气都没了。

"木乃伊，还狂不狂了？说话呀，"高天冲臭虫勾勾手指，"虫虫，点烟。"

"你妈的木乃伊，知道这是谁吗？"臭虫撅着屁股找到那些旱烟，边用报纸卷烟边嘟囔，"说出来吓死你，我大哥……"

"你大哥好事不会做，什么坏事儿都干过，"高天像京剧里的奸臣一样笑了起来，"踢寡妇门，挖绝户坟，奸尸……"

"现在我不敢说这个了……"臭虫递上烟，给高天点上，毕恭毕敬地退到了一边。

"这种怪 × 我见得多了，"高天把身子倚到墙面上，两条胳膊垫到脑后，伸腿一指牟乃伟，"你什么案儿？"

"高哥，我其实是个老实孩子，我……"

“嗨，得鸡瘟了是吧？”臭虫冲过来，猛地一扒拉牟乃伟的脑袋，“大哥问你话呢，卖什么果木的？”

“不卖水果，我在外面摆了个小摊儿，卖杂货呢。”

“操你那个缺心眼儿妈的，问你犯什么事进来的呢，”王东在窗户下坏笑起来，“你不但木乃伊，还他妈缺心眼儿。”

“哦……他们说我强奸，其实不是，我嫖客嘛我。”牟乃伟把白眼定格在卫生球的状态上，彻底“没电”了。

“哈。”一直站在门口不动的那个“新朋友”忽然笑了一声，让人感觉这也是一个所谓的“怪 ×”。

早晨放茅的时候，管理员对我们很客气，不但放茅时间长，还问大家谁的衣服没洗，抓紧时间洗了，别去了劳改队让人笑话这儿出去的人不讲卫生。此时谁还有那份闲心洗衣服呢？大家都没吭声，站在厕所门口等待回号子。臭虫好像想起了什么，高嚷一声“哎呀，我要洗棉袄”，猴子一般窜回号子，双手举着棉袄冲了回来。厕所门口的地太湿，臭虫的脚下一滑，身子立马不稳，像投降的俘虏兵似地举着棉袄冲进厕所里去了，“扑通”一声，随即传出一阵痛苦的叫骂。牟乃伟想笑，偷眼一瞥高天，蔫蔫地将笑容灭了。

臭虫干脆不洗棉袄了，摸着后脑勺上一个碗大的“蘑菇”出来，表情就像刚死了爹又被人拍了一铁锨似的。

管理员笑了笑，轰鸡似地把我们往号儿里赶：“好好回去待着，潍北农场的干部马上就来提你们走。”

回号子坐下，高天悻悻地横了一下脖子：“我说什么来着，果然是去潍北。”

王东接口说：“你不是上次去过潍北吗？说说那边都干什么活儿。”

高天刚要说话，牟乃伟在一旁嘟囔上了：“哪里的黄土不埋人？大小都是一个活字，有什么呀。”

“木乃伊大哥这话说得有水平，”高天乜他一眼，怪笑道，“哪儿学的？你大学生是吧？”

“我社会大学的，”牟乃伟悻悻地矜了一下鼻子，“社会大学才是真正的大学，可锻炼人呢，这儿算个蛋。”

“毕业了没？”高天的脸色阴沉起来，鼻孔也在逐渐放大。

“谈不上，可也明白了不少道理。”牟乃伟得寸进尺，他似乎是在逐渐找自己的感觉。

“明白了什么道理？”高天眯起了眼睛。

“以前谁狠谁是大爷。现在可好，流氓不像流氓了，讲义气的成了傻瓜蛋了，靠狠劲不好混了……”

“你狠过？你流氓，你义气了？欠操是不是？”高天踱过来，我听见他的拳头在咔咔作响。

“高哥……”牟乃伟的脸上闪过一丝沮丧，身子随着紧起来，做好了挨揍的准备，“我就是随便说说，你别跟我一般见识。”

“妈的，五讲，你缺一个讲道德，四美，你缺一个行为美，知道不？”高天悻悻地说。

“知道，我一样儿缺俩，还有讲卫生和语言美。”牟乃伟的话软成了棉花糖。

“你缺一个揍字知道不？”高天的眼睛又眯了起来。

就在牟乃伟把身子硬成准备受辱姿势的时候，门开了，鲁所长笑眯眯地站在门口招呼王东：“你、刘长春、许建军、季小波，出来。”

王东纳闷地问：“鲁所，我们这些人不是一起走？”

鲁所长点了点头：“你们几个先走，去北墅劳动改造。后面的几个去潍北。”

王东像没娘的孩子一般走到门口，迟疑着又倒了回来。

鲁所长在外面催促，王东顿一下，接着往外走，走到门口又倒退回来，醉汉扭秧歌一般。

我走上前摸了摸他的肩膀，一时竟然说不出话来了。

臭虫在外面冲我锄地似地挥了一下手：“石哥，你跟个老娘们儿唆什么？”

我打个激灵，猛地推了王东一把：“走吧，好好混，咱哥们儿到哪儿都是好汉。”

王东扭头，花旦似地摆出门去，一声“后会有期”被他嚷得像唱戏。

门“咣当”一声关了，高天长叹一声“苦哇”，呱唧躺到了地板上。

一直被我怀疑为“怪 ×”的那个兄弟哼一声，冷冷地冒了一句：“走吧，该走就走吧，何处黄土不埋人？”

“伙计，你哪儿的？”牟乃伟瞥一眼门口，卸了重担似地吐一口气，斜着眼睛问“怪 ×”。

“我认识你哥。”那伙计不理牟乃伟,沉声对我说。我这才反应过来，原来他是个“单飞”，这里没人认识。

“大哥哪儿的？”我这话像是替牟乃伟问的。

“跟你们家住得不远,老街前面大马路那边，”这伙计说话不紧不慢，很有“抻头”的样子，“我叫蒯斌。”

这个名字很不熟悉，人也不起眼，个子不超过一米七，又黑又瘦，属于丢进人堆得扒拉半天才能找出来的主儿。加上性格有些怪，我的心里不重视他，笑笑说：“斌哥判了几年？”蒯斌闷声闷气地说：“七年，喝酒喝多了，打在一个‘茬子’上，伤害罪。”

牟乃伟似乎对蒯斌刚才对他的怠慢有些不满，“嘭”的一拳捣在墙上：“妈的，整个一个‘怪 ×’！”

蒯斌不看他，摸着自己的铺盖自言自语：“人生其实就是这样，就跟撒尿似的，一不小心就撒歪了，裤子也沾了，鞋也沾了，这事儿没解。”高天乜他一眼，笑道：“老哥，刚才有人说你是个‘怪 ×’，我端详着，你确实有点儿像个‘怪 ×’呀。”蒯斌懒洋洋地朝高天翻了一下眼皮：“‘怪 ×’就‘怪 ×’吧。在这种怪地方，谁能不怪，谁敢不怪？说你是‘怪 ×’你就是‘怪 ×’，是也是，不是也是，这事儿没解。”

这家伙说话有点儿意思，我正想跟他聊上几句，门又开了，鲁所长冲里面一挥手：“全体出号！”

大家早就等不及了，闻声，呼啦一下挤出门来。

鲁所长指着旁边站着的一个体格清瘦的警察说：“这位是潍北农场来的方队长，大家跟着他走。”

绕过两道走廊，我们来到了刚进来时的那个值班室，排成一溜贴墙根蹲下了。

交接完毕，我们被几副手铐连成一串往外走。

看守所的大门口阳光灿烂，晃得我几乎变成了瞎子。

第二十三章　劳　改

外面的梧桐树下停着一辆看样子像是租来的大客车，三个武警端着枪站在车下，阳光洒在他们的头顶。

方队长让我们排成一行站在大客车旁边，目光冷峻地扫了大家一眼："哪位叫牟乃伟？"

牟乃伟应声站了出来："报告政府，我就是牟乃伟！"

方队长上下打量他一眼，点了点头："听说你在看守所表现不错，很有正义感，要做个表率。带队上车。"

早饭是在车上吃的，一人三个大面包。

大客车在沉闷的吃饭声中驶出了看守所，阳光一下子就没了。

牟乃伟吃饭很快，大家还在翻着白眼儿干咽面包的时候，他已经在用唾沫"咕唧咕唧"地漱口了。

大客车驶出市区，眼前的光景开始熟悉，我赫然看见了灰蒙蒙的一片平房中出现一抹黄色。黄色越来越清晰……小黄楼！我的心跳开始加快，赵娜的影子不停地在我的眼前晃动。赵娜回家了没有？她现在在家里干什么呢？她是否知道我在这个车上，她是否知道我一直在想她？也许是很长时间没有看外面的光景了，此刻的小黄楼在我的眼里是那么的高大，就像一座宫殿。赵娜，你在哪里？你打开窗户看我一眼啊……我的心就像被一只无形的大手攥着，胸口憋得像要爆炸。那扇熟悉的窗户紧闭着，我纳闷，大热天的关着窗，家里没人？

长河流着岁月
秋风扫落叶
听大雁悲鸣
又是一年过
我思念远方的亲人
不知何时才能回家里

妈妈在盼儿回家……

一个一直被我们称作“驴四儿”的长脸汉子在轻声唱歌，唱着唱着，他竟然抖着肩膀啜泣起来。

八厂工地的影子在车窗外一晃而过，悲伤的感觉铺天盖地，洪水一样漫过我的身体。

我打个激灵，冲高天一笑：“……我在这儿跟一个姑娘研究过江湖义气。”

高天收回目光，纳闷地问：“你跟一个女人谈的什么江湖义气？”

我说：“你不懂，这是我谈恋爱的一种手段。”

驴四儿的啜泣声戛然止住，朝我这边踅摸两眼，忽悠一下将他驴一般长的脸凑了过来：“大哥，你也爱好这一口儿？”见我别过脸去不搭理他，他急了，声音登时变成了驴叫：“这事儿我懂行！不骗你，这是真的，在外面的时候，我三天不碰女人，就腰疼。”

我突然觉得有点儿倒胃口，立马影响了情绪，他妈的，刺激老子？你腰疼，我还心疼呢。

方队长好像听见了刚才驴四儿在说什么，瞪眼一瞅牟乃伟：“记得上车前我告诫过你的话没有？”

牟乃伟应声而起，手腕上的铐子带得身边的几个人一阵趔趄。

驴四儿在牟乃伟的咆哮声中倒地，又醉汉似的爬起来，惊鼠一般蜷回了座位，牟乃伟像打虎英雄一样立在过道上。

高天垂着脑袋哼了一声：“这个‘怪×’‘扎煞’起来了……”看看正斜着眼睛瞄他的蒯斌，笑道：“不是说你。”

蒯斌垂下眼皮，软软地摇了摇头：“知道。玩的就是心理战啊，谁先崩溃谁先出局。”

下车的时候，太阳已经偏西了，空气依旧闷热，人像是被倒扣在一口锅里。

这里与我想象中的监狱有着天壤之别，像一个部队营房，只有围墙上的电网才让人联想到监狱。从我站的地方往东看，那里是一排排的平房，类似学校里的教室，又有些职工宿舍的感觉。往西看，看不到头，依稀觉得尽头有淡黄色的庄稼随风摇荡。

一队身穿灰色囚服的犯人迈着整齐的步伐往这边走来，靠近了，铺天盖地地响了一阵口号——积极改造，前途光明！

方队长指挥一个跑过来的警察给我们卸了手铐，示意我们几个靠到另外一群看上去也是“新犯儿”的人那边，让大家呈一溜长蛇蹲下，清清嗓子说：“刚才我清查了一下，你们正好三十个人，够一个组了。请大家不要紧张，不要以为来了监狱就不是一个正常人了。我忠告大家，既然你们犯了罪，就应该正确面对！”见大家都没有紧张的表情，方队长的语调舒缓下来，嘴角挂了一丝笑意：“从今天开始，大家就要参加劳动，为将来重新做人做好准备。掌握必要的劳动技能，也是立足社会的本钱嘛。我知道大家大部分都是城市人，农活儿干不顺手，鉴于此，经支队领导研究，你们这些人将被分配到机动组，机动组的任务就是……”

讲了一大通，我明白了，我们这批一起来的犯人暂时不种庄稼，去三里之外的河坝下挖淤泥。

宣读了一番监规纪律，方队长招呼大家进了邻近的一间房子。

这间房子像一个职工宿舍，没有床，是一个东西两头的大通铺。

我被分配在通铺中间的位置，刚放下铺盖，蒯斌耷拉着脸过来了：“兄弟让一让，我在你右边。”

分配完了铺位，方队长冲牟乃伟一偏头：“跟我来。”

见方队长出去，大伙儿“嗷”地一声，滚到各自的铺位上打起了滚。

我想过去跟高天说几句话，见他黑着脸在跟墙角较劲，自觉没趣，快快地躺下了。

蒯斌取一个老僧打坐的姿势坐在自己的铺盖上，眼色阴沉地盯着门口，让我怀疑是不是有人欠了他四两挂面。

不大一会儿，牟乃伟一脸官相地背着手回来了：“老少爷们儿听好了，今天休息，明天出工！”

脑子里放电影似的过着那些往事，我没有心思去琢磨他，长叹一声，闭了眼睛。

我听见旁边一个人对驴四儿说，我们这个中队属于五大队的尖子中队，专管往地里送粪，挖大粪技术堪称一流。

一个年轻队长抱着一捆灰色的劳改服过来了，牟乃伟接住，回头一笑：“政府慈悲啊，发服装了。”

我换上劳改服，感觉自己一下子牛了起来，咱也是国家的人了，穿制服呢。尽管这制服有些老土，但很阳刚，小时候在电影《小兵张嘎》里见到张嘎穿过这种前后两扇，中间用布条连着的类似汗衫的服装，只是颜色不同。不错，这服装有点靠近组织的意思。

高天高吼一声“操”，气势汹汹地把旧汗衫砸在地上，解开皮带，将囚服扎在腰里，一时显得气宇轩昂。

换好囚服，一个老犯模样的人抱来几条烟和几包火柴，说是政府发的福利，每人三盒烟，一包火柴。

烟尽管是很低档的蜜蜂牌，但包装不错，带锡纸，我大喜过望——我的项链有材料了！

来不及抽烟，我匆匆将烟盒打开，取出锡纸，直接开始编我的麻花辫。

我编得异常仔细，“精工细作”这个词可以形容我的工艺。

奇怪的是，在编这根麻花辫的时候，我心静如水，连赵娜这个名字都没在我的脑子里出现。

也许是平日里想“疲沓”了，该想的时候反倒不想了？

麻花辫的长度够了，我收起来，准备找个机会让高天指点我怎样将它打磨得更精致，然后惬意地蹲到了门口。

在外面抽了一阵烟，方队长招呼大家进监舍，先是给大家每人发了一张锨和一把镐头，嘱咐大家注意劳动安全，不要乱闯警戒区域，然后唆了几句关于好好改造的话，最后说：“既然来了，大家就不要想家，我已经跟你们每个人的家里联系过了，很快你们的家人就会来接见你们。你们可以给家里写信，告诉家里自己的情况，只要不违反这里的规定，生活必需品都可以带进来。”

我终于可以见到我爸和我妈了？心忽然有些茫然，在看守所的时候，我对管理员说我的家里没有人了。好长时间没有家里的音信，自己恍惚也感觉家里真的没人了，现在看来我家里的人冷不丁又“复活”了，因为这样的事情是瞒不住的，我爸和我妈早晚得知道他们的儿子去了哪里。他们来了我该怎样跟他们解释前面发生的事情呢？对他们说，我原本就是一个杂碎？我爸会说，你连杂碎都不如，杂碎也有父母，如果你是因为父母变成杂碎的还好，可你不是为了父母，你是为了一个女人……我真的不想让我爸和我妈来这里看我，我讨厌自己，讨厌自己做过的一切事情，现在我连拿镜子看一下自己都觉得恶心。

方队长嘱咐几句大家要遵守监规纪律，对牟乃伟说声“安排大家学习”，转身走了。

牟乃伟颠着屁股跟在方队长后面关了门，回头冲我点点头：“你，招呼大家学习。”口气跟方队长有些类似。

我强忍着受辱后的愤怒，微笑着摊了摊手：“牟组，怎么学，学什么，我不知道啊。”

牟乃伟一皱眉头：“谈谈自己的犯罪根源啊，这么笨。”鼻孔一支，顺路带出两缕青烟。

高天的鼻孔在一点一点地张大，脖子硬挺，怒视着牟乃伟。

我刚要过去跟高天说上几句，蒯斌拉我一下，蔫蔫地说：“心理战，心理战啊。”

牟乃伟摇晃一下脑袋，猛地仰起脖子，高声唱道：“花儿为什么这样红，为什么这样红，你他妈的为什么要这样红呀……”“被你老婆给染的。”这话从驴四儿的嘴里说出来，大家一愣，旋即笑炸了营。“哎，红得好像，红得好像燃烧的火——”牟乃伟瞟我们这边一眼，以为自己的歌声起了喜剧效果，裂帛般吼出一声结尾，“它是用了青春的血液来浇灌！”

满以为大家会继续笑，可是牟乃伟失望了，大家像打鸣的公鸡突然被人捏住了嗉子似的没了声息。

牟乃伟张张嘴，还想继续往下唱，忘词了，卡壳般“呕”了一声。他似乎觉察到自己的造型玩得有些失败，猛回头，大吼一声：“还都别跟我装 ×！老子闯荡江湖二十年，什么风浪没见过，什么狗 × 嘎杂子没碰到过？”

蒯斌蔫蔫的声音又在我的耳边响起：“崩溃了，崩溃了，素质，素质啊。”

就在我刚想笑一声的时候，一只板凳横空砸向了牟乃伟。

牟乃伟抬手一挡，凳子斜飞过来，凳子角“噗”地撞进了驴四儿大张着的嘴巴，驴四儿仰面躺倒，大练仰泳。

高天终于还是开始了！尽管他选的这个时机还算不错，但总归是有些急躁。

我这里正慌着，眼前有个高大的影子一闪，我看见高天大鸟一般飞过来，左手在正发着蒙的牟乃伟眼前一晃，右手跟着一个下勾拳直接揍在他的小腹上，几乎同时，一只大脚跟上来，正好蹬在牟乃伟的脖颈上，牟乃伟猝不及防，“哎哟”一声倒在了刚刚站起来的我的怀里，我毫不客气地拧转他的身子，往前猛力一推，正迎上高天的第二脚——牟乃伟木桩一般平着倒在了正在满地划拉的驴四儿身上。高天没有停止动作，跳过去，一脚把牟乃伟从驴四儿的身上掀下来，上去又是一通乱跺。牟乃伟起初还想挣扎着爬起来，接二连三的几脚下来，他一下子放弃了站起来的念头，吐出一句“哥们儿打死我吧”，随即软成一条蛇，任凭高天踢打。

“妈的，知道花儿为什么这样红了？”高天停止踢打，吐一口痰，转身回了铺位。

“是啊，为什么这样红？”蒯斌怪声怪气地跟了一句，好像大家都知道为什么红了，就瞒着他一个人似的。

“被人打红的……”牟乃伟坐起来又横躺下了，无赖相一下子显露出来。

“三十六路地趟功，绝对三十六路地趟功！”驴四儿的嘴巴扎在尘土里，还不忘帮他作个总结。

门口有人影一晃，我连忙嘘了一声，故意提高声音：“大家都看见了吧？刚才老牟说反动话，高天才动手打他的。”

驴四儿说声“说反动话才挨打”，撅着屁股趴上凳子，沾满泥土的嘴唇鼓起老高，就像在下边掖了半截香肠。

门“咣”的一声被踢开了，方队长威严地站在门口：“高天，出来！禁闭一个月，调离本中队。”

高天早有预料似的站起来，抱着自己的铺盖走到门口，回头冲我一笑：“兄弟，我先走一步。”

蒯斌“扑哧”一下笑出声来，我估计他一定是在心里说，老高也崩溃了，以为要去那个世界了。

高天听见了蒯斌的这声“扑哧”，抬腿一顶抱在怀里的铺盖，高唱一声“我迈步出监——”，昂首阔步走了出去。

瞅着门口高天留下的一道黑影，我心中的空虚一浪接着一浪，汹涌蛮横地扑来……好兄弟就这么分手了？

牟乃伟在地上哼唧两声，突然吹唢呐似地哭了起来：“要了活人命啦，打人往死里打，反改造啊……”

方队长踹一脚门扇，用一根手指指着想要跪过来的牟乃伟，大吼：“闭嘴！我都看见了！你，撤销组长职务，面壁反省！”

牟乃伟抬起肿成猪八戒的脸，半跪在地上，眼泪汪汪地望着方队长，撇撇嘴，娘们儿似的将哭声变成了抽泣。

监舍的门关上，夜深了。我知道，远方的老街灯火明灭，往事渐行渐远，未来依然模糊。

高天去禁闭室“修炼”了，我没有机会让他指导我“打磨”项链了，只好自己琢磨。

我记得电影《流浪者》里，拉兹送给丽达的那根项链是一个环一个环套在一起的，我也这样：将麻花辫拆成三厘米一节的小段，然后再编成一个环一个环的，环环相扣，套在一起。工艺很麻烦，“工程”完工，我几乎用了一个月的时间——项链漂亮极了，亮得晃眼。

我还有很多年才能回到社会，与社会隔离的这段时间，我只能用这个纸项链来拴赵娜的心了。

我想，这个纸项链不值钱，等我出去，我会买一条金项链送给赵娜的，金子比锡纸贵很多。

夏天很快就过去，秋天仿佛就在刹那间到来了。

劳改生活枯燥又烦闷，“度日如年”这个词用在这里再恰当不过了。

大坝下的淤泥挖完了，挖出来的淤泥倒在一个水库样的大池子里，池子里全是沤烂了的草和麻秆，淤泥盖在上面，等到来年开春就是上好的肥料。

挖完了淤泥，我们机动组就“转业”了，三个人一小组，发一辆手推车，往田地里送粪。碰上坚硬一些的路面就一个人推车，到了地头，就变成了一个人推，两个人拉，不时喊上几声号子“嗨哟嗨哟用力拉，用呀么用力拉”，样子很滑稽，让我时常想起一首歌：“冰雪覆盖着伏尔加河，冰河上跑着三套车，有人在唱着那忧郁的歌，唱歌的是那赶车的人……”

好在干活儿的地方是田野，田野里有许多好玩儿的东西，比如蚂蚱啦、蝴蝶啦、蝼蛄啦。

蚂蚱和蝼蛄可以拴住腿儿让它们拔河，蝴蝶可以拴住腿儿让它们飞。

最有趣的是蛐蛐，它们刚被抓进罐子的时候很愤怒，绕着罐壁不停地转，转着转着就瘪了气，它们聪明，知道在里面一切努力都是徒劳的，只好抖动薄薄的翅膀唱歌，唱得好可以得到一小块蚯蚓尸体。

我不太会辨别蛐蛐的好坏，经常抓一些个头大的跟人家个头小的赌。我以为个头大的才是真正的角斗士，其实不然，个头大的都傻，尤其是一种被称作油葫芦的傻虫儿，一上阵就跑，逃姿丑得要命，往往是跑不了几步就被人追上了，骑在脖子上啃了半个脑袋去。这样，我经常把自己的烟输掉，还没有脾气。驴四儿就比我懂门儿，他专抓一种叫做“掐地虎”的蛐蛐，貌不惊人，歌唱得也稀松，还时常有假唱嫌疑——别的蛐蛐在唱歌，它有模有样地哆嗦翅膀，就像牟乃伟的德行一样，经常偷懒，他掌着车把，力气全是前面拉车的兄弟使。现在我们不喊他的名字了，直接把他跟古代埃及的某种古董联系上——木乃伊。

木乃伊彻底“沉”了，混得连驴四儿都不如，一提高天的名字他就得傻愣上半天，两只眼睛肚脐眼儿似的迷惘，就像刚死了娘的孩子。我们一般也不搭理他，除了他爹来接见，他提溜着东西回来，我喊一声“奉献喽”，让他给大家发发“福利”以外。

只要一有空闲，赵娜的影子就不请自来地在我的眼前晃悠，挥之不去。

我经常把眼前的这个影子当成《流浪者》里的丽达，幻想着我是拉兹，我出狱以后，跟她结婚了。

夜晚，我看着窗外那轮皎洁的月亮，在脑子里一遍一遍地哼唱这首歌：

哦你这美丽的月亮啊
从天边看着我
我对你说出了心里的话
我为你打开了青春的心
哦你这美丽的月亮啊……

我万万没有想到，十月初的一天，赵娜来了，她来看我，她来解除我对她的思念。

那天上午，十点多钟，方队长站在地头朝我扬手：“张石，接见啦！”

我估计是我爸爸来了，扑打着满身泥土跑了过来：“谁来了？”

方队长笑得满脸开花：“一个漂亮姑娘，她说，她是你对象。”

我的耳边“嗡”地响了一声，感觉眼前突然爆开一朵鲜花，头晕目眩，两腿发软，一屁股坐在了地上。

方队长笑着拉起了我：“小子，你真有福气，那个姑娘可漂亮了，跟画儿上画的一样。”

我紧着胸口咳嗽了一声，心尖儿颤到发麻：“她是不是叫赵娜？”

方队长点点头，往前用力一推我：“对，她说她叫赵娜。快，振作精神，跑步前进！”

我撒猛往前跑了几步，猛地站住了，回头，冲着方队长傻笑：“我，那什么……我太脏了，我要先回监舍洗洗澡，换一身衣服。”

“洗澡的时间没有……”方队长扬手抖了抖手里提着的一只网兜，“衣服我给你带来了，就在这里换。”

“谢谢政府！”我冲方队长打个敬礼，快步上前，一把抓过了网兜，“这是谁的衣服？”

“你对象带来的，”方队长眯着眼睛笑，“这很好呀，在这儿跟人家见面，形象是要注意的。”

我抖开里面的一件上衣，心软软地烫了一下，这件衣服是我的，白色衬衫，刚刚洗过，冒着一股淡淡的茉莉花香——这应该是赵娜洗过的。网兜里还有一条裤子，也是我的，蓝色军裤，是我在跟赵娜一起跑步的时候穿过的——她的良苦用心，让我感到温暖。

顺着网兜再往下摸，我摸到了一个包装精美的礼品盒，打开，里面是一包茶叶——她没有钱，她只能送我这个。

脱下劳改服，换上衬衫，脱掉裤子，穿上蓝军裤，我习惯性地将衬衫下摆扎进了裤腰。

系裤带的时候，我想，如果此刻赵娜送我的那条腰带还在就好了，那样，我就又是一个纯洁的张石。

将腰上的那根鞋带在两个裤扣上打一个结，我拍了拍肚子，还好，我打的是蝴蝶结，应该还算养眼。我想，如果时间过得再快一点，我的头发瞬间长长，我将它打理成分头，然后再抹上点儿发蜡，那就好了，我是个干净利索又帅气的小伙儿呢。

我在前面跑，方队长在后面追，估计不明真相的人看见，会以为我们在练马拉松。

跑到监区大院的时候，我站住了，脑子里闪出一根银光闪闪的纸项

链，我的呼吸一下子变得不畅。

方队长跑了过来："还有什么事儿？"

我说："还有一封信我想直接给她，省得以后还得麻烦寄。"

方队长伸手一指监舍的方向："自己去拿！"

我跑回监舍，找出纸项链，匆匆在一张纸上写了在脑子里存了几个月的那首诗：爱你，爱你，我爱你。

用这张纸包住纸项链，我撒腿冲出了监舍，眼前亮得一塌糊涂。

接见室到了，方队长指着最东头的一个房间说："她在那里。我就不进去了，你们好好谈，让人家放心。"

我顾不得点头，直接冲进了那个房间，眼前豁然一亮——赵娜静静地坐在一张桌子后面，一袭白衣让她看上去就像一朵怒放的马兰花。

我俩几乎同时看到了对方，四目相对，慌乱地跳开了，不知道我们为什么会这样。

我摸着桌子角坐到了赵娜的对面，鼻子突然就酸了："赵娜，你来了……"

赵娜的脸色苍白，看不出什么表情，她大大的眼睛直直地瞪着我，像生气，又像怜悯、哀怨，鼻孔也张得圆圆的，像是在极力控制着某种情绪。"别这样……"我做出一副轻松的样子，偏着脑袋躲闪她的目光，"咱们好不容易见一次面儿，你别吓唬我。"

"你瘦了……"赵娜嘴巴一歪，大颗大颗的泪珠滚滚而下，"是我害了你，是我害了你，我是个灾星……"

"别哭……"我想伸手来擦她的眼泪，她躲开了："我一直想来看你，可是我没有勇气。老街人都知道，我是个灾星。"

"你能不能别这样说自己？"我控制着自己的眼泪，用一只手盖住了她放在桌子上的一只手，"这事儿不怨你，谁也怨不着。"

"可你是因为我，才……"赵娜的另一只手盖上了我的手，"你知道吗？你走后，我没日没夜地哭，我的眼泪都要哭干了。"

"没干，这不是还很多嘛，"我的另一只手也盖了上来，用力往下压，"不过你可不能再浪费了，那样，眼睛受不了。"

"我不哭了……"赵娜用力地眨眼，长长的睫毛被泪水粘成一缕一缕的条儿，"我以后再也不哭了。"

“对，这才是个好孩子……”说完，我的眼泪竟然不争气地掉了下来，砸在桌面上，发出一声轻响。

“咱们都不哭……”赵娜抽出一只手，轻轻擦了一下我的眼睛。

“不哭，咱们都不哭，”我用力地点头，“……你是怎么过来的？”

“我去过你家，你妈妈不理我，她知道我是个灾星……”

“不许这样说话。”

“你爸说，你判刑了，发在这里……我去找林宝宝，林宝宝帮我去派出所开了证明，我就来了。”

“你还在上学吗？”

“你别问了，我不想说……张石，我很想你，很想很想……我不知道我是不是把魂儿丢了。”

“我也想你……以后你不要想我了，我判了六年，时间很长呢，我不能耽误你。”

“我等你，我要等你一辈子。我爸不让我来见你，他说你是个罪犯，可是这次我不想听他的了，因为你是因为我才进来的。”

“开庭的时候，我见过你爸，我答应他，以后不跟你联系了。”

“这事儿你最好不要告诉我，我不想知道，”赵娜瞪我一眼，接着垂下了眼皮，“我妈骂我贱，她说我是个下贱坯子，贱女人……我贱吗？”

“不，你不贱……”我抽出一只手，想来堵她的嘴，她躲开了：“所以，我必须等你，我要证明给他们看，我不是个贱女人。”

“可是你爸……”

“我管不了那么多了。我爱他，同样也爱你，但这两种爱是不一样的，我谁都不想放弃。”

“可是做人要信守诺言，我答应过你爸的。让我想想……”

“你不要想了，我等你，就这样，除非你不要我了。”

“怎么会呢？”

“怎么不会！”赵娜的声音陡然提高了，像是在抢白，“你必须答应我，我还等着你送我生日礼物呢，你去年就答应过的！”

“给你。”我从口袋里摸出纸项链，拿过赵娜的一只手，轻轻盖了上去。

“这是什么？”赵娜打开包住纸项链的那张纸，眼睛一下子亮了，“天哪，好漂亮！”

“漂亮吗？”惭愧夹杂着内疚与爱怜一起涌上心头，我的眼前一片模糊。

“漂亮，太漂亮了！”赵娜试着将项链挂上自己的脖子，“这是我这一生收到的最好的礼物，谢谢你，张石。”

“这不算是最好的礼物，以后我要送你一条真正的项链。”

“那是以后，”赵娜用一只手捂住纸项链下面的那朵玫瑰，生怕被人抢走似的，“现在我就要这样的项链！”

“这是纸的，不结实……”

“别乱说……”赵娜一把捂住了我的嘴，“它只要在我的手里，就永远都是结实的，永远！”

“轻点声，”我回头看看，咽一口唾沫，轻声说，“你不要激动。”

赵娜猛然一抬头：“我没激动！从我决定要嫁给你的那一天开始我就不激动了……”

我用力拍了拍桌面上那张包纸项链的纸：“我知道，我知道。别再重复了。”

赵娜看见了那张纸上面的字，轻声念起来：“爱你，爱你，我爱你……呀，真不害臊。”

我抽回手，笑了，感觉自己的脸有些发烫：“这是一首诗呢。”

赵娜一怔：“你还会写诗？”脸跟着一红，“张石，你究竟仔细看过我给你的那根腰带没有？”

眼前闪过腰带反面刻着的那首诗，我用力地点头：“看过，我仔细看过。”

赵娜目光幽幽地盯着我的脸，一字一顿：“从那个时候我就下了决心，我是属于你的，我爱你，爱你一辈子。”

“上邪！我欲与君相知，长命无绝衰。山无陵，江水为竭……”想起那首诗，我的鼻子又在发酸，连忙换话题：“你去见林宝宝，她怎么样了？”

“她是个好姐姐……她喜欢我，她摸我的脸，抱我，亲我的头发，她说，女人的命都这样……”

“她儿子呢？”

“她儿子在你爸家，她把饭店关了，也住在你们家。”

“我哥哥……”这话刚一出口，我就打住了，问那么多干吗，她不会知道的。

“我不知道你这里都需要什么，我也没有钱给你买……”赵娜说着，抽回被我紧紧攥着的手，从脚下拿上来一个白色的包袱，“你看，我给你带了牙膏、牙刷，还有几本书，”一样一样地将这些东西往桌子上面摆：“喴，牙膏、牙刷，三个呢，你要勤换，用时间长了会有细菌。这是书，《车工技术》、《刑法》、《刑事诉讼法》……还有，我把你的口琴也带来了。”

看着这支被赵娜擦得锃光瓦亮的口琴，一股暖流夹着一股心酸涌上心头，我恍惚看见自己骑在我家对面的那堵矮墙上，断断续续地吹着一支忧伤的曲子。我还看见赵娜坐在离我不远的那段长满茅草的墙头上轻声唱歌：“长亭外，古道边，芳草碧连天……”

我把这些东西重新包好，感觉眼睛有些模糊，赶紧调整情绪：“其实我不喜欢看书，连环画还行。”

赵娜乜了我一眼：“你是个大人了，不要老是让人操心……起码车工书你应该看，以后出去当工人，养活家。”

我的心头又是一热，我知道她说的这个“家”指的是什么，一时感动得说不出话来了。

赵娜盯着我看了一会儿，眼圈又红了：“张石，你好好在里面改造，争取早点儿出去。那时候我就长大了，咱们结婚。”

我念叨一声“结婚”，心中就像碰翻了某种东西，酸甜苦辣一起涌上心头……我不知道应该如何接这个话茬儿。

方队长在门口咳嗽了一声，我趁机站了起来：“接见时间到了，咱们走吧。”

赵娜起身，往我这边靠，她似乎有让我抱她一下的意思，我不敢，不是怕她躲闪，是怕方队长阻止。

方队长笑眯眯地瞅我一眼，又瞅了瞅赵娜：“很好，很好嘛。这样，张石的改造就有了动力。”

赵娜推着我的后背往门口走：“感谢警察叔叔关照张石……”咳，她还是拿自己当小孩子。

我偷偷捏了一把赵娜的胳膊：“以后你不要来了，我在这里过得很好。”

赵娜反手握住了我的手：“想你的时候，我就来，你管不着。”纸项链上挂着的那朵玫瑰花随着她的喘息，一闪一闪地动。

外面阳光璀璨，我目送赵娜走出接见室，目送那朵白色的花儿一点一点地消失在阳光的尽头，心中五味杂陈。

我万万没有料到，从此以后，我与赵娜一别就是八年。

月底的一天上午，我跟蒯斌站在地头，无聊地看远处插满小旗的警戒线和骑在马上往来奔突的武警。

驴四儿从西面一块玉米地里蹿出来，跳着高儿冲我嚷："张老弟，你爹和你哥哥看你来啦！"

我的心咯噔一下，好啊，你们终于来了。

驴四儿喊完这一嗓子，像充足了电的破风扇一般晃了几晃，"哗啦"一声钻进了玉米地："我先去看看咱爹！"

蒯斌打个哈欠，迎着太阳闭了一下眼："可怜天下父母心啊，这事儿没解。"

在接见室的门口，我看见了我爸，我爸局促地站在一片树阴下，望着我笑。

可智站在我爸的身边，不认识我似地张着嘴巴看我。

驴四儿说的"哥哥"竟然是可智？我还以为我哥哥来了呢……心莫名地一沉，我冲他们挥了一下手，借着方队长的一推，偏腿拐进了接见室的走廊。

站在走廊后面刚喘了一口气，我就听见我爸在说："来顺乖，别乱跑，见了二叔别哭，二叔不喜欢哭的孩子，听见了吗？"

来顺竟然也来了？我的心倏忽憋闷了一下，感觉我爸真是不明事理，那么小的一个孩子，你带他到这种地方来，不怕他长大了顺腿拐进来？

方队长摸了我的肩膀一下，指着对面的一个房间说："你们去那个房间。我就不进去看着你了，我相信你。"

我说声"谢谢"，打开门，站在门口等我爸爸他们进来。

好长时间也没人进来，我正纳闷，来顺小小的脑袋在门口一探，弹簧似地又缩了回去。

我估计是我的模样吓着他了。我知道自己现在的形象，浑身发蔫，又黑又瘦，跟一根沤烂了的萝卜一样。

可智进来了，看得出来他是在极力压抑着自己的不安，干笑着，提着两个网兜的手不停地哆嗦。

我上前两步，瞥一眼倚在门边的方队长，冲可智伸出了手：“表哥，你也来了？”

可智一愣，随即反应过来，握一下我的手，回头嚷了一声：“来顺别跑，快来。”来顺被我爸爸拉着，脚蹬着地往后撤身子，我爸爸低头瞪他一眼，来顺乖巧地眨巴两下眼睛，扭扭捏捏地藏在我爸爸的腿后面，红着脸看我。

我蹲下身子想要抱来顺，他捉迷藏似地躲闪。

方队长问我：“你儿子？”

我的心蓦然一热，说：“是我侄子。”方队长“哦”了一声：“我猜就是这样，你的年龄不大嘛，这么小就有了孩子那是违反计划生育政策的。”我想打哈哈说“我还不至于那么没有思想觉悟嘛”，没等开口，可智在一旁开玩笑道：“就是就是，他长得太显老了，有个爹模样呢。”方队长一笑：“进去谈吧，抓紧时间。”

我把我爸和可智让到桌子对面坐下，抱起来顺放到自己的腿上，一下一下地摩挲他剃得溜光的脑袋：“叫二叔。”

来顺仰起脸看我一眼,垂下头,小脑袋直往我的胸口钻,蹭得我直痒。

我爸隔着桌子捏了捏来顺的胳膊：“顺子，喊二叔啊。”

我说：“别难为他了，我知道他不会说话。”

我爸说：“这小子‘装熊’呢，昨天夜里还说梦话来着。你猜他说什么？他说，二叔，我想你。我开灯一看，这小子淌眼泪了……要不我能带他来这里？”

我把来顺搂得更紧了，感觉自己的心像是一只被阳光照着的雪糕，一点一点地融化：“来顺，好孩子。”

可智说：“这小子聪明着呢，知道你哥的事儿了，嚷着要见爸爸，可是远啊，去不了，他就想二叔。”

远？远到哪里？我猛地抬起了头：“我哥去了哪里？”

可智摸了摸我爸爸的手背：“大叔你能不能先出去一下，我跟石子说会儿话。”

我爸爸踌躇片刻，走到我身边接过来顺，拖着脚步出了门。

“其实也没什么，让大叔出去是怕他听了这些事情伤心……”可智叹口气，接着说，“你哥判了十三年。市中院判的，他是从‘一看’走的，直接去了大西北，在青海格尔木那边服刑……九月份我接到他的来信。他不让我告诉你爸他去了哪里，怕你爸去看他。他说当时他开枪打牛二是迫不得已，他跟牛二之间的矛盾已经到了不可调和的地步了，必须有一个人出手，不是他就是牛二，所以他先下了手。他对这件事情一点儿也不后悔，他说，留着牛二终归是条祸根，他那么做是想一次性了断这件事情……”

“他没安排一下林宝宝和来顺的事情？”可智说话太 唆，我打断他道。

“安排了，让我经常去照看一下娘儿俩，别的没提。”

“这叫安排？”我在心里哼了一声，“林宝宝为什么把饭店关了？”

“这些事情你还是别问了……”可智的脸色黯淡下来，“你在里面好好的，出去以后再说。”

“不想告诉我是吧？”我有些着急，眼珠子都瞪疼了。

可智低了一会儿头，弯下腰把地上的两个网兜提到桌子上，往我的眼前推了推：“这是我给你买的东西，里面有两条烟、几包奶粉、几个罐头……”“你不说话，东西就拿回去，”我把网兜重新拿到了地下，“我这里不缺这些，我缺的是外面的消息。”可智蔫蔫地瞅我两眼，猛地一咬牙：“老二，我说了你可别上火。你想，现在你出不去……”

“是不是牛二派人去折腾林宝宝了？”我闷着胸口问。

“不是。牛二已经废了。树倒猢狲散……”

“那么是谁？家兴？”

“是他。”可智说，我哥出事不久，家兴就去找林宝宝了，对林宝宝说，我哥临走的时候跟他交代过，饭店门口的栗子摊儿交给他来处理。林宝宝不相信。家兴就找来了一帮人帮他作证。林宝宝拗不过他们，就让了一步，让他们暂时管理着那几个栗子摊儿……“其实你哥不光是宝宝餐厅门口的那几个摊子，”可智忍不住叫了起来，“整个老街的栗子摊儿全是他的！可也怪了，你哥的钱呢？有时候他竟然还去找我借钱……”其实这些事情我都知道，我哥确实没有多少钱，名义上，那些摊子都是他的，可是他也就是过去收点儿“管理费”，我打断他道：“我想知道的是家兴怎么折腾林宝宝。”可智红了一下脸：“家兴接手了你哥的摊子，换上了自己的人……”

接下来，事情明了。家兴的目的不在霸占栗子摊上，他是想让我哥家破人亡……起初他还不太骚扰林宝宝，后来就开始召集人在宝宝餐厅里喝酒，整天闹得乌烟瘴气。喝完了不给钱，签字。不让签就砸桌子砸盘子，最后连厨房都掀了。无奈，林宝宝找家兴谈了谈，把饭店处理给他了。现在，宝宝餐厅的名字改了，叫世兴酒家。规模也扩大了，旁边的烧饼铺也归了他。

“我知道了……”我压抑着怒火问，“你没看见金龙吗？”

“金龙免予起诉以后，被劳动教养了，据说是一年。”

“我哥的一个哥们儿叫魏三，你有他的消息没有？”

“魏三判了，多少年不清楚。”

随便聊了一些无关紧要的话，时间到了。方队长进来催促的时候，我正跟可智道别。

我爸抱着来顺，站在门口的阳光下，阳光把他们映照得仿佛金人。

我的眼睛在模糊，感觉抱着来顺的我爸就像一个气泡在阳光里逐渐破碎。

第二十四章　苦苦挣扎

接下来的日子，我一直惦记着家里的情况，默默地干自己的活儿，心情就像匍匐在浪花下的卵石，落寞又沉郁。

我用打扑克赢来的一盒烟跟驴四儿换了一只“掐地虎”，装在一个自己烧的瓦罐里，准备下次接见的时候让我爸爸带给来顺。

那只蛐蛐可真够勇猛的，打败别的蛐蛐抖擞精神打转的姿势时常让我想起我哥砸萎靡了芥菜头时的影像。

小时候我爷爷也给我抓过蛐蛐，我爷爷经常指着最猛的那只蛐蛐对我说，你长大以后要学它。

其实我一直在追求我爷爷说的那种境界，可是现在我不行，我就跟被我关在罐子里的那只“掐地虎”一样。

我与蒯斌和驴四儿是一个“小车组”的，一般都是驴四儿驾车，我和蒯斌拉。

蒯斌现在是我们组的组长，大家都服他……记得高天进了禁闭室的第二天，别的中队来了三个一看就是社会大哥的“老犯儿”，大家以为我们组的哪个犯人要倒霉了，正在人人自危时，那三个人直奔蒯斌去了，一口一个斌哥。蒯斌的脸上看不出表情，让他们把带来的几大兜子东西放下，挥挥手让他们走了。旁边的一个伙计赞叹道：“这才是真正的大哥样子，不显山，不露水。”

后来我才知道，蒯斌因为重伤害判了五年，这些年一直不在社会上。据说蒯斌刑满释放以后，以前的兄弟去找他，让他重新出山，开辟老街市场，他说，我不想在刀口上舔血，我还想多活几年。他给我的解释是，老街是我哥的势力范围，他不想跟我哥产生摩擦。“你哥是条硬汉，”他说，“可能那时候你还小，不知道你哥在外面的名声，他为人仗义，心明镜一般亮，那样的人我不能去碰。”

也许是因为我哥的原因，蒯斌对待我跟对待自己的弟弟一样。

蒯斌也喜欢吹口琴，我的口琴被他给吹得老是散着一股怪怪的味道。

那天，蒯斌在吹《友谊地久天长》，我的眼睛模糊了，恍惚看见赵娜站在我的跟前，给我唱歌：

怎能忘记旧日朋友
心中能不怀想
旧日朋友岂能相忘
友谊地久天长
我们曾经终日游荡
在故乡的青山上……

冬天一来，地里的活儿就少了，我们机动组又开始"机动"——编织草鞋。就是用一些质量好一点的玉米皮先搓成麻绳的样子，然后在几个外队调来的"师傅"的指导下，将这些麻绳按照鞋底的样子用麻线穿起来，后面的工序我就不知道了，好像是做成拖鞋，专供宾馆使用。这样的活儿尽管需要一定的耐心，可是大家都喜欢干，比挖淤泥、推车子送粪轻快多了。有时候我们为了多赚一点儿奖励票，晚上也干，经常干到熄灯铃响起方才罢休。

那天夜里，外面在下雪，蒯斌又领来了活儿。

我们一边干一边闲聊。

驴四儿说，这是娘们儿才干的活儿，要是在外面，谁要是干这样的活儿连老婆都娶不上。木乃伊凑到正低着头抽烟的蒯斌身边，小声说："驴四儿这个狗操的反改造呢，他打击同犯们的劳改积极性。"蒯斌说："他操你娘了吧？"木乃伊吃这一噎，怏怏地团坐回去，整个脸难看得要死。驴四儿受到鼓舞，拉过眼镜儿嘿嘿地笑："眼镜儿，跟你讲个故事啊。我小时候懒，拉完了屎不愿意擦屁股，我妈就给我养了一条哈巴狗，每次拉完屎都让它来舔。狗舌头真好使，不但舔得干净，还舔得舒坦。有一次它把我的小鸡鸡给舔'杠杠'了，我难受，就颠了颠屁股。这下子可好，这个'怪 ×'以为我又拉屎了，张口就咬……"蒯斌的脚当空蹬过来，驴四儿"哎哟"一声滚下了铺："蒯哥哎，我不是说你哎，我那不是说木乃伊嘛。哎哟，你把我打成窦娥了哎……""冤枉不了你，站门口反省去，"蒯斌大烟鬼似的蜷在铺上，哑着嗓子说，"你连那条哈巴狗的脑子都不如。"木乃伊像偷情的媳妇一般，捂着嘴巴笑："舔错屁

眼儿了哎。”

“你说什么？”蒯斌的眼珠子猛地一立，跟竖进眼皮里俩枣核似的，一指墙角，“撅着去！”

“我没说你是屁眼儿……”木乃伊嘟囔着，病猫一般耷拉着头，一步三摆地去了墙角，屁股跟大腿呈折叠状撅着。

“我也撅？”驴四儿愁眉苦脸地蹭下了大铺。

“有人替，你解放了。”蒯斌嘟囔一句“傻 × 孩子”，又躺下了。

“蒯组，别为一句话犯冲，不值当的，退一步海阔天空，忍一下……”眼镜儿瞥一眼木乃伊，起事儿似地凑过来说。

“忍一下你就不糟蹋人家小姑娘了。”蒯斌满是惋惜地替他总结道，眼镜儿立马噤声。

闷着头干了一阵活儿，驴四儿又忍不住了，拉着旁边一个独眼老头儿说：“大叔，你那只眼是怎么坏的？挺吓人啊！”

老头儿说：“我小时候痞，被我爹一笤帚疙瘩打出来的。”

驴四儿把眼一瞪，盯着老头儿的那只坏眼，一惊一乍地说：“你应该安一个假眼珠进去啊，不然太难看了。”

老头儿说：“以前我有，被我儿子不小心给咽下去了。那天我在家睡觉，把假眼摘下来放在杯子里泡着，我儿子口渴，端起来就喝。后来假眼就堵着他的腚眼儿了，去医院找大夫，找来找去找到了，大夫吓了一跳说‘我行医大半辈子，还是第一次看见有腚眼儿朝我瞪眼的！’”

“那还不赶紧拿出来？洗洗好接着用啊。”驴四儿依然朝老头儿瞪着他的那两只螃蟹眼。

“妈的，脑子不跟趟……”蒯斌坐起来，捻着下巴上的几根鼠须，蔫蔫地笑，“落后就要挨打。”

驴四儿兴奋地往这边凑了凑：“不听话就砸出眼来，”瞥一眼撅在那儿的木乃伊：“还有那位。”

“那是说你呢。”老头儿擎着鞋底子飞针走线。

“说我？我又没惹蒯组，蒯组心明眼亮，”驴四儿讨好地冲蒯斌呲了呲牙，“蒯组我真佩服你，如果没有你，木乃伊这个混账东西还不知道该怎么折腾大伙儿呢。刚来的时候，高天砸过他，他不服气啊，找机会还想发坏，你这一上来就摁住他了，他见了你连个屁都不敢放……哎，可也怪了，你说这个混账玩意儿那么能‘舔’，政府怎么就不用他了呢？”

“这你都不知道？”眼镜儿缓过劲来，矜持地一笑，“就好比一条狗，当嘴里的那根骨头变成一颗炸弹的时候，你说它是继续叼着还是赶紧丢下跑？”“蒯组，蒯组！”木乃伊忽地直起了身子，“王川反改造，他辱骂政府是狗！”

见没人搭理他，木乃伊蔫了，放屁似地哼唧一声，重新撅了回去。

蒯斌皱着眉头捻了一阵胡须，蓦然抬头：“木乃伊，明天你去把厕所里的大粪掏到肥料池子里，那活儿适合你。”

木乃伊委屈得像是要哭：“凭什么？”

蒯斌的声音轻得像纸：“鸟奔高枝落嘛，这事儿没解。”

木乃伊像泄了气的皮球一般不出声了。驴四儿捂着嘴笑：“看见了吧，蒯组就是会教育人，就像《闪闪的红星》里潘东子唱的那样，小小竹排江中游，巍巍青山两岸走……”“雄鹰展翅飞，哪怕风雨骤，革命重担挑肩上，党的教导记心头，”蒯斌突然躺倒，声音粗得像驴，“——党的教导记心头！砸碎万恶的旧世界，万里江山披锦绣……”

在这样的歌声里，我沉沉睡去。

一只老鹰在黑暗的天空中飞翔，天上一会儿是雨，一会儿是雪，老鹰忽然就变成了一只麻雀，歪歪扭扭地扎进了一个笼子。

我听说在笼子里待久了，有些鸟儿就不再适应天空了，它们会觉得笼子更适合自己。

是不是我已经像鸟儿一样，适应了笼子里的生活？我似乎已经忘记了外面的一切，眼前全是笼子里的一些怪鸟。我跟这些鸟一起在笼子里胡乱扑腾，扑腾来扑腾去，就扑腾到那条熟悉的街道去了，我看见王老八在汗流浃背地拆我家的房子，我爸跟在他的后面帮他擦汗，一边擦一边笑，我妈在屋后的尘埃里哭，我爷爷蹲在西院墙下，院墙的影子照得他很黑，我哥在凄厉地叫骂……

我一激灵，抬腿向前迈去，险些掉到铺下，这才发觉自己是在做梦，而监舍里的混乱，却是真的。

大铺下面，驴四儿跟木乃伊滚到了一起。

驴四儿好像认错了公母，像配狗一般骑在木乃伊的身上，大嘴叉子直奔木乃伊的脸，好像是在找他的嘴巴，要强行接吻。

木乃伊奋力躲闪着驴四儿的嘴，一声接一声地宣布要跟驴四儿的老娘睡觉，惹得驴四儿越发执著地寻找他的嘴巴。

我坐起来，点了两根烟，插到看得津津有味的蒯斌嘴里一根，幸灾乐祸地问："又怎么了这是？"

蒯斌不说话，烟全是从鼻孔里冒出来的，两只眼睛眯得像皱纹。

眼镜儿用肩膀扛我一下，颤着嗓子说："刚睡下，木乃伊就开始'闹妖'，要掐死驴四儿呢。"

此人也就这么大的本事了，我笑了，开始的时候连高天都不服，现在的级别也就游荡在驴四儿那个档次上了。

眼镜儿用力吸着从我嘴里喷出来的烟，献媚地冲我挤咕眼："他完了，脾气是朝蒯组来的，不敢跟蒯组造次，拿人家驴四儿撒气。张老弟，有烟没？我家远，好几个月没人来看我了……那什么，给老哥来一根？"我把自己抽了一半的烟递给他，继续看铺下的两个大男人"温存"。驴四儿已经嘬住了木乃伊的嘴唇，吭哧吭哧地啃。木乃伊直挺挺地受了一阵蹂躏，突然爆发，大吼一声"爷们儿不过啦"，像久经沙场的老将一般猛力一摆头，横空跳将起来，就势抓住驴四儿的脚腕子，全身的力气用在双臂上，随着一声"去你的吧"，驴四儿像乔丹手中的篮球一般被掼到了门口的一堆杂物里。驴四儿王八也似在杂物里蹬了一阵腿，晃悠起来，剑指一横木乃伊，厉声谴责："我奸你老娘！你不照架子来！"我这才看清楚，木乃伊的嘴巴彻底"哗啦"了，下嘴唇一片烂肉似的耷拉在下巴上，上嘴唇肿得撅在鼻子上，模样就跟猪八戒被人在嘴上砸了一石头似的。这下子玩笑开大啦，驴四儿不光是严管队和禁闭室的事儿了，弄不好要加刑。

我这里正愣着神，木乃伊一手撮着下嘴唇，一手横着奔向了驴四儿。

驴四儿的一声"哼"还没哼利索，身子再一次进了杂物堆。

木乃伊像吃了辣椒的猴子一般团团转着，好像要找一件称手的凶器，刚把门后的一根镢柄抓在手里，身子就横着出去了，重重地砸在墙面上，屋顶的浮尘扑簌簌掉下来，立刻把他粘成了一只硕大的蜘蛛。蒯斌的影子在杂物与墙壁之间一闪，木乃伊又一次腾空而起，闷声不响地扎进了杂物堆，刚刚站起来的驴四儿也再一次被砸了进去。里面的两声"哎哟"同时响起，唱戏一般滑稽。

大家的一声喝彩刚刚落下，蒯斌就躺回了被窝，屋里旋即没了声响。

我穿好衣服，走到杂物堆旁，一把拽出了木乃伊："别跟我解释，我都看见了。走，跟我去队部。”

木乃伊佝偻着身子翻了一个白眼：“你算老几？”

我边往外拽软成鼻涕的驴四儿，边回了一句：“在这里，除了蒯斌就是我，老子是劳改积极分子。”

蒯斌慢悠悠地支起了脑袋：“别管他，让他继续表演。”

木乃伊的嘴巴流着血，擦也擦不干净，索性不擦了，横一下脖子，“呱唧”一声躺在了我的脚下。

驴四儿站不住了，两腿一软，一屁股坐到了木乃伊的肚子上，随着一声舒坦的“哎哟”，滑到一边，美美地打了一个哈欠。

我征询地看了蒯斌一眼，蒯斌坏笑一声，冲我使了个眼色，我明白，他是让我报告队长去呢。

眼镜儿很伶俐，跳下大铺，麻利地穿上衣服：“张老弟，你歇着，我去。”

木乃伊被方队长带走了，从那以后我再也没有见着他，据说他在严管队里玩自残，保外就医了。

驴四儿被关了禁闭，三个月以后出来，刑期多了一年，因为故意伤害。

由于制止重新犯罪行为，蒯斌“升官”了，当了我们这个中队的“大值星”（犯人头），组长的位置自然成了我的。

人逢喜事精神爽，那些天，我几乎每天晚饭后都要坐在监舍门口为大家奉献几首口琴曲。

我吹得最多的是《军港之夜》：

军港的夜啊静悄悄
海浪把战舰轻轻地摇
年轻的水兵头枕着波涛
睡梦中露出甜美的微笑……

又一个春天来了。

地里的几个肥料池子开始化冻，我们又开始“机动”了，继续挖大粪往池子里运，等待春耕的时候撒到田地里。

我不用拉车子了，我当了驾驶员，开着装满肥料的拖拉机往地头上送粪，“装卸工”有三四个，活儿异常轻快。

一天拉上个五六趟，然后就可以回监区休息了。

监区的绿化很好，一树一树的桃花装点着空旷的监区，让我的心情变得同样空旷与清澈，只是天气依然让人感觉不出多少暖意。看天空只是一片苍灰，似乎有一坨硕大的冰块儿在上面悬浮着，不时让我感到压抑与憋闷，感到离我不远的冬天那种寒冷依然围绕在我的身边，让我一次次地想要变成一只鸟儿往家的方向飞。

三月初的一天，可智来了，这次是他自己来的，他说，我妈又住院了，我爸在医院陪床。

可智说，林宝宝找了一份工作，在街道上的纸盒厂糊纸盒，一个月有三四十元的收入。她的脾气也改了，整天不言不语，下了班就回家陪我爸和我妈，有时候还带着来顺出来溜达，贴着墙根走。金龙回来了，好像是提前释放的。金龙一回来就去了我家，跟我爸解释那件事情，我爸听不懂，任他说。家兴现在彻底混成了一个人物，年前他打听到河西的一家酒店生意不错，就派郑奎带着几个兄弟去了这家酒店，找到经理，说自己的“公司”资金周转困难，要用一块手表做抵押，借五万块钱用一用。吃不住恐吓，那位经理只好将五万块钱打到了家兴指定的账户上。

临走的时候，可智说，你在里面不要乱琢磨这些事情，只要家里还安稳着，你就好好待在里面，争取早一天出去。

我的心乱得像鸟窝，不知道自己应该做些什么，木着脑袋送他走了。

外面下着一场太阳雪，阳光映照下，雪片亮闪闪地飞。

那些天我们中队一直在挖大粪，我很累，走着路都想睡觉，有一回竟然真的睡着了，带队的一声“入监守法第一条，预备唱”让我一头栽进了路边的草丛。

我很想离开这里，我想在照顾好我爸我妈和来顺的同时，看看老街变成了什么样子。

赵娜来信了，在信里，她说，她爸爸知道了她来看过我，狠狠地训斥了她一顿，还去派出所找了所长，让他以后不要再给她开证明来见我。“你放心，尽管我暂时见不到你，可是我的心属于你，直到永远……”信的中间，她写道，“你用一根纸项链拴住了我的心，每当看到那条项链，我就看到了你，它是咱俩的爱情见证。我不会因为我爸爸的阻拦就把你忘掉的，你是我的心，我永远属于你，什么力量也别想阻止我对你的爱。等下次我爸爸出差的时候，我会想办法开出证明去看你的。我发誓，为了你，我要与我爸爸抗争到底，我管不了那么多了。今年我已经满十八岁了，我是一个成年人了，我有权利寻找自己的幸福。亲爱的，等我，我永远不会忘记你……”

最后，赵娜换了字体，工工整整的楷体字："喷泉的水堵不死，爱情的火扑不灭！"

嗅着信纸上散发出的淡淡茉莉花香，我的心都要碎了，种种复杂的感觉缠绕在心头。

我不敢留着这封信，我知道自己的脾气，我会控制不住地每天都拿出来看的，那样，我会每天都处在一种无以言表的痛苦之中……我连赵娜给我的茶叶都不敢喝，我怕喝了它，自己的血液里都会流淌着赵娜的影子。我把茶叶送给了方队长，我说，这是我对象给你的。他收下了，美滋滋地笑。赵娜给我的牙刷我也不敢拿出来用，托人送给了在严管队的高天，我知道他有收藏牙刷的癖好。牙膏，我跟大家一起用，很快就用完了。现在，我的身边只有赵娜装我的衣服用过的那只网兜，它连同包牙膏、牙刷和书的那个包袱一起，藏在我的工具箱最深处，我不敢随便过去动。

赵娜送给我的那些书，我一本也没看，因为她在每一本书的扉页上都写着这样的字：赠我的爱人——张石。

我把这些书全都送给了蒯斌，他爱书，珍惜书，每一本，他都包上了封皮。

烧掉这封信，望着眼前的灰烬，我心静如水。

我盼望着某一个突如其来的时刻，赵娜出现在我的眼前，可是内心深处又不想见她，我觉得自己不配。

我抽空给赵娜回信，寥寥几句，大意是，我爱你，可是我的身份不允许，你还是忘了我吧。

赵娜一直没有回信，我估计有两种原因，一是她没有收到这封信，信被她爸爸给收走了；二是她收到这封信以后，生气了，她以为我反复无常，不是个男人，不打算理我了。仔细想想又不太可能，这封信的收信人地址是中化子弟中学，她爸爸收走的可能性不大；她看了信，生气不理我的可能性也微乎其微，经过那么长时间的接触，我基本了解了赵娜的性格，尽管她表面上看起来有些柔弱，但她很有性格，甚至有些执拗，她是不会因为一两句话就取消自己的决定的。我断定，这封信赵娜看了，她不想给我回信，她一定是想找个机会当面过来质问我、痛骂我。

蒯斌有一个朋友在修配车间干钳工，我通过他搞到了一块拇指大小的黄铜，要给赵娜做一只比纸项链高档的铜戒指。

我一直没有忘记自己对赵娜的承诺——我坚信，我亲手做的戒指尽管不值钱，但它绝对算得上是一件真正的礼物。

我用了将近一个月的时间把铜戒指做成了，黄灿灿、亮晶晶，非常精致，那上面同样有一朵怒放的玫瑰花。

可是我失望了，这一年赵娜生日之前，她没来见我……铜戒指在我的胸口、在我的裤兜里磨得有些变形。

冬天来了，这个冬天异常寒冷，几乎每天都在下雪。那些雪下得怪，雪片在天上扬场似地飘，呼啦啦响着穿过空空荡荡的监区。

在这样的天气里，我们又恢复了以往的闲散，不用出工，整天待在监舍里编织草鞋。

我想，在这样的天气里，我所有思念着的人会在哪里，老街西海边的那些海鸟还在飞吗？

没事的时候，我时常蹲在一个角落孤单地吹我的口琴。每当此时，蒯斌就会凑过来蹲在我的对面，眯着眼睛听。

有一次我在吹丽达唱的那首《爱情来到我身边》，蒯斌红着脸夺下了我的口琴："你想'拿'死谁不成？"

我哑然失笑，怀疑蒯斌的心里也装着某个女人。

蒯斌用我的口琴吹完一段《美丽的梭罗河》，红着眼睛问我，你是不是在想女人？

我反问："你不想？"

蒯斌的脸红成了一只西红柿："我跟你不一样。你没有那样的经验，想也想得不那么剧烈，我就不一样了，我想得简直要爆炸。"

接下来，蒯斌给我讲了许多关于女人的故事，听得我两眼发直，心发麻，真想变成一只苍蝇飞出监狱，飞到某个女人的身上。

蒯斌很能聊，从女人的身体构造到女人从少女变成少妇的心理发展，直到男人与女人上床后的"操作规程"，娓娓道来。

没想到，我生命中关于女人的一些"关键知识"竟然来自监狱，来自这个叫蒯斌的家伙。

监狱里一直在陆陆续续地走人，独眼老头儿走了，眼镜儿王川走了，几个刑期短的伙计几乎在我没有觉察到的时候悄然离开了我的视线。他们就像树叶被风从树上卷走，无声无息，只有留下的那一点点蒂疤，还有一丝曾经鲜活地生长在那里的痕迹。新一批犯人来了，他们就像树上新增的叶子，对那些曾经也在这里摇曳过的叶子一无所知。这里似乎只是一个驿站，迎来送往，除了“老人们”偶尔想起他们的故事，过客们不曾留下一丝多余的痕迹。在他们貌似轻松的面容里，看不出一点点的忧伤，但我知道，曾经发生过的一切，对于他们却是刻骨铭心的。

驴四儿出了禁闭室以后整个人变了样子，身体干巴，表情凄惶，见了谁都一脸茫然，像一只刚从水里捞出来的家雀，一副心有戚戚的样子。

兰爱国来信说，我哥还在青海，当了自由号儿，在荒漠上栽沙棘，挺闲散的活儿。我妈身体很好，能上街买菜了，还能带着来顺逛公园。

驴四儿彻底犯了神经病，过年那天，别人都在喝茶闲聊，他躺在铺上“撸管儿”，脸憋得铁青，像一只沤烂了的大茄子。组里一个号称木乃伊第二的湖北人大声宣布：“为了加强改造，下面由驴四娃儿为大家现场直播舞龙！”说完，一把掀了驴四儿的被子。驴四儿撒了手，任凭被子将他两腿中间的那个物件蹭得滴溜乱转。这种事情司空见惯，大家都没有心情凑热闹，别转脸看我和蒯斌，表情一律像受难的耶稣。蒯斌在两根指头中间捻灭了烟，过去给驴四儿盖好被子，冲假木乃伊一勾指头，假木乃伊以为自己的表现起到了调节气氛的效果，“二政府”要奖励他了，乐颠颠地跟在蒯斌的后面出了监舍。外面在下雪，假木乃伊夸张地抱了一把眼前的雪，一声“好一派北国风光”还没喊利索，“哇呀”一声躺到了门口的一堆雪里。这小子反应贼快，趁蒯斌的第二脚还没蹬过来，手脚并用，连滚带爬地窜回监舍，奔驴四儿就过去了：“大哥对不起！”蒯斌站在门口，披着一身雪花嘟囔：“操你二大爷的，舍我一身剐，能挽救你获得新生，值！”

我说：“得，蒯哥找出下一个木乃伊来了。”

蒯斌别一下脑袋坐了回去：“过年还不让人家玩玩自己找点儿乐子啦？”

假木乃伊挨的那一脚好像不轻，这工夫才觉出疼来，坐在地上咿咿呀呀乱叫。

我感觉蒯斌这家伙很有意思，说他主持正义吧，他还经常使一些又坏又怪的招数，说他是个坏水吧，他还真的有些正义感，尽管这样的正义感往往是在事情发生之后才出现的。我敢说，这个组里除了我，没有不害怕他的，大家都在躲避着他，就像一群惊惶失措的苍蝇在躲闪横空而来的那只又臭又脏的苍蝇拍。

年底，我终于收到了赵娜的来信，信纸上的字迹模模糊糊，我知道，那是被泪水洇过的缘故。

她说，我发过的誓一定会兑现，无论遇到多么大的困难。

这几个字她写了好几遍：你不要我了吗？你不要我了吗？你不要我了吗？

我觉得这封信被她写得语无伦次，我不知道她想要表达的到底是什么。

信的最后是一个残缺不全的红色吻痕……他妈的，你什么时候用上口红了？我蔫蔫地想，坏女人才用口红呢。

划一根火柴，点上这薄薄的两张纸，望着淡绿色的火焰，我的鼻子酸得像灌满了醋。

第二十五章　残酷现实

1987年的春天到了。我就像生活在一部发黄的电影里，一个镜头接着一个镜头地走，纷乱而有序，只是看不清楚自己在这部电影里的具体位置，也不知道这部电影到底什么时候能够结束。我看见这部电影在无声地走，一只鸟儿扑扇着翅膀从眼前飞过，摇摇摆摆地飘在天上，一阵风吹过，鸟儿没有了，我看见它变成了蚂蚁那样大小的一个黑点儿。

我觉得自己就像一只鸟儿，风吹它的时候还好，雨来了就麻烦了，打湿翅膀，它会从天上掉下来，不知所终。

我觉得自己得有将近两年没有见过赵娜了，想要仔细算算，又不敢……糊涂着会更好，我这样想。

潜意识里，我希望赵娜突然出现在我的面前，我不想对她说什么，我只想看她一眼，一眼足够了。

那些天，我总是在天将放明的时候做一些稀奇古怪的梦，在梦里，我时常飞起来，身边伴着一个姑娘，恍惚记得是赵娜，醒来，又不确定。

"五一"节前的一天上午，方队长来地头找我，一脸凝重："法院有人来提审你。你是不是还有余罪没有交代清楚？"

我的心一凛，法院的人找我？为什么？我犯的那点事明摆在那儿，你们还找我干什么？

跟在方队长的身后，我深一脚浅一脚，轻飘飘地走，就像踩在一堆堆的棉花上。

方队长在队部的那排平房前停住了脚步，抬手一指队部门口："你去吧，有一个你们当地的法官找你。"

我木着脑子走到队部门口喊了一声"报告"，门打开了，我抬头，心剧烈地一颤——赵娜的爸爸！

赵娜的爸爸冲我点点头，转身坐到了一张办公桌的后面。

我跟进去，心悬着蹲到了他的跟前："赵叔……不，政府，找我有

事儿？”

赵娜的爸爸敲了敲桌子：“你站起来，坐到我的对面。”

他的口气很友好，我呼出了一口气，坐到了他的对面。

赵娜的爸爸冲我笑了笑：“很好，很有礼貌，你是个不错的小伙子嘛……”说着，将眼前的一杯茶水往我这边推了推，“不要拘谨，我不是来提审你的，我只是过来跟你随便谈谈。你应该认识我，也应该知道我为什么会来找你……”他的南方普通话让我听起来很费劲，琢磨了半晌才明白，他是来跟我谈赵娜的事情的。“小伙子，我知道，赵娜曾经过来见过你，”他的语气很柔和，透着一股斯文。“这我并不反对，年轻人的事情，我们做家长的不好干涉，法律也不允许干涉婚恋自由。小伙子，你说对吧？可是我要说的是，你们现在的身份不同。你知道我想说的是什么对吧？你好好想想，你是个……是个失足青年，她呢？她是个……”

“赵叔你别说了，这个我明白，”我打断了他，“我曾经对赵娜说过，让她忘了我，可是她不听我的。”

“对，她很固执、很天真，在她的眼里，一切事、一切人，都是洁白无瑕的……”

“对，我很污浊……”我冷冷地看着他，“你就想表达这个意思是吧？那好，你劝她离开我。”

“我说过，她很固执、很天真，她不听我的话。所以，解铃还须系铃人……”

“那你想让我怎么做？”

“不要再跟她联系了。”

“本来我就没跟她联系……”我快快地咽了一口唾沫，“我给她写过信，表达了这个意思。”

“你不要再给她写信了。”

“可是她总写给我。”

“你不要回信，”赵娜的爸爸站起来，走到我的背后，轻轻捏我的肩膀，“我会安排你换一个改造的地方，她找不到你，自然就不会跟你联系了。”

“我要是不听你的呢？”我的脑子忽然乱了。

“那你会吃大亏的。”赵娜的爸爸坐回了原来的位置，“你好好权衡一下。”

我不想说什么了，我知道他说的“吃大亏”是什么意思，我不想待在监狱里了，我渴望自由，渴望回到老街，渴望见到我的亲人。

见我不说话，赵娜的爸爸将桌子上的一条烟往我这边一推：“这个你拿着。然后答应我，永远不要再跟赵娜联系了，好吗？”

我抓过这条烟，在手里掂几下，揣进了怀里：“行。”

赵娜的爸爸满意地抬了抬下巴：“好孩子。只要你按照我的要求做了，我会给你一个好的结果的。”

我起身，倒退着往外走：“我不需要什么结果，我什么都不需要……”

走出队部，我抽出那条烟，摔到地上，一脚踢飞，撒腿往来时的路上狂奔，脑子空得就像一把撑开了的伞。

赵娜的爸爸是法官，丽达的监护人拉贡纳特也是法官，他们的思维是一样的——我的女儿不能嫁给一个下贱的罪犯！

丽达最终嫁给拉兹了没有呢？电影里没有交代，但我觉得，拉兹出狱后，丽达一定会嫁给他。

丽达要是嫁给了拉兹，拉兹一定不会像以前那样没目标地流浪，因为丽达的爱情在滋润着他。

可是在这之前，拉兹跟我一样，身体在流浪，心也没有方向地飘着。

八月十五那天上午，高天来到我们干活儿的地头，穿着一身麻袋片子一样的西服，一路怪笑着。

我估计这家伙是到期了，麻木地皱了皱鼻子：“要走了？”

高天冲天大喊一声：“没错，跟哥们儿说拜拜啦！”

我跟他拥抱了一下，竟然说不出话来了，闪到一边，傻愣着看他，看他扁平如泥板的脸，看他穿西服，腰上扎麻绳，脚下穿布鞋的滑稽样子。

高天好像也不知道自己应该跟我说点什么，傻笑着念叨一句“你要好好的，有机会我来看你”，然后挺胸抬头，做荆轲赴死状，冲着天空大喊原始社会的藏语：“啊——沃草塔玛，塔玛拉戈壁啊，草尼玛——”这嗓子中气十足，就像帕瓦罗蒂在赶大车。

我的耳朵像被人砸了一块石头般地难受，脊背上的鸡皮疙瘩也冒出来了，一抖搂就掉了一地。

高天喊完了，我也反应过来了，他这句话翻译过来的意思应该是：苍天有眼，好人有好报啊。

一个队长在远处喊他，高天的表情有些不耐烦："着什么急呀，这个钟点我已经不是犯人了，还跟我瞎耍什么态度？"鼓着大嘴咽一口唾沫,冲我眨巴着眼:"兄弟,我先走了。只要你还在里面,我就会回来看你,我忘不了咱哥们儿在这里的情分。"

我推着他上了通往监狱大门的那条小路，一句话也说不出来，眼前老是闪动着那些我跟他在一起度过的日子。

高天见我不说话，用肩膀扛了我一下："我要走了，你是不是感到失落了？"

我笑了笑，摸出我给赵娜做的那个黄铜戒指，默默地塞到了他的手里："啥也不说了，戒指代表我的心。"

高天张开手一看，"哇"的一声笑了："好手艺！我就知道你是个讲究人，这个戒指代表咱哥儿俩的感情！"

我嘿嘿着,再一次说不出话来了……去你的,你少自作多情好不好?

心中泛起一股酸楚，我蹲下了，赵娜的影子在我的眼前晃动，一开始尚还清晰，忽然就变得模糊起来，一点一点消失了。

赵娜，我送给你的那条纸项链还在吗？如果还在，它是不是已经泛黄了，带了金子和铜的颜色？

高天一路醉酒般摇晃着身子跟大家道别，驴四儿从旁边钻出来，热情地喊："天哥，欢迎再来啊！"

高天回头嚷了一句："草尼玛哒，我傻呀？杀了我也不来啦！"

蒯斌摸着下巴嘿嘿地笑："出门小心点儿，门口车多。"

高天冲他晃了晃拳头："等着吧，死不了我就回来接你和石子，好好给你们俩接风洗尘！"

我一直记着高天说过的这句话，可是这句话还没在我的心里焐热乎就成了泡影，在这里，他见不着我了。

好像是在国庆节前后，晚上我们收工回来，刚冲了一个凉水澡，方队长就夹着一本花名册来了。

蒯斌用毛巾抽打着自己的小腿，悄声说："估计有事儿。很可能要走几个人，前几天我就听教育科的几个兄弟说了。"

我无所谓地笑了笑："革命战士一块砖，哪里需要哪里搬嘛……"脑海里忽然就浮现出赵娜的爸爸对我说过的话，"我会安排你换一个改造的地方"。

蒯斌的眼睛里闪过一丝忧伤：“我估计咱哥儿俩要分开了，我有这个预感。”

他的语气有些动情，连累得我的嗓子眼有点发麻：“不会吧？”

蒯斌的回答很简单，一个字：“会。”

“蒯斌，召集大伙儿点名！”方队长挥一挥花名册，冲蒯斌喊了一声。

“方队，是不是要发人？”蒯斌边推搡着大家排队边问。

“是，全中队走三十个，你们组三个。”方队长直接站到了队伍前面。

“去哪里？”蒯斌问。

“省第二育新学校，那边需要人，走几个刑期短的。”

方队长简单说了一些关于无论走到哪里都要好好改造的话，然后开始点名……嘀，走的人里面果然有我。

回监舍收拾好行李，默默地跟眼圈通红的蒯斌拥抱一把，我们三人被两副手铐铐在一起上了停在监狱门口的一辆大卡车。

卡车上挤满了人，一个个目光呆滞，像死了还没埋的样子。

卡车渐行渐远，回头望去，渐渐沉睡的潍北劳改农场就像一座巨大的坟墓，偶尔有几点灯光随着卡车的颠簸，鬼火般跳跃着。

我依稀看见鬼火背后那些正在哭着和正在笑着的人，慢慢在低处爬行，就像墓道里的蚂蚁。

我们从潍北劳改农场来的这三十个人被分配到了“新单位”的翻砂车间。

这个车间的活儿跟我在模具厂干过的活儿类似，不过不需要两个人抬铁水，化铁炉里淌出来的铁水直接流进一个一个的模具里，我负责在它们成型的时候把它们挖出来，然后码在一条传送带上，交给负责下一道工序的犯人。

这活儿相对干农活儿轻快了许多，只是有些枯燥，不像在潍北的时候可以看到满眼的绿色和蓝蓝的天，心情多少有些浮躁。

好在这里比较自由，干完活儿可以串着车间溜达。

晚上收工后躺在窄小的铁床上，我时常怀念在潍北时的情景。

我记得在这样的天气这样的夜晚里，田野里烧荒的草烟会弥漫在监区，鼻孔里有一种悠远的意味，月亮升在天空，又圆又亮。有时候我会想起一些小时候的往事，想起我爷爷说的“牵着马”时的无奈，想起我爸爸攥着扫帚疙瘩满院子追打我的情景，想起我妈坐在门槛上，反着手一下一下地捶自己的腰，然后望着一处空地不声不响的样子，然后就怀疑自己是不是在做梦，我怎么会躺在这样一个阴暗的角落？想着、怀疑着，我就觉得自己在渐渐变老，渐渐地离我爷爷越来越近了。

刚来的那几天，我经常做梦，有一次我梦见我爸爸打我，他拿着扫帚疙瘩不停地揍我的屁股，我吃不住劲了，撒腿就跑。从小黄楼那边开始，我几乎跑遍了老街所有的胡同，跑着跑着就飞起来了……我看见赵娜一飘一飘地走在上学的路上，风把她的马尾辫吹散了，烟一样地在她的脑后摇。我很想从天上掉下来，拉着她的手说一声“我想你”，可是我爸爸追上来了。我爸爸手里的扫帚疙瘩像狼牙棒一样恐怖，一挥舞就把我从天上砸了下来。我边往地上掉边喊，你怎么这个态度？动不动就打，动不动就打，还有完没完呢？赵娜站在地上哭喊着我的名字，伸手接我，没接着，我一头扎进了大厕所的房瓦里。

醒来，我哭了，不知道枕头上的那些泪水是我的还是赵娜的。

那些天我特别想念赵娜，她就像附在我身上一般，不时让我的心痛上一阵，脑子迷糊上一阵。

我不知道赵娜会不会继续给我写信，也不知道这些信在潍北农场的下落，它们是不是会躺在落满灰尘的信箱里，一点一点地化成灰？

有那么一阵，我忽然就感觉后悔，觉得自己不该那么随便地就把本该送给赵娜的戒指送给高天，现在，我连个寄托念想的物件都没有了。

那条纸项链呢？如果那条纸项链被赵娜丢弃了，赵娜是不是也会渐渐把我忘记？

潜意识里，我总觉得自己与赵娜的缘分未尽，总有一天我会见到她，把她拥在怀里。

梦里，赵娜穿着我给她披上的婚纱，咯咯地笑。

每一个美好的梦境过后，现实总是让美好熄灭，取而代之的是一种无言的惆怅。

我跟蒯斌学会了这样一首歌，每当睡不着觉的时候，我就站到铁窗前，望着月亮，轻声吟唱：

明媚春光一去不复返
再看不见蔚蓝晴空
再听不见小鸟们快乐歌唱

我的爱人离开我远去了
纵使春天再来也枉然
往日欢乐一去不回
我的心幽暗冰凉……

一天收工回车间的路上，我碰见了王东，他不相信似地盯着我看了老半天，眼珠子都要瞪出来了。

我也有些吃惊，问他怎么也来了这里。

王东说，他也是刚来的，怎么被拉来的都不知道，现在还晕乎着。他分在基建大队，干民工活儿。

随便聊了几句，我挥挥手让他走了，心一下子就空得很厉害。

我一直没有见到林志扬，有人说他在这儿的教育科，教“学员”们裱画儿，很少出来。

眼看就要过年了，我掐着指头算了算，从被警察抓起来的那天开始，我已经在监狱里整整待了三年半了，我已经二十二岁了，多么好的年华啊……还有不到三年我就可以回家了，我实在是太想回家了。有时候看见一只麻雀，甚至一只苍蝇我都会羡慕，羡慕它们可以自由地飞。那天中午收工的时候，我排在队伍后面，一路走，一路回想以往那些自由的日子，胸口沉闷不堪。走进监舍大门，回头望望那条笔直的柏油路，我突然发觉这里的一切都是那么的陌生和不值得留恋。抬头望望大墙外的那一抹天，很蓝，阳光很柔和，一切都是那么美好。

年前，我爸爸来了，先是念叨了一阵党的政策好，刑期少的可以到离家近的地方改造，然后就沉默了，目光躲闪，好像有什么心事。我说，爸爸你不用担心我，你把你自己的身体照顾好了比什么都强，等我出去，我好好孝敬你们，我还要给咱们家买一套大房子，你跟我妈一间，林宝宝跟来顺一间，我自己一间要带厨房的，专门给你们做饭吃。我爸爸说，老二你是个孝子，比你哥强多了，你爷爷老早就说过，咱们家谁都不顶事儿，就你能给咱们家买上大房子。我说，那是，我爷爷有先见之明呢，这事儿包在我的身上了。

沉默了一会儿，我问爸爸：“我妈的身体还不错吧？”

我爸爸低着头说：“还好还好，这阵子不大去医院了……医院也去不起，咱家没钱。”

我说："我嫂子不是还能在纸盒厂赚几个吗？让她先拿出来，等我出去以后还她。"

我爸爸说："她不在那里干了，在家看孩子呢。"

我有些生气了："来顺都七八岁了，她还在家看什么孩子？"

我爸爸不说话了，好像要叹口气又使劲憋回去的样子，声音又轻又模糊："她也不容易……她妈以前不是脑子有毛病吗？"

林宝宝犯了神经病？这怎么可能？我不相信！

"爸爸，你跟我说实话，她到底怎么了？"我抓着爸爸的手，用力摇。我爸爸掰开我的手，把脸转向了门口："我该走了……你好好在里面改造，等你出去以后，这些事情再跟你说。"我知道我爸爸的脾气，他要是不想说的事情，你就是给他下跪他也不会说的。我只好送他出门，摸摸他已经变得有些驼的背脊梁，说："回去告诉我妈，我很快就回家了，好好保重自己。"

我爸爸走了，从后面看，他在吃力地抬胳膊，看得出来他是在擦眼泪，我估计家里肯定出了不小的事情。

这个年我过得异常郁闷，连梦都没有做一个完整的。

年前王东就到期了，走的时候在监舍的楼下喊："二哥，我先走啦，你要硬硬朗朗的，过了年我来看你！"

我没有往楼下看，我怕自己一激动就做出一些莫名其妙的事情来，让大家的心里都不舒坦。

我盼望着王东来看我，可以问一下我家里到底发生了什么事情。

正月十五吃元宵，我们每人分了一大碗，我一个也吃不下去。

看着这碗元宵，我想起了多年以前的那个正月十五。

那时候我五六岁，嘴馋得像猫。晚上提着我妈给我们糊的纸灯笼，我和哥哥满老街疯跑。擦着满头大汗回家的时候，我妈端出两碗元宵来，对我俩说："一人五个，没饱就吃馒头去。"我说，怎么这么少呢？人家王东家都管饱呢。我妈不说话，转身去了里屋。我和哥哥吃了元宵，就出去了。我哥说要带我去兰爱国家吃，兰爱国他娘给他做了地瓜面元宵，管够吃。我爷爷追出来，一手一个拧着我俩的耳朵回来了。我哥在堂屋瞪着眼睛跟我爷爷叫板，我跑出来了。

我吃着手指头，沿着老街戏台子往大海池子那边走，脑子里全都是白生生圆乎乎的元宵。

街上有灯笼在闪烁，有的大，有的小，有的挂在门口，有的挂在树梢，有的提在大人和孩子的手里。

这样的景象让我的心里涌上了欢乐和幸福，我忘记了元宵，我好像已经吃饱了一样沿着大街奔跑起来。

我没有跑到大海池子那边，我跟着一群提着花花绿绿灯笼的孩子来到了大马路那边的广场。

广场上点着耀眼的汽灯，有人在扭秧歌、跑旱船。

我看见林宝宝牵着林志扬的手在人缝里出溜，看了一会儿我才发觉，原来他们俩是在抢一些小孩手里提着的用地瓜面做成的灯，拧下灯芯子，边吃边开始重新出溜。这是两个贼呀，我想，我爸爸说，打死迎风站，饿死不做贼，他们不听大人的话。我饿，可是我不抢别人的东西吃。我一个人走在回家的路上，听自己走路的声音，可我身上的力气越来越小了，走到家门口就走不动了……我爷爷把我抱在他的怀里，用他干瘪的嘴唇亲我的额头，他在一声接一声地念叨"唉，牵着马，唉，牵着马"，满嘴地瓜干酒的臭味。

过了正月十五没几天，王东来了，是跟可智一起来的，这次我爸爸没来。

一进接见室，我就发觉他们的表情不对劲，似乎都不敢抬眼看我。

我估计我对我爸爸说的那些话的怀疑是真的。他们不说话，我也不说，坚持着，我想看看他们究竟要把事情隐瞒到什么时候。

王东沉不住气了，癞蛤蟆那样吹了半天气，硬硬地横了一下脖子："铁子哥杀人了。"

我哥杀人了？王东这小子犯神经病了吧？我哥杀人那是好几年前的事情了，他打了牛二一枪，他被判刑了，去了大西北，这个时候提这事儿干什么？我说："我知道。你说点儿正经的。"王东的嘴唇哆嗦了几下，刚要开口，可智捏了他的胳膊一把："我来说。老二，你哥哥把牛二杀了……别吃惊，这是真的。你哥从监狱里跑出来，找到牛二，一枪把他打死了，打在太阳穴上，脑浆都迸出来了。坐好了，听我慢慢跟你说……"可智说话的时候，我的脑子是空的，耳朵里什么也听不见，只看见他的嘴唇在上下翻动。

"大概是在今年秋天的时候，牛二派人把林宝宝抓到了他那里，然后让他的几个兄弟轮奸了她。后来林宝宝就疯了，她不知道怎么打听到了你哥哥的下落，自己一个人去了青海。大概是十月份，你哥哥在老街出现了，后来牛二就死了。外界传说你哥拿了一把双管猎枪，冲进牛二睡觉的房间，什么话也没说，直接开了枪，然后提着枪去找唐向东，唐向东带他去投了案。你哥被判了死刑，上月十八号走的……越狱加杀人。我听小唐说，他走得很平静，一直望着天。”可智在说这些话的时候一直在观察着我的表情。

我没有特别的感觉，只是心里有点儿空，摸着头皮笑："真的啊，呵呵，他可真他妈的勇敢……"

王东瞪着我，一脸茫然："你什么意思？"

我摇了摇手："没什么意思，他是个英雄。他没有父母，没有老婆孩子，他太英雄了。"

可智摸着我的手背，讪讪地说："你别这样，这都是预料当中的事情，就他那脾气。"

我抽了几口烟，哈哈一笑："林宝宝呢？还疯着？"

可智说："还疯着，经常去公墓看她爸爸和你妈……"脸一下子黄了："不！不是，她是去看她的爸爸。"

"我妈怎么了？！"我忽地站了起来，一把揪住了可智的领口。

可智摩挲着两条胳膊，连声嚷："你撒手，你撒手……"

站在门口的队长冲过来拉开了我："冷静一点儿！你妈妈去世了。"

我的脑子一下子空了，浑身冷汗，心就像猫抓一样难受。我把脑袋顶在墙面上，一下一下地碰："妈，妈，你为什么不等我，我还有不到两年就回家了啊！妈——"

可智和王东一起压在我的身上，他们说了什么，我一个字也没有听见，整个人变成了一具躯壳。

回到监舍，我算了算，我哥死的那天正好是我过二十三岁生日的那一天，我觉得他把自己的生命寄托在我的身上了。

据说我妈得知我哥死了，什么话也没说，尸首拉回来的时候，她开始絮叨，从头到尾就是一句话："我不该生你，我不该生你……"

我不敢去回忆跟哥哥在一起时的情景，连他给我的那支口琴都不敢看——我把口琴送给了一个即将出狱的兄弟。

我想，也许这辈子我再也不敢碰口琴了，它会勾起我的很多回忆，它会让我坠入某个黑洞洞的深渊。

蒯斌减刑释放已经一年多了，他来看过我一次，满面春风地说他已经响应国家号召，成了光荣的个体户。

说到我妈，蒯斌遮遮掩掩地说，你妈那是把心里的不痛快都积攒到一起了，你哥的死不过是个引子。

我问，那几个糟蹋我嫂子的家伙呢？蒯斌说，全判刑了，暂时够不着他们，只能等天上打雷了。

晚上，我失眠了，瞪着空洞的眼睛看着黑漆漆的窗外。窗外在一点一点地变亮，晨曦照进窗里，接着，刺目的阳光蛮横地闯了进来。我坐起来，看见赵娜跟在一个队长的身后进来了，阳光衬映下，赵娜全身发出橘黄色的光。我说不出话来，只觉得纳闷，她怎么会来了？她怎么竟然闯到我劳改的地方来了？赵娜一步一步慢慢靠近我，她在笑，两只眼睛眯成了月牙儿。队长说，张石，穿好衣服，你自由了。我这才想起来，今天是自己刑满的日子。胸口空着，我没法跟大家打招呼，拽住赵娜的手，撒腿冲出监舍，冲进一片灿烂的阳光里。

走在回老街的路上，赵娜说，张石，今天是我的生日。

我的心猛地就是一抽，这么快呀，我还没准备好给你买生日礼物的钱呢，怎么办？

赵娜在我的前面走，我悄悄避到了一棵树后，赵娜拐过一个街角，不见了。

我走进一家商店，踯躅在卖项链的柜台前，感觉冷汗都出来了，我没有钱。

一个中年人买了一条项链，售货员帮他把项链装进一个首饰盒里，中年人捏着首饰盒往商店外面走，我跟了上去。

在一个金碧辉煌的大厅里，我找到了正在到处找我的赵娜，大厅里人来人往，全是祝福赵娜生日快乐的人。我摸出一根金项链，轻轻挂在赵娜的脖子上。赵娜像蝴蝶一样地转圈儿："谢谢你，张石，你终于送给我一件真正的礼物！"我矜持地点点头，刚要上前抱她一把，商店里我遇见的那个买项链的中年人出现了。赵娜调皮地冲中年人笑了两下："爸爸，张石送给我一件真正的礼物……"话音未落，赵娜脸上的笑容就僵住了——那个中年人的手里拿着一个空的首饰盒。这个中年人是赵娜的爸爸！我不是见过他的吗？我怎么没有认出他来？

冷汗一下子就出来了，我大叫一声坐了起来，妈的，我这是做了一个多么扯淡的梦呀，这是电影《流浪者》里的情节！

拉兹偷了拉贡纳特送给丽达的生日礼物……不对，我不应该这样，我送给过我爱的人礼物，一条纸项链。

赵娜的脖子上挂着一条真正的项链，可那不是我给她买的，我送给她纸项链，是在她的生日已经过了的时候。

这个梦在我的心中纠结了好几天，我渴望早一天出狱，我要给赵娜买一条金子做的项链。

春天来了，夏天来了，秋天来了，冬天也来了……这个冬天里，我被减了一年的刑期。

又一个春天来到的时候，我的刑期到了。

组里的伙计们笑话我说，你这劳改有点儿意思，人家三年两年地减，你才减了一年。

不是我不想多减，多不了啊，自从得知我妈去了另一个世界，我就一直打不起精神来干活儿，行尸走肉一般地活着。

站在监狱大门口，我呼吸着充满细微尘埃的空气，感觉自己就像一只刚刚脱壳的蝴蝶，就要振动翅膀飞进蓝天里了。

这一刻我已经平静了许多，心情就像昨天夜里我看见的那轮静静的满月。

监狱里那些我认识和不认识的人，幻影似地在我的脑子里走来走去，烟一般缥缈。

我想，监狱外的人或许是在天堂里享受每一天，或许是在操劳和怨恨中无聊地活着；有些人在欢笑，有些人在哭泣，怎样享受和怎样活下去这两个沉重的概念已经渗透到了生活中的每一个角落。

此刻，我像是突然看破了生活的荒诞和无聊，于是，我在心里说：“唉，牵着马。”

第二十六章　外面的世界

1989年初夏的老街变得让我不再熟悉，西边的所谓棚户区不见了，满眼都是建了一半的楼房和林立的塔吊。

因为拆迁，我们家换了房子，在小黄楼北边不远处新盖的一座板楼的五楼，正好可以看见整个老街。

老街上，各色汽车炮弹般呼啸而过。

白天，火车站北边的地下通道口有几个贼头贼脑的人，胳膊上搭着一两件用作幌子的衣服，见着路人就低声问，日本旧西服要吗？偶尔有西装革履的人走过，腋下夹着一只皮包，行色匆匆，看似曾经油亮过的头发上落满灰尘。更多的是一些衣衫褴褛、肩扛行李的民工，他们东张西望、一脸茫然。晚上，这些人便横七竖八地睡在老街两侧的马路牙子上，鼾声雷动。

小黄楼下面的那排发廊里弥漫着暧昧的粉色灯光，玻璃门后面鬼魅般晃动着几个看不清眉眼的女人，她们在冲街边路过的人搔首弄姿，间或有萤火似的飞眼射出。一拨一拨的“小哥”手里提溜着褂子，露出瘦骨嶙峋的胸脯，歪嘴斜眼地晃过一个个明暗参差的路灯，纸片一般消失在幽暗之处……整个老街，散发出一种浮躁而又怪异的意味。

小黄楼东边马路沿上的大厕所已经没有了，变成了一片开阔地，到了晚上异常热闹，全是各色摊位。

对面的小黄楼两边广告林立，一个个搔首弄姿，像急于寻找嫖客的婊子。

广告牌下绿色的射灯旁，有几个光着膀子的年轻人在唱歌，像拉屎的驴一般，声嘶力竭：

我曾经问个不休
你何时跟我走

可你却总是笑我

一无所有……

我和王东坐在一个烤鱿鱼的摊子边闲聊，王东咬着一个烤鱿鱼爪，冲唱歌的年轻人傻笑："看见了吧，这帮家伙比咱们当年还傻。"

我说："这不叫傻，这叫时代潮流，咱们那时候没有这么过瘾的歌，唱歌都提不起情绪来。"

王东不以为然："那时候的歌还不过瘾？你听我给你来一个！你要问我想什么呀，献身革命最风流，啦啦啦啦……"

我堵上了耳朵眼儿："大哥你饶了我吧——"

王东唱完最后一个"啦"字，冲我一甩头："那咱就聊点儿别的。听说你在监狱的时候，去找过那几个糟蹋咱嫂子的杂碎？"

我摇了摇手："找过，揍了几个，没意思……嗨，你除了刺激我，就不会说点儿别的了是吧？"

"别的？那就说说赵娜，"王东瞅着我的脸，淫邪地笑着，"我听说她去潍北农场见过你，你好几天没睡好觉。"

"你见过她？"我的心一阵一阵地抽搐，手不由自主地摸住了腰上赵娜当年送给我的那条腰带。

"我倒是想见见她，可是她在哪儿，谁来告诉我？"

"她到底去了哪儿呢？"

"你问我，我问谁去？听说她家搬走好几年了。"

"这个我知道……搬去哪儿了呢？"

"你去法院问呀。"

"去你妈的！"我陡然光火。

"对不起，对不起……"王东吐一下舌头，换了一个话题，"听说家兴找过你？"

"找过，在我回家以后的第二天早上。他跟我解释以前的事情，我让他滚蛋。"

"应该！"王东吐出了鱿鱼，在脚下一下一下地碾，"知道他为什么对你这样吗？你没出来之前，他狂妄地跟他身边的几个兄弟说，等张石出来，我要一次性'砸挺'了他，不给他一点儿摇起来的机会。知道为什么他突然就对你改变态度了？现在郑奎跟他闹僵了！他太拿自己当根葱了，把郑奎当成自己的小伙计。郑奎是那种人吗？郑奎……”

我摇摇手不让他说了：“这事儿我知道，郑奎前几天找过我。”

王东吃了一惊：“他也找过你？”随即一摇头：“哈，都来不及了……”

我淡然一笑：“不是来不及了，他是真心想要弃暗投明。”

回来以后大约一个月后的一天早晨，我正站在小黄楼对面看那扇曾经属于赵娜家的窗户，郑奎不知什么时候站在了我的身边。我纳闷地问他找我干什么？郑奎不说话，拉着我的手直摇晃，脸上明显地泛着痛苦。我拉他进了一家小饭馆。

默默地喝了一会儿酒，郑奎哭了，说他对不起我哥，在我哥死的这件事情上，他有责任。

我不说话，看着他唠叨，后来他不哭了，从怀里拽出一把仿五四式手枪递给我，说：“铁哥过去了，你就是我的新大哥。”

我说，我不想混社会了，你还是跟着家兴混吧。

郑奎的眼里冒出一股凶光：“那不是个人，我这辈子跟他势不两立！”

见我微笑着不说话，郑奎急了，像开机关枪似的说：“当初铁哥要去剁了牛二，我跟家兴商量想要偷偷去把事情办了。家兴说，咱们凭什么替他卖命？后来我才知道，在这之前我跟家兴干的那些事情，全是这小子捣的鬼！他就是想利用这些事情惹毛了铁哥，然后让铁哥跟牛二火拼……后来我帮他办了不少昧着良心的事情。最可气的是，去年他为了垄断红塔山烟的专卖权，让我带人打了好几个烟贩子，有一个被我砍掉了手。就在你快要从监狱出来的时候，出事儿了，他让我去投案，我没听他的，出去躲了几天，这小子派人找到我，说我违反了‘家规’，要剁我的手指头，我躲了，他就派钱风他们到处抓我，扬言要砍我的手……你说这样的人我跟着他干什么？在他的眼里，我连只苍蝇都不如！我想好了，从今往后我就是你的人了，我要像六年前跟着铁哥闯江湖那样跟着你，你就是当年的铁哥！”

我笑了：“大奎，你没觉得刚才这话说得很没意思？”

郑奎的脸红成了猴屁股：“知道了……我不该在你的面前提铁哥。”

我把枪给他掖进怀里，轻声说：“我是说，你二哥我不傻。”

郑奎急了，猛地把枪别到了腰上：“你是不是需要我剁一只手给你，你才肯相信我？”

我伸手摸了摸他的肩膀：“就这样吧，如果需要，以后我会找你的。”

这些天我的脑子非常乱，一考虑问题，我妈和我爷爷还有我哥哥的影子就在我的脑子里晃悠。

我想我妈，我想她在这样的季节里坐在门槛上织毛衣的样子，可是她一下子就不在那里了。

我们家的老房子拆了，我妈就算活着，也不可能坐在门槛上织毛衣了，她离开了我们。

挖掘机轰隆轰隆地推我家老房子的时候，我爸爸哭了，可智对我说，我爸爸哭得比我妈去世那天还伤心。

我知道他那是想起了在那座老屋里发生的很多事情……

直到现在，我爸爸还时常在孤坐着的时候念叨说，咱家的祖屋真好，冬暖夏凉，你爷爷盖起它来，真不容易。

我说，爸爸你就知足吧，我爷爷活着的时候经常说，共产主义就是楼上楼下电灯电话，咱们住楼房了，这算是提前进入共产主义了吧。我爸爸琢磨了半天才说，你说的也是，如果再装上一部电话，然后早上一个鸡蛋，晚上一个苹果，咱们就真的过上共产主义生活了。

我说，很快的，我很快就让咱们家装上电话，鸡蛋和苹果没问题，我现在就可以让你达到这个水平。

我爸爸摸着大腿笑，笑着笑着眼神就恍惚起来："要是你爷爷还活着，那该多好啊。"

刚出狱的第三天，我带着来顺去了公墓。

我妈的坟头就在我爷爷的旁边，比我爷爷的小，显得有些冷清。

我让来顺在草丛中捉蚂蚱，我给我妈磕了几个头，默默地烧纸。

想到自己真的成了没娘的孩子，我的心空得像是被人一下子给挖走了。

抱着我妈的墓碑流了一阵眼泪，我又给爷爷的坟头压了几张烧纸，然后牵着来顺的手往回走。

我想，我可真是个杂碎呀，我爷爷走的时候我不在场，我妈走的时候我也不在场……我哥走的时候我在不在场呢？我记不起来了，恍惚觉得我去送过他。那是一个大雪纷飞的夜晚，我用青蛙蹬腿的姿势冲上了天，我在天上游泳，我看见地下我哥被五花大绑地押到了一个荒凉的河滩，我哥冲着天空喊，二十年后又是一条好汉！枪响了，声音很小，蝗虫飞过似的。我从天上下来，抱着他的脑袋说，哥，你不像好汉的样子，你应该再唱上那么几句，比如手提钢刀、气冲霄汉什么的。我哥坐起来，顶着一头鲜血，冲开枪的人说，我弟弟说得对，刚才你们没按操作规程来，重新打，等我唱完了再打。我爷爷来了，我哥“呼啦”一下不见了。

我蹲下身子，摸着来顺的脸问："你爸爸走了，你想他不？"

来顺不说话，茫然地盯着我看。

这小子还在装哑巴呢。我爸爸早就跟我说了，来顺这小子很有意思，白天不说话，晚上睡觉的时候总爱说，说的不是梦话，全是心里话。比如那天他说，我妈疯了，我爸爸没了，俩爸爸都没了，还有一个爸爸在监狱里没出来。听了我爸爸的话，我的心里很不是滋味，问来顺，你说的那个在监狱里的爸爸是不是我呀？要是的话，你就点点头。来顺的眼泪出来了，扑簌簌地掉，他点了点头。

来顺十岁了，我有些奇怪，他的五官尽管没有一丝我哥的影子，可他的身板儿棒极了，跟我哥一样似的。他很有力气，可以扛着一只煤气罐从老戏台子那边的煤气站走到家，汗都不出。他的脑子也很灵活，我爸爸跟他下象棋，不是他的对手，有时候他还能让我爸爸一个炮。我爸爸说，因为一直没有给他报上户口，学校不让他去上学，我爸爸找过人，人家说，他的户口在农村，需要当事人去农村给他提出来。可是林宝宝疯得一塌糊涂，怎么去呢？我爸爸去过几次，不行，人家需要“当事人”亲自去，这事儿就给耽搁下了。

都是没钱闹的，我想，有钱了，我拿钱照你们的腮帮子一摔，办不？麻溜地也就办了。

我打定了主意，过几天去找蒯斌，让他借我点儿钱，先把林宝宝送去“精神疾病控制中心”住下，然后去把来顺的户口解决了。

林宝宝也不是整天犯病，好的时候闷声不响地待在自己的房间不出来，犯病的时候就找不着她了，需要撒出人去到处找，找回来还得闹上一阵，砸盘子摔碗的。有时候我很烦，恨不得一把掐死她。现在她胖得就像一头老母猪，一点儿也看不出来她还曾经漂亮过。我爸爸说，没犯病之前，你嫂子能干着呢，白天去纸盒厂上班，晚上就在家洗洗涮涮，一刻也不闲着。有时候我爸爸让她休息休息，她说，我不能休息，一休息就想张铁，我害怕哪一天把自己折腾疯了，跟我妈一样。

现在她真的疯了，想我哥，经常把我当成我哥，晚上在那屋喊完了我哥的名字就过来踢我的门，让我陪她睡觉。

我爸爸说，这样下去不是个事儿，老二你干脆找个地方住去吧，不然她越发神经了。

前几天我去找了福根，福根在模具厂有间宿舍，他不常在那里住，我就暂时住在那里了。

住宿舍的工友们大都认识我，有时候还开玩笑说让我回来上班，厂里不能没有个捣蛋的。

我打好了谱儿，等我把一切事情都安顿好，就回来上班，我需要先找个地方安稳下来，然后再考虑以后的事情。

从我被逮捕的那天开始，模具厂就把我除名了，要想回来，就得重新就业。

我不打算那么办，那样太慢，我想玩一把“滚刀肉”，直接去找厂长，不行就赖在他家吃饭，不信我回不去。

那天，我去蒯斌饭店把这个想法告诉了他，蒯斌直笑：“你脑子进水了是吧？这年头还有死活要求上班的？”

我说：“暂时嘛，你以为我会上一辈子班？”

蒯斌说：“拉倒吧你就，这个时代瞬息万变，一旦你脱离了社会，想要再回来就难啦。”

我说：“上班不是社会？再说，我坐牢，那不是脱离社会。不怕再脱离个年儿半载的了。”

蒯斌的脸上挂着意味深长的笑：“别以为你的脑子里想的是什么我不知道。你想的是什么？说穿了，你是害怕再走以前的老路，你想好好过日子了。在潍北的时候我就发现你有这个毛病，什么事情思前想后的，没有个男人样儿。说实话，谁不想好好过日子？可是你想怎么样就能怎么样吗？得现实点儿啊兄弟。人生就跟上战场一样，比如咱们被敌人包围了，要是躲在后面能活下去，谁不想躲在后面？关键是活不下去啊，必须冲出去！怎么冲？玩命啊。真豁出去了才有希望冲出包围圈，才能活着。道理虽然大了点儿，可你仔细想想是不是这么个道理？”

这一通唠叨，把我弄得有些发晕，是啊，他说得很有道理。

蒯斌去监狱见我的时候曾经对我说过类似的话，我还开玩笑说他是狗眼看人低。

现在还真让他说了个八九不离十，我的潜意识里还真有想好好上班，不掺和社会上的事情的想法，尽管这个想法很模糊，但毕竟存在。

我的脸有点发烧，胡乱笑道："不管怎么说，反正你得帮我，你是大款嘛。"

蒯斌现在尽管谈不上是什么大款，可是他在我们这一带也算是个有钱人了。他在大马路那边开了一家饭店，规模尽管不如牛二当年的那个大，可是比原来的宝宝餐厅要大好几倍。蒯斌说，刚开始的时候他不过是经营个早餐什么的，连他自己都不知道怎么会一下子赚那么多钱，买卖冷不丁地就做大了。这话有点吹，我知道这小子也干一些不太正常的勾当，从他身边的那几个一看就是混江湖的家伙身上就一目了然。

高天没事儿老往蒯斌的饭店出溜，见了我就念叨当初我不守信用，说走就走，也没给他留个给我接风的机会。

我说，那是我说了算的事情吗？

高天混得不错，他说他在市区海天路市场那边卖海货，生意好得可以用"蒸蒸日上"四个字来形容。

见他高兴，我趁机说，可是现在我什么也不是啊，跟泡狗屎似的，需要有人帮忙。

高天指着蒯斌说，找蒯哥呀，现成的资源你不用。

我趁机跟蒯斌提出来，我需要几千块钱把家里的事情办一下。

蒯斌嘟嘟囔囔地从屋里拿了一沓钱出来，全是一百的，我第一次看见这么大面额的票子。

蒯斌说，这是五千元，你先拿着，到时候记着还啊。

从蒯斌饭店里出来，我竟然遇见了驴四儿，他正站在路边跟一个人说话，好像是在问路。

对面立着一个巨大的广告牌，上面写着"解放思想，全民一致奔小康"，那个"一"字横在驴四儿的头顶，就像当空砸下来的一根棍子。

我跨过马路，贴着广告牌，悄悄过去，从后面猛地摸了一下他的脖子。

驴四儿回头，嘴巴当场扭成了棉裤腰："哥啊，我可找到你们啦……"

我问他是什么时候出来的，来这里干什么。

驴四儿哭了个一塌糊涂："出来一年多啦！在家活不下去，村里不给我地，说我的户口吊销了，我来找老蒯大哥混口饭吃。"

我拧着他的耳朵返回了蒯斌的饭店，一脚蹬开了门："老蒯，要饭的来啦！"

第二十七章　穷则思变

老街的今天艳阳高照，行人如织，老街仿佛就在一夜之间变成了繁华的都市。

我握着林宝宝的手走在路上。林宝宝很安静，屁股一扭一扭地跟着我走，脸蛋红扑扑的，样子有些扭捏。

穿过人群，走到世兴酒店的门口，我指着门头对她说："嫂子，你还记得以前这是什么地方吗？"

林宝宝用手指绞着一缕头发，没有抬头："记得，我跟张铁一起在这里住过很长时间呢。"

我说："张铁呢？我好多年没看见他了。"

林宝宝停下脚步，抬起头，诧异地看着我，脸色潮红："你没见着他？你不是他弟弟吗？糊弄我呢。"

我拉着她的手继续走："我真的好几年没见着他了，听说他走了，去了很远的地方。"

"嗯，他走了……"林宝宝被我拽得踉跄了几步，突然哭了，"他丢下我们母子两个，一个人走了。下乡的时候，他说，只要我一回城他就跟我结婚，可是我想尽办法回来了，他又走了……他到底去了哪里呢？毛主席说，知识青年到农村去，农村是个广阔天地，在那里是大有作为的，他又响应毛主席他老人家的号召了吧？应该，应该听毛主席的话。唉，你这是要送我去哪里？去见张铁？我不去，他老是欺负我，他说我是个破鞋，他说他不会跟我结婚的……下乡的时候，他跟我在麦地里睡觉，那时候地里有好多虫子，虫子把我的屁股咬了好几个大包，他不管，他说，真好玩儿……咱们回家，我要打扮起来，我要打扮成新娘子，跟你结婚……"

林宝宝突然顿住，甩开我的手，拧一把鼻涕捏在脚后跟上："我不去神经病医院，死了也不去。"

一辆黄色的面包车停在前面的路口，那是家兴的车。

昨天晚上，家兴去我家找过我，好像是因为郑奎的事情，刚提到郑奎的名字，我就把话岔开了，我说我要回模具厂上班，以后不掺和街面上的事情了，接着就开始打哈哈，说他这些年发达了，成了老街的大人物。家兴看出来我是在跟他玩太极，知道再说下去也没什么意思，顺着我的话说，二哥这个想法也不错啊，江湖险恶，不玩也好。说着，摘下墨镜，摸着那只瘪眼，大发感慨："看见了吧？玩不好这就是下场。知道我这只眼是怎么没的吗？"我说，这事儿我知道。家兴一扒拉头发："还有，看见这条大口子了吗？缝了三十八针！"

家兴说，我刚被警察抓了的那阵，他跟郑奎商量着立自己的"棍儿"，老街没有对手，牛二完蛋了，"街里"那边暂时还够不着，就想到了大马路那边。

大马路那边有个叫梁水的老混子，在大马路市场收保护费。家兴想要控制那个市场，就必须得先过了梁水这一关。

梁水不是好惹的，于是两帮人就火拼起来了。

梁水瘸了一条腿，家兴被人用砍刀削去了一块头皮。

说着，家兴摔了摔墨镜："全怪郑奎，他没把事情办利索！"

我想，这两个家伙的矛盾应该从那个时候就开始了，笑笑说："就是，当老大的不能随便出手，手下的兄弟办事儿得利索点儿，不然养他们干什么？"

家兴说："可不是咋的，郑奎吃我的、喝我的，最后弄得我灰头土脸。"

这小子可真够扯淡的，他还真以为自己是个开疆拓土的皇帝呢，拿自己的兄弟当大将了。

我不想跟他谈郑奎的事情，随口说道，在上班之前我想把家安顿好，这样就没有心事了，好好上自己的班。

家兴不知听谁说我要送林宝宝去住院，摸着我的手说："二哥是个好小叔。我有车，明天就送嫂子去住院。"

这样也好，省得路上林宝宝胡闹，我答应了他。

家兴出门的时候，说了一句让我琢磨了半天的话："我在铁哥身上做的事情是有原因的，他死了，他自己的心里最清楚。"

扯淡，无论我哥做过什么，他的死和林宝宝的疯，都与你有关系，我是不会轻易放过你这个小王八的。

家兴从驾驶室里探出脑袋冲我招手，我点了点头，用力搂着林宝宝向车那边走："别怕，咱们不是去神经病医院，是去看我哥。我知道你一直在惦记着他。我找到他了，这就带你去见他。"林宝宝挣扎了几下，一抬头看见家兴，眼里闪出一丝惊恐，"哇呀"叫着并撕扯自己的头发。我冲家兴喊了一声"过来帮忙"，一把将她摁在了地上。家兴冲过来，嘴里嘟囔着"嫂子别怕"，半抱半扛地把林宝宝弄进了车里。几年不见，这小子长了力气，体格也健壮了不少，像个真正的青年了，我这才意识到，家兴真的不小了，他已经二十二岁了。

我跟上车，想要把林宝宝控制起来，可是她已经不再挣扎了，乖得像只病猫。

我坐到林宝宝的旁边，柔和地搂了一下她的肩膀："嫂子你放心，我哥很快就去找你，我跟他打了招呼的。"

林宝宝木呆呆地扫我一眼，慢慢把头转向了车窗，车窗外是一片灿烂的阳光。

一辆宣传车擦过，大喇叭的声音把我吓了一跳："时间就是金钱，效率就是生命！"

我嘟囔一声："废话，"舒口气，拍拍家兴的肩膀："开车。"

精神疾病控制中心在郊区的一座大山后面，很僻静。

因为我提前办好了手续，没费多少时间，林宝宝就被安排下去了。

临走的时候，我塞给照顾她的医生一沓钱，嘱咐他好好对待林宝宝，然后默默地抱了抱林宝宝，转身就走。

林宝宝在后面凄厉地喊了一声："好好对待来顺，你是他爸爸！"

我没敢回头，撒腿冲到车边，一头扎了进去，车门将我的胳膊蹭去了很大的一块皮。

在车上，家兴不停地跟我絮叨他当年对我哥的好处："说实在的，出头干事儿的人是谁？还不是我王家兴？可是我得到了什么？铁哥照样呵斥我，跟对待一个三孙子似的。"我望着他嘴巴前面那些被阳光照得五颜六色的唾沫星子，恶心得直想呕吐。

说到我哥跟牛二的冲突，家兴喷得嘴唇都要掉下来了："牛二与我无冤无仇！我还不是为了铁哥？可铁哥是怎么对待我的？他打我，说我多管闲事……唉，没法说了，这世道好人做不得了。"

我说："别说了，我理解你。"说完我真的呕了一口，直接吐在了脚下。妈的，什么玩意儿？别以为老子不知道，你做的那些事情，老子清楚着呢。

见我吐在车上，家兴哼了一声，抓起一块抹布丢在我的脚下，想让我擦又没说出口，蔫蔫地别了一下脑袋。

车刚驶进老街，我就愣住了，来顺挓挲着胳膊站在路口，呆呆地望着开过来的面包车。

家兴回了一下头："是来顺，停车？"

我点点头，没等车停稳就跳了下来，一把抱起来顺，一句话也说不出来。

来顺挣脱开我，倒退几步，眼泪一下子就流了出来："爸爸……"

爸爸？这小子开口说话了，这小子喊我爸爸！

我跟过去，单腿跪下，一下一下地摩挲他的脸："顺子，顺子，再喊我一声，再喊我一声'爸爸'。"

来顺的一只手穿过我的胳膊，小脸在我的耳朵边来回地蹭："爸爸，爸爸，爸爸……"

我的鼻子一阵阵地发酸，鼻涕都淌出来了，感觉搂在我怀里的这个孩子真的就是我自己的儿子。

沉默了好久，来顺的脸离开我的脸，然后伸出双手把我的脑袋抱到他的胸前，用力一箍，撒开，从裤兜里摸出一个鸡蛋，拿过我的手，轻轻拍在手里面："爸爸，你没吃早饭，我和爷爷都吃过了，我怕凉了，一直在这里等你。""爸爸吃过了……"我重新搂过他，用自己的脸一下一下地蹭他被阳光晒得发烫的脸，"儿子，刚才我送你妈去了一个亲戚家，她要在那边住很长时间，她说，来顺乖，不会想妈妈的，家里有爷爷和爸爸，来顺该上学了，来顺懂事儿了……"我说不下去了，抱起他上了面包车："家兴，送我去西海边。"

看着一望无际的大海，我用两条胳膊紧紧地抱着来顺，心麻麻地痛。

这些天，我以最快的速度办好了来顺的户口，去中化小学给他报了名，到月底就可以上学了。

我用剩下的钱帮王东支起了一个水果摊子，就在淑芬以前的那个理发店的旁边。

淑芬不见了，问王东，王东不说话，憋得小脸通红，估计他知道淑芬的下落，不想提她，我不问了。

麻三去年就出狱了，问他，你二妹去哪儿了？麻三含糊其辞，让我去问兰爱国。

我哪有闲心去管这些事儿？那些天我忙得就像一只被人不停抽打着的陀螺。

我去找了模具厂的李厂长，对他说我想回来上班。李厂长很为难，说这个厂已经没有我这个人了，想要回来就得重新就业，可是今年厂里没有招工的打算，让我另想办法。我走了，一句话也没说。晚上，我去了李厂长的家……三天后，我上班了，还在那个车间抬铁水，只是换了搭档——福根不抬铁水了，他成了我的师傅。那个宿舍自然也就成了我的，我把它收拾得就像一个家，窗明几净。

不知什么原因，同事们不让我出力干活儿，几乎把我供起来了，我的任务就是喝茶，陪他们聊天。

刚回来的时候，我找过金龙，没找到。过了没几天，金龙找我来了，那天上午我正在车间跟福根他们喝茶闲聊。

福根一见金龙，忽地站了起来，伸手一拉我："龙哥来了。"

我早就看见他了，故意装糊涂："哪个龙哥？名字这么猛，香港黑社会的？"

金龙站在车间门口的那抹阳光里，直竖竖的，就像一根棍子："我来了。"

我装做刚刚认出他来的样子，动作夸张地喊一声："金爷，"冲他招了招手："赶紧过来，想死我了！"

金龙皱一下眉头，磨磨蹭蹭地晃了过来："石哥，别这么称呼……刚才在路上遇见王东了，他告诉我你在这里上班。"

我指了指旁边的一只凳子："坐下说话。"

福根他们似乎看出了什么，悄悄离开了。

金龙坐下，从口袋里摸出一沓钱，从桌子角推给了我："我知道你刚出来需要这玩意儿，不多，三千。"

见我收起钱，金龙长吁了一口气："啥也不说了，你回来就好，我还想跟着你干。"

我笑笑说："我不混社会了，你没看见我在上班吗？"

金龙瞄我一眼，貌似随意地说："这样也好，现在全民下海，还是干自己的实惠。”

我给他倒了一杯水，笑道：“你来找我，不会是专门来给我上政治课的吧？”

“哪敢？”金龙将眉头撇成了“八”字，脸一红，“我是跟你道歉来了。”

“别解释了，那事儿过去了。”我笑着摇了摇手。

金龙垂一下头，转瞬，猛地抬了起来：“谢谢你还拿我当兄弟对待！看我的吧，以后就是赴汤蹈火……”

我做了一个停止的手势：“这些话我已经听烦了，你先回去吧，想你了我会找你的。”

金龙念叨一声：“不着急，”蔫蔫地说：“我姐姐去世了……现在，我什么想法也没有了，只想好好活着。”

我讪笑着挥手：“走吧走吧，别那么多废话，现在我什么也不想打听。”

金龙摸着膝盖站了起来：“那我就先走了。麻烦你劝劝王东……我怕他冲动。”

我一脚踢飞了他坐过的凳子：“害怕就给我离开老街！”

夏天很快就过去了，秋天一来，老街就冷清了，街上的民工少了，估计都回家忙秋收去了。

街道两旁原先密密麻麻的塔吊少了很多，现在，稀稀拉拉的塔吊后面赫然是一幢幢高楼。

这些年变化多大呀……我成了“两劳”分子中的一员，我妈没了，我哥哥没了，赵娜失踪了，连街上的那条流浪狗也不见了。据说，那条流浪狗被“打狗队”打死了，因为它属于城市里的不安全因素。想想很多年前，我被“爱情”折磨得失魂落魄，孤单地坐在小黄楼对面的路灯下，它蹲在我的身边陪我一起落泪，忽然一下就没了，连个念想都没留给我，心里泛起一股酸楚。

秋天过得很快，当那些身背行李、一脸茫然的民工重新游荡在老街的时候，秋后的蚂蚱们也没有几天的蹦　时间了，这些蚂蚱里就包括家兴。

得知家兴被警察带走的消息时，我正跟王东坐在他的水果摊上聊当年金龙勾引淑芬的事情。

我说，金龙有值得原谅的地方。王东说，可是后来他落井下石，他必须给我赎罪。

我说：“我不管你有什么样的想法，我不想像以前那样傻了，我要好好活着。”

王东悻悻地嘟囔：“反正我必须修理金龙，他霸占了淑芬，他害我坐了四年牢，我要让他生不如死。”

我摇摇头，丢给他一根烟，不想说什么了。

王东嘟囔一句：“淑芬这只破鞋，”脸忽然耷拉下来，指着兔子一般往这边跑的兰爱国，一皱眉头：“斜眼子，滚过来！”

我一怔：“你怎么这么不尊重人？”

王东把眉头皱成了一头大蒜：“你不知道，我听说最近他‘挂’上了淑芬，是麻三介绍的，麻三狗眼看人低……”

我笑着摇了摇手：“拉倒吧，那只破鞋，谁‘挂’也是‘挂’，就这么着吧。”

兰爱国冲过来，不理王东，呼哧坐在了我旁边的马扎上：“出事儿了，出大事儿啦！家兴被警察抓起来了。”

我一激灵：“为什么？”

兰爱国上气不接下气地说：“我先跟你说说前面的事儿……前几天，家兴派他一个叫钱风的小弟去把一个开电子游戏厅的伙计给砍了……警察抓钱风，家兴正准备找人‘活动’，就被抓了，就在刚才。老二你不知道，钱风这小子可真够义气的，家兴前脚被抓，他后脚就回了酒店，先是自己用刀把左手的小指头剁掉一节，然后去了派出所，在门口嚷嚷没有家兴什么事儿……”

说这些话的时候，兰爱国狠狠地抓着脚下的一个西瓜，就像梅超风在练九阴白骨爪。

我的脑子忽然有些空，这么快，家兴就完蛋了？

兰爱国还在喋喋不休：“老二我插个嘴说点儿别的啊。是这样，你还没出来之前，我跟金龙合伙做过一阵买卖，这不假，可那也是没有办法的事儿。你想想，那几年咱们老街是个什么情况？铁子哥不在，你不在，咱们老街所有能用得上的兄弟都不在。家兴在，可是我想做点儿小买卖不受人欺负，能去找他吗？那时候除了家兴，也就是金龙在街面上还有点‘煞威’，加上这小子对我还算客气，我就去找他了，正好他也有找个人合伙的意思……算了，你明白就好。我知道你想收拾家兴，这正是一个机会，你可以趁这个时候……”

“关了吧哥哥，”我笑道，“你怎么知道我对金龙有意见？”

“你恼了？”兰爱国瞅着我，直眨巴着眼，“我好心好意地过来跟你说说……”

“找抽是吧？”王东一把掀了兰爱国的马扎子，“滚远一点儿！”

兰爱国愤愤地别一下脑袋，起身就走，裤兜里骨碌骨碌拽出一条白色的横幅，那上面写着：要想摇起来，就穿金美来。

我笑了，还金美来呢……这小子够下作的，找了几个妞儿在家给他加工衬衫，缝上一个胡诌的商标冒充香港货。

脑子乱，我坐不住了，抱起一个西瓜往家走。

我爸爸不在车队开车了，因为他的身体越来越差劲，队上让他在锅炉房给烧锅炉的师傅打下手，清理炉渣什么的。他干得很没意思，经常找个理由就回家歇几天。那些日子正好来顺上学，我爸爸就每天去接送他。开始的时候来顺很高兴，拽着我爸爸的胳膊飞跑。后来他就不让我爸爸去他们学校了，说同学们会笑话他，因为他在他们那个班年龄最大，比他小好几岁的同学都不需要大人接送。我爸爸闲得有些空虚，整天站在院子里望天，一站就是大半天。我劝他回车队上班，他说，我当了一辈子司机，到老了给一个烧锅炉的打下手，掉价儿，你爷爷当年拉洋车，新社会来了他就成了汽车行的职工，我接替他开上了车，是司机，不是伺候司机的锅炉工。我知道我劝不了他，就随他去了，我想，这样也好，我爸爸辛苦了大半辈子，也该歇歇了，等我有钱了，我让他过上老太爷的生活，我爷爷和我妈活着的时候我没尽孝，我要在我爸爸的身上弥补回来。我爸爸似乎明白我的意思，找了车队领导，办了退休手续，在家闲起来了。

冬天在不经意的时候来了。

不久前老街下了这个冬天的第一场雪，老街两边马路牙子的石缝里镶着没有融化的积雪，在阳光里闪闪发亮。

我站在小黄楼的对面看那扇已经换成铝合金的窗户，想象着多年以前赵娜从窗户里探出头冲我招手时的样子，心中一片茫然，她到底去了哪里？

街上的风又冷又硬，屋里的热气使那扇紧闭着的窗户上的玻璃白茫茫一片。

我曾经向赵娜的邻居打听过，问他们赵娜家搬去了哪里，可是没有人知道。

我去了法院，有人说赵庭长调走了，调到哪里去了他们也不知道，这么多年了。

我不死心，我总是有这个预感，早晚我会找到她的，现在我不是罪犯了，我是公民，跟赵娜一样的公民。

我算了算，赵娜今年应该是二十三岁了，她是不是已经结婚了？如果当年她找过我，没找到，她会怎么想？她是不是会跟当年一样茫然地走在老街空旷的马路上？我想象着，赵娜的脖子上挂着一条纸项链，那条项链已经泛出古书那样的颜色，项坠散开，迎风摇荡。

赵娜，我忘不了你，就像在监狱里的拉兹忘不了丽达一样，爱情已经沁入心脾。

老街的戏台子旧址上建成了一个电影院。那几天，电影院里在放映日本电影《生死恋》。

这部电影我在十八岁那年看过，印象很深。

有几段台词我都背过了：

夏子：爱情是怎样来临的？是像灿烂的阳光？是像纷飞的花瓣？还是由于我祈求上苍？

大宫：爱情像暴风雨一样，你我都无法抗拒。

夏子：太高了，球太高了！

大宫：夏子，我到十河田湖研究所去了两天，拜访了老前辈。真美啊，在一个个美丽的风景里，似乎都有你的身影。连我自己都奇怪，你的身影总是出现在我的眼前。不论我在干什么，不论走到哪，总是感到你和我在一起。结婚以后，我们俩再一块儿到这儿来。谈来谈去，都是谈我们俩的事儿。我们的爱，我们的梦，我们的明天。真的可以这样吗？

真的可以这样吗？真的可以这样吗？我的耳边反复萦绕着这句话，它让我感到绝望。

那天傍晚，我来到西海边，望着那轮渐渐明亮的月亮，百感交集……

海风把海面上的雾吹散了，那些雾在半空中拧成一团，变成了一个穿着白色上衣的女人。这个女人与很多海鸥飞在一起，扬撒在我的头顶，我看清楚了她，她是赵娜！我喊她，她朝我的方向飘下来，越飘越近。我拉她下来，问她这些年去了哪里。她不回答，发疯似地撕扯自己的头发，她的头发乱如茅草……我想抱她，可是她从我的手指缝间滑走，再次起飞。我也飞起来了，可是风阻拦着我，我无法接近她。她就像那些被风吹散的浪花，离我越来越远。我在半空中哭着喊，赵娜，你回来，你快回来——可是她一下子就不见了。

送走林宝宝的当天我就搬回家住去了，还在我自己的那个房间。

来顺住在他妈从前住的那间，他不喜欢跟他爷爷住在一起，说他爷爷到了晚上总是唉声叹气，吵得他睡不着觉。

有一次我问来顺，你爷爷叹气的时候都念叨了些什么？

来顺说，什么都念叨，有时候念叨他爹，有时候念叨奶奶，有时候念叨张铁爸爸。

我觉得我爸爸恍惚也有了林宝宝的那些症状，心中万般凄凉。

那些天，经常有社会上的朋友去厂里看我，他们大部分都劝我辞职自己干，我心中有数，一笑了之。

麻三有一次来找我，问我有没有兴趣跟他一起开个做厨具的铺子，我说："我什么都不会，你养着我？"

麻三期期艾艾地说，他想在大马路那边开铺子，那边有不少家这样的铺子，竞争很厉害，他怕别人去捣乱。

这是想拿我当枪使唤呢，我摸着他的狗头说："你一个破铁匠铺，能雇得起我这样的豪华型保镖吗？"

麻三灰溜溜地走了。后来王东埋怨我不给老邻居面子，大小也应该过去帮他支撑几天。

我说"宁当鸡头，不做凤尾"这话你知道不？何况他的出发点不正，拿我当什么人了？

蒯斌经常把我请到他的饭店里陪他喝酒，说不了几句话就劝我辞职干自己的，他说，你在监狱的时候不是见过"独眼儿"钢子吗？当初你还不重视他，可是你看人家现在，一出来就在社会上闯荡，现在开了好几家买卖了。你再看看人家高天，底子跟你基本差不多，可是人家现在多牛，控制了他们那一带的市场，过着衣食无忧的生活。我说，你是光看见贼吃肉没看见贼挨打啊，我不相信他过的是没有忧虑的生活。谁的生活里还没有点儿艰辛和酸楚？谈起我哥，蒯斌说，铁哥真是可惜啊，如果当初他不是那么冲动，现在也好了。

我不愿意提我哥，打岔说："他们那个时代的人都那样，不光是他。"

蒯斌说："不一定吧？当年跟着他的那个叫魏三的小子就比他有脑子，人家保住了性命。"

魏三我在监狱的时候跟他在一起待过，对这个人的德行很是不屑，我哥当初怎么就结交了这么一个人呢？

我说："魏三很扯淡，是他挖了钢子的眼，后来还把事情往我哥的身上推。"

蒯斌骂了一声："操！你哥哥坏事就坏在他的身上了……"

那天我喝多了，后来蒯斌给我打电话说，我哭了，一会儿哭我妈，一会儿哭我哥，驴四儿劝我别哭，我打了他，说他一个强奸犯知道个屁。蒯斌说，人家驴四儿不是强奸犯，在监狱的时候他那是装"怪 ×"呢，糟蹋自己，好让别人都瞧不起他，别人拿他当了"怪 ×"，不重视了，也就可以少挨些折腾，其实这小子的脑瓜子灵活着呢。驴四儿现在跟着蒯斌干，在饭店打杂，很听话，从来不计较待遇。"以后你发展好了，我就把驴四儿让给你，"蒯斌说，"我这边用不上这么个人，如果你去开辟市场，身边需要这么一个哈巴狗类型的人。"我答应了他，我说我是个怀旧的人。

前几天我去找了高天，高天现在确实是这座城市大哥级的人物了，说话都带着不可一世的感觉。

说到我的现状，高天说："我听说你们那边要新建一个市场，多好的机会啊，我就是依靠市场打的天下。"

高天告诉我，他刚出监狱的时候，什么也没有，全靠两只拳头。带着几个兄弟，先是打跑了一个欺行霸市的老混子，从老混子的手里接过他的鱼摊儿，他们就是从这个摊子开始，一步一步地往外扩张的，现在控制了整个市场，连周边的冷库都占了。

"这年头上班真的没什么意思，"高天说，"辛苦大半辈子，最后是个什么结局都不知道，还是先弄钱为好。"

"可是上班稳妥啊，"我说，"铁饭碗呢。"

高天说："你那是在糊弄自己呢，你骨子里面的江湖气根本就不适合平静的生活。”

我说："那也不一定，我很有克制力的，什么也不想，老老实实挣钱养命就是了。”

高天说："不可能，你说要完全脱离以前的生活，那叫假干净，你过不了受人控制的日子了。”

我说："我认命还不行吗？咱们的上一代都是这么过来的，他们不是照样活一辈子？”

高天不屑地哼了一声："你会认命？”

我蔫了……我爷爷不信命，他总是说自己的命好，从乡下出来拉洋车，在城里盖了属于自己的房子，娶了我奶奶，生了我爸爸，我爸爸又娶了我妈，我妈给他生了两个大孙子。偶尔也有不快乐的时候，可是我爷爷从不抱怨，最多是蹲在西墙后面的阴影里嘟囔一句："唉，牵着马。”王老八扒我家的房子时，我爷爷连“牵着马”都没说。后来王老二拎着半瓶酒来找我爷爷，两个老头儿喝酒的时候，王老二说，张秃子，都怪我那个混账儿子，他不该做这样的事情。我爷爷说，不关他的事儿，他听上级的呢。王老二说，你不是怕我家老八，你是怕上级呢。我爷爷说，你不怕上级？日本鬼子在咱这边晃荡的时候，你见了维持会的二鬼子都赶紧哈腰呢。王老二连忙去捂我爷爷的嘴：张秃子你可千万别这样说话，让别人听了去，一上纲，你就完蛋啦。我爷爷无声地笑。

闷了一阵，高天说："你的思想还是没跟上形势，我建议你好好学习一下三中全会文件。”

我笑道："我也学你，卖鱼去？”

高天激动起来，胳膊舞得像扭秧歌："你还别小看了卖鱼！刚开始的时候我也不重视卖鱼，可是现在你看看。干脆我帮你指条路吧，你们老街那个市场将来肯定要设一个海货市场，你可以先在那儿设一个摊子，然后发展势力，谁不听话就别在那里混！最后控制鱼贩子，所有的海货必须经过你的手，然后你再投资建一个冻库，暂时没钱可以承包国营或者集体的，别人承包没门儿！玩这个需要有点儿脑子，你行，我早就看出来了。说实话，也就是看你这个兄弟不错我才这样的，不然我还想亲自去你们那边发展呢。”

高天在说这番话的时候，我的脑子里泛出这样的景象：小黄楼对面的空地成了一个偌大的市场，我坐在一个最大的鱼摊边指挥一帮兄弟潮水般涌来涌去。

告别高天，我打定了主意，开辟老街市场！

第二十八章　做个江湖人

那些天我一直在作着辞职的准备，我想办一个停薪留职，我担心一旦政策变了，我又成了无业游民。

王东的生意做得不错，水果摊撤了，跟郑奎一起凑钱在广场租了一个门面，卖服装，偷偷地也倒腾些日本旧西服卖。

原来，卖日本旧西服很有赚头，他们从福建石狮那边成麻袋地托运过来那些据说是从死人身上扒下来的西服，简单洗一下，熨一下，一倒手就是上百块。郑奎有一次大发感慨，原来赚钱这么容易啊，可想而知当年我给小王八赚了多少钱啊，他竟然想要我的手指头！我笑道，他现在进去了，你的指头他没要成，把钱风的指头要去了。郑奎想笑，没笑成，一脸苦相，蜷成了刺猬。

老街农贸市场开始动工了，小黄楼对面的空地一片繁忙，不几天，三道带棚子的长廊就立在那里了。

我终于办好了停薪留职手续，一个月往厂里交三十块钱，什么时候愿意回来上班，就回来。

告别工友们的时候，工友们都哭了，有的是真心留恋，有的是乐哭的，他们再也不用担心我冷不丁地揍他们几拳了。

我去街道报了到，汇报了一下自己的情况，提出来要在市场摆个卖鱼的摊子，街道领导很支持，异口同声地说，张老二一出面，咱们老街的居民就有便宜海货吃了。

我找到市场管理所的人，要了一个最好的摊位，那个摊位在最东头，靠近小黄楼，左边有一个十几平方米的仓库。我死皮赖脸地把那个仓库也要了下来，每月给管理所交五块钱。我在库房的墙壁上刷了一行大红标语："不管白猫黑猫，抓住老鼠就是好猫。"还请人在这行标语的上方画了一个关老爷骑马提刀的像，背后是一座金灿灿的元宝山。郑奎的爸爸在邮电局上班，没费多少力气，我就在库房里装了一部电话，很气派，那时候有部电话比现在有辆别克轿车还牛，我彻底武装起来了。

新市场有了，广场那边的小商小贩们就聚拢到这边来了。

魏三早就来了，他在这儿摆了一个卖袜子的摊位。

郑奎和王东把门面租给了一个卖馄饨的，剩下的服装一次性处理给了兰爱国，直接带着钱过来了。

兰爱国从广场撤了摊子，原以为他会来这里继续干，谁知他竟然走了，据说是去了济南。

金龙也来了，在海货市场邻近的那条棚子开了个服装摊，我这边正对着他的摊位。这小子很有头脑，他知道我对他当年投案自首那事儿很有意见，一支下摊子就过来跟我装哥们儿，两条胳膊被他挥得像跳新疆舞："石哥，你终于想通啦！当初我是怎么对你说的？要干就干个体户！你还是得听我的吧？"这话把王东惹得汗毛直竖，不是我攥着他的胳膊，金龙的那只好耳朵也要被王东一拳砸掉了。

那些天，我忽然就很想念我妈。

我想起小的时候，一个跟我爷爷一起拉过洋车的人不知为何被造反派给打死了，我爷爷说了一句"旧社会还有个法院什么的呢"，被喊到街道上挨了打。回来的时候，我妈给我爷爷洗脸，洗完脸就坐到了门槛上，看着门外空荡荡的胡同，看着风将土卷过去，看着对面灰蒙蒙的墙壁，念叨说："爹，你以后说话注意点儿，一大家子人都受你连累呢。吃大食堂的时候你胡咧咧，一家人跟着你担惊受怕……"说着，我妈就掉了眼泪，她把织了一半的毛衣拆了，举起手去擦眼睛。我爷爷说，牵着马，说话又不犯法，能把我怎么着，老子世代贫农。然后我爷爷就蹲在院墙的阴影里哭了，他哭起来没有声音，先是用手心擦去脸颊的泪水，再用手指去抹眼角的泪水。

这个冬天我异常忙碌，除了偶尔想起赵娜，心会惆怅那么一会儿，一切都在按部就班地进行着。

蒯斌饭店里的海货全部从我这里拿，赊账，还不还无所谓，我欠他的太多了。

蒯斌帮了我不少忙，比如有些小混混来市场撒野，不用我出面，一个电话，蒯斌那边来人，一瞪眼就完事儿。

我觉得老蒯这家伙挺神秘的，尽管不显山不露水，可是很多人一听他的名字就犯脑血栓，浑身哆嗦。

驴四儿跟了我，他是个哈巴狗类型的人，有些不好出面的事情，全由他来干，他干得很漂亮。

一年以后，我基本控制了整个市场的海货供应，就跟高天帮我设计的一样，市场上所有的海货都是我提供的。

我通过高天的关系，承包了一个冻库，让郑奎带着几个兄弟在那边管理着，我和王东在这边管理着几个海货摊位，生意好得一塌糊涂。

金龙很有经商的潜质，没用多久就“退摊进市”了，把靠近他摊位的一个仓库承包下来做了门市，旁边的几个摊子也成了他的了。

做梦是一件很有意思的事情，我经常把以前没有做完的梦在另一个梦里接下去。

我曾经做过一个偷赵娜爸爸项链的梦，这个梦重新出现在我的另一个梦中：因为偷项链，我又一次进了监狱。

在看守所，赵娜来看我。我从口袋里摸出一条金项链，想要往赵娜的脖子上挂：“这不是偷的，是我买的。”

赵娜不相信，一步一步倒退着。

我以为赵娜要跑开，心慢慢发灰，可是她又靠过来了，隔着铁栅栏，紧紧地抱住了我。

时间仿佛静止了……有人在喊，会见时间到！

我推开赵娜，后退着，铁门“哗啦”一声关上了。

醒来，我发现自己流泪了……赵娜，你在哪里？你快回来，我不想做梦了，我要实实在在地抱着你。

有些梦很奇怪，经常与现实混淆，曾经在一个梦里我呼喊赵娜的名字，醒来后回忆，却发现刚才梦见的竟然是林宝宝。

林宝宝现在怎么样了？那天我指挥大家批发完一车杂鱼，让一个兄弟用摩托车带着我去精神病医院看她。

要过年了，我准备顺便送点儿海货给照顾林宝宝的几位大夫。

见了林宝宝，我吃了一惊，她似乎好彻底了，说话跟几年前一个样，头脑相当清晰，人也瘦了不少，依稀可以看到她少女时的影子。

我问她想不想孩子，她说，有你这么个好爸爸照顾，我还想什么？你不是以前的石子了，你是咱家的顶梁柱呢。

我问她：“过年的时候回不回家，要是想回家的话，我提前给你办理出院手续。”

林宝宝说：“我不想回家，一回家就想起了你哥，我准备再住些日子，等来年开春再回家。”

我答应了她，让她安心养病，该接她走的时候我来接她走。

给几个大夫送完鱼，我出了医院，鼻头阵阵发酸。

一个大夫追出来问我，你嫂子是不是有个不是你哥哥亲生的儿子？我说，是啊。大夫说，她一提起自己的儿子就流泪，说你哥哥是个好人，拿他像自己亲生的一样对待，还说她对不起孩子，她不该把这个孩子生下来，这个孩子一出生就注定是个遭罪的命。我说，大夫你也别拿她的话当回事儿，她的脑子有毛病呢。走在路上，我想，林宝宝的话没错，来顺是个苦命的孩子。

我的摊子到了晚上就闲散下来了，没事儿，我就溜达到魏三的摊子前跟他闲聊。

说起我哥，魏三大发感慨：“唉，铁子那可真是一条汉子！当初我跟他一起在农村下乡，有一次一个‘色蛋’去林宝宝那个村摸林宝宝的屁股，你哥知道了，扛着一根镢柄就去了。不多，三棍子就让他叫了娘。后来‘色蛋’那个知青点的‘色蛋’们开着拖拉机来了，镐头铁锹、刀枪剑戟，那个阵势啊！你哥也不拉人，单枪匹马，迎着他们就上去了。那场混战啊！最后你哥缝了几针，那帮孙子留下三个断胳膊瘸腿的，全溜了。哈，狭路相逢勇者胜啊。不过你哥就粗心这一点不好，林宝宝那时候很野，知青点上有个姓邱的军代表……”

见我拿眼瞪他，魏三尴尬地捋了一把脸：“……这事儿不能提。哎，咱侄子还好吧？”

我说，挺好，喊我哥爸爸呢，我哥没了，他管我叫爸爸。

魏三“啧啧”地咂巴着嘴：“幸福幸福，真他妈的幸福。一不小心赚了个大儿子，眼馋啊我。”

说到林宝宝，我笑道：“我去看过她了，病还没好利索，好利索了我就把她托付给你。”

魏三以为我说的是真话，脸一下子黄了：“那样不好吧……那什么，别人说闲话呢。”

抽个时间，我去了王老八家，做出一副关心的样子问他家兴在里面的情况。

王老八说："还好，就是刑期太长，八年呢。"

我安慰他说："不算长，跟我当初一样，我五年就回来了，那还是没表现好，就家兴的脑子，没准儿年前就出来了。"

王老八说："老二你这是"刺挠"我呢。"

我笑笑说："我那不是让你放心嘛。八叔，帮我开个证明，我想去看看家兴，哥儿俩发小关系就近。"

三天以后，我在"省二监"的接见室里见到了家兴。

家兴见我坐在那儿，很是吃惊，那只瘪眼几乎也要瞪起来了："怎么是你？"脸上扫过一丝尴尬，似乎是因为当年我在里面，他一直没去看我的缘故。我笑着抱了抱他，扶他坐到对面，冲他微微一笑："怎么不是我？本来我还想早点儿过来看你呢，事儿太多，耽搁了。在里面有什么困难？"家兴摇头："困难大啦，我都梳理不出来到底哪个困难是最当前的困难啦……"我从桌子底下递给他一卷钱，他一惊，动作如猴子一般迅速地掖到了袜子里头。我给他点了一根烟，笑道："里面的事情我还真是帮不上忙，外面的也许能帮上。你还有什么事情没办妥吗？我帮你处理一下。"家兴将那只单眼在眼眶里一滑："有心麻烦石哥帮我照顾我爸爸，可他才五十来岁，年轻着呢，不惯毛病。"我笑了笑："没有需要帮忙的就好。"家兴斜着那只独眼看了我好久，讪讪地摇了摇头："真没想到我王家兴会走到这个地步，太仓促了，屁股都没擦干净呢。"本来我想说"那就夹着屎渣滓玩儿"，一想，那未免太刺激他，摇摇手说："刚进来都这样，心事多着呢。"

聊了几句，我走了，心中十分惬意。

王东得知我去看过家兴，还给了他三百块钱，眼珠子瞪得能气死牛："你钱多得花不了啦是不是，孝顺这个杂碎？"

我摸着他的肩膀笑："我会那么善良？给他下套呢。劳改队能随便花钱？一花就违反纪律。明白不？"

王东一怔，扑哧笑了："二哥，你这个老狐狸啊。"

闲聊一阵，我不由得就想起了我哥，想起我哥自然就想到了林宝宝。我想，过了年我一定要把她接回来，只要小心点儿，别让她受刺激，她一定会好起来的。我想凑钱给她和来顺买一套房子，让他们过上相对安稳的生活。我觉得林宝宝一旦好起来，会把自己和来顺的生活调剂好的，林宝宝不犯病的时候是一个聪明漂亮又能干的女人。

“这个年龄的女孩子都喜欢流氓，她们觉得流氓很神秘，我就是从那个时候过来的。”林宝宝的话又一次回响在我的耳边。现在我真的是一个流氓了，欺行霸市这可是真正的流氓行为。赵娜会喜欢现在的我吗？赵娜现在到底在什么地方？她是不是和我一样，也会在不经意的时候突然想起我？我想她，想她坐在我的身边，阳光洒下来，她的眼睛清澈明亮，像我读过的所有关于女人的文字。

第二十九章　再见赵娜

过小年那天，我通过可智的关系去看了一趟林志扬。这家伙混得还算不错，减刑了，还有五年就可以出狱了。问起他姐姐，我说，她很好，住在我们家，孩子也好，你不用担心。说到卖鱼，林志扬有些疑惑："高天不就是在市场上卖鱼吗，你跟着他混？"我说，混什么混，我现在是一个正儿八经的个体户，国家支持我。说到赵娜，林志扬摸着头皮笑："那姑娘确实不错，找到她就没命地追求，争取让她成为咱家的媳妇。"我开玩笑说，人家对我没有感觉，她那是躲着我呢，想要跟她搞"江湖义气"比登天还难。林志扬一撇嘴，忽然说开了些胡话："当你埋怨女人无情的时候，那只能说明你无能，人家离开你那是明智的选择。所以，想讨个好老婆就撒猛地赚钱吧，不管你是混黑社会，杀人放火贩毒走私，还是装好人，只要能弄到票子，女人就多得让你眼花了。看我的吧，等我出去……"

我摇摇手不让他说了，娘的，人家赵娜是那样的人吗？丢下带给他的东西，我闷头走了。

回来的路上，我的心空落落的，身上没有力气，有一种虚脱的感觉。

天突然阴了，似乎要下雨，下吧，下完了，天就更明亮了。

走上老街大路的时候，雨下来了，瓢泼一般。

路边的水沟很快就涨满了水，溢出来的水与路面上的水连成一片，像汪洋。

我站在小黄楼对面的台阶上，点了一根烟，静静地看外面箭簇般射向地面的雨线。

我记得小时候遇到这么大的雨，我爷爷总要披着蓑衣，拿一张铁锹挖我家门口的那条水沟。水沟紧贴着麻三家的后屋墙，铁锹经常碰到他家屋基的石头，发出"咔嚓咔嚓"的声音，很难听。麻三的爷爷是个痨病鬼，每当这时，他总要打开后窗冲我爷爷拉喉咙里的那只风箱："吼吼……他大爷，吼吼……你轻点儿挖，再挖，屋就倒了，吼吼……”我爷爷就不挖了，蹲到屋檐下看那些雨水在院子里慢慢聚拢，看聚拢在一起的雨水漫出街门，漫过胡同，撞进他刚刚挖深了的水沟，然后抬起头，乜斜着麻三的爷爷笑：“唉，牵着马，屋倒了拉倒，省得你整天‘吼啦吼啦’地难受。”麻三的爷爷关后窗的时候，我爷爷就占了便宜似地笑：“这个人瞎了，‘挽拉’（挣扎）不了几天了，得跟着他兄弟走了。”

麻三他爷爷的兄弟外号叫三棒子，我见过，是个穿军便装的大胖子，走起路来像鸭子，说话就跟吵架似的。后来他被判了死刑，是在老街戏台子上开的宣判大会。大会上说，三棒子解放前当过土匪，名义上打鬼子，实际上骚扰革命根据地，杀过八路军。打跑了日本鬼子以后，三棒子混进革命队伍，当上了区革委会主任。王老八在台上喊，加强无产阶级专政，坚决镇压反革命！下面的人跟着喊。麻三他爸爸也喊，声音跟麻三他爷爷似的，“吼吼”的，没有力气。王老八就别着他的胳膊让他佝偻在三棒子的旁边，他就反着脑袋冲三棒子嚷，加强无产阶级专政，坚决镇压反革命！我爷爷蹲在人群后面直嘟囔“牵着马”。

前几天我在路上碰见过麻三他爸，麻三他爸拎着一条鲤鱼往家走，我跟他打招呼：“叔，改善生活啊。”

麻三他爸好像怕我抢他的鱼，“唔唔”两声，紧着屁股，贴紧墙根走远了。

我想，他这是被人给折腾怕了，他叔叔是反革命，他跟着遭罪，他儿子制贩枪支，他也跟着遭罪。

据说三棒子是条好汉，跟水浒英雄似的，打鬼子，还劫富济贫。

雨停了，太阳很快又出来了，汪洋退去，路面闪闪发光。

把车停在市场，走在回家的路上，我的心情郁闷得像是罩了一团雾。

本以为林宝宝已经好起来了，可是她忽然就越来越差了，大夫说，过年的时候她又一次犯病了，嘴里呼喊着我哥的名字，满院子乱跑。

这样，我打消了接她回来的念头，慢慢来吧，不行就让她一辈子待在那里，只要我有钱。

闲下来的时候，我就想赵娜，想多年前的那段幸福时光，心中的空虚像浪潮一般阵阵袭来。

从监狱出来这么长时间也没找到赵娜，我几乎放弃了能够找到她的奢望。

我想，这事儿也许就跟可智老哥说的一样，我跟她没有缘分，她只是我生命中的一个过客而已。

这样一想，脑子就轻松了许多，有一种挑夫跋涉万里突然撂了挑子的感觉。

我在监狱的时候曾经读过这样一首诗：年轻的时候如果爱上一个人，请你一定要温柔地对待她。不管相爱的时间有多长多短，若你们能始终温柔地相待，那么，所有的时刻都将是一种无瑕的美丽。若不得不分离，也要好好说声再见，也要在心里存着感谢，感谢她给了你一份记忆。长大了以后，你才会知道，在蓦然回首的刹那，没有怨恨的青春才会了无遗憾，如山冈上那轮静静的满月。

这首诗简直太符合我现在的心情了，我准备将赵娜从我的脑子里剔除，只留下“感恩”两个字。

那天半夜，我做梦了，梦中，赵娜一袭白衣，站在我的床头，幽幽地说：“张石，我死了，这是我的魂儿，我来看你了……”

我忽地坐起来，冷汗淋淋。

赵娜怎么会死呢？不会的，不会的，她答应过我，要做我的新娘呢……梦都是反着的，这事儿大家都知道。

转过一年的九月底，一个阳光明媚的上午，我要去外地。因为外地一个客户欠我的钱，派人去要，他推三阻四，我想亲自去要。

在轮渡上，我正扶着栏杆看那些在天空中自由翱翔的海鸟，后面船舷上传来一阵压抑的哭声。

我不由自主地走了过去。

一个穿白色连衣裙的姑娘一条腿跨过栏杆，一条腿搭在栏杆里面，望着灰蒙蒙的大海，无声地啜泣。

我的心一紧，什么意思？她不会是想要跳海自杀吧？

我没敢贸然过去，躲在船舱上观察她。

姑娘啜泣了一会儿，提了一把裙子，把那条腿扳回了甲板。

我松了一口气，“啊哈”一声，向她踱了过去：“刚才你吓了我一跳呢，为什么事儿伤心？”

那姑娘抬头看我，我的心一下子停止了跳动——赵娜！

几乎同时，赵娜也认出了我，眼睛猛地瞪大，双手掩着嘴巴，身体剧烈地一抖，蹲下了。

我像是被人使了定身法，想要冲过去抱她，可是我拔不动脚，硬硬地站在那里一动不动，心就像是被一只锥子扎着，脑子也在刹那间空了。

赵娜蹲了片刻，双手拍打甲板，“哇”地哭出声来：“张石，你这个天杀的啊……”

我感觉自己就像突然被炮弹打中，千疮百孔的身体里仿佛有一万支箭射了进来，心脏在嗓子眼里堵着，浑身颤抖，眼泪汩汩地从我的脸颊滑落。

赵娜站了起来，她的嘴唇哆嗦着，幽灵似地向我靠近。她的动作慢极了，跟电影里的慢镜头一样。

一排巨浪猛地扑向船舷，飞溅的浪花将赵娜包围，她就像天空中突然出现的一只大鸟，“哗”地扑向了我。

我下意识地接住她，一搂，全身没了力气，双双倒在甲板上。

赵娜发疯似的揪我的头发，捶我的胸脯，咬我的脸、脖子、胳膊。

很多人围了过来，他们以为我俩在打架。

我用力推开赵娜，想要翻滚起来，可是我没有力气，整个人虚脱了似的躺在离赵娜几米远的甲板上。

赵娜扑上来,又一次压住了我。我能感觉到她的胸脯浑圆而有弹性,我能意识到她已经变成了一个结实饱满的女人。我下意识地想要摸她的胸脯,可是她压得我紧紧的,我腾不出手来,只好将双手摸上了她的屁股。她的屁股跟她的胸脯一样浑圆、结实……我的心脏一阵阵地发麻，嗓子也在发痒，我说不出话来，嘴里发出野兽护食一样的声音。

赵娜一遍一遍地在我的耳边嘶吼：“这些年你去了哪里，这些年你去了哪里呀……”

我还能去哪里？我在监狱，我在老街，我一直在找你……脑子一乱，我猛地将她从我的身上推开了：“我在这里！”

赵娜坐在甲板上，两眼定定地瞅着我，鼻孔大张，嘴巴一撇一撇，眼泪簌簌地掉：“我抓到你了，我抓到你了……”

我坐起来，撑着膝盖站了起来，一个巨浪掀起在我的头顶，我一下子就看不见赵娜了。

巨浪散去，甲板上的人不见了，我和赵娜湿漉漉地抱在一起，拼命地接吻。

“上邪！我欲与君相知，长命无绝衰。山无陵，江水为竭，冬雷震震，夏雨雪，天地合……”不知为何，我的耳边一直在回荡着这首诗，它让我的心一次又一次地抽紧。挣脱开赵娜的搂抱，我稍一踌躇，决定不去外地了，我要带赵娜一起回老街！

下了轮渡又重新坐上轮渡，我俩的心情都平静了不少。

我拉她站到甲板上，极力做出一副轻松的样子：“你决定要跟我继续体验爱情生活？”

赵娜静静地瞅着我的脸，不说话，用力地点头，眼里泪光闪闪。

我轻轻擦去她脸上的泪花，问：“刚才你要去哪里？”

赵娜摇头：“……我不告诉你。”

“那你告诉我，现在你住在哪里？”

“这个也不告诉你。”

“你是不是已经结婚了？”

“没有，我没有。”

“你应该知道我早就刑满了，为什么不去老街找我？”

“我不想说。”

“你今年多大了？”

“你知道的。”

“哦，对不起。”我的脸烫了一下，她今年应该是二十五岁了。

下了轮渡，我和赵娜并肩走在回老街的路上，两个人都没有说话，在外人看来，这是一对陌生人。

我感觉别扭，觍着脸问赵娜：“刚才你是不是想要跳海？”

赵娜拧了我的胳膊一下：“傻瓜，你才跳海呢……”

时间过得真快，不知不觉，天已经擦黑了。

走在老街的路上，我指了指一点一点明朗起来的月亮：“你不觉得这个月亮有点儿熟悉吗？”

赵娜“嗯”了一声：“跟以前一样。”

电影《流浪者》里的一个镜头蓦然出现在我的眼前：丽达指着月亮对拉兹说，你为什么不看月亮看乌云呢？拉兹说，丽达，我们十二年没有见面了，现在我做什么，我是什么人，我的生活，我的家庭，你什么都不知道。丽达说，我什么都不想知道，我就知道你就是你，我爱你……你看，月亮在微笑呢，不！它在看我们呢。拉兹一把将丽达抱紧了，一首美妙的歌儿随之响起：

爱情来到了我心间
我又好像重新回到童年
世界上唯有他最亲近
从那童年时候起就记心间
我所盼望的人只有他
我所亲爱的人只有他

我们在小黄楼对面的台阶上坐下了，不说话，静静地望着天上那轮越来越大的月亮。

初秋的风有点凉，我脱下自己的上衣披在赵娜的肩头，顺势搂住了她的肩膀。

赵娜一动不动，让我怀疑她是不是睡着了。

我问过她那么多问题，她为什么不回答？我的心有点儿郁闷，她在回避什么呢？

突然，赵娜的两条胳膊缠住了我的腰："张石，你相信命运不？"

我摇头："我不相信。"

赵娜轻轻叹了一口气，把脑袋偎在我的胸口上，喃喃地说："我信。"

"为什么？"

"不为什么。"

"这些年，你好像改变了不少呢。"

"是吗？"

"你为什么不问问我现在的状况呢？"

"不想问……见到你就足够了。"

我笑了，心想，我何尝不是如此呢？

静了一会儿，赵娜幽幽地说，我们俩躺在甲板上拥抱的时候，她的心都碎了，浪头打过来，她觉得每一个毛孔都渗进了海水。那时候她感到有一种比刀子还快的悲伤从心底里冒出来，一种巨大的快乐夹在浪头里劈进来，悲伤和快乐都沁进了她的身体。她趴在我的身上，很想死去。她不能忍受这样的感觉，她想对着天空和大海喊叫"张石我爱你"，可是她看见我死人一样地躺在她的身子下面，又不想喊出来了……“你知道为什么吗？”赵娜扬起脸，静静地看我，“世上还没有一个男人能让我喊出这么不害羞的话来。”

我感觉心痛：“现在你可以喊了，没人听见，我也不听，你就当我是个聋子好了。”

赵娜把头从我的胸脯上挪开，定定地瞅了我半晌，突然发疯，老虎似地咬住了我的嘴唇。

清凉的风刮得急促起来，发出一哨一哨的声音。

我彻底控制不住自己的感情了，抱起她，撒腿往我家的方向跑去。

我爸睡下了，来顺不在家。我拥着赵娜，直接进了我的那一间房。

赵娜摸着床边，躺下，不让我开灯，微弱的星光里，直直地盯着我：“现在我可以喊了……张石，我爱你。”

我蹲到了她的身边：“大声点儿，我没听见。”

赵娜一把扳过我的脑袋，将嘴巴贴近我的耳朵，压着嗓子喊：“张石，我爱你！”

一股巨大的幸福感瞬间淹没了我，我搂住她的脖子，翻身上床——赵娜泥鳅似的从我的臂弯里滑了出去。我感到纳闷，我找你这么多年，找到了，你竟然不让我抱你一下？刚才还喊“我爱你”呢……正愣神，赵娜突然举着两瓶啤酒蹲在了我的跟前：“庆祝庆祝？”

“庆祝庆祝！”哈哈，原来她这是找酒去了，我的心里乐开了花，对，这才符合她的脾气。

“我一直在盼望着这一天……”赵娜边说边用牙齿咬开了瓶盖，“我终于盼来了这一天！”

“我也是，我也是。”我接过赵娜递过来的一瓶酒，张嘴就喝。

“慢着！”赵娜猛地推了我的脑袋一把，脑袋撞到墙上，发出一声清脆的“嘭”。

“怎么个意思？”我不解。

“这么个意思……”赵娜用她的酒瓶碰了碰我的酒瓶，“一、二、三，干杯！”

比赛谁喝得快似的，我俩的喉咙里发出咕咚咕咚的声音，同时在床上丢了空酒瓶。

我意犹未尽，反着手冲赵娜挥："再去拿，再去拿！"

赵娜打一个酒嗝，摸着墙壁打开了壁灯："见面仪式结束！你不想好好看看我吗？"她赤裸的身体让我的呼吸一下子变得急促起来。

我跳下床，扳正她的身子，紧着胸口坐回床，两只眼睛不听使唤，不看她的脸，只看她高耸的胸脯和她微微凸起的胯部。

赵娜蹲下，伸出双手扳住我的脸，目不转睛地盯着我的眼睛："不许看别的，看我的脸。"

她的眼睛依旧清澈，像一弯湖水。

她的马尾辫变成了乌黑的长发，她的脸比以前圆润了；她的眉毛修剪过，弯弯的，像三十年代的某个影星，以前不是这样的，她以前的眉毛很直、很浓；她的嘴唇也跟以前不太一样，以前的嘴唇很小、很圆，现在有点儿偏大，似乎更饱满了一些。与她对视，我怀疑她的睫毛也修饰过，她以前的睫毛很直、很长，现在依然那样，但它们在密集地往上弯翘着，显得眼睛更大更亮了。

我不关心这些，我关心的是她窈窕又饱满的身材。

我意识到，赵娜变成了一个彻彻底底的女人，她的胸脯高耸，她的屁股浑圆，她全身散发出来的青春气息让我感到窒息。

"我漂亮不？"赵娜柔柔的喘息拂动着我的脸，我又一次闻到了那股淡淡的茉莉花香。

"漂亮，你很漂亮……"我几乎喘不动气了。

"你想娶我不？"

"想，我想……"

"我爱你，你爱我不？"

"废话……"我的胸口一堵，猛地将她拽了上来，"我这就想要爱你！"

"别这样，你坏，你混蛋……"赵娜躲闪着我吻过来的嘴，急促地念叨，"说你爱我，说你爱我，快，你快说你爱我……""我爱你赵娜，我爱你……"我用我的脖子别住她的脖子，双手压住她的双臂，并在她两腿中间用腿用力撑开了她的腿。"你这个坏蛋……"赵娜轻喘一声，不动了。我吻住她的嘴，腾出一只手，抓住她的一个乳房，畅快地捏弄，另一只手伸到了她的下身，那里一片湿润。

壁灯不知什么时候灭了，窗外的风声蓦然大了起来。

赵娜在我的身子下面呻吟，声音越来越大……

当她终于没有了声音的时候，我释放了自己。打开灯，我在找寻那些传说中的处女血，可是我失望了。

我感觉自己就像一个雨后迎着彩虹走的孩子，近了，彩虹却不见了。

赵娜似乎看出了什么，抓过一条床单盖住自己，目光幽幽地看着我。

脑子不可遏制地乱着……我强颜欢笑，问："你还记得很多年以前我跟你说'江湖义气'的事儿吗？"

赵娜闭上了眼睛，我看见两行清泪沿着她的两边太阳穴，无声地下滑。

不能这样，我不能让我心爱的女人伤心……心痛的感觉让我的呼吸再次变得不畅。我俯下身子，一手揽着她的头，一手抚摸着她的头发。她的头发柔顺又浓密，那股我曾经万分熟悉的茉莉花香依然在她的发际弥漫。她的肌肤凝滑如脂，与我一万次想象中的完全吻合，她的泪水被我吻在嘴里，冰凉又苦涩，她轻柔的呼吸让我回忆起了许多往事。我躺下，让她趴到我的身上，直到她压得我喘不过气来。

"赵娜，你为什么忽然就哭了？"闷了好久，我问。

"我想起了很多事情。"

"你都在想些什么呢？"

"我在想很久很久以前的事情……"

"很久以前是哪些事情？"

赵娜坐起来，仿佛是在喃喃自语："那年，你去了监狱，我难过得要死……我妈知道了我跟你的事儿，她很生气，她觉得她在老街、在厂里再也抬不起头来了。我去监狱看你的时候，我已经不上学了，我在学校被人指指点点……我妈打我，她骂我是个下流女人，让男人为我争风吃醋，为我去蹲监狱。她这样做，我理解她，她第一次见到我的时候，我已经好几岁了，她对我来说很陌生。她想把我送人，我爸爸护着我，不让……我妈骂我是个下流女人的时候，我爸爸忙，没时间管我。那时候，我特别想你，我甚至都想抱着铺盖跟你一起住到监狱里去。我给你写了很多封信，可是我没有接到你的回信，我以为你不要我了，我以为你也认为我是个下流女人，我感觉我再也见不着你了……我很孤单，我觉得自己就像一个孤儿。那天，我妈又打我，我就从家里跑出去了。小时候听说我的生母在杭州，我就去了，可是我找不着她。我流浪了好几个月……后来，我们家就从老街搬走了。我爸爸让我去了一家百货公司上班……去年，他去世了。我爸爸去世以后，我就搬去了单位的宿舍，我怕跟我妈闹别扭，她拉扯过我，这是一辈子也还不完的情。我一直没忘了找你，我去过老街，没人告诉我你在哪儿，后来我知道你出狱了，可是我没有勇气去找你，我已经不是原来的我了……”

“能告诉我，你为什么说这样的话吗？”我拦住了她的话头。

“以后你会知道的，现在我不想说。”

“那就别说了，”我突然感觉我们这样谈话有点没趣，讪笑道，“你还记得当年我送给你一条纸项链吗？”

“记得，”赵娜的双肩微微一颤，“那条项链很漂亮，它是我一生中收到的最好的礼物。”

“哈，这话有点儿让人难受……那条项链早就烂了吧？”

“没有。我一直保存着，想你的时候我就拿出来看。”

“拉倒吧你……”我摇摇头，想说什么又感觉没意思，只好胡乱一笑，“我发现我还是原来的我，你好像真的不是原来的你了。”

“也许是吧……你为什么突然说这样的话呢？”

“随便说的，”感觉脑子有点乱，这话冲口而出，“你跟人谈过恋爱？”

“没有，我只是……”赵娜顿住了。

“那你为什么要说刚才那些话？”

“我说什么了？哦，我说，我是个坏女人……”赵娜伸出一条胳膊，轻轻揽住我的腰，脑袋靠到了我的胸口，“这些年，我的脑子好像被抽空了，就像行尸走肉……我不知道自己以后应该怎么办，我忘不了你，可是我真的不知道自己今后应该怎么办，有时候我还觉得自己得了失忆症，很多事情想不起来了……”赵娜絮絮叨叨地说着，我的心就像被一根线勒着，一点一点地痛，一点一点地流血。

“我都快要把你忘了，可是你又出现了。”

“那可不，我在监狱待了五年多，出来又三年多了，是个神仙也已经忘了。”

“……你还是那样，说话带刺儿呢。”

“对不起……”我的脸又一次感到发烫，我为什么要用这种口气对一个深爱着我的女人说话呢？

“我知道你为什么要这样对我说话，因为我不是处女，我是一个下流女人……”赵娜扯过一绺头发，盖住了自己的眼睛，“就在前几天，我妈带我去见了一个人……起初，我没意识到她是什么意思，后来才知道，我妈把我许配给了那个人。那个人四十多了，离过两次婚，是个公务员。今天，我感觉特别难受，就上了轮渡，开始没想去死，看到大海，我觉得那是我的归宿……”

“算我救了你吧？”我悻悻地笑了一声。

“我想跳海，后来想通了……”赵娜不理我，兀自说自己的，“我不想就那么死了，我还有很多事情要做呢。”

“对，你还想跟我结婚，还想给我生上一大群孩子。”

“……”赵娜不说话了。

“你现在在哪儿上班？”我撩开她遮住眼睛的头发，侧着脑袋问她，感觉有些失落。

“还在那儿……”赵娜懒洋洋呼出一口气，突然变了语气，“我一定会振作起来！你看，生活有多么美好！天空瓦蓝……”

“哈，朗诵诗呢……生活确实不错。你比我强，现在我没有正式职业。”

“怕什么？有我，天塌不下来。”赵娜的语气让我联想到了“玩世不恭”这个词，不知道准不准确。

“我没有职业，咱们以后怎么生活？你不想嫁给我了？”

“以后我养着你……”赵娜抬起头瞟了我一眼，抿着嘴坏笑，让我突然感到自卑。

“要不咱们就先这样‘姘’着，以后的事情以后再说？”

“不‘姘’，我要跟你结婚。”赵娜将贴紧我胸脯的脑袋动了一下，随即更紧地贴住了我的胸脯。

我抱紧她的脑袋，一下一下地抚摸她细腻润滑的后背：“刚才我跟你开玩笑的，我不需要你来养活，我有钱，我有很多很多的钱。”

赵娜“嗯嗯”着，嗓音平静如水：“你穷也好富也好，我不管，我只想跟你结婚。如果你还爱我，我立马就跟你去登记。”

我说：“你为什么不问问，我现在找对象了没有？”

赵娜的声音依旧平静：“我不想问。如果你结婚了，我就让你离婚，不然，我天天去你家闹。”

我笑了：“好嘛，我算是摊上了……”

赵娜拧了我的胸脯一把："不许这样说话！我嫁给你，是要给你赎罪的，你是因为我才去坐牢的。"

我同样拧了她的胸脯一把："也不许你这样说话……来，我问你，是谁把你变成女人的？"

赵娜没听明白我的意思，挣出脑袋，茫然地看我。

我的心暗了一下，突然就觉得我的这个问题很无聊，重新扳过她的脑袋，不吭声了。

赵娜在我的怀里静了半晌，忽然明白过来，慢慢抬起了头："这个问题对你很重要吗？"

我无所谓地笑了笑："你说呢？"

赵娜一点一点地往下低头："我知道我错了，我对不起你，那时候我很孤单……"

我抱紧她，吻住她的嘴唇，心想，那时候谁不孤单？孤单是属于我的专场。

第三十章　彷　徨

春、夏、秋……又一个寒冷的冬天来了。日子过得可真快啊，去年的冬天仿佛还在眼前呢。

我经常产生错觉，感觉上一个冬天就在昨天或者就在前天，等静下心来回头想想这一年来的遭遇，竟然有种恍如隔世的感觉。

我与赵娜住到了一起，我们在离市场不远的一个小区里租了房子。

袁真这个名字时常在我与赵娜亲热的时候钻进我的脑海，让我一次次地感到郁闷——我断定让赵娜变成女人的那个男人就是袁真。

很多时候，我想问问赵娜，我们失去联系的那些年，袁真在哪里，可是我鼓不起勇气，害怕受到刺激的是我。

赵娜似乎也觉察到我的内心深处存在这么一个疙瘩，她总是有意无意地提起一些往事，试图淡化这个问题。

有一次，赵娜提到多年之前我曾经答应要送给她一件真正的生日礼物那件事儿。我说："那时候我没有条件，现在有条件了，可我不知道该送什么礼物给你才合适。"其实，那时候我已经给她买了一条金项链，准备在她下一个生日的时候送给她。

赵娜说："我已经有了礼物。"

我问："是不是那条纸项链？"

赵娜摇头："不是，是你。"

我笑道："这算什么礼物？照你这么说，我也有礼物了，是你，可是这件礼物是旧的。"

本以为这算一句玩笑话，可是赵娜竟然当真了，冷眼看着我，鼻孔一扇一扇，仿佛受了很大的委屈。

本想将我在劳改队花了将近一个月的时间给她做了一个铜戒指的事儿说说，让她感动，一想，有什么意思呢？酸溜溜的。

因为这事儿，赵娜好几天没有跟我说话，搞得我就像欠了她什么似的，心里很是别扭。多大点事儿呀？

有好几次我想问她当年我送给她的纸项链在哪儿，想想，我又打消了这个念头，那么多年了，纸项链已经破碎成灰了吧？

我坚信自己的血液里流淌着的全是对赵娜的爱，尽管这种爱里夹着某些杂念。

爱到深处就是做爱，疯狂地做爱。

赵娜对做爱也近乎疯狂，我觉得她与我的想法是一致的，我们都疯狂地爱着对方。

一天深夜，我俩在半梦半醒中又纠缠在了一起，“疯狂”中，她突然哭了，开始是低声啜泣，后来亮开嗓子，上气不接下气。

我听蒯斌说过，有的女人在高潮来临的时候会控制不住地哭泣，所以我不在意，继续“疯狂”，可是她猛地把我掀了下来。

我百思不得其解：“你怎么了？”

赵娜披上毯子站到窗前，耸着肩膀，一声接一声地抽泣，月光下就像一个找不到归路的鬼魂。

她为什么要在这种时候折磨我？我翻身下床，赤条条地走出了家门。

黎明时分，赵娜在楼下的垃圾箱旁找到了我，她笑得一脸灿烂：“老公，我在‘考验’你呢，看你是不是真的爱我。”

我无言以对，脑子乱得就像被人灌了一壶蒙汗药。

心里不舒畅我就喜欢去找蒯斌喝酒，我喜欢老蒯现在的状态，悠闲得很，整天在饭店的一个单间里假扮弥勒佛。

蒯斌这些年变化可真不少，什么事情也不打听，看书、下棋，偶尔还冒充诗人朗诵一些稀奇古怪的诗词。

蒯斌不太喜欢跟说不进去话的人喝酒，一见我就高兴，上酒，唠叨，常常把我搞得想躲起来。

有一次我对他说，我找到赵娜了，蒯斌的眼珠子一亮：“结束处男之身了没有？”

本想他会祝福我并替我感到高兴，没想到他最关心的竟然是这个，我没好气地回答：“没呢，人家不让。”

蒯斌猛地捶了我一拳：“当初我在劳改队是怎么教育你的？我教你的那些花招你为什么不用？”

我“哼”了一声，起身就走，操，还有喜欢当这种教师的。

我买了一辆摩托车，心情好的时候，我就带上赵娜，让她跨坐在后座上，搂紧我的腰，风驰电掣般呼啸在老街和西海边。每当摩托车的速度快到子弹的状态时，赵娜都会离开座位，整个身子黏在我的身上，大声呼喊——飞呀，飞呀！飙完车回到家里的时候，赵娜就像变了一个人似的无精打采，脸色时常是黄的，让我感到心疼又感到惶惑。想起多年之前我和赵娜被西海边的一个浪头连人带自行车卷下海堤，赵娜站在一个浪尖上向我“挑衅”的一幕，我百思不得其解，当年她的那些青春活力为什么一下子就没了呢？这才几年呀。

正月里的某一天，我的摩托车不见了，我没有告诉赵娜，我觉得这样也好，摩托车会让赵娜兴奋，可是兴奋过后就是疲惫，反差太大了，我受不了。

奇怪的是，赵娜从来没问我为什么不带她出去飙车了，她似乎也有与我同样的想法。

清明节那天，我带着来顺去了公墓。给我爷爷烧了纸，磕了头，我跪到我妈的坟头，胸口憋闷不堪。我哥的坟在离我妈不远的地方，是很小的一个坟包，看上去像是一撮土。给我妈烧纸的时候，来顺跪在那里，抓起地上的土，一把一把地往我哥的坟头上撒。风吹散了沙土，就像扬起来的骨灰。我给我哥的坟头压了几张纸，默默地蹲到了来顺的身边。来顺在说话：“爸爸，你在那边好好的，不要担心我，我很好，我爷爷好，我妈好，我二爸也好，来顺这个学期是三好学生，来顺将来要考大学给你争气……”说着说着，他的声音就哽咽起来，我以为他哭了，伸手去摸他的眼睛，可我没有摸到眼泪，扳过他的脸一看，他的面色硬朗，他的目光阴沉，让我想到了小时候的我哥。

我摸着来顺的脊背叹气，来顺的眼泪就下来了。

我起身，远远地坐在一块石头上，看着我哥的坟头在柔和的阳光下幽静地浮动，感觉此刻他就坐在离我不远的地方，抽着烟冲我微笑：“老二，别担心，我已经习惯了阴间的生活。”

我走回来，抱着来顺自言自语地念叨一些我跟我哥的往事，感觉我哥仿佛就在身边听着。

念叨了一阵，我说：“老大你放心好了，咱爸的身体结实得像头水牛，嫂子的病快要好了，我很快就让他们母子团聚。”

来顺抱着我的脖子说，二爸你不用说这些，我不想我妈，让爸爸好好在那边活着就行了。

我知道来顺的心思，有一次我带着他去看林宝宝，母子俩抱头痛哭，我都不忍心看。

后来我听我爸说，来顺晚上又说梦话，说他妈是只破鞋，他是个没有爸爸的野种。

这话让我听了十分不爽，想要抽他，一想，拉倒吧，林宝宝当年也实在是够扯淡的，为了早一天回城就劈着大腿上人家的床，最后连孩子都生出来了，你让这样的孩子怎么活？我想想，来顺也真不容易，四岁多一点的时候来了他妈这边，小脑子很清醒，可是他从来没有抵触情绪，该喊妈妈喊妈妈，该喊爸爸喊爸爸……现在，他已经十几岁了，他明白了很多事情。

那些天，我总是在天将放明的时候做梦。

有一次我梦见林宝宝对我说，她不能逃避现实，她要回家伺候公婆，拉扯自己的孩子。我说，你婆婆已经去世了，她走了好多年了，你儿子也长大了，不需要你拉扯了。林宝宝说，怎么这么快呀？这才几年啊……然后她撇开我，在一堆石头上坐下了。风吹散了她的头发，她用手拢了拢，然后将两只手交叉着插进袖管，脖子缩到衣领里，迎着风看天，看着看着，她就哭了。

我还梦见年轻的我扯着走路磕磕绊绊的小来顺踟蹰在老街空旷的马路上，路灯将一长一短的影子拖在地上，蛇一般地潜行。

梦里，老街的那条流浪狗似有若无地从大街的北头走向南头，走走停停，最后化成一只乌鸦消失在老街那些扬在半空中的灰尘里。

一个身穿白衬衣的年轻人坐在黄昏来临前的一堵矮墙上，断断续续地吹口琴，他的身边静静地坐着一位同样穿着白衬衫的姑娘。

“长亭外，古道边，芳草碧连天……”歌声绵长而悠远，是那个姑娘唱的。

我还梦见来顺长大了，他长得比我哥还壮实，他举着一把猎枪，风一般地从老街的上空掠过，巨大的枪声如同炸雷。

夏天到了，我的生意更忙了，晚上回家，总是顶着一身汗臭味道。

赵娜的脾气有些怪异，比如，有一次我跟她开玩笑说：“现在你跟我住到一起了，要是你爸爸还活着，他会拉你回家关禁闭的。”

赵娜愣怔片刻，母狮一样扑过来，当胸挠了我一把：“你混蛋！”骂完，冲出门去，坐在楼道里发呆。

我摸着被她挠出四条紫杠子的胸脯，内心慌乱不堪，非常后悔自己的这句混账玩笑话。

我出门拉她，她抱着我的脖子，嘤嘤地哭：“张石，对不起，对不起……”

再比如，前天晚上做饭的时候，我要跟她接吻，她慌乱地躲闪，不让我的嘴唇接触她的嘴唇。

问她，她说我的嘴里有烟味，她不喜欢。

我说：“我的嘴里一直都有烟味，为什么你以前让我亲你的嘴，一天不亲都不行呢？”

她说，以前那是太想你了，现在“老夫老妻”的，没了新鲜感。

我不吻她了，尽管我不相信她的解释，但我不想做她不喜欢的事情。

吃饭时我喝了点酒，忽然就感到郁闷，阴阳怪气地说：“老婆，你那么害怕我亲你，是不是有肝炎呀？”

赵娜全身一哆嗦，摔门就走：“你还有艾滋病呢！”

从那以后，我们俩的“爱情”就有点儿变味的意思了，彼此好像都在守护着内心深处的那点敏感。

赵娜生日的那天晚上，我对她说了我曾经做过的那个偷项链的梦，我开玩笑说：“偷来的项链也许更能表达我对你的爱情。”

赵娜狠狠地拧了我的大腿一把：“爱情是偷来的呀？神经病！”

本想冷不丁地亮出早就买好的金项链让她幸福，可是望着她怒气冲冲的脸，我蔫了，没了将项链挂上她脖子的冲动。

有时候我会突然朝她发脾气，看她瞪着惶惑的眼睛看我，我的心一阵阵地痛，为自己的行为感到愧疚，甚至绝望。

我时常怀念十八岁刚认识赵娜时的那段时光，很想重新回到那时候的老街，重温那段青涩而又甜蜜的初恋。

我想，赵娜也应该跟我一样有这样的想法，我经常看见她站在窗口，往小黄楼那边打量，泪眼婆娑。

一天晚上，我揽着赵娜的腰，问她，你是不是在怀念那个穿着白衬衣和蓝军裤的张石呢？

赵娜晃开我，撅着嘴巴，用眼睛剜我："我忘了还有那样一个张石。"

见我茫然地看她，赵娜"扑哧"一声笑了："对，我怀念那时候的张石，怀念你骑在墙头吹口琴的样子。"

说完，她竟然唱起来了，唱得泪光闪闪：

怎能忘记旧日朋友
心中能不怀想
旧日朋友岂能相忘
友谊地久天长
我们曾经终日游荡
在故乡的青山上……

她总是这样，脾气时好时坏，甚至有些古怪，那阵子我都不知道应该怎样与她相处了，见了她甚至有害怕的感觉。

静下心来的时候，我想，也许我们俩天生就是一对刺猬，不能过于亲近，不然就会伤害到对方。

有一天晚上，我在蒯斌那儿喝多了酒，回家抱着赵娜，嬉皮笑脸地说："老婆，咱们终于还是把'江湖义气'给搞了。"

赵娜不理我，任由我抱着，脑袋转向墙角，墙角的电视机无声地放映着一个画面——两张发怒的脸，一对夫妻在争吵。

我用脚蹬关了电视，毫无分寸地上下其手。

赵娜往外推我："滚开，滚开！一身酒气、烟气，谁跟你搞'江湖义气'？"

我死皮赖脸地伸出舌头舔她的脸："很多年前，咱们在小黄楼对面的马路上说话，你想跟我来个拥抱，我没让你得逞，你是怎么想的？"

赵娜被我缠得难受，紧着一面鼻孔低吼："当时我想操你大爷！"

我的舌头顺着她的脸舔到了她的脖子上，越发用力地抱她："你拿什么操？"

赵娜在我的怀里挣扎："拿你。"

我扳正她的身子，郑重其事地说："我不乱伦。"

赵娜被我气笑了："我还是操你大爷！"

我不说话了，脑子里想的全是"江湖义气"，我想跟她再搞一把"江湖义气"，于是，我按倒了她。

那天我俩把“江湖义气”搞得死去活来。

搞完“江湖义气”，我不理她了，去厨房找出两个剩菜，坐到客厅里喝闷酒，似乎还念叨过“袁真”这个名字。

赵娜光着身子出来，倚住门框，用一根指头点着我的鼻子说：“别以为老娘不明白你说的‘江湖义气’是什么意思，老娘上小学的时候就看过《水浒》……那天你在老街大厕所外面跟金龙说的那些流氓话我都听见了，还‘搡’了我呢，姑奶奶就那么容易让你搡啊，后来你装神弄鬼让我的嘴撞你的‘猪咴咴’，你当我傻呀，给你个甜头尝尝罢了。那天你说让我住到你家，我对你的印象就是，你是个比西门庆还流氓的家伙。”我说：“那时候你漂亮得像潘金莲，纯洁得像朵荷花，我怎么能够不动那样的心思呢？老子又不是柳下惠。”

赵娜愤愤地一哼：“你他妈的就是一个大流氓。”

我笑了：“那天你既然知道我是在故意撞你的嘴，为什么还让我撞？你纯粹是在勾引未成年少男呢。”

赵娜哭了：“我才是未成年呢，那年我才十六岁……”

眼前的这个漂亮女人究竟在离开我的这几年里有过什么样的遭遇？我不说话了，心在一扎一扎地痛。

赵娜抽泣了一会儿，突然笑了，整个脸就像开了一朵花：“姓张的，你别想跑，老娘既然赖上你，你就是插上翅膀，变成小天使也别想从我的手心里飞出去！”没等我回她一句，赵娜身子一弹，扑过来，猛地骑住了我：“来呀，继续咱们的‘江湖义气’！”

我任由她“折磨”，感觉自己就像在夏日的阳光里走在一条看不见尽头的大街上。

我想起了马拉松，天冷的时候在操场或者大街上跑，很正常；大热的天在床上跑，有悖奥林匹克精神，还涉嫌痴呆。

在秋天里的一次争吵之后，我说：“夫妻本是同林鸟，脾气不合各自飞。咱哥儿俩还是散了吧。”

赵娜哭了，揪着枕头哭得死去活来：“不散不散，就不散，我要累死你这个老混蛋……”

我走了，没处可去，蹲在几年前我经常骑在上面吹口琴的那堵矮墙上发呆，就像一只正在大便的野猫。

头顶上方盘桓着天籁般的歌声：怎能忘记旧日朋友，心中能不怀想，旧日朋友岂能相忘，友谊地久天长……

回去的时候，我看见赵娜站在我家楼下的风口处，黑色的紧身裤使她看起来像个有病的精灵。

我从后面抱紧了她，吻着她的耳垂，一句话也说不出来。

赵娜没有回头，她说：“刚才你把我给气坏了……”声音恨恨的，仿佛是在撒娇地嗔怪。

我抱着她上楼，抱着她进门，把她放在床上，按着她的两条胳膊，撅着树皮一般硬的嘴巴去找她的嘴唇。她躲闪，猛烈地挣扎。后来她不挣扎了，闭着眼睛说：“强奸犯，我不。”我说：“你到底怎么了？”她张开眼睛说：“不怎么，你继续。”我又来掰她的腿，她不动了，双手平摊，上牙咬着下唇，一声不响。完事儿我捏着她的腮帮子，让她笑一笑，她哭了。我记得那晚她的脸特别白，头发又黑又软。

我在客厅里喝酒，外面大雨倾盆，赵娜开着窗站在风口上，大雨一瓢一瓢地往她的脸上泼，她浑身尽湿，一动不动。

我说：“大姐，就算你是个兵马俑也扛不住这样淋，会生锈的。”

赵娜的肩膀在抖，从后面看，分不清她是在哭还是在笑，我一把摔了酒瓶：“你还让不让人活了？告诉我！”

赵娜不吭声，去卧室换了一身衣服，走出来，抓起自己放在沙发上的包，打开门走了。

我知道我拦不住她，她的脾气比我好不到哪儿去。

那一夜，夜凉如水，那些曾经的欢乐在凉凉的夜风中烟消云散。

我孤独地站在门口，雨悄悄地停了，空气中有一股茉莉花的香味……这味道真他妈的不错，我对自己说。

我记得我爷爷在王老二死了三个月的时候，有一次喝醉了，捶着大腿说，唉，牵着马，在的时候烦，走了还真想他。那时候我小，不理解这句话的含义，我对我爷爷说，你经常跟王老二拌嘴，还想他干什么。我爷爷摸着我的脑袋说，怪嘛，人一生下来就是个怪物。说完就眯着他糊满眼屎的小眼唱戏：“刘光嘴坐上房忽然伤心，想起了早死的二老双亲，俺二老没生下姐和弟，只生下光嘴儿俺一个人……”

他唱的戏词跟王老二的死毫不搭边儿，我以为他犯了神经病。

现在，我也有了神经病的症状，经常在闲下来的时候想念赵娜，也唱，不过我唱的跟我爷爷不一样，我这样唱：

你是不是不愿意留下来陪我
你是不是春天一过就要走开
真心的花才开
你却要悄悄离开我
太多太多的话我还没有说
太多太多理由值得你留下……

莫非她永远不想回来见我了？孤独地走在路上，我抬起头，看见飞花满天，树上砸下的雨滴像无数飞蛾，一片一片落在我的肩头。

赵娜，你真的离开我了吗？我不相信她会真的离开我，我不止一次地看见她在跟我拌过嘴之后，躲在一个角落啜泣。

我知道她的心里难受，只是不明确她为什么要这样难受，这种难受表现出来，为什么会是愤怒。

那天夜里，我睡不着，在她经常静坐的墙角发现了一幅用指甲划出来的图画：无数串在一起的心连成了五个字——张石我爱你。

我的心都要碎了，赵娜，你爱我，可是你为什么要离开我？千错万错都是我的错，你回来好吗？

在她原来的单位，我没有打听到她的消息。那些天，我逮空就拨她的传呼机，一遍又一遍，几乎成了我的第二职业。我不相信赵娜的心会那样硬，就算你讨厌我了，可是你说过要“赎罪”的话总不能忘得这么快吧？我不需要你赎罪，我反倒要给你赎罪，你快回来。

终于有一天，我在市场里忙碌的时候，赵娜回了电话，只说了一句话：“张石，把我忘了吧。”

我茫然……那时候，市场破喇叭里有一个可怜巴巴的嗓子在我的耳朵周围唧咕：

曾经是对你说过这是个无言的结局
随着那岁月淡淡而去
我曾经说过有一天我将会离开你
脸上不会有泪滴……

我听出了一身鸡皮疙瘩，摔了电话，一屁股坐到了地上，坚硬的地

面硌得我的屁股尖儿生疼。

赵娜，你就是这样给我“赎罪”的？你是来折磨我的吧？我断定自己的前世欠了她什么。

在屋子里待的时间长了，出门眼睛就不太适应，眼一花，门口站着的一个姑娘让我一下子把她当成了赵娜。

我晕晕乎乎地走过去，歪着脑袋看她：“赵娜？”

姑娘说声“神经病”，踩着地雷似地跑开了。

我以为赵娜不会再来找我了，起码她不会在那么快的时间里重新出现在我的面前，可是我想错了，第二年的秋天一过，她就又出现了，大包小包跟个闯深圳的打工妹一样。很奇怪，在这之前我曾经想，赵娜再来见我的话，我一定不会像上次在轮渡上那样激动了，最多也就是抱她一把，可是我大错而特错了。我一看见她，就死了……被她“抢救”过来之后，我扛起她的包裹，将她的一条胳膊别进我的裤腰，挤进老街拥挤的人流，朝着我租住的房子飞奔而去。

那天，我跟赵娜把“江湖义气”搞得昏天黑地，就差像李逵那样高呼：“义气义气，讲啥义气，杀去江湖，夺了鸟位！”

躺在床上，我问赵娜，这次回来就不打算走了？赵娜说，不走了，我离不开你，我生死要跟你在一起。

我说，我要将“江湖义气”进行到底，直到我握着你的手慢慢消失在天国的那一端。

赵娜手里绞着一缕头发坐在我的旁边，声音轻得像蚊子在飞：“张石，我爱你，我不能没有你。”

我猛地扑倒了她，脑子空得像被风扫过。

癫狂过后，沉默了一会儿，我捏着赵娜的鼻子说：“你这一年多的时间去了哪里？让我这一顿好找。”

赵娜说：“我不想告诉你，你也别问我，不然大家心里都不好受。”

伤心的往事风一般从我的脑子掠过，我浅笑一声，说：“那就不提了，以后咱俩不要吵架了，好好过日子。”

赵娜坐起来，慢慢腾腾地穿着衣服：“这些年，我一直在想一个问题，我是不是上辈子欠你的？”

“咱们还是不要说这些没意思的了。知道我为什么一直在心里装着你吗？因为在我情窦初开的时候，第一个遇到的就是你。”

“啧啧啧啧，肉麻不肉麻啊你，”赵娜冲我翻了一串白眼，“你是情窦初开，我是什么？我还含苞待放呢。”

“你含苞待放？”脑子里又出现袁真这个名字，我的胸口蓦然一堵，不想说话了。

“听着，这次我是不打算让着你了。我明确告诉你，从今天开始我算是赖上你了——我要跟你结婚！”

我的心头一热，又一次掀翻了她，三两下就将她剥成了玉米棒：“来吧，将‘江湖义气’进行到底！”

赵娜毫不客气，一把攥住了我的下身：“累死你这个天杀的……”

云收雨歇的时候，我把她的脑袋搬到我的胸脯上，感慨地说：“果真是一把钥匙一把锁啊，咱俩一个德行，一对淫贼。”

赵娜推开我，光着身子坐到了沙发上：“如果你不出当年的那件事情，我跟你也许已经成了，没准儿孩子都有了。可是现在……”顿了顿，突然笑了：“其实好几年前我就应该把自己嫁了，那时候我多漂亮啊，很多人追求我，可是我在等你……”“别说了，我他妈的简直太感动了……”脑子有些乱，心莫名地跟着烦，我说，“以后好好过咱们的日子就行了，别说那些没用的。”

“我就知道你会讨厌我说这么多，可这是我的心里话。我爱你。”

“我也爱你，”抖着一身鸡皮疙瘩，我穿好衣服，下床，单腿跪在她的跟前，伸出双臂，低声说，“嫁给我吧，美女。”

“准了！”赵娜从沙发上弹起来，赤条条地黏在了我的身上，“我做梦都想嫁给你。”

“要是不出以前那些事情……我是说，如果你当初别离家出走……”

“那不怨我，”赵娜幽幽地说，“我妈打我，她的眼里容不下我，我是被她给逼的。”

“没错，你妈逼的。”对此，我深表同情。

“对，如果没有我妈逼我，我才不去见那个人呢……”一顿，顿时火冒三丈，“你妈逼的！”

从那天开始，我就不在外面租房子了，我带着赵娜住到了我们家。来顺跟我爸爸一间，林宝宝一间，我跟赵娜住一间。

赵娜跟林宝宝和来顺相处得很好，我爸爸更是离不开她，一天不见就转着脑袋到处找："小黄楼那个姑娘呢？快喊她来家呀。"

有一次，赵娜一个多星期没回来，我正想去她单位打听一下，她来了，脸色憔悴，像是大病了一场。我问，你是不是病了？

赵娜不说话，躺到床上，用被子把自己紧紧地包裹起来，在里面嘤嘤地哭。

晚上，她告诉我，前几天她喝药了，差点儿把自己给毒死。

我问她为什么会这样。

赵娜说，她回家跟她妈说了她跟我的事情，她妈打她，往死里打，把她打得下不来床了，她就想去死。

"其实我那是吓唬她呢，"赵娜坏笑着说，"我会真死？我死了你怎么办？你会想死我的。我不想让你死在我的前面，那样我会发疯的。""别老是死啊死的，"我的心中突然感到毛糙，闷声说，"咱们都不会死，即便是到了那一天，咱们也同时进行。"

"对，同时进行……"赵娜顿了顿，突然抱紧了我的脖子，"我不想死。"

"又来了，"我一把推开了她，"换个话题！"

"我喝了半瓶灭蚊灵……"赵娜的语气突然轻快起来。

"很好，那瓶灭蚊灵是假的。"

"我还以为没事儿呢，谁知道把姑奶奶给药了个半死，幸亏邻居来串门发现了。我去医院洗了胃，好难受啊。"

"能不难受吗？"我笑了，"吐了个翻江倒海是吧？这就不错啦。你知道以前洗胃用什么办法吗？"

"不会是接着喝灭蚊灵吧？"赵娜问得很天真。

"哪有那么享受？"我给赵娜讲了一个故事，差点儿没把她给恶心死。

我说，有一年王老八跟他老婆吵嘴，王老八吵不过他老婆就动了手，把他老婆"加工"成了一头得了浮肿病的老母猪。王老八发泄完了，好像知道自己"坐蜡"了，搬到单位住去了。他老婆能下床以后，发现自己的男人不见了，当场去生资站买了一瓶敌敌畏，边站在他们家的屋顶上喝，边大声嚷嚷着要变成厉鬼去折腾老王家的八辈祖宗。王老八回来了，一棍子把他老婆从屋顶上抡了下来，揪着她的头发奔了大厕所，用一只罐头瓶子舀起大粪汤子，扳着他老婆的嘴就是一阵猛灌……赵娜听不下去了，捂着嘴巴就往厕所跑。

林宝宝吓傻了，闯进我们这间屋，一个劲地问我赵娜是不是怀孕了。

我说，有可能，不然她不会反应这么强烈。

林宝宝说，那就赶紧结婚呀，可千万别像我，生个孩子连名分都没有。

我说，嫂子你放心，等我攒够了买房子的钱，我们就结婚。

那天晚上，我死皮赖脸地要跟赵娜亲嘴，赵娜犹豫了一下，张开嘴，猛地咬住了我的舌头。

美美地过了一阵亲嘴瘾，我压在她的身上问她，为什么现在你又让我亲你的嘴了？

赵娜躲闪着我的目光，喃喃地说，现在我闻不到你嘴里的烟味了，你好像又变成了那个穿着白衬衣和蓝军裤的张石。

这个解释让我怀疑，怎么会呢？我越来越老，怎么会变成十年前的我呢？

一天晚上，我在蒯斌那儿喝了不少酒，回家，赵娜不在，我没脱衣服也没脱鞋，囫囵着睡了。迷迷糊糊睁开眼睛的时候，我看见赵娜站在床前呆呆地看我。我想起来拉她坐下说话，身上没有力气。赵娜见我醒了，一把一把地脱我的衣服，最后将我的鞋摔到了墙根，发出了很大的响声，让我感到伤了自尊。我拽过被子盖住自己，心想，哪家的男人不是这样的，难道喝醉酒之后你还想让我打扮成周润发不成？赵娜摔完我的鞋，冲到墙角，愤愤地用脚踹墙，墙皮落下来，地上铺满白粉。

我想过去抱她，对她说声“对不起”，然后猛然吻住她的唇……我想，她肯定会像爱情电影里的某个片段一样，开始是抗拒的，当我野蛮地吻她，她会停止挣扎，热烈地回应，然后双双滚到床上。可是当我站到她的身后，轻轻伸出双臂揽住她的腰时，我失望了——赵娜抬起她穿着皮鞋的脚，狠狠地跺在我赤裸的脚面上！我就像一只向野猫示爱的野狗被野猫狠挠一爪一样，惨叫一声，跌跌倒倒躺回床，心中大骂：操你娘的电影导演啊，你不但骗了少男少女，连老男人都骗！

半夜，我望着窗外的星星，蔫蔫地想，我跟赵娜那么多年没见，回忆是那么的美好，现在为什么会这样？早知道会这样，还不如不见面呢。

蒯斌曾经对我说，一段感情过去之后，从此不见才是美好的，再见了反倒没了当初的美好。也许这话是对的。

好几次我想把类似的话说给赵娜听，可是当我一次次地看见她忙着做饭、打扫卫生的主妇般的身影，我又打消了这个念头。

赵娜的性格真的让我无所适从，她常常在我不经意的时候从后面抱我，用头发蹭我的脸，小猫似地舔舐我的脖子、耳垂，让我感到温馨。

就这么着吧！谁的爱情是圆满的，谁的爱情里面没有一点磕磕碰碰？

一年后，我攒够了买房子的钱，并预付了定金。

有一天吃完饭，我觍着脸对赵娜说："大妹子，香港都要回归了，咱们是不是也应该考虑庆祝一下？"

赵娜搞不明白我的意思，傻乎乎地看着我。

我扭了她的鼻子一下："笨蛋，我是说，咱们什么时候结婚？"

赵娜的身子微微一颤，一言不发地看了我老半天。

我以为她想跟我一直这样"姘"下去，可是有一天，她用嘴唇掀着我的耳朵说："咱们结婚吧，我等不及了。"

我说："你选个日子吧。"

赵娜大大咧咧地拍了我的肩膀一把："元旦前第三天！我记得在工地你第一次摸我的胸脯也是这个日子，很有纪念意义！"

我含混地说："那就好好纪念一下。"说完，我连脚后跟都想咳嗽，什么呀这都，还有纪念这个的。

我凑上来，又要跟她亲嘴，赵娜把脸别到一边，无声地抗拒。

问她为什么又不让我亲了，她含混地说："我有病，怕传染你。"

我不相信，怎么可能呢？你那么健康，那么有活力。

第三十一章　赵娜有事瞒着我

那些天，天总是阴的，地上到处都是霜，我的心情也变得异常烦躁，总觉得要出什么事情。

兰爱国好长时间没来找我了，王东对我说，斜眼儿彻底完蛋了，“溜冰”都溜傻了，用他们圈儿里的话说，那叫“拐”了。别人“拐”的时候，只“拐”那么一阵子，可是兰爱国几乎每天都处在“拐”的状态。那天，兰爱国给王东打电话，开口就问，你最近看见张石没有？听他那一惊一乍的口气，王东知道这家伙是又“拐”了，糊弄他说，张石又进去劳改了，因为强奸呢。兰爱国叹口气道：“唉，果然让我给猜着了。你猜怎么了？刚才我看见他越狱了，从一棵树上呼啦一下飞到了另一棵树上，跟孙悟空差不多！他还真是个运动员的材料呢，从树上下来，沿着老街南头，嗖的一下去了北头，影子都看不见……”王东说声“他那是‘拐’了”，破口大骂：“操你亲娘的斜眼子，你就不能清醒清醒？”兰爱国幽幽地冒了一句：“我的‘麻古’呢？”

兰爱国“废了”，这是早晚的事情，据说他现在嫌“溜冰”不痛快，玩上“麻古”了，街面上都说，这小子是老街“磕药帮”药膳部经理。

没想到，昨天傍晚，兰爱国竟然被警察抓了，一起被抓的还有淑芬。

我听王东说，抓他们的那个场面可真隆重，连女警察都出动了。

当时兰爱国正歪躺在他家的厕所里“拐”着，警察直接就扑了进去。被三个警察扭着胳膊出来的时候，兰爱国的裤裆呱嗒呱嗒湿着，跟挂了一张海蜇皮似的。兰爱国喊：“老子三代城市贫民，‘文化大革命’都没折腾着老子，老子根正苗红，老子是人大代表，老子是政协委员，老子是省委书记！你们胆敢这样对待我，老子一张张……”后面的一句“扒了你们的皮”还没喊利索，就被一个警察用一个塑料袋把脑袋套上了。兰爱国的声音在里面就像放屁：“老子服了还不行嘛……”押他进警车的时候，淑芬正扮着妖精从大街上往家扭，没弄明白怎么回事儿就被几

个女警察给擒住了。

我问王东："警察是因为什么事情抓他们的？"

王东说："还能因为什么？组织妇女卖淫呗。我估计，淑芬没什么大事儿，斜眼儿就麻烦大啦，他还涉嫌毒品。"

跟兰爱国发生过的往事一幕一幕地从我的眼前晃过，我的胸口憋闷，说不出话来了。

那些日子，我就像丢了魂儿似的空虚，脑子里全是一些破碎的往事，它们让我的脑子一刻不停地烦乱着。

差三天就是 1997 年元旦的那天，我跟赵娜结婚了。

我没有请多少人来参加婚礼，不是因为没钱，我是感觉太没意思了，两个三十多岁的老家伙，搞得跟个真事儿似的有什么意思呢？

婚礼是在蒯斌饭店举行的。蒯斌当证婚人，他似乎也打不起精神来，蔫不拉叽地讲了几句话就拉着几个朋友喝酒去了。

交换戒指的时候，我突然就想起了当年我送给她的那条纸项链，心中不觉恍惚起来，金戒指比纸项链更能拴住爱情吗？

可智和麻三也来了，吆五喝六地跟王东和金龙他们划拳。

让我万万没有想到的是，袁真竟然也来了。

找个空当，我问赵娜，袁真是你请来的？

赵娜轻描淡写地说："是我。人家追求了我那么多年，我嫁人了，不管怎么说也得让人家放心不是？"

我的心酸溜溜的，耷拉着脸说："是啊，现在他应该放心了。"喝一口酒，极力做出温柔状，默默地注视着她，心却在慢慢变冷。

来顺带着他的那帮小兄弟在招呼客人，俨然一个主事儿的大青年了。

林宝宝坐在可智和麻三他们那一桌，不喝酒，别人劝她喝，她就小姑娘似地摇着手推挡，纯真得一塌糊涂。

我爸爸坐在轮椅上，端着一杯酒冲我傻笑，他似乎不明白今天为什么会这样热闹。

我过去抱了抱爸爸，我说："爸爸，你儿子结婚了，你再也不用担心了。"

我爸爸茫然地看了我一会儿，把那杯酒喝了，摸着下巴说："结婚好，结婚好。"

我的心一酸，按一把爸爸的肩膀，颓然坐了回去。

日子过得很快，不知不觉中，又一年的春天来到了。

突然有那么一阵，赵娜对“江湖义气”失去了兴趣，回家就喊累，就像她的老板是周扒皮似的。

看着她一天比一天黄的脸，我觉得她真的很累，好像都累出病来了，内心深处一阵阵地酸楚，想要劝她辞职，又怕她误会。

在此之前，我对她说过一次类似的想法，我说，如果你觉得累，干脆在家歇几天，我来伺候你。

赵娜狠狠地拧我的胳膊：“我就那么贱，我就那么没用吗？”

那天夜里，我喝了不少酒，鼓起勇气对她说：“咱们家有一个人在外面赚钱就可以了，你不用那么累，辞职吧。”

赵娜一脸哀怨地看着我，眼泪直在眼眶里打转：“我不……”

一股巨大的爱恋与忧伤涌上心头，我抱住她，鼻子酸得就像被人死命地拧着。

我想要跟她接吻，她无声地抗拒，这越发激起了我的“斗志”，不由分说，揪起她的双腿将她掀在了床上。

赵娜不动了，将自己摆成一个“大”字，脸别到一边，静静地喘息，可是我已经没了继续下去的兴致。

天将黎明，我迷迷糊糊睁开眼睛，屋子里不见了赵娜。

往事一幕幕地浮现出来，赵娜的脸在我的脑海里是如此清晰，甚至具体到了睫毛的长短。

我觉得记忆这玩意儿就像地里的花生，粗略一看就那么一点，挖的时候就会发现它其实是一大堆。

记忆这种顽疾的根除方法就是喝酒，第一杯酒苦似记忆，第二杯酒甘似恩泽，第三杯酒，往事便淡似微风了。

无数次酒醉的日子里，我无数次地在心底里呐喊，赵娜，你怎么了，赵娜，你到底是怎么了？

我不敢去回忆那条记忆里已经泛黄的纸项链，倒是那只铜戒指时常出现在我的脑海里。

我找到高天，问他当年我送给他的那个黄铜戒指还在不在？高天拉着我回家，在杂物堆里折腾了好长时间才把那个戒指找出来，在裤子上擦两把，递给我，说：“你是个怀旧的人，这么有纪念意义的玩意儿不能放在我这儿糟蹋了，我早就应该还给你的。”

我盯着这个已经泛出铜锈的戒指，笑了笑："你说得对，但也不全对，这个戒指应该由另外一个人来保管。"

我把戒指送给了赵娜。给她的时候，我没有说话，我把该说的话写在一张纸上，放在了盛戒指的盒子里。

第二天早晨起床，我看见赵娜的眼睛又红又肿，料想她一定哭得很厉害，也许是一宿。

八月里的某一天，我回家很晚，估计得有半夜两点了。

上楼前我瞄了窗户一眼，里面有壁灯淡黄色的光。可是我打开家门，壁灯的光却没了。

摸黑进到卧室，窗外透进来的月光让我看见赵娜蒙着头蜷在被窝里。我脱了衣服，直接钻了进去。想起以前的种种是非，我厚起脸皮要跟赵娜接吻，赵娜无声地抗拒。我有些发傻，有些尴尬，滚到一边，伸手摸索床头柜上的香烟。赵娜上来阻止，我默默地抱紧了她。

赵娜在我的怀里发抖："少抽烟、少喝酒，身体是革命的本钱。"

她的这句话让我感到费解，抽烟喝酒对身体的伤害要比脑子遭罪厉害得多吗？

我轻轻地抚摸着赵娜的后背，轻轻地说："以后咱们好好过日子，谁都不许使性子。"

赵娜在我的怀里点头："嗯，我记住了。张石，万一我不在了，你不要难过……"

又来了！我一下子就发了怒，翻身，狠狠地按住了她："你到底想要干什么！"

我看见身下的赵娜在黑暗中幽幽地看着我，泪光闪闪。

我的心软了，再次抱紧了她："对不起，对不起……以后咱俩好好过日子。其实我这样，只是想要关心你……我等了你那么多年。"说着，我扳过赵娜的脸，又要吻她，赵娜再次躲闪。我贴着她的耳朵柔声说："别这样，亲爱的，别这样，我等了你那么多年……"

赵娜突然挣开我的拥抱，嚷得声嘶力竭："你等我那么多年的目的是干什么？是不是就是想要跟我干这个！"

我正在发愣，赵娜猛地将自己摆成了一个"大"字："来，你来呀，别关心我，这就来，痛快点儿！"

这一刻，我不认识赵娜了，我盯着她，长久地沉默。

赵娜披头散发，母狮一样低吼："你还等什么？来呀，你来呀！"

我在沉默中笑了，笑声压抑。

赵娜把脸别到一边，闭上眼睛，静静地喘息。

我止住笑，默视赵娜良久，突然起身："操，这叫什么事儿？他妈的！"下床，愤然走出卧室。

在客厅抽了一会儿烟，我的心又酸又涩，我搞不明白我俩为什么要这样，我们分明是爱着对方的。

我捻灭香烟，去厕所洗了一把脸，重新返回了卧室。

卧室里有一股浓浓的香烟味道，我能觉察到刚才赵娜也抽烟了，心中不由得又是一阵酸楚。

察觉出来赵娜是在装睡，我躺上床，把后背给她，心里感觉怏怏的。

互相"绷"着躺了半晌，我感觉赵娜在我的背后动了动，随即，她的一只手搭上我的胯骨，轻轻蠕动。我装作生气的样子，推开了她的手。于是，她不动了。本想"绷"上一阵，就起来跟她谈谈，可是我又累又乏，迷迷糊糊地睡了过去。不知过了多久，灯开了，朦胧中我睁开眼，看见她坐在我的脑袋边上，满脸是泪。我想抱她躺下，一起身又打消了这个念头，她总是这样，我老是哄她，哪辈子是个尽头？

过了一会儿，灯灭了，借着月光，我看见她幽灵般走到沙发旁，没坐，静静地站着。也许是站累了，她开始慢慢地穿衣服，先是穿沙发扶手上的小衫，接着穿丢在地上的裤子，挂钩扣好，拉链拉上，没有一丝声响。她低着头穿鞋，眼泪叭嗒叭嗒地落到脚面上。我听见她在哭着洗脸，哭着梳头。我用被子裹住脑袋，静静地想，你在跟我装什么呢？哭吧，哭吧，爱哭你就哭死吧。

赵娜打扮好，站回床头，一动不动地看着我。

我坐起来，伸手拉她，想要让她坐到我的身边，可是她不动，牙齿咬得咯咯响。

我有些害怕，缩回手，浑身颤抖："你怎么了？"

赵娜的脸逐渐破碎，从鲜血淋漓的嘴唇后面生出了獠牙……我大叫一声醒了过来，全身冷汗淋淋。

原来是南柯一梦，可是她走了却是真的，她在那个月色如水的深夜离开了我的房子。

1999 年元旦前夕，我与赵娜正式离婚，我把房子留给了她，只带走了我的一双鞋，那双鞋是破的，底子已经磨透了，我准备去找我们家楼下的那个修鞋老头补一下，那可是多年前我初闯江湖时穿过的，我舍不得丢弃它，这些年我一直把它带在身边。

怀揣着一个装着一条金项链的首饰盒，我蔫蔫地想，你就这样走了，连一个让我把它挂上你的脖子的机会都没给我。站在老街尽头十字路口的风口上，我在心里笑，也许我的工夫没有白费，我跟赵娜用了十六年的时间证明了一个真理：去他妈的爱情，那是逗你玩的！说穿了，那不过是“江湖义气”上面那顶冠冕堂皇的帽子，欺骗和背叛都掩盖在这顶帽子里，外面的人看不见，里面的人在发笑。

风吹散了我的头发，让我的头皮阵阵发凉，冰冷的感觉直透脚底。

风吹开我的衬衣，我蓦然发现，我的腰上还扎着赵娜送给我的那条腰带……十六年了，这条腰带伴了我整整十六年。

我把腰带抽出来，想要再看一眼腰带背面赵娜刻上去的那些字，可是我失望了，腰带背面被磨得泛出一种苍灰色，什么也没有。“上邪！我欲与君相知，长命无绝衰。山无陵，江水为竭，冬雷震震，夏雨雪，天地合，乃敢与君绝。”这首诗的出处我在潍北农场的时候查过，它出自《乐府民歌》里的《上邪》，表达了一个少女对一个少男忠贞不渝的爱情。现在，这个少女在哪里呢？

有人在楼下抱着吉他唱歌，吉他弹得乱七八糟，可他唱得却十分投入，让我听得落泪：

能不能让我陪着你走
既然你说留不住你
回去的路有些黑暗
担心让你一个人走
我想是因为我不够温柔
……
把我的悲伤留给自己
你的美丽让你带走……

拿到离婚证，我和赵娜站在民政局的大门口，陌生人似地互相打量。

我说：“你看我干什么？是不是舍不得？”

赵娜说："我看你那是因为我怕以后再也见不到你了。"

我说："怎么会呢？以后你什么时候想见我，就来见我。"

赵娜说："还有以后吗？"

预感到我俩又要吵嘴，我挥了挥手："再见吧。"

赵娜不动，冷冷地看着我。

我感觉她的目光发灰，让我心里不好受，我说："赵娜，你不想跟我说声'再见'吗？"

赵娜摇头："不，我不想说'再见'。"

操，都这样了，再不"再见"还有什么意思呢？我摇摇头，一个人走了，我能感觉到她在我的背后冷笑。

元旦那天，我在冰冷的床上拨通了赵娜的手机："爱人，你还好吗？"

那边没有反应，丝丝茉莉花香仿佛从话筒里传到我的鼻孔。

我语声轻柔地说："不要担心我，我有女朋友了，她比你漂亮，比你纯洁。"

那边传来一个弱弱的声音："你不讲'江湖义气'。"

我挂了电话，喃喃自语："这个世道谁跟谁讲'江湖义气'啊，有那精力还不如扯蛋玩儿。"

第三十二章　狼狈不堪的生活

刚离婚的那几天，我的心情非常不错，时常想起劳改队里的那句话——“脱胎换骨，重做新人”，有一种自由飞翔的感觉。

几个月后，心情大变，潮水般涌来的孤独感，让我不时有一股撞墙或者跳井的冲动。

夏天刚过，我的一个摊位上出事儿了：驴四儿喝醉酒与一个买刀鱼跟他讲价的人吵了起来，同样醉醺醺的郑奎看见了，冲过来，抓起一把刮鱼鳞用的刀子就把那个人给捅倒了。那个人爬起来，捂着肚子里流出来的肠子，对郑奎说，你等着吧，我大哥是王家兴。郑奎一听他说这个，顿时爆炸了，一脚踢倒他，揪起他的头发又是一阵乱捅……三个小时后，那个人死在医院里。

郑奎和驴四儿被警察抓走了，因为正赶上“严打暴力犯罪”，判得很快，两个月后，郑奎被枪决，驴四儿回到了潍北劳改农场。

因为摊位上出过命案，我的生意开始走下坡路，几天都卖不出几斤鱼去。

几个月后，我的摊子被取缔了，因为涉嫌强买强卖，承包的那个冻库也被收了回去，有人举报我囤货居奇。

那些日子，我破罐子破摔，整宿整宿地在外面喝酒。

那天，东方微明，我醉醺醺地进了家门。

我爸爸不在家，上个星期我就把他送去了医院，他的身体太差了，以前他只是卧床，偶尔可以扶着床脚下床走两步，现在他下不来床了，直挺挺地躺着，连翻身都不能，全身可以动弹的只有嘴和眼。可是他的嘴说不出话来，他的眼睛看得见东西，却认不出在他跟前的人是谁，嘴巴里经常发出“呼啦呼啦”的声音，我怀疑他是在喊我爷爷和我妈，或许也在叫我和我哥的名字。

林宝宝坐在客厅里抹眼泪，眼前摆着一个饼干盒子，里面被翻腾得一片狼藉。

电视机开着，刘欢在里面唱歌：

昨天所有的荣誉
已变成遥远的回忆
勤勤苦苦已度过半生
今夜重又走进风雨
我不能随波浮沉
为了我至爱的亲人……

我关掉电视机，站在门口看了林宝宝好长时间，问："你怎么还不睡觉？"

林宝宝说："睡不着，想心事呢……扬扬刚才来过，我不认识他了，他骂我，我撵他走了。"

林志扬早就回来了我是知道的。他是秋天回来的，没来我家，只是给我打过一个电话，说他回来了。我埋怨他说，既然出来了，为什么不回来住？林志扬说："我不想拖累你，你现在也很难。"他说话的口气尽管平淡，可我依然感觉伤感，我说："一家人还谈什么拖累不拖累的？回来吧，我没你想象中的那么困难。"林志扬说："我暂时先在外面闯一闯，混出点眉目来就过去跟你们一起住，万一混惨了，我就不见你了。大恩不言谢，这些年你对我，对我姐，对来顺的照顾我就不多说什么了……还是那句话，混好了我搬过去，混不好，你就当没有我这个亲人算了。"话既然说到这个份上，我也不好说什么了，叮嘱他有什么困难就给我打电话，快快地挂了电话。

本来以为他不会到我这儿来，谁知道他到底还是来了，我问林宝宝："他来干什么，你知道吗？"

林宝宝擦一把眼泪，抓起一把饼干往嘴里戳："他来跟我要钱，顶着满身血……我没钱给他，他骂我，我撵他走。"

我的心就像被一块大石头压着，呼吸困难："他没说发生什么事情了？"

林宝宝喃喃地说："说了，他说，他又犯事儿了，警察抓他，他要跑路。"

我明白了，没准儿他又像那年一样走投无路了。

林宝宝重新打开电视，指着摇动肥硕大脸的刘欢傻笑："你吹什么牛 × 呀，饱汉子不知饿汉子饥……"

刘欢的歌声蓦然高亢：

再苦再难也要坚强
只为那些期待眼神
心若在梦就在
天地之间还有真爱
看成败人生豪迈
只不过是从头再来……

林宝宝低下头，捧着饼干嘿嘿笑，她的笑声越来越大，一颗大大的眼泪落在了茶几上。

我剩下的钱已经折腾得差不多了，初冬，我和王东在他十几年前卖水果的地方支了一个摊子，还是卖水果。

我对卖水果很不在行，几乎成了王东的小伙计，在他的指挥下陀螺一般搬这搬那，一刻不闲。

很多时候，在呼啸的北风里，在一片苍茫里，我蜷缩在水果摊前，看见那些曾经谦卑地喊我"石哥"的人目不斜视地走过，世态炎凉的感觉针扎一般折磨着我的自尊。

我爸爸在一个大雪纷飞的早晨去世了，他走得十分安详，就跟我爷爷当年去世一样，悄无声息。

我把我爸爸安葬在那座公墓里，右边是我爷爷，左边是我妈，我哥在不远的地方守候着他们。

爸爸下葬那天，我没有哭，心情平静如镜，只是有些心虚，感觉忽然少了一点什么。

我和王东的水果摊生意差极了，一天赚不了几块钱，有时候我甚至都要为了下一顿饭在哪里而犯愁。

王东经常在啃着干馒头的时候有意无意地嘟囔："老天爷想要饿死没眼的家雀呢。"

我想，我是不是应该在适当的时候振作一下了？总这样下去，想把自己饿死已经不是什么难事儿了。

那些天，早晨的阳光大都非常好，可是我的心情却跟我们摊子上的生意一样糟糕。

在一个阳光明媚的早晨，我们挂在树上的招牌不见了，它躺在满地乱滚的水果旁边，就像一块肮脏的尿布。

王东在跟几个穿着城管制服的人大声嚷嚷，皮衣丢在地上，鞋也掉了一只，脖子上的青筋筷子似的凸着，脸像涂了过量的胭脂一般红，看上去就像一只被剥了皮的猴子。

刚从家里过来的我傻傻地站在那里愣了半晌，才摇摇头笑了，活该啊，我们太放肆了，人家不让在这里设摊呢。

王东看见了我，摔开那个城管向我冲过来："二哥你管不管？这帮杂碎抢了咱们的三轮车，还要抢水果！"

我冲他做了个停止的动作，迈步走向几个一脸正气的城管队员："掀得好，你们也是为了市容市貌嘛，为了社会和谐、人民幸福，我就是再苦再穷也得认罚。"王东扑过来，刚要冲我嚷，我一脚踹了他个趔趄，大声唱道："入监守法第一条，监规纪律要记牢！"

站在大海池子的堤坝上，我搂着王东的肩膀说："你看，大海是多么的宽广啊，跟我的心一样。"

王东张张嘴，呼哧一声蹲下了，脸色灰得发黑。

我陪他蹲下，指着海面上飞翔的海鸟说："你应该向它们学习，心里什么也没有，全是海里的食儿。"

王东哼哧半晌，翻着眼珠子看我："我不是在看着我的食？可是谁让我吃呢？"

我说："《马太福音》上说，不要为衣食忧虑什么，天上的飞鸟也不种，也不收，天父尚且养活它们……"

王东断然总结道："屁！"

我看见了一只蹲在树上的海鸥，海风将它的翅膀掀起来，它一次次地扭回头去用嘴巴将羽毛压服帖。歪在海风里，我茫然地看着它，我觉得它的脾气确实不是一般的执拗，明知道海风还会把它的羽毛掀乱，它依然一次一次地去整理。我也这样，明知道前方等待我的不一定是鲜花，可我依然一次一次地相信，前面等待我的一定就是鲜花，这里面到底有多少自欺欺人的意思呢？

回家的路上，王东像被人咬了一口似的哼唧道："还记得小时候咱

们唱过的一首歌吗？让高山低头，让河水让路……”

我说：“还有这首，一朵红花向阳开，贫下中农干起来……”突然就说不下去了，心难受得就像被一把钝刀切割。

赵娜，你还好吗？

晚上，林宝宝问我，你今天怎么没出摊儿？是不是生意不好？我说，摊子没了。

林宝宝抓着我的手说，老二你可千万别闲着，咱们家离不开你呢，你要是不干活儿了，咱们家吃什么呀？

我说，老天爷饿不死没眼的家雀，面包会有的，一切都会有的。

晚饭没吃，我关紧房门，呆呆地望着漆黑的窗户出神。

客厅里的电视机开着，里面，有人在唱歌：

既然爱了就不后悔
再多的苦我也愿意背
我的爱如潮水
爱如潮水将我向你推
紧紧跟随
爱如潮水它将你我包围……

赵娜的影子一直在我的眼前晃，她就像歌里唱的潮水一样包围着我。

我的爱如潮水
爱如潮水将我向你推
紧紧跟随
爱如潮水它将你我包围……

窗帘被风吹开了一角，露出一方巴掌大的天空，这方天空被外面的灯光映得灰蒙蒙的，像一张沾满灰尘的蜘蛛网。我迎着这张蜘蛛网走了过去，这张蜘蛛网逐渐变大了、变亮了，亮得如同一池湖水。碧绿的湖水随着阳光的变化逐渐变成了橙黄的颜色，这种颜色是那样的宁静。夕阳吊在湖水上方，晚霞晕染了湖水，湖水开始变幻着颜色，五彩缤纷。太美了！我打起精神，慢慢向辽阔无垠的湖面走去。一群水鸟被惊醒，呼啦啦扎向如血的残阳。湖面渐渐荡开，缤纷的湖水涌向两边，为我闪开一条大道……

我怎么走到街上来了？我糊涂，是谁牵引着我来到街上的？我来街上干什么？

我在找我的爱人，她的名字叫赵娜！我的胸挺起来了，腿开始越来越有力，胳膊甩动起来也毫不迟疑，我的脸庄严而豪迈，可我的内心充满悲伤。风从耳边呼呼穿过，我走得大汗淋漓……下雪了，雪片大如蒲扇，慢慢悠悠地从天上往下飘。雪下落的速度非常非常缓慢，缓慢得一如电影里的慢镜头，可我的步伐依然坚定而倔强……到家了，到家了，我快要到家了！我看见了那幢被皑皑白雪覆盖着的楼房，那是我的家，家里有一张温暖的床，我的爱人赵娜在床上等着我，她在悲伤，她在落泪，她需要我去安慰。

“老二，你快回来——”是林宝宝在喊我，昏黄的路灯下，她披头散发，就像一个在墓道上方飘浮着的鬼魂。

“嫂子，你回去！”我回头，冲她大声嚷，“我要回我自己的家，赵娜在家等我呢！”

“老天爷……”林宝宝抱着一棵树瘫软到了地上，“老天爷呀，他怎么也疯了？”

来顺回来了，剃着跟我当年一样的光头。他给我带回来一双棕色的皮鞋，样子很结实，估计不会太便宜，我穿上试了试，有点儿大，不太跟脚，让我想起了赵娜。有一搭没一搭地跟来顺聊了几句不疼不痒的话，我说声“你忙就不用陪我了”，挥挥手让他走了。现在我已经不再奢望来顺能帮我支撑起这个家了，我只希望他自己能够安安生生地娶妻生子，安安生生地活下去。来顺整天呼朋唤友地在街上呼啸而过，这倒没让我有太多的担忧，我担忧的是他身边的那些朋友，粗看一眼，不就是一群当年的我、王东、林志扬、金龙、家兴嘛。

我以前的家是完整的，我有爷爷、爸爸、妈妈、哥哥、嫂子和侄儿，还有赵娜，可是现在呢？

抽了一点儿时间，我去照相馆给我爸我妈和我哥洗了一张很大的黑白照片，三个人是合起来的。

我哥夹在我爸和我妈的中间，穿着没有领章的军装，胳膊上戴一个写着红卫兵的胳膊箍，他在笑，他的年龄看上去比来顺还小。

我把照片装在我跟赵娜的结婚照那个镜框里，端端正正地摆在客厅正面的桌子上，下面放着香炉。

我每天都给他们上香，再忙也上。只要我在家，那三炷香就不会断，家里整天烟雾缭绕。

我爷爷的小照片在我的那间屋，我给他也上香，只是没那么勤，时断时续的。

过了元旦，我带着来顺去了一趟公墓，给我爷爷和我爸我妈磕了头，我让来顺去给我哥磕头，林宝宝来了。

林宝宝似乎又有了犯病的前兆，车轮般穿梭在几个坟包前磕头，额头上全是泥土，有丝丝血迹渗出。

她不哭，只是不停地念叨："爸爸、妈妈、张铁……"最后她坐在我哥的坟头洋洋洒洒念叨，好像在说她弟弟死得冤枉。

我有些纳闷，走过去坐在她的旁边，问她，扬扬怎么了？

林宝宝说，昨天夜里我做梦了，梦见我弟弟死了，被几个人堵在宝宝餐厅的门口砍死了，满身鲜血。

我说，你别这样诅咒扬扬，他没死，他活得好好的，在外面做大买卖呢，他很快就来看你了。林宝宝浑身一哆嗦，像受惊的孩子一样抱住我的肩膀，嘤嘤地哭："你别让他来看我，我怕他，我从小就害怕他……他从小就不让我省心。他打我，他骂我，别人骂我是破鞋，他也跟着骂。后来他被警察抓走了，我过了好多年安稳日子。这次他又回来了，还是那个样子，要钱，不给就要动手。我怎么就这么命苦呢？我以为他会变好的，可是他还是那个样子。你别让他回来，咱们家就你和来顺还有我就够了，他不是咱们家的人。"

我拍拍她的后背，柔声说："嫂子你放心，我不会让他去咱们家住的，我知道他是个什么样的人。"

林宝宝也确实够苦的，她这是摊上了一个什么样的弟弟啊……有心安慰她几句，又找不出合适的话来。

我示意来顺过去架他妈走，来顺不动，悻悻地说："我难受的时候也这样。"

我半搂半抱地把林宝宝拥到一棵松树下，脱下自己的大衣盖住她，转身来找来顺，我想训斥他几句，你怎么能对自己的妈妈这个态度？可是来顺不见了。

一阵压抑的哭泣声从远处的山坡传来。

我绕过去一看，来顺趴在那儿，脸蹭着地上的积雪，双手不停地拍打地面，嘴巴里发出的声音就像野兽护食儿："爷爷、爸爸……爷爷、爸爸……"我忍住泪水，蹲到他的身边，一下一下地拍打他的脊梁："顺子别哭，你这样，你爸爸会不高兴的。"

来顺忽地站了起来："我没哭。我不像你，你心里装的东西太多，那样会绑住自己的手脚……"

他心里装的东西还少？往事哗啦一下全都聚集在了我的眼前……我看见幼年来顺吃着指头蹲在宝宝餐厅的大门口，呆呆地望着天空中飞翔的小鸟，满眼都是迷惘；我看见十岁的来顺扛着一个比他还要粗壮的煤气罐吃力地走在煤气站到我家的那条土路上，阳光把他的影子拉得又软又长，像一根拖在地上的鞭子；我看见那个阳光明媚的中午，来顺站在老街的街口，从怀里摸出一个鸡蛋，他在叫我"爸爸、爸爸"，阳光把他照得就像一个金人……站在风口里，我不住地质问自己，你这个爸爸是怎么当的，你这个爸爸是怎么当的，你这个爸爸是怎么当的呀？我的眼睛模糊了，两条腿软得就像泡了三天的面条。

我站不起来了，我很纳闷，我还不到四十岁，怎么一下子就变成一个全身疲沓的老人了？

来顺扶起了我，一脸灿烂的笑容："爸爸，以后你就歇着吧，这个家有我呢。"

我歇着？我他妈有什么理由歇着？我不老！我还想做那只在暴风里穿行的老鹰呢。

我用力捅了来顺一拳："少废话，老子还没到让你养活的地步！"

第三十三章　茫然无措

林志扬死了。关于他的死我早有预料，只是没有料到他会死得那么凄惨，他是被人乱刀砍死在一家饭店门口的。

那天，我接了可智的一个电话，可智的口气有些幸灾乐祸："你哥的小舅子死了。"

我的内心波澜不惊，甚至有一种卸下重担的感觉："哪里判的？"

可智说："不是法院判的，是'道儿'上的兄弟判的……不知道他得罪的是什么人。"

晚上，王东来找我，说了林志扬的事情。他说，扬扬喝多了，在郊区一家酒店门口拦了一个人，让人家给他钱，那个人不认识他，跑了。他站在那里不走，见了人就拦下，话不多，就两字：拿钱。傍晚的时候，第一个被他拦下的人出现了，带了好几个一看就是混社会的人。那帮人什么话也不说，抽刀就砍。被人拉到医院的时候，林志扬的身体已经凉了。

林宝宝好像听见了我跟王东说的话，从她那间屋出来，倚着门框绞她刚绑起来的头发，神态安详。

我让王东走了，拉林宝宝过来坐下，说："扬扬走了，跟你做的那个梦一样。"

林宝宝"嗯"了一声，低着头继续绞她的头发，头发很快就被她绞乱了，灯影下，她就像一个幽灵。

我决定找家兴谈谈，他出狱这么长时间了，我一直没有跟他算账，他应该给我一个说法。

一个电话打过去，我对家兴说："你到我家来一趟，我有事儿跟你商量。"

家兴的口气很冷漠："要谈事儿不能在家里，你去观海楼等我。"

尽管是在三九天，外面却很温暖，但是我觉得浑身发冷，一些纷杂的往事慢慢涌上心头，让我的五脏六腑全都空了。

往事散尽，只留下我与赵娜的点点滴滴盘桓在脑海里……赵娜，你现在还好吗？

出租车沿着老街向观海楼疾驰，街道两旁店铺里的灯光钢花一般掠过。

这才几年啊，老街已经有了繁华都市的模样。

我爷爷曾经说，他年轻的时候去过上海一次，“那才叫大城市呢，人多，楼也多，马路有大海池子那么宽，”我爷爷捋着山羊胡子，眉飞色舞地说，“如果拉着洋车跑在那样的路上，肯定快，汽车都撵不上。”说着，我爷爷捶一把他弯曲变形的腿，歪着脑袋看门口，“什么时候咱们老街也有那么宽的马路就好了。到那时候我把洋车找出来，拉着咱这一大家子，在街上就是一个跑……还能跑得动吗？跑不动也不要紧，我去街道革委会打个招呼，咱成立一个洋车行，名字咱有，就叫一大洋车行，一加上大，那不就是一个‘天’字吗？”

我爷爷对“天”这个字很有感情，他经常念叨“老天杀人不眨眼”，“天下大事就是‘吃饭’二字”……有一次街上游行，我爷爷看到王老八举着一本毛主席语录本儿喊“万寿无疆”，摩挲着自己的秃脑壳嘟囔：“这天生是个混蛋，早晚被雷劈破头。”我爷爷说错了，王老八混蛋归混蛋，可是雷却从来没有光顾他的脑袋，他活得很滋润，提着鸟笼，跟个老太爷似的在街上晃。

上到观海楼酒店的三楼，我进了一个单间，点了四个菜，站到窗前静静地看着大门口。

门口很清净，灯光映照下，一排一排的车停在大院里，就像传说中的铁棺材。

一股尿意涌来，我哆嗦一下，感觉冷汗都要出来了。

站在小便池旁，刚解开裤带，我就听见身后一阵杂乱的脚步声传来。家兴的声音赫然入耳：“张石要是胆敢跟我发毛，你们直接开枪！”

我的心刚凛了一下，就看见门口火光一闪，随着一声巨大的轰鸣，家兴狗熊似的身体旋转着一扭，“咣”的一声砸在地上。

一条黑影大鸟一般从他的身边掠过，顷刻间无影无踪。脑子蓦地一空，冷汗出来了，是谁开枪打了家兴？

从楼上跳下去，失魂落魄地回到家里，我抬眼一看，林宝宝呆呆地坐在客厅里看电视。电视里什么也没有，整个屏幕就像一张雪花做成的白纸。我没有跟她打招呼，径自走进厕所撒了一泡酱油色的尿。站到镜子前，我吃了一惊，里面的这个家伙就像一个幽灵，脸色惨白惨白没有质感。我冲他吐了一口带血丝的痰，一拳捣碎镜子，摔门出来的时候，玻璃撞地的声音犹如凄厉的鬼叫。

林宝宝动作缓慢地把脸转向我，似哭似笑地问："谁在敲门，那么大的声音？"

我说，没有谁，现在咱们家还能有谁敲门？除了警察。

林宝宝继续看电视里的雪花："警察？哦……刚才来顺回来过，他说，妈，警察可能会来找我，你别害怕。"

我坐到林宝宝的旁边，换了一个唱京剧的台，问："来顺回来过？"

林宝宝指着电视里一个勾画着奸臣脸儿的家伙吃吃地笑："快看快看，张铁呢……这个挨千刀的在里面装妖精呢。张铁，你为什么丢下我，一个人走了？你还是人不是？你不是答应要跟我结婚的吗，你不是答应要跟我过一辈子的吗？"像遭了雷击似的一哆嗦，一把抓住了我的手："对，来顺回来过！就在刚才。我看见他拿着一把枪，乌黑乌黑的……他在咱爸咱妈和张铁的照片下面嘟囔了好一阵。我听见他说，爸爸，爸爸，我要给你报仇，我等不及了。这个傻小子啊，他只惦记着他爸爸呢……我的仇谁来报？糟蹋我的那些人抓起来了，有一个放回来的被来顺打断了腿。这都是多少年的事儿了呀……"抬起满是泪水的眼，凄厉地笑："老二，我知道你也给我报过仇，那几个糟蹋我的混蛋都被你收拾过，可是来顺……"

开枪打家兴的那条黑影是来顺！我的汗毛冷不丁摩挲起来了。

过年了。这个年过得非常乏味，我连鞭炮都没有心情放。

像夫妻似的跟林宝宝在家包完饺子，我蜷缩在沙发上看春节联欢晚会。赵本山演一个送水的大叔，那个大叔装扮成一个寡妇的丈夫糊弄寡妇的儿子，最后坚持不住，露了馅。那个寡妇活得累，送水工活得也累，可是他们都很快乐，对生活充满信心。我想，我是不是也一直这样？一直感觉生活是那样的美好，一直感觉前面的路铺满了鲜花？"人生是一出充满希望的悲剧"，这话好像是蒯斌说的，我一直不理解这句话的意思，现在我好像理解了。是啊，生活就是这样，一个希望破灭，另一个希望接踵而来，循环往复，永无尽头。按照这句话的意思，最终的那个希望破灭以后，显露出来的是一场悲剧。这话我不赞成，怎么能是悲剧呢？活着本身就是快乐的，就是喜剧。

我说人生是喜剧并不是没有道理，恶人必将受到惩罚，比如家兴。尽管他没死，可是他彻底残废了，来顺的那一枪是打在他脑袋上的，半边脸几乎没了，那只好眼也瘪进去了，他变成了一个纯粹的盲人。这还不算，他依然得进去坐牢——兰爱国在监狱接受警察调查家兴的事情的时候，把他贩卖毒品的事情和盘托了出来，估计这下子他得死。

三月里的一天，我正在家帮林宝宝洗衣服，警察来了，直接在我家问来顺的一些情况。

我懒得跟他们说，让林宝宝说，林宝宝说了一大通，也没弄明白自己的儿子到底犯了什么事情。

警察问我，你嫂子的智力是不是有什么问题？

我说，是，她是个神经病，她妈是，她弟弟是，她儿子也是，他们家遗传这个呢。

警察说，哦，明白了，要不张来顺在里面整天嚷嚷着他没罪呢，把人打成那样还没罪？整个一个神经病嘛。

警察走了，林宝宝在唱歌：“为了什么说走就走离开我身边，也不说声再见，就这样分手……”

我丢给林宝宝一根烟，转身进了我的房间。

窗外开始起风了，我能听见风将沙子刮起来甩向墙面的声音。那种声音可真　人啊，它可以发出爆竹那样短促的声音，也可以像飘飞的蜘蛛丝那样悠长而深邃地响着。我发觉这样的声音有一种神奇的力量，它似乎是在极力地把人拉向遥远的往事……我不敢去回忆那些往事，就像我不敢面对我身边那些故去的人一样，就像我不敢去回忆老街上的那条曾经陪我孤坐过的流浪狗，不敢去回忆那个黄铜戒指，不敢去回忆我与赵娜走过的那段生活那样，我害怕一旦打开回忆的闸门，自己就会像旷野中一个孤独的人被一场突如其来的暴风雪所围困那样，失却了继续做人的勇气。

天色就这样在林宝宝的时哭时笑中，在我一根接一根的抽烟中渐渐亮了。

翻身起床，我迈着沉重的步伐进了客厅，林宝宝还在盯着电视机一动不动，让我怀疑她是不是死了。

我木着脑子洗了一把脸，刷牙的时候，我剧烈地呕吐，感觉五脏六腑都要吐出来了。

下楼给林宝宝买了早饭，我习惯性地去了我和王东的水果摊，眼前什么也没有，风吹过，一片苍凉。

记得小时候，我哥跟在一群大孩子后面，横着脖子唱："天上没有玉皇，地上没有龙王。我就是玉皇，我就是龙王。喝令三山五岭开道，我来了！"那样子让我感觉好像他无所不能。现在想起来很是好笑，这都什么呀，你连自己的老婆孩子都保护不了，连自己的命都丢了，还玉皇，还龙王呢。还是蒯斌说得实在："上帝的归上帝，凯撒的归凯撒，这事儿没解。"

中午，我喝了不少酒。酒后，我踉踉跄跄地在小黄楼对面站住，无意识地打量那扇窗户。

一个打扮妖冶的女人靠过来。我看到的是赵娜，我一步一步地靠近她："赵娜，赵娜……"

那个女人吃惊地看着我，慢慢后退。

潜意识里，我知道这个女人不是赵娜，可我依然想要上前拥抱她："赵娜，赵娜，赵娜……"

我的脸上猛地挨了一记耳光，这记耳光让我认准她就是赵娜，我趴在地上嘿嘿发出声音。

我搞不清楚自己是不是在睡觉，我看见自己躺在床上，脸上依稀有泪痕未干。

我在我的床边看见了赵娜，她在和着我的口琴声唱歌：

长亭外
古道边
芳草碧连天……

那天晚上，我买了好大的一个蛋糕，切成两半，我跟林宝宝一人一半，双手捧着，像猪啃白菜似的吃。

林宝宝张着糊满奶油的嘴冲我笑："老二，咱俩结婚吧？"

我说："好，下半辈子我来照顾你。"

林宝宝在笑，她笑得阳光灿烂，我也笑，眼泪却止不住地流了出来。

我有些恨自己，这事儿应该高兴才对，怎么就伤心了呢？

那夜，夜色苍茫，整个老街深不见底。除了一些心怀叵测的夜行者，人们大都在熟睡。清冷的星光漫不经心地照着我的梦，我梦见了一些破碎成鳞片的往事，梦见了成捆的钞票和巨大的房子，梦见了赵娜，最后，我梦见自己在坐牢，一些我认识的和不认识的人在看我。

我恍惚看见有一个巨大的圆圈紧紧地包围着我，我在圆圈里呐喊，整个世界充满了我嘶哑的叫声。

尾 声

2001 年夏天的某个午后，我站在小黄楼对面的台阶上看几辆挖掘机在推小黄楼残缺的楼面，尘土飞扬。

可智醉醺醺地晃了过来："老二，你在等谁？"

我不想回答，他知道我不是在等赵娜，赵娜早就不在这儿住了，她现在应该是住在我留给她的那幢房子里。

可智在我的身边站了好久，摇摇头，长叹一声："有些事情过去了，但你想要忘掉它，需要一生的时间。"

我笑了笑，没有说话。心想，还有什么不能忘掉的呢？赵娜走了，连声再见都没跟我说。

可智点了两根烟，递给我一根，摸着我的肩膀问："知道我为什么过来找你吗？"

我心不在焉地摇了摇头，心在灰灰着，少年时的这幢黄灿灿像宫殿的楼房即将成为历史，这里曾经住过一个我心爱的姑娘。

可智把手从我的肩膀上挪开，从上衣口袋里摸出了一个房产证："呶，这是赵娜给你的。"

我接过房产证，打开，笑了："好家伙，她终于良心发现，把房子还给我了。"

可智点点头，眼圈忽然红了："她活着的时候，费了好大的劲儿才把房子过户给你，因为她不想见你，她找了我和袁真，是我们替她办的……""慢着！刚才你说什么？"我的心脏猛地一抽，"赵娜怎么了？哥，你刚才说什么？你说她活着的时候……"

"赵娜去世了，"可智的手又摸上了我的肩膀，"你不要激动，听我慢慢对你说。"

我的心就像被人捅了一刀，猛地打开了他的手："好好说，不许撒谎！"

“赵娜上个月初的时候去世了，在医院。”

“怎么回事儿？”我感到天旋地转，眼前阵阵发黑。

“别激动，一会儿告诉你……”可智说着，拿出一个小小的礼品盒，打开，拿出一条银光闪闪的项链，“这个也是她给你的，你应该认识它。”我还曾经给过赵娜一条银色的项链？我怎么记不得了？接过来，仔细一瞅，竟然是十七年前我在监狱用锡纸给赵娜做的那条纸项链！十七年了，仔细算来，这条纸项链在赵娜的手里整整存了十七年！十七年的时光足以让记忆泛黑，可这条纸项链竟然亮得刺眼。

“是的，我认识它……”我紧紧地攥着纸项链，就像攥着我的心，“赵娜她到底怎么了？”

“她死了，肝癌。”可智的声音在发颤。

“肝癌？什么时候查出来的？”

“查出来很长时间了……你们还没结婚的时候，她的肝就有毛病。她躲你那一年多的时间，是去住院了。”

“你撒谎！”尽管我知道可智不会撒谎，他从来没有撒过谎，可我依然不相信赵娜会死。

“这是真的，她把病情告诉了袁真，那一年多的时间里，袁真在陪她。后来她从医院里跑出来，不让袁真找她，她说，她要嫁给你。”

“她嫁给我了……”我的心都要碎了，赵娜，这么大的事情，你为什么要瞒着我？

“再后来，她知道自己的病没救了，就变着花样地跟你闹……”

“你别说了……袁真在哪里？”

“袁真离开这座城市了，他知道你对他的误会是一辈子也解不开了。说真的，袁真和赵娜真的一点事儿也没有。”

“我不相信……”这话是真的，我真的不相信可智的话，我认准了自己以前的判断。

“这是真的，”可智吸一口气，慢慢往外吐，“赵娜是个孝子，尽管她跟她妈的心思拧着，但她不想让她难过，她听她的，她跟那个离婚老男人同居过……”“你闭嘴！”我猛地将可智推到了一边，攥紧纸项链，对着天空，声嘶力竭地喊，“我还是恨袁真！赵娜是我的，她走之前，守在她身边的人应该是我！”“这是赵娜留给你的……”可智说着，递给我一个精美的坤包，我知道，那是赵娜用过的。

打开包，一股浓郁的茉莉花香沁入我的鼻孔，我的眼泪一下子就流了出来。

包里有一个相册，那里面是十六岁之前的赵娜，十六岁以后的赵娜一张也没有。

我合上相册，摸索到了一封信。

信里，赵娜的笔迹娟秀而工整："张石，对不起，我辜负了你，我说过我要给你赎罪的，我以为我可以与你厮守一辈子的，可是老天不给我这个机会。老天爷睡着了，他没有眷顾我……记得咱们分手时，你让我对你说声'再见'，可是咱们怎么再见？在哪儿？在天堂？"

我看不下去了，挥舞信纸，对着可智疯狂嘶吼："她，赵娜，她埋在哪里？！"

可智抓住我的双手，用力地攥："你冷静点儿！她葬在万云陵。她提前给自己买好了墓地，我和袁真送她走的。"

我狂笑："万云陵大啦！她葬在什么地方？她应该葬在我们老张家的祖坟边！"

可智用力地点头："对，她就葬在你爷爷和你爸妈还有你哥哥的墓边。"

我不知道自己是什么时候来的墓地，只知道现在我跪在刻有"赵娜之墓"四个字的墓碑下，双膝下有两汪清水。

"上邪，我欲与君相知，长命无绝衰。山无陵，江水为竭，冬雷震震，夏雨雪，天地合，乃敢与君绝……"

胡说！赵娜，你离开了我，可是山无陵了没有？江水竭了没有？冬天打雷，夏天下雪，天与地合起来了没有？

怎能忘记旧日朋友
心中能不怀想
我们曾经终日游荡
在故乡的青山上……

是谁在唱歌？是我的爱人，她叫赵娜。

天之涯，地之角
知交半零落
一壶浊酒尽余欢
今宵别梦寒……

在一声接一声幽远绵长的歌声里，我看见眼前的墓碑在移动、在变幻，最后变成了一扇熟悉得让我心悸的窗户。一张灿烂的笑脸在这扇窗后闪现，越来越大、越来越清晰，她是我的爱人，她的名字叫赵娜，她在喊：“我叫赵娜，我叫赵娜，我叫赵娜——”

我张开双臂，想要冲她大声喊：“赵娜，你回来吧，你回来吧”，可是喊出嗓子的竟然是：唉，牵着马。